Do mesmo autor:

Adeus às armas

A quinta-coluna

As ilhas da corrente

Contos (Obra completa)

Contos — Vol. 1

Contos — Vol. 2

Contos — Vol. 3

Do outro lado do rio, entre as árvores

Ernest Hemingway, repórter: tempo de morrer

Ernest Hemingway, repórter: tempo de viver

Morte ao entardecer

O jardim do Éden

O sol também se levanta

O velho e o mar

O verão perigoso

Paris é uma festa

Por quem os sinos dobram

Ter e não ter

Verdade ao amanhecer

CONTOS · VOLUME 3

7ª edição

Tradução
José J. Veiga

Rio de Janeiro | 2025

Copyright © 1999 by Hemingway Foreign Rights Trust

"Uma travessia": copyright original © 1934 International Magazine Co., Inc., copyright renovado © 1962 John Hemingway, Patrick Hemingway e Gregory Hemingway; "O regresso do mercador": copyright original © 1936 Esquire, Inc., copyright renovado © 1964 John Hemingway, Patrick Hemingway e Gregory Hemingway; "A denúncia" e "A borboleta e o tanque": copyright original © 1938 Esquire, Inc., copyright renovado © 1966 John Hemingway, Patrick Hemingway e Gregory Hemingway; "Véspera de batalha": copyright original © 1939 Esquire, Inc., copyright renovado © 1967 John Hemingway, Patrick Hemingway e Gregory Hemingway; "Ao pé da cordilheira" e "Ninguém morre jamais": copyright original © 1939 Hearst Magazines, Inc., copyright renovado © 1967 John Hemingway, Patrick Hemingway e Gregory Hemingway; "O leão bondoso" e "O touro fiel": copyright original © 1951 Ernest Hemingway, copyright renovado © 1979 John Hemingway, Patrick Hemingway e Gregory Hemingway; "Arranje um cachorro de cego" e "Um homem experiente": copyright original © 1957 The Atlantic Monthly, copyright renovado © 1985 Mary Hemingway; "Veranistas" e "Quando o mundo era novo": copyright original © 1972 The Ernest Hemingway Foundation; "Episódio africano": copyright original © 1986 John Hemingway, Patrick Hemingway e Gregory Hemingway; "Viagem de trem", "O cabineiro", "Burro preto na encruzilhada", "Paisagem com figuras", "Cada isso nos lembra um aquilo", "Boas notícias de terra firme" e "Um país estranho": copyright original © 1987 The Ernest Hemingway Foundation.

Título original: The complete short stories of Ernest Hemingway

Capa: Angelo Allevato Bottino

Imagem de capa: David Merewether - Coleção Dorling Kindersley / Getty Images

Editoração eletrônica: Imagem Virtual Editoração Ltda.

Preparação de texto: Veio Libri

Texto segundo o novo Acordo Ortográfico da Língua Portuguesa

2025
Impresso no Brasil
Printed in Brazil

CIP-Brasil. Catalogação na fonte
Sindicato Nacional dos Editores de Livros, RJ

H429n
Vol. 3
7ª ed.
	Hemingway, Ernest, 1899-1961
	    Contos: volume 3 / Ernest Hemingway; tradução J. J. Veiga. - 7ª ed. -
	Rio de Janeiro: Bertrand Brasil, 2025.
	    462p.; 23 cm.
	
	Tradução de: The complete short stories of Ernest Hemingway
	Sequência de: Contos: volume 2
	ISBN 978-85-286-1481-7
	
	1. Romance americano. I. Veiga, J. J. II. Título.

	CDD — 813
14-12390	CDU — 821.111(73)-3

Todos os direitos reservados pela:
EDITORA BERTRAND BRASIL LTDA.
Rua Argentina, 171 — 3º andar — São Cristóvão
20921-380 — Rio de Janeiro — RJ
Tel.: (21) 2585-2000

Não é permitida a reprodução total ou parcial desta obra, por quaisquer meios, sem a prévia autorização por escrito da Editora.

Atendimento e venda direta ao leitor:
sac@record.com.br

Sumário

Uma travessia 7

O regresso do mercador 57

A denúncia 74

A borboleta e o tanque 90

Véspera de batalha 103

Ao pé da cordilheira 143

Ninguém morre jamais 160

O leão bondoso 180

O touro fiel 185

Arranje um cachorro de cego 188

Um homem experiente 196

Veranistas 202

Quando o mundo era novo 216

Episódio africano 286

Viagem de trem 302

O cabineiro 325

Burro preto na encruzilhada 338

Paisagem com figuras 358

Cada isso nos lembra um aquilo 370

Boas notícias da terra firme 378

Um país estranho 383

Uma travessia

Sabe como é de manhã cedo em Havana, mendigos bêbados ainda dormindo junto às paredes dos prédios, antes mesmo de chegarem as carroças de gelo para os bares? Atravessamos a praça partindo do cais para o Perla de San Francisco a fim de tomar café, e só tinha um mendigo acordado na praia bebendo água da fonte. Mas, quando entramos no café e nos sentamos, os três já nos esperavam. Um deles se aproximou.

— E então? — perguntou.

— Não posso — respondi. — Gostaria de fazer como favor. Mas lhe disse ontem que não posso.

— Dá o seu preço.

— Não é isso. É que não posso.

Os outros dois tinham se aproximado também e os três ficaram parados ali com ar triste. Pareciam pessoas de bem e eu gostaria de prestar-lhes o favor.

— Mil por cabeça — disse o que falava inglês bem.

— Não me façam perder a alegria — respondi. — Não posso mesmo fazer isso.

— Depois, quando as coisas tiverem mudado, não significará muito para você.

— Eu sei. Estou com vocês. Mas simplesmente não posso.

— Por que não?

— Ganho a vida com o barco. Se o perder, perco o meu meio de vida.

— Com o dinheiro pode comprar outro barco.

— Não se estiver na cadeia.

Devem ter pensado que eu queria negociar, porque o primeiro continuou insistindo.

— Você ganharia três mil dólares que lhe iam fazer muito bem mais tarde. Isso não vai durar, você sabe.

— Olhe — disse eu. — Não me interessa quem é presidente aqui. Mas não levo para os Estados Unidos nada que possa falar.

— Quer dizer que vamos falar? — disse um que ainda não tinha dito nada. Estava zangado.

— Eu disse nada que *possa* falar.

— Pensa que somos *lenguas largas*?

— Não.

— Sabe o que é *lengua larga*?

— Sei. É língua comprida.

— Sabe o que fazemos com eles?

— Não seja duro comigo — disse eu. — Você me fez uma proposta. Eu não lhe ofereci nada.

— Cale a boca, Pancho — disse ao enfezado o que tinha iniciado a conversa.

— Ele disse que vamos falar — disse Pancho.

— Olhe, eu disse a vocês que não levo nada que *possa* falar. Bebida ensacada não fala. Garrafões empalhados não falam. Tem outras coisas que não falam. Homens falam.

— Chineses falam? — perguntou Pancho em tom zangado.

— Podem falar, mas eu não os entendo — respondi.

— Então não aceita mesmo?

— É como eu disse ontem de noite. Não posso.

— Mas você não fala? — disse Pancho.

O ponto que ele não tinha entendido direito o irritara. E acho que entrou também o desapontamento. Não respondi a ele.

— Você não é *lengua larga*, é? — perguntou ele ainda zangado.

— Acho que não.

— Como assim? Está nos ameaçando?

— Olhe, não fique tão irritado de manhã cedo. Você deve ter degolado muita gente. Ainda nem tomei café.

— Então você acha que degolei gente?

— Não. E não me interessa. Não pode conversar sem ficar zangado?

— Estou zangado agora. Com vontade de matar você.

— Ora bolas! — respondi. — Você fala demais.

— Vamos, Pancho — disse o primeiro. Depois para mim: — Sinto muito. Seria bom se você nos levasse.

— Eu também sinto muito. Mas não posso.

Os três caminharam para a porta, eu os acompanhei com o olhar. Eram jovens bem apresentáveis, usavam boas roupas; nenhum usava chapéu, e pareciam ter muito dinheiro. Falavam muito em dinheiro, e falavam o inglês que cubanos ricos falam.

Dois pareciam irmãos, e o terceiro, Pancho, era um pouco mais alto, mas tinha o mesmo aspecto dos outros. Esbelto, boas roupas, cabelo lustroso. No aspecto não era rude como na fala. Devia estar muito nervoso.

Quando saíram e caminharam para a direita, vi um carro todo fechado atravessando a praça na direção deles. Uma vidraça quebrou-se e a bala fez estragos nas garrafas expostas no mostruário que ficava numa parede à direita. Ouvi os disparos e as garrafas estourando em toda a parede.

Pulei para trás do balcão no lado esquerdo e fiquei agachado olhando. O carro estava parado e havia dois sujeitos agachados ao lado dele. Um tinha uma metralhadora Thompson e o outro, uma carabina automática de cano serrado. O da metralhadora era negro. O outro usava guarda-pó branco de motorista.

Um dos rapazes estava estirado na calçada, de barriga para baixo, ao pé da janela esfacelada. Os outros dois estavam atrás de uma das carroças de cerveja Tropical paradas na frente do bar Cunard, pegado ao café. Um dos cavalos da carroça estava caído com os arneses, escoiceando, e o outro de cabeça pendida.

Um dos rapazes disparou de um canto traseiro da carroça, a bala ricocheteou na calçada. O negro da metralhadora abaixou-se quase encostando o rosto no chão e deu uma rajada por baixo da carroça, que derrubou pelo menos uma pessoa, a qual caiu para o lado da calçada com a cabeça sobre o meio-fio. Ele ficou lá com as mãos na cabeça, e o motorista atirou nele com a espingarda, enquanto o negro recarregava a metralhadora; mas errou. Podiam-se ver marcas de balas em toda a calçada, como borrifos de prata.

O outro rapaz puxou pelas pernas o que estava caído e o trouxe para trás da carroça. O negro abaixou-se novamente no asfalto para atirar. Aí vi Pancho dar a volta pela traseira da carroça e pisar no cabresto do cavalo que ainda estava em pé. Afastou-se do cavalo, o rosto branco como papel, e visou o motorista com a Luger que segurava com as duas mãos para ter firmeza. Deu dois tiros, que passaram por cima da cabeça do negro, e mais um, que também não acertou.

Acertou num pneu do carro, porque vi poeira se erguendo da rua soprada pelo ar, e a três metros de distância o negro acertou-o na barriga com a metralhadora, gastando talvez a última bala, pois largou a arma em seguida. Pancho caiu sentado e se inclinou para a frente. Tentava levantar-se, ainda com a Luger na mão, mas não podia erguer a cabeça, e o negro pegou a espingarda que o motorista tinha deixado encostada na roda do carro e estourou a cabeça de Pancho. Um negro e tanto.

Tomei um gole da primeira garrafa que encontrei aberta e até hoje não posso dizer do que era. Aquilo tudo me deixou transtornado. Escorreguei por trás do balcão, passei para a cozinha e saí do café. Deixei a praça para trás e nem olhei na direção da multidão que já se formava na frente do café. Passei o portão, entrei no cais e pulei para o barco.

O camarada que o tinha alugado estava a bordo esperando. Contei-lhe o acontecido.

— E Eddy? — perguntou Johnson, o camarada que tinha alugado o barco.

— Não o vi mais depois que o tiroteio começou.

— Acha que ele foi baleado?

— Ah, não. Os únicos tiros que entraram no café foram os que quebraram o mostruário. E isso foi quando o carro vinha atrás deles. Quando atiraram no rapaz bem na frente da janela. Atiraram num ângulo assim...

— Você fala com muita certeza.

— Eu estava olhando.

Aí, levantando os olhos, vi Eddy vindo pelo cais, mais alto e desleixado do que nunca. Caminhava com as juntas em movimentos desencontrados.

— Olhe ele aí.

Eddy parecia péssimo. Já não estava bem de manhã cedo, agora parecia bem pior.

— Onde esteve? — perguntei.

— No chão.

— Viu tudo? — perguntou Johnson.

— Não me fale nisso, sr. Johnson. Me sinto mal só de pensar.

— É melhor tomar um drinque — disse Johnson. E para mim: — Vai sair?

— Você é quem sabe.

— Como será que vai ser o dia?

— Como ontem. Talvez melhor.

— Então saímos.

— Logo que chegarem as iscas.

Fazia três semanas que estávamos saindo para pescar na corrente e eu ainda não tinha visto o dinheiro de Johnson, a não ser cem dólares que ele me deu para pagar o cônsul e a licença, comprar comida e pôr gasolina no barco antes da travessia. Eu estava fornecendo todo o equipamento e ele alugara o barco a trinta e cinco dólares por dia.

— Preciso pôr gasolina — disse eu a Johnson.

— Certo.

— Preciso de dinheiro para isso.

— Quanto?

— Custa vinte e oito centavos o galão. Preciso pôr quarenta galões. Ao todo, onze e vinte.

Ele tirou quinze dólares.

— Quer aplicar o resto em cerveja e gelo? — perguntei.

— Ótimo. Abate no que eu lhe devo.

Eu estava achando que três semanas era muito tempo para ficar a serviço dele, mas, se ele cumprisse o acertado, que diferença faria? Só que ele devia pagar semanalmente. Uma vez deixei correr um mês e acabei recebendo o dinheiro. No princípio achei bom deixar o barco nas mãos dele; só nos últimos dias é que fui ficando nervoso, mas evitei dizer qualquer coisa com medo de levar bala. Se ele era bom no negócio, quanto mais tempo durasse, melhor.

— Pegue uma garrafa — disse-me ele abrindo uma caixa de cerveja.

— Não, obrigado.

Nesse momento o negro que nos fornecia isca apareceu no cais e eu disse a Eddy para preparar para zarpar.

O negro subiu a bordo com a isca, soltamos as amarras e fomos nos afastando do cais, o negro iscando duas cavalas, enfiando o anzol pela boca e empurrando a ponta pelas guelras, abrindo o lado e atravessando-o com o anzol, fechando a boca com o arame da guia e prendendo bem o anzol para ele não escorregar e a isca ir se arrastando sem girar.

Era um negro retinto, inteligente e triste, com um colar de contas azuis de vodu no pescoço, por baixo da camisa, e na cabeça um velho chapéu de palha. O que ele mais gostava de fazer a bordo era dormir e ler jornais. Mas sabia iscar muito bem, e ligeiro.

— Você é capaz de iscar assim, capitão? — perguntou-me Johnson.

— Sim, senhor.

— Por que precisa de um negro para fazer isso?

— Quando aparecer peixe grande você vai saber.

— Como assim?

— O negro isca mais depressa do que eu.

— Eddy não pode iscar?

— Não, senhor.

— Me parece uma despesa desnecessária. — Ele pagava um dólar por dia ao negro e o negro dançava rumba todas as noites. Já estava ficando sonolento.

— Ele é necessário — disse eu.

Já passávamos as sumacas com seus carros de peixe ancoradas em frente ao Cabañas, e os esquifes também ancorados pescando peixe-carneiro perto do Morro. Aprumei o barco para onde o golfo formava uma linha escura. Eddy lançou as duas armadilhas grandes, e o negro iscou três varas.

Estávamos perto da corrente e, quando já íamos quase entrando nela, vimos a mancha avermelhada com os redemoinhos habituais. Soprava uma brisa leve e logo apareceu uma infinidade de peixes-voadores, daqueles grandões que parecem a fotografia de Lindbergh atravessando o Atlântico.

Esses peixes-voadores grandes são o melhor sinal. Até onde a vista alcançava era aquela alga amarelo-clara aqui e ali, que indica que a corrente principal é ali mesmo, e à nossa frente bandos de aves acompanhavam um cardume de atuns pequenos, pulando; tão pequenos que não deviam pesar nem um quilo.

— Pode começar quando quiser — disse eu a Johnson.

Ele pôs o cinturão e as correias e pegou a vara grande com o molinete Hardy de quinhentos metros de linha número trinta e seis. Olhei para trás e vi a isca girando bem e acompanhando a esteira. Vi também as duas armadilhas que afundavam e subiam. A velocidade era quase ideal; aprumei o barco para dentro da corrente.

— Não tire o cabo da vara do soquete na cadeira — disse eu a Johnson. — Assim a vara não fica tão pesada. Não solte o arrasto por enquanto, espere o peixe morder. Se um peixe morder com o arrasto solto, ele puxa você pra fora do barco.

Eu dizia essas mesmas coisas todos os dias a Johnson, mas não fazia mal. Só dois por cento dos pescadores sabem pescar. E os que sabem passam a maior parte do tempo apalermados e querem utilizar linha que não serve para peixe grande.

— Como está o dia? — perguntou Johnson.

— Melhor não podia ser. — Era mesmo um dia excelente.

Dei a roda do leme ao negro e disse a ele para ir acompanhando a beira da corrente para leste, e voltei para perto de Johnson, que seguia com o olhar o arrasto da isca na água.

— Quer que eu lance outra vara? — perguntei.

— Acho que não. Quero fisgar, lutar e tirar o peixe eu mesmo.

— Ótimo. Quer que Eddy prepare outra vara e a passe a você se aparecer um segundo peixe?

— Não. Prefiro uma vara só.

O negro continuava ao leme. Quando o olhei, ele acompanhava com os olhos um bando de peixes-voadores em nossa frente. Atrás, via-se Havana brilhando ao sol e um navio saindo do porto.

— Acho que hoje vai ter oportunidade de lutar com um peixe, sr. Johnson.

— Até que enfim! Há quanto tempo estamos no mar?

— Hoje faz três semanas.

— É muito tempo para ficar pescando.

— São peixes estranhos. Quando parece que não tem nenhum, eles aparecem. E aparecem aos montes. E sempre aparecem. Quando não aparecem nesta quadra do ano, não aparecem mais. A lua está na fase certa. A corrente é boa e vamos ter brisa.

— Da primeira vez que viemos havia alguns peixes pequenos.

— É como eu lhe disse. Os pequenos rareiam e somem antes de aparecerem os grandes.

— Vocês, capitães de pesca esportiva, usam sempre o mesmo argumento. Ou é muito cedo, ou é muito tarde, ou o vento sopra errado, ou a lua não está na fase certa. Mas recebem o seu dinheiro do mesmo jeito.

— Pois fique sabendo que o problema é esse; geralmente é muito cedo ou muito tarde, e na maior parte do tempo o vento sopra errado. E, quando se tem um dia perfeito, fica-se no cais sem clientela.

— Acha que hoje é um dia perfeito? — perguntou Johnson.

— Bem, o meu dia hoje já foi muito movimentado. Mas acho que posso garantir que o senhor vai ter muita agitação.

— Tomara que sim — disse ele.

Instalamos o molinete. Eddy foi para a proa e deitou-se. Fiquei em pé atento ao aparecimento de alguma barbatana. De vez em quando o negro cochilava, mas eu não tirava os olhos dele. Na certa ele não dormira de noite.

— Você se importaria de me trazer uma garrafa de cerveja, capitão? — pediu-me Johnson.

— Não, senhor — respondi, e mergulhei a mão no gelo para pegar-lhe uma gelada.

— Não quer uma também? — perguntou ele.

— Não, senhor. Vou esperar a noite.

Abri a garrafa e ia passá-la a ele quando vi o enorme vulto pardo com uma espada mais comprida do que um braço. A cabeça e parte do dorso fora d'água. Era mais robusto do que uma grossa tora de madeira.

— Dê linha a ele! — gritei.

— Ele não engoliu a isca — disse Johnson.

— Então segure.

O peixe tinha vindo das funduras e errara a isca. Eu sabia que ele ia dar a volta e tentar de novo.

— Prepare-se para dar linha logo que ele engolir a isca.

Ele reapareceu a ré, mas submerso. As barbatanas se mostravam fora d'água como asas vermelhas, e ele tinha listras vermelhas no bojo pardo. Deslizava como um submarino, e a barbatana de cima cortava a água. Surgiu bem atrás da isca, e a espada apareceu inteira fora d'água.

— Espere ele engolir — disse eu.

Johnson tirou a mão do carretel do molinete, que começou a se desenrolar, e o grande marlim virou-se e afundou; vi o corpo inteiro dele brilhando como prata quando ele virou de lado e rumou rápido para a praia.

— Dê um pouco de arrasto. Só um pouco — disse eu.

Johnson desenrolou o arrasto.

— Só um pouco — repeti. A linha inclinou-se. — Agora trave o molinete e dê uma puxada. É preciso dar uma puxada. De qualquer maneira ele vai saltar mesmo.

Ele travou o molinete e passou a cuidar da vara.

— Uma puxada. É para cravar bem o anzol. Dê umas seis puxadas fortes.

Johnson deu mais duas puxadas fortes, a vara se curvou em duas, o molinete começou a guinchar e lá surgiu o bicho num comprido salto vertical como prata ao sol, espadanando água como cavalo caído de um barranco alto.

— Alivie o arrasto.

— Escapuliu — disse Johnson.

— Escapuliu nada. Afrouxe o arrasto um pouco.

A linha curvou-se, e no salto seguinte o bicho estava a ré e nadando para o mar aberto. Logo reapareceu espalhando água, e vi que estava fisgado pelo canto da boca. As listras apareciam nítidas. Era um belo peixe, prateado com barra vermelha e da grossura de uma tora.

— Escapuliu — disse Johnson. — A linha estava frouxa.

— Enrole a linha. Está fisgado. Em frente, com toda a força! — gritei para o negro.

Uma, duas vezes o peixe emergiu teso como um poste, saltando em nossa direção com o corpo inteiro, jogando água para o alto ao fim de cada salto. A linha esticou-se, e vi que ele rumava novamente para a praia, mas logo começou a virar.

— Agora vai começar a corrida — disse eu. — Se ele tomar o anzol, vamos atrás. Mantenha o arrasto frouxo. Tem linha suficiente.

O belo marlim rumou para noroeste como fazem os peixes grandes — e como tomou o anzol! Começou a saltar em curvas compridas, e cada esparramo era como um barco de corrida no mar. Fomos atrás dele, mantendo-o na lateral depois que fiz a curva. Assumi o leme e fiquei gritando para Johnson manter o arrasto curto e enrolar depressa. De repente a vara estremeceu e a linha afrouxou. Eu sabia que estava frouxa por causa do peso da curva debaixo d'água.

— Escapuliu — disse eu a Johnson. O peixe ainda saltava, e continuou saltando até sumir de vista. Era um belo peixe, sem dúvida.

— Ainda sinto o puxão dele — disse Johnson.

— É o peso da linha.

— Mal consigo enrolar. Talvez esteja morto — disse Johnson.

— Olhe ele saltando. — Estava a quase um quilômetro de distância esparramando água.

Experimentei o arrasto. Estava bem travado. Não se podia enrolar nem um palmo de linha. Tinha que arrebentar.

— Eu disse para manter o arrasto frouxo.

— Mas ele não parava de tomar linha.

— E daí?

— Daí eu travei.

— Olhe aqui. Se não se der linha quando eles tomam o anzol, eles arrebentam a linha. Não tem linha que aguente a força deles. Quando querem linha, temos que dar. É preciso manter o arrasto frouxo. Nem os pescadores profissionais conseguem manter a linha esticada mesmo que seja de arpão. O que podemos fazer é utilizar o barco para persegui-los para que não tomem a linha toda quando estão em corrida. Quando acabam a corrida dão sinal, e aí pode-se esticar o arrasto e recolher a linha.

— Quer dizer então que, se a linha não tivesse arrebentado, eu o teria pescado?

— Poderia ter pescado.

— E ele não conseguiria continuar nadando tão depressa por muito tempo, conseguiria?

— Eles podem fazer muito mais do que isso. Depois que a corrida acaba é que a luta começa.

— Pois vamos pegar um — disse Johnson.

— Primeiro é preciso enrolar a linha.

Fisgamos aquele peixe e o perdemos sem acordar Eddy. Agora ele voltava à popa.

— O que foi que houve? — perguntou.

Eddy foi bom marujo antes de se apaixonar pela garrafa. Olhei ele lá parado, compridão e de rosto chupado, a boca mole e as manchas brancas nos cantos dos olhos, o cabelo descorado pelo sol. Eu sabia que ele tinha acordado louco por um trago.

— É melhor tomar uma garrafa de cerveja — sugeri. Ele tirou uma garrafa do gelo e bebeu.

— Sabe, sr. Johnson — disse —, acho melhor eu dormir um pouco mais. Muito obrigado pela cerveja. — Esse era o velho Eddy. Não estava nem de longe interessado em peixes.

Por volta do meio-dia fisgamos outro peixe, e ele escapou com um salto. Vimos o anzol subir dez metros no ar.

— Qual foi o meu erro desta vez? — perguntou Johnson.

— Nenhum. Ele cuspiu o anzol.

— Sr. Johnson — disse Eddy, que tinha se levantado para pegar mais uma cerveja. — Sr. Johnson, o senhor não tem sorte como pescador. Talvez tenha com mulheres. Sr. Johnson, que tal sairmos esta noite? — E, dizendo isso, Eddy voltou à proa para se deitar.

Pelas quatro da tarde, quando voltávamos para a praia tangenciando a corrente como numa levada, com o sol em nossas costas, o maior marlim-negro do mundo mordeu a isca de Johnson. Tínhamos lançado um cacho de lulas e pegado quatro atuns pequenos, e o negro iscou o anzol com um. A isca corria pouco abaixo da superfície, mas levantava bom penacho d'água.

Johnson tirou a capa de couro do cabo da vara para poder prendê-la com os joelhos porque estava com os braços cansados de segurá-la o tempo todo. Como também estava com as mãos doloridas de segurarem a carretilha do molinete para manter o arrasto da isca, ele travou o arrasto, aproveitando a minha distração. Não percebi que ele tinha travado o arrasto. Não gostei do jeito como ele segurava a vara, mas não queria estar censurando-o o tempo todo. Além do mais, com o arrasto preso, a linha se esticaria sem nenhum perigo. Mas não deixava de ser uma maneira relaxada de pescar.

Eu estava com o leme mantendo o barco na beira da corrente oposta a uma velha fábrica de cimento onde o mar é fundo perto da praia e forma uma espécie de contracorrente na qual se junta muita isca. De repente vejo um esparrinhar como o de bomba de profundidade, e depois a espada, o olho e a queixada inferior aberta e a cabeça rubro-negra de um marlim preto. Toda a nadadeira superior estava fora d'água, e parecia da altura de um navio armado em galera. A barbatana da cauda ficou inteira fora d'água quando ele atacou o atum. O bico tinha o diâmetro de um taco de beisebol e era inclinado para cima. Quando abocanhou a isca cortou fundo o mar. Era preto-avermelhado, o olho do tamanho de uma tigela de sopa. Era enorme. Devia pesar meia tonelada.

Gritei para Johnson dar linha, mas, antes de poder dizer qualquer coisa, o vi subir no ar como que se levantado por um guindaste, ele segurando a vara por um segundo, a vara encurvada como arco de flecha; em seguida o cabo da vara pegou-o na barriga e todo o equipamento caiu na água.

Como Johnson tinha travado o arrasto, quando o peixe arrancou levantou-o da cadeira e ele ficou sem ação. Quando sentado ele tinha o cabo da vara debaixo de uma perna e a vara no colo. Se estivesse com as correias afiveladas, ele teria ido junto com o equipamento.

Desliguei o motor e corri à popa. Johnson estava lá sentado com as mãos na barriga onde o cabo da vara o atingira.

— Acho que por hoje chega — disse eu.

— Que bicho era aquele? — perguntou-me.

— Um marlim-negro.

— Como foi que aconteceu?

— Faça o cálculo. O molinete custou duzentos e cinquenta dólares. Hoje custa mais. A vara custou-me quarenta e cinco. Havia uns quinhentos metros de linha número trinta e seis.

Nesse momento Eddy bateu nas costas de Johnson.

— Sr. Johnson — disse —, o senhor é azarado. Nunca vi coisa igual em toda a minha vida.

— Cale a boca, seu cachaceiro — disse eu a Eddy.

— Pois fique sabendo, sr. Johnson — continuou ele —, que foi a coisa mais incrível que já vi.

— O que é que eu devia fazer se fosse levado por um peixe como aquele? — perguntou Johnson.

— Isso é o que acontece quando se quer lutar por conta própria — disse eu. Eu estava fulo com ele.

— São grandes demais — disse Johnson. — Vai ver que foi castigo.

— Um peixe como aquele mata qualquer pessoa.

— Mas tem quem os pesque.

— Tem, sim, mas só gente que sabe pescar. Mas não pense que esses também não são castigados.

— Vi a fotografia de uma moça que pescou um.

— E ainda pesca. Ele engoliu a isca, e quando foi puxado o estômago veio também, e ele morreu. É preciso dar linha quando eles são fisgados pela boca.

— Mas são muito grandes — disse Johnson. — Se não é divertido, por que pescar?

— Exatamente, sr. Johnson — disse Eddy. — Se não é divertido, por que pescar? Sr. Johnson, o senhor acertou na mosca. Se não é divertido, para que fazer isso?

Eu ainda tremia com o episódio. Pensava no equipamento perdido e não conseguia prestar atenção na conversa deles. Mandei o negro aproar para o Morro. Eles ficaram lá sentados, Eddy numa cadeira com uma garrafa de cerveja e Johnson com outra. Não abri mais minha boca.

— Capitão, pode me preparar um uísque com soda?

Preparei a bebida para ele sem dizer nada, depois uma para mim. Pensei comigo mesmo, esse Johnson está pescando há quinze dias, fisga um peixe que qualquer pescador profissional esperaria um ano para conseguir, perde o peixe, perde o meu equipamento caro, faz papel de bobo e fica aí sentado todo contente bebendo com um cachaceiro.

Quando chegamos ao cais e o negro ficou em pé esperando, eu disse:

— E amanhã?

— Acho que não — respondeu Johnson. — Estou cansado dessa tal pescaria.

— Não vai pagar o negro?

— Quanto devo a ele?

— Um dólar. Pode dar mais se quiser.

Johnson deu ao negro um dólar e duas moedas cubanas de vinte centavos.

— Para que isso? — perguntou o negro a mim mostrando as moedas.

— Gorjeta — expliquei em espanhol. — Você está dispensado. Ele está lhe dando isso.

— Não venho amanhã?

— Não.

O negro pega a maçaroca de barbante que usava para amarrar iscas, pega os óculos escuros, põe o chapéu de palha e sai sem se despedir. Era um negro que não ligava a mínima a nenhum de nós.

— Quando vamos acertar as contas, sr. Johnson? — perguntei.

— Vou ao banco amanhã cedo. Acertamos à tarde.

— Sabe quantos dias são?

— Quinze.

— Não. São dezesseis com hoje, e dois dias para ir e vir são dezoito. E tem também a vara, o molinete e a linha.

— O equipamento é risco seu — disse Johnson.

— Não, senhor. Não quando é perdido daquele jeito.

— Aluguei o equipamento por dia, e paguei. O risco é seu.

— Não, senhor — respondi. — Se o peixe tivesse quebrado o equipamento sem que o senhor tivesse culpa, seria diferente. O senhor perdeu o equipamento por puro descaso.

— O peixe arrancou-o de minhas mãos.

— Porque o senhor travou o arrasto e não estava com a vara na caçapa.

— Você não tem o direito de cobrar isso.

— Se o senhor alugasse um carro e o deixasse cair num despenhadeiro, não acha que teria que pagar o prejuízo?

— Não se eu estivesse nele — disse Johnson.

— Essa é muito boa, sr. Johnson — disse Eddy. — Está vendo, capitão? Se ele estivesse no carro, morreria. Logo, não poderia pagar. Essa é muito boa.

Não dei atenção ao cachaça.

— O senhor me deve duzentos e noventa e cinco dólares pela vara, molinete e linha — disse eu a ele.

— Não acho justo — disse Johnson. — Mas, se você acha, podemos rachar a despesa.

— Não posso comprar outro por menos de trezentos e sessenta. Não estou cobrando pela linha. Um peixe como aquele poderia tomar a linha toda e o senhor não teria culpa. Se houvesse alguém aqui que não fosse cachaceiro, ele lhe diria que estou sendo correto. Sei que é muito dinheiro, mas era muito dinheiro quando comprei aquele equipamento. Do jeito que o senhor pesca, nem o melhor equipamento do mundo teria serventia.

— Sr. Johnson, ele diz que sou cachaceiro. Posso ser. Mas ele está certo. Ele está certo e está sendo razoável — disse Eddy.

— Não quero criar caso — finalizou Johnson. — Pago tudo, mesmo não concordando. Então são dezoito dias a trinta e cinco dólares por dia, e mais duzentos e noventa e cinco de extraordinário.

— Já me deu cem. Vou lhe dar uma lista de tudo o que gastei e abater a sobra. O que o senhor gastou com provisões nas idas e vindas.

— Muito justo — disse Johnson.

— Olhe, sr. Johnson, se o senhor soubesse o que costumam cobrar de um estranho, veria que é muito mais do que justo. E sabe de uma coisa? Está muito bom — disse Eddy. — O capitão está tratando o senhor como se o senhor fosse a mãe dele.

— Vou ao banco amanhã e procuro você de tarde. Pego o barco diurno depois de amanhã.

— Pode voltar conosco e economizar a passagem do diurno.

— Não. Ganho tempo com o diurno.

— Muito bem. Que tal um drinque? — perguntei.

— Aceito — disse Johnson. — Tudo em paz entre nós?

— Tudo — disse eu. Sentamos os três na popa e tomamos uísque com soda juntos.

No dia seguinte trabalhei no barco a manhã toda, trocando o óleo, acertando uma coisa e outra. Ao meio-dia fui à cidade alta e almocei num frege chinês, onde se come bem por quarenta centavos; depois fiz umas compras para levar para minha mulher e nossas três filhas — perfume, uns leques e duas daquelas travessas grandes para cabelo. Dei uma passada no Donovan, tomei uma cerveja e conversei com o velho; depois voltei para o cais San Francisco, parando no caminho umas duas ou três vezes para beber uma cerveja. Paguei dois drinques ao Frankie no Cunard e entrei no barco com excelente disposição. Cheguei só com quarenta centavos no bolso. Frankie foi comigo para o barco, e, enquanto esperávamos Johnson, bebemos duas cervejas geladas.

Eddy não tinha aparecido nem de noite nem até aquela hora do dia, mas eu sabia que acabaria dando as caras quando o crédito dele na praça se esgotasse. Donovan me disse que Eddy tinha estado lá por pouco tempo com Johnson na noite anterior, e Eddy pedira bebida fiado para os dois. Enquanto esperávamos comecei a me preocupar com Johnson. Eu tinha deixado recado no cais para ele me esperar no barco, mas me disseram que ele não aparecera. Achei que ele tivesse ido dormir tarde e consequentemente acordado tarde. Os bancos fechavam às três e meia. Vimos o avião decolar. Por volta das cinco e meia eu já tinha deixado de me sentir bem e já estava muito preocupado.

Às seis horas mandei Frankie ao hotel saber se Johnson estava lá. Eu ainda pensava que ele pudesse ter passado a noite fora e estar de ressaca no hotel, sem disposição para se levantar. Esperei até bem tarde. Eu estava muito preocupado porque ele me devia oitocentos e vinte e cinco dólares.

Fazia pouco mais de meia hora que eu tinha mandado Frankie ao hotel. Quando o vi de longe, ele vinha voltando depressa e sacudindo a cabeça.

— Embarcou no avião — disse.

Pronto. E agora? O consulado estava fechado, eu tinha quarenta centavos e o avião já devia estar em Miami. E eu nem podia passar um telegrama. Esse Johnson! Culpa minha. Eu devia ter farejado.

— Muito bem — disse eu a Frankie. — O que podemos fazer é tomar uma gelada. O sr. Johnson as comprou. — Só restavam três garrafas de Tropical.

Frankie estava tão deprimido quanto eu, e eu não entendia por que ele ficava me dando tapinhas nas costas e sacudindo a cabeça.

A situação era esta. Eu estava duro. Perdi quinhentos e trinta dólares do fretamento e um equipamento que não podia repor por trezentos e cinquenta dólares. O pessoal que passa o tempo no cais certamente ia ficar satisfeito, pensei. Alguns ilhéus na certa iam soltar foguetes. E pensar que no dia anterior eu tinha recusado três mil dólares para desembarcar três estrangeiros na Flórida. Em qualquer parte, só para tirá-los de Cuba.

Pois bem — e agora? Eu não podia trazer uma carga porque para comprar bebida é preciso dinheiro, e além do mais bebida não é mais o negócio que era. A cidade está inundada de bebida e não tem ninguém para comprar. Mas que o diabo me levasse se ia voltar sem dinheiro e com a perspectiva de passar um verão com fome naquela cidade. Eu tinha família. A licença estava paga. Paga-se ao despachante adiantado e ele cuida de todos os papéis. Droga, e eu sem dinheiro até para a gasolina. Sinuca pura. Esse Johnson!

— Preciso transportar alguma coisa — disse eu a Frankie. — Preciso fazer dinheiro.

— Vou ver o que posso fazer — disse ele.

Frankie bate pernas pela beira-mar, faz biscates, é surdo e bebe muito todas as noites. Mas ainda não conheci ninguém mais leal nem mais honesto. Eu o conheci desde que comecei a fazer essas travessias. Ele me ajudou a carregar o barco inúmeras vezes. E, quando passei a transportar bebida e a fazer excursões de pesca esportiva e veio a febre do peixe-espada em Cuba, eu o via sempre no cais e nos cafés. Ele parece um idiota porque sorri em vez de falar, mas só porque é surdo.

— Está disposto a levar qualquer coisa? — perguntou Frankie.

— Estou. Não posso escolher.

— Qualquer coisa?

— Qualquer coisa.

— Vou ver. Onde posso encontrar você?

— No Perla. Preciso comer.

Pode-se comer razoavelmente no Perla por vinte e cinco centavos. Tudo no cardápio custa vinte centavos, exceto a sopa, que custa cinco. Fui lá a pé com Frankie, eu entrei e ele continuou andando. Mas antes pegou-me a mão e sacudiu e pôs a outra nas minhas costas.

— Fique calmo — disse. — Eu, Frankie, muito jeitoso. Faz negócio. Bebe muito sem dinheiro. Mas grande amigo. Fique tranquilo.

— Até já, Frankie. Fique tranquilo você também.

Entrei no Perla e sentei numa mesa. Tinha vidro novo na vidraça que fora quebrada por bala, e a vitrine estava consertada. Muitos galegos bebendo no bar e alguns comendo. Numa mesa jogavam dominó já tão cedo. Pedi ensopado de carne com feijão-preto e batata cozida por quinze centavos. Uma garrafa de cerveja

Hatuey elevou a conta para vinte e cinco centavos. Falei com o garçom sobre o tiroteio, ele nada disse. Todos ali estavam com medo.

Acabei a refeição, recostei-me na cadeira e fumei um cigarro. Minha preocupação era enorme. Olhei Frankie entrando acompanhado de alguém. Material amarelo, pensei. Então é material amarelo.

— Este é o sr. Sing — disse Frankie sorrindo. Ele trabalhara depressa e estava contente.

— Muito prazer — disse Sing.

Sing era a coisa mais macia que já vi. Era china, claro, mas falava como inglês e vestia terno branco, camisa de seda e gravata preta, e usava um chapéu-panamá daqueles de cento e vinte e cinco dólares.

— Toma um café? — perguntou.

— Se você tomar.

— Obrigado. Estamos sozinhos aqui? — perguntou Sing.

— Tirando esses todos que estão aí — respondi.

— Esses não contam — disse Sing. — Você tem um barco?

— Trinta e oito pés. Kermath de cem cavalos.

— Ah, pensei que fosse um veleiro.

— Pode pegar duzentas e sessenta e cinco caixas sem ficar cheio.

— Será que o fretaria para mim?

— Em que condições?

— Você não precisa ir. Entro com o capitão e a tripulação.

— Não. Aonde ele for, vou com ele.

— Sei — disse Sing. — Quer fazer o favor de nos deixar sozinhos? — pediu Sing a Frankie, que pareceu interessadíssimo e sorriu para o china.

— Ele é surdo — disse eu. — E quase não entende inglês.

— Sei — confirmou Sing. — Você fala espanhol. Diz a ele para se juntar a nós mais tarde.

Fiz sinal a Frankie com o polegar.

Ele levantou-se e foi para o bar.

— Fala espanhol? — perguntei.

— Falo — disse Sing. — O que foi que fez você... Fez você considerar...

— Estou quebrado.

— Sei. O barco tem dívidas? Pode ser penhorado?

— Não.

— Muito bem. Quantos de meus infelizes compatriotas ele pode acomodar?

— Quer dizer, transportar?

— Isso.

— A que distância?

— Um dia de viagem.

— Não sei. Pode acomodar uma dúzia se não tiverem bagagem.

— Não terão bagagem.

— Para onde quer levá-los?

— Deixo isso a seu cargo — respondeu Sing.

— Decidir onde desembarcá-los?

— Você os leva às Tortugas, onde uma escuna os apanha.

— Olhe, tem um farol em Loggerhead Key, nas Tortugas, com rádio que transmite e recebe.

— Certo — disse Sing. — Seria uma idiotice desembarcá-los lá.

— E então?

— Eu disse que você pode embarcá-los para lá. Isso é o que indica a passagem deles.

— Sei.

— Mas você os desembarca onde o seu bom senso aconselhar.

— E a escuna vai apanhá-los nas Tortugas?

— Claro que não. Que bobagem.

— Quanto valem por cabeça? — perguntei.

— Cinquenta dólares.

— Não.

— Que tal setenta e cinco?

— Quanto está ganhando por cabeça?

— Ora, isso não vem ao caso. A emissão das passagens tem muitas facetas, ou melhor dizendo, ângulos. O assunto não acaba aí.

— Estou vendo. E o que eu devo fazer também não tem preço, é isso?

— Compreendo perfeitamente o seu ponto de vista — disse Sing. — Digamos cem dólares por cabeça.

— Olhe aqui. Sabe quanto posso pegar de cadeia se for apanhado nisso?

— Dez anos. Dez anos no mínimo. Mas não há perigo de ir para a cadeia, meu caro capitão. Você só tem um risco: o momento de embarcar seus passageiros. O resto fica em suas mãos.

— E se eles voltarem para as suas mãos?

— É muito simples. Digo a eles que você me traiu. Devolvo parte do dinheiro e os embarco de novo. Eles estão sabendo que a viagem é difícil.

— E quanto a mim?

— Posso fazer chegar uma palavrinha ao consulado.

— Entendo.

— Mil e duzentos dólares não é dinheiro para ser desprezado nestes dias, capitão.

— E quando recebo o dinheiro?

— Duzentos quando fechar o negócio e mil quando os embarcar.

— E se eu sumir com os duzentos?

— Fico no prejuízo — falou ele sorrindo. — Mas sei que você não vai fazer isso.

— Tem os duzentos aí?

— Naturalmente.

— Então ponha debaixo do prato. — Ele pôs. — Muito bem. Providencio os papéis amanhã cedo e zarpo de noite. E onde será o embarque?

— Que acha de Bacuranao?

— Certo. Está tudo combinado?

— Naturalmente.

— Então vamos acertar essa parte. Acenda dois luzeiros, um em cima do outro, no promontório. Apareço quando as luzes acenderem. Você vem com eles num barco e fazemos o transbordo. Venha pessoalmente e com o dinheiro. Não embarco ninguém enquanto não tiver o dinheiro.

— Não. Metade quando começar o embarque e o resto quando terminar.

— É. Fica bem assim.

— Então estamos entendidos em tudo? — perguntou Sing.

— Parece que sim. Nada de bagagem nem de armas, quero dizer, nem armas de fogo, nem facas, nem navalhas. Isso deve ficar bem claro.

— Não confia em mim, capitão? Não percebe que os nossos interesses são idênticos?

— Preciso ter certeza.

— Não me constranja. Ainda não percebeu que os nossos interesses são coincidentes?

— A que horas vai estar lá?

— Antes da meia-noite.

— Certo. Parece então que está tudo esclarecido.

— Como quer o dinheiro?

— Em notas de cem.

Ele se levantou e eu o acompanhei com os olhos. Frankie sorriu para ele quando ele passou a caminho da porta. Era um chinês sem arestas. Grande china.

Frankie veio para a minha mesa.

— Então? — perguntou.

— Onde foi que conheceu o sr. Sing?

— Ele embarca chinas. Grande negócio.

— Há quanto tempo o conhece?

— Ele apareceu aqui faz uns dois anos. Teve outro que embarcava chinas antes dele. Alguém o matou.

— Alguém vai matar o sr. Sing também.

— Vai mesmo. Por que não? Negócio grande.

— Negócio grande.

— Negócio grande — repetiu Frankie. — China embarcado nunca volta. Outros chinas escrevem dizendo tudo bem.

— Maravilha — disse eu.

— Esses chinas não sabem escrever. China que escreve, tudo rico. Come pouco. Só arroz. Cem mil chinas aqui. Só três mulheres.

— Por quê?

— Governo não deixa.

— Que coisa!

— Faz negócio com ele?

— Talvez.

— Negócio bom — afirmou Frankie. — Melhor do que política. Dinheiro muito. Muito negócio grande.

— Tome uma cerveja.

— Acabou preocupação?

— Acabou nada. Muito negócio grande. Muito obrigado.

— Muito bom — disse Frankie, e deu um tapa em minhas costas. — Fico muito feliz. Só quero você está feliz. Chinês, negócio bom, hein?

— Maravilha.

— Fico feliz. — Vi que Frankie estava a ponto de chorar por se sentir feliz de ver as coisas bem-encaminhadas. Dei um tapa nas costas dele também. Grande Frankie.

A primeira providência que tomei na manhã seguinte foi procurar o despachante para tratar dos papéis. Ele pediu a relação de tripulantes e eu disse que não ia haver tripulantes.

— Vai fazer a travessia sozinho, capitão?

— Vou.

— Que fim levou o seu companheiro de bordo?

— Por aí bêbado.

— É muito perigoso sair sozinho.

— São só noventa milhas. Acha que um cachaceiro a bordo ajuda alguma coisa?

Levei o barco para o cais da Standard Oil do outro lado da baía e enchi os dois tanques. Quase duzentos galões. Não me agradava comprar gasolina a vinte e oito centavos o galão, mas não sabia para onde teria que ir.

Desde que conversei com o china e recebi o dinheiro, comecei a me preocupar com o negócio. Passei a noite em claro. Voltei com o barco para o cais San Francisco, e quem estava lá me esperando? Eddy.

— Olá, Harry — gritou ele e acenou.

Joguei o cabo de popa para ele, que o amarrou e veio a bordo; mais comprido, os olhos mais turvos, mais bêbado do que nunca. Não falei com ele.

— Foi muita sujeira daquele Johnson ter dado o fora assim, Harry — lamentou ele. — Teve alguma notícia?

— Dê o fora. Não quero mais ver a sua cara.

— Não acha que fiquei tão aborrecido quanto você?

— Saia do meu barco.

Ele recostou-se na cadeira e esticou as pernas.

— Estou sabendo que vamos atravessar hoje — disse. — É, acho que ficar aqui não vale mais a pena.

— Você não vai.

— Por que agora, Harry? Não há motivo para ficar assim comigo.

— Não? Dê o fora.

— Está bem, se acalme.

Dei-lhe um tapa na cara. Ele se levantou e subiu para o cais.

— Eu não faria uma coisa dessas com você, Harry — disse.

— Não vou levar você. Ponto final.

— Mas por que você me bateu?

— Para você acreditar.

— O que quer que eu faça? Que fique aqui e morra de fome?

— Fome nada. Pode trabalhar na barca. Pode pagar a viagem de volta trabalhando.

— Você não está sendo correto comigo — disse ele.

— Com quem você foi correto, seu bêbado? Você é capaz de trair a própria mãe.

E era mesmo. Mas me arrependi de ter batido nele. Bater em bêbado deixa a gente deprimido. Mas eu não o levaria naquela viagem nem que eu quisesse.

Ele foi caminhando pelo cais e me pareceu mais comprido do que um dia sem café da manhã. Lá adiante parou e voltou.

— Pode me ceder uns dois dólares, Harry?

Dei-lhe uma nota de cinco dólares do dinheiro do china.

— Sempre tive você na conta de companheiro, Harry. Por que não me leva?

— Você dá azar.

— Você está zangado. Não faz mal, amigo velho. Você vai ficar feliz de me ver de novo.

Agora com dinheiro na mão ele se afastou mais depressa. Não me senti bem de vê-lo caminhando daquele jeito. Caminhava como se os joelhos estivessem virados para trás.

Fui ao Perla para me encontrar com o despachante, ele deu-me os documentos e eu paguei-lhe um drinque. Depois almocei e Frankie apareceu.

— Sujeito me deu isto pra você — disse e passou-me um papel enrolado e amarrado com cordão vermelho. Quando desenrolei o papel, pensei que fosse uma fotografia do barco tirada por alguém.

Era uma fotografia ampliada da cabeça e peito de um negro morto com a garganta cortada de um lado a outro e depois costurada, e um cartaz no peito com estas palavras em espanhol: "É o que fazemos com os *lenguas largas*."

— Quem lhe deu isto? — perguntei a Frankie.

Ele mostrou um garoto espanhol que fazia biscates no cais. Estava em pé no balcão de refeições.

— Diga a ele para vir aqui.

O garoto veio. Disse que o papel lhe fora dado por dois rapazes às onze horas para me ser entregue. Perguntaram se ele me conhecia, ele disse que sim. Então ele deu o papel a Frankie para mim. Deram-lhe um dólar para ele fazer isso. Disse que os rapazes estavam bem-vestidos.

— Política — disse Frankie.

— Está na cara.

— Pensam que você contou à polícia que ia se encontrar com aqueles três naquela manhã.

— É isso.

— Política ruim — disse Frankie. — Bom que você vai embora.

— Deixaram algum recado? — perguntei ao garoto.

— Não. Só para lhe entregar o papel.

— Preciso sair agora — disse eu a Frankie.

— Política ruim — repetiu ele. — Política muito ruim.

Juntei os papéis que o despachante me dera, paguei a conta e saí. Atravessei a praça, passei o portão com pressa de chegar ao cais. Aqueles rapazes tinham me marcado mesmo. Era burrice deles pensarem que eu tivesse contado a alguém sobre os seus companheiros. Esses rapazes são como Pancho. Quando ficam com medo, ficam excitados; e quando ficam excitados, querem matar alguém.

Entrei no barco e esquentei o motor. Frankie ficou no cais observando. Sorria aquele sorriso parado de surdo. Subi e fui falar com ele.

— Olhe, Frankie. Não vá se envolver em complicações por causa disso.

Ele não me ouvia. Precisei gritar.

— Eu, política boa — disse ele.

Fiz sinal para ele, e ele jogou o cabo. Afastei-me com o barco do cais e entrei no canal. Um cargueiro britânico zarpava, emparelhei-me com ele e o ultrapassei. Saí do porto, passei o Morro, pus o barco no curso para Key West, sentido norte. Deixei o leme e fui a vante enrolar o cabo; voltei e verifiquei o curso. Havana ficou atrás e as montanhas, à frente.

O Morro sumiu de vista depois de algum tempo; sumiu o Hotel Nacional e finalmente eu só via a cúpula do Capitólio. A corrente estava fraca comparada com a do último dia de pescaria, e a brisa era leve. Duas sumacas rumavam para Havana, e, como vinham do oeste, concluí que a corrente estava fraca.

Desliguei o motor e deixei o barco derivar para não gastar gasolina. Quando escurecesse eu poderia ver a luz do Morro ou, se o barco derivasse muito, as de Cojimar, me orientar por elas até Bacuranao. Calculei que naquela corrente o barco derivaria as doze milhas até Bacuranao no escuro, quando então avistaria as luzes de Baracóa.

Subi a vante para dar uma olhada em volta. Só vi as duas sumacas a oeste e, para trás, a cúpula branca do Capitólio acima da água. Chumaços de algas boiavam na corrente, e algumas aves os exploravam. Sentei-me na coberta e fiquei olhando, mas os únicos peixes que vi eram daqueles pardos pequeninos que saltam em volta de algas. Puxa, quanta água entre Havana e Key West. E eu estava apenas na beira dela.

Voltei à cabine — e lá estava Eddy!

— Que foi que aconteceu? O que é que há com o motor?

— Enguiçou.

— Por que não abriu a escotilha?

— Não chateie.

Sabem o que aconteceu? Depois de deixar o cais ele voltou, entrou pela escotilha de vante, foi para a cabine e dormiu. Tinha duas garrafas com ele, compradas na primeira bodega que viu. Quando zarpei, ele acordou e logo voltou a dormir. Ao desligar o motor no golfo, o barco começou a balançar com o movimento das ondas, e ele acordou.

— Eu sabia que você ia me levar, Harry — disse.

— Levar para os quintos. Você nem está na lista de tripulantes. Estou com vontade de fazer você pular no mar.

— Você sempre com suas piadas, Harry. Nós, ilhéus, precisamos nos unir nos momentos difíceis.

— Você e sua boca grande. Quem vai confiar em sua boca quando você está alto?

— Sou gente boa, Harry. Faça um teste comigo e veja que sou gente boa.

— Me dê essas garrafas. — Eu estava pensando em outra coisa.

Ele passou-me as garrafas, tomei um gole da que estava aberta e pus as duas ao lado da roda do leme. Ficou lá parado, e eu olhando para ele. Tive pena dele porque eu sabia o que precisava fazer. Diabos, sabia quando ele estava sendo bom.

— O que é que há com o barco, Harry?

— Nada.

— Então, que é que está acontecendo? Por que fica me olhando desse jeito?

— Você está metido numa enrascada, mano — respondi e novamente tive pena dele.

— Como assim, Harry?

— Ainda não sei. Ainda não descobri tudo.

Ficamos ali um pouco mais, eu sem nenhuma vontade de falar com ele. Quando entendi tudo, fiquei sem saber o que lhe dizer. Logo desci e peguei a carabina papo-amarelo e a Winchester 30:30 que sempre tinha na cabine e as pendurei no alto da coberta onde costumamos pendurar as varas, bem acima da roda do leme, ao alcance da mão. Guardo as armas naquelas capas de lã molhadas de óleo. É a única maneira de evitar que se enferrujem no mar.

Destravei a carabina e manobrei-a algumas vezes, depois carreguei-a e coloquei uma bala na agulha. Pus um cartucho na culatra da Winchester e enchi o carregador. Apanhei debaixo do colchão o Smith and Wesson trinta e oito especial do tempo em que eu era da polícia de Miami, limpei, lubrifiquei, carreguei e pus na cintura.

— O que é isso? O que é que está acontecendo? — perguntou Eddy.

— Nada.

— Para que o raio das armas?

— Sempre tenho armas a bordo. Para matar aves que vêm comer as iscas, ou atirar em tubarões que aparecem por aí.

— O que é que está havendo? Ainda não estou entendendo! — disse Eddy.

— Nada.

Fiquei sentado com o velho trinta e oito raspando em minha perna com o balanço do barco. Olhei para Eddy e pensei, não é hora ainda. Agora vou precisar dele.

— Vamos fazer um trabalhinho — disse eu. — Em Bacuranao. Vou lhe dizer o que fazer quando chegar a hora.

Eu não queria contar-lhe com muita antecedência porque ele ficaria tão assustado e nervoso que não me teria nenhuma utilidade.

— Você não podia encontrar ninguém melhor do que eu, Harry. Sou o homem de que você precisa. Estou com você em tudo.

Olhei para ele, comprido, trêmulo e de olhos mortiços, e não falei nada.

— Olhe, Harry. Pode me dar um gole? Não quero ficar tremendo.

Dei-lhe um gole e ficamos sentados esperando escurecer. Era um lindo pôr do sol, soprava uma brisa leve e, quando o sol mergulhou, liguei o motor e aproei lentamente para terra.

Paramos no escuro a cerca de pouco mais de um quilômetro de terra. A corrente esfriou com a noite e percebi o movimento dela. A luz do Morro era vista a oeste assim como o clarão de Havana. As luzes à nossa frente eram Rincón e Baracóa. Aproei para a corrente até passar Bacuranao e chegar perto de Cojimar. Feito isso, deixei o barco derivar. A escuridão era completa, mas eu sabia perfeitamente onde estávamos. Apaguei todas as luzes.

— Do que é que se trata, Harry? — perguntou Eddy. Ele começava a tremer de novo.

— O que é que você acha?

— Não sei. Você está me assustando. — Os tremores já quase tomavam conta dele e, quando chegou perto de mim, estava com um hálito de urubu.

— Que horas são? — perguntei.

— Vou lá embaixo olhar. — Quando voltou, disse que eram nove e meia.

— Está com fome? — perguntei.

— Não. Sabe que não consegui comer, Harry.

— É. Pode tomar mais um.

Depois que bebeu seu trago, perguntei como se sentia. Ele disse que se sentia muito bem.

— Daqui a pouco vou lhe dar mais dois. Sei que você só cria coragem quando bebe, e não temos muita bebida a bordo. Então é preciso racionar.

— Me diz do que se trata.

— Vamos nos aproximar de Bacuranao e pegar doze chinas. Você assume o leme quando eu disser, e faz o que eu mandar. Embarcamos os doze chinas e os trancamos embaixo, a vante. Vá a vante agora e feche a escotilha por fora.

Ele subiu e vi o vulto dele no escuro. Voltou e perguntou se podia tomar um dos dois prometidos.

— Não — respondi. — Quero você lúcido, não imprestável.

— Sou bom, Harry. Você vai ver.

— Você é um bêbado. Olhe, um china vai trazer os outros doze. Vai me dar um dinheiro no começo. Quando todos estiverem a bordo, ele me dá mais dinheiro. Quando vir ele me entregando dinheiro pela segunda vez, você engata à frente, acelera e ruma para o mar. Não ligue para o que estiver acontecendo. Aconteça o que acontecer, continue em frente. Entendeu?

— Entendi.

— Se algum china tentar sair da cabine ou pela escotilha quando estivermos a caminho, você pega a papo-amarelo e faz ele voltar com a mesma pressa com que tentou sair. Sabe manejar a carabina?

— Não, mas você me ensina.

— Você vai esquecer. Sabe manejar a Winchester?

— É só manobrar a alavanca e puxar o gatilho.

— Isso. Mas não me faça buracos no casco.

— É melhor me dar aquele outro gole.

— Está bem. Um pequeno.

Dei-lhe um dos grandes. Eu sabia que nada ia embebedá-lo agora, com aquele medo todo. Mas o efeito de cada gole durava pouco. Depois de tomar seu gole ele disse, parecendo até que estava feliz:

— Então vamos transportar chinas. Pois não é que sempre achei que ia acabar carregando chineses quando estivesse sem dinheiro?

— E nunca esteve sem dinheiro antes? — Ele estava voltando a ser engraçado.

Dei-lhe mais três tragos para ele ficar corajoso, isso ainda antes das dez e meia. Era divertido observá-lo, e observá-lo tirava a minha mente das preocupações que eu também tinha. Eu não tinha pensado no que fazer durante a longa espera. Tinha programado sair depois que escurecesse, entrar no mar para evitar o clarão de terra e costear até Cojimar.

Pouco antes das onze vi as duas luzes no promontório. Esperei um pouco e comecei a navegar lentamente. Bacuranao é uma angra onde outrora havia um cais comprido para embarcar areia. Tem um riozinho que entra quando as chuvas abrem a barra na embocadura. No inverno o vento norte amontoa a areia e fecha a barra.

Por ela entravam escunas para carregar caixotes de goiabas da beira do rio, e havia uma cidade. Um furacão arrasou tudo e hoje só existe uma casa construída por alguns galegos com o material que o furacão espalhou. Essa casa é a sede de um clube de fim de semana para havaneses. Tem outra casa onde mora o delegado, mas essa fica longe da praia.

Cada lugar pequeno como esse em todo o litoral tem um delegado do governo, mas calculei que o china devia estar utilizando um barco próprio e já ter se entendido com o delegado. Quando nos aproximamos senti o cheiro de uva-do-mar e aquele cheiro de folhagem que existe em toda a ilha.

— Continue com cuidado — disse eu a Eddy.

— Deste lado não há perigo. O recife é do outro lado.

"É, ele já foi um bom marinheiro", pensei.

— Fique atento — disse eu.

Tomei o leme e conduzi o barco para um lugar onde eles pudessem nos ver. Sem marulho de ondas, ouviriam o motor. Eu não queria ficar esperando sem saber se tinham nos visto ou não. Então lancei a luz do farol de busca uma vez, o de luz verde e vermelha, e o apaguei logo. Depois virei o barco e aproei para fora e ficamos parados com o motor em baixa rotação. Uma onda pequena veio se aproximando da praia.

— Venha cá — disse eu a Eddy, e dei-lhe uma dose de verdade.

— A gente arma primeiro com o polegar? — perguntou ele em voz baixa. Estava sentado ao leme; peguei as duas garrafas e deixei as rolhas não muito para fora nem muito para dentro.

Era incrível o que um trago fazia com ele, e com que rapidez. Ficamos esperando. Por entre a folhagem vi uma luz na casa do delegado. Os dois luzeiros no promontório diminuíram de intensidade e um deles deslocou-se em volta do promontório. Provavelmente, haviam apagado o outro.

Quando saímos da angra pouco depois, apareceu um barco pequeno vindo em nossa direção com um homem remando. Notei isso pela inclinação do corpo dele para a frente e para trás. O remo devia ser comprido. Fiquei contente. Se o barco vinha a remo, só havia uma pessoa nele. O barquinho chegou-se ao comprido do nosso.

— Boa-noite, capitão — disse Sing.

— Acoste a ré.

Sing disse alguma coisa ao remador, mas ele não conseguiu remar para trás; então peguei o barco pelo costado e puxei-o para a popa. Havia oito homens no barco, os seis chineses, Sing e o rapaz que remava. Enquanto puxava o barco para a popa, eu esperava a qualquer momento levar uma pancada no alto da cabeça, mas não levei. Ergui-me e passei a Sing o trabalho de encostar.

— Vamos ver a cor dele — disse eu.

Sing passou-me o maço, que levei para onde estava Eddy, na roda do leme, e acendi a luz da bússola. Examinei tudo cuidadosamente. Pareceu estar em ordem. Eddy tremia. Desliguei a luz.

— Pode tomar um — disse eu. Ele pegou a garrafa e bebeu seu trago.

Voltei à popa.

— OK. Podem subir os seis — ordenei.

Sing e o cubano do remo estavam com dificuldade de impedir o barco de virar, mesmo com as ondas pequenas. Sing disse alguma coisa em chinês e todos os chinas do barco começaram a subir pela popa.

— Um de cada vez — disse eu.

Ele tornou a falar em chinês, e os seis chinas subiram a bordo um a um. Eram de todos os tamanhos.

— Leve-os para a vante — ordenei a Eddy.

— Por aqui, senhores — orientou Eddy. Era sinal de que ele tinha virado um trago e tanto.

— Agora tranque a cabine — disse eu quando todos estavam lá dentro.

— Entendido — disse Eddy.

— Vou buscar os outros — anunciou Sing.

Empurrei-os da popa, e o rapaz começou a remar.

— Olhe — disse eu a Eddy. — Não pegue mais na garrafa. Você já está cheio de coragem.

— OK, chefe.

48 ~ ERNEST HEMINGWAY

— Que bicho o mordeu?

— É isso que eu gosto de fazer. Basta puxar com o dedão, né?

— Seu cachaceiro idiota. Me dê um gole daquilo.

— Acabou. Lamento, chefe.

— O que você tem a fazer agora é ficar atento. Quando ele me entregar o dinheiro, você arranca.

— OK, chefe.

Peguei a garrafa e o saca-rolhas e tirei a rolha. Tomei um gole comprido e voltei à popa. Fechei a garrafa empurrando a rolha até o fim e pus a garrafa atrás de dois jarros de vime cheios d'água.

— Sing vem chegando — disse eu a Eddy.

— Certo — respondeu ele.

O barco aproximou-se de nós. Encostou na popa e deixei que eles cuidassem de mantê-lo parado. Sing agarrou-se no rolo que eu tinha na popa para puxar peixe grande para bordo.

— Podem subir, um a um.

Mais seis chinas subiram a bordo pela popa.

— Abra a cabine e leve-os para lá — disse eu a Eddy.

— Sim, senhor — disse ele.

— Tranque a cabine.

— Sim, senhor.

Quando vi que ele tinha voltado ao leme, eu disse a Sing:

— Agora o resto.

Ele tirou o dinheiro do bolso e esticou o braço para mim. Estiquei a mão e agarrei o pulso dele com o dinheiro, e quando o corpo encostou na popa agarrei-lhe a garganta com a outra mão. Senti o barco arrancar e fazer espuma na frente quando Eddy acelerou. Mesmo ocupado com Sing, vi o cubano em pé na popa do seu barco agarrado ao remo, enquanto Sing esperneava e se balançava. Esperneava e se balançava mais do que um golfinho arpoado.

Passei o braço dele para trás e puxei para cima, mas puxei forte demais e percebi que tinha quebrado alguma coisa. Com o braço frouxo, ele soltou um gemido esquisito e subiu mais, eu ainda com a mão na garganta dele, e ele me mordeu no ombro. Mas, quando senti o braço amolecer, soltei. Aquele braço não ia ter mais serventia para Sing. Agarrei o homem pela garganta com as duas mãos, ele se retorcia como um peixe, o braço mole pendido. Finalmente puxei-o para dentro do barco e o pus de joelhos na minha frente. Com os dois dedões na nuca dele e o resto da mão na garganta, puxei tudo para trás até estalar. Não pensem que essa coisa não estala.

Fiquei segurando-o por um instante mais, depois deitei-o de costas na popa. Lá ficou ele inerte, com suas roupas caras. Foi como o deixei.

Apanhei o dinheiro que tinha caído no convés, levei-o para a luz da bússola e contei. Assumi o leme e mandei Eddy procurar na parte de baixo da popa alguma sucata de ferro, que eu usava em vez da âncora quando ia pescar peixes de água funda em lugares onde o fundo era cheio de pedras e eu poderia perder a minha âncora.

— Não achei nada — disse ele, que deve ter ficado apavorado ao ver Sing lá deitado.

— Pegue o leme. Mantenha o rumo — ordenei.

Percebi certos movimentos lá embaixo, mas não me preocupei.

Encontrei do que eu precisava: sucata de ferro de um antigo embarcadouro de carvão em Tortugas. Peguei uma linha para peixe grande e fiz duas boas âncoras que prendi nos tornozelos de Sing. Quando estávamos a umas duas milhas da praia, joguei o homem para fora. Ele deslizou bonitinho pelo rolo. Sequer tinha dado uma olhada nos bolsos dele. Não queria perder tempo com ele.

Ele sangrara um pouco pelo nariz e pela boca. Puxei um balde com água que quase me derrubou para fora do barco por causa de um balanço e lavei tudo esfregando com um escovão.

— Reduza a velocidade — gritei para Eddy.

— E se ele boiar?

— Está a umas setecentas braças da superfície. É uma viagem longa até o fundo, mano. Só vai flutuar quando os gases o inflarem, mas a correnteza vai levá-lo e tem muito peixe por aí procurando comida. Não precisa se preocupar com o sr. Sing.

— O que é que você tinha contra ele?

— Nada. Era fácil negociar com ele, nunca tratei com ninguém mais fácil. Mas o tempo todo achei que havia alguma coisa que não se encaixava.

— Por que o matou?

— Para não ter que matar doze outros chinas.

— Harry, preciso de mais um daqueles porque pressinto que a coisa vai começar. Não me fez bem ver a cabeça dele molenga daquele jeito.

Dei-lhe mais um gole e ele perguntou sobre os doze chineses.

— Quero tirá-los daqui o mais depressa possível, antes que eles me emporcalhem a cabine — respondi.

— Onde vai deixá-los?

— Vamos levá-los para a praia comprida.

— Vamos rumar para lá?

— Vamos. Mas devagar.

Contornamos o rochedo lentamente até chegar a um ponto onde eu pudesse ver o rendilhado da praia. Tem muita água antes do rochedo, e depois dele o fundo é arenoso e inclinado até a praia.

— Vá a vante e me dê a profundidade.

Ele ia sondando com uma vara de arpão e me fazendo sinais com ela. A certa altura fez sinal de parar.

— Mais ou menos um metro e meio — disse.

— Precisamos ancorar. Se acontecer alguma coisa e não tivermos tempo de recolher, desamarramos ou cortamos o cabo.

Eddy foi dando cabo, e, quando sentiu que a âncora tocava o fundo, esticou e prendeu a corda. O barco ficou de proa para terra.

— O fundo é areia — informou ele.

— Quanto de água na popa?

— Não mais do que um metro e meio.

— Pegue a Winchester. E tenha cuidado.

— Preciso de mais um. — Ele estava nervoso.

Dei-lhe a bebida e peguei a carabina. Destranquei a cabine, abri a porta e disse que podiam sair. Nada aconteceu. Pouco depois um china pôs a cabeça de fora. Viu Eddy com a arma e recuou depressa.

— Podem sair. Ninguém vai lhes fazer mal — disse eu.

Nada. Só muita conversa em chinês.

— Saia você aí! — gritou Eddy. Ele estava com a garrafa na mão.

— Largue essa garrafa ou estouro você com ela e tudo — disse eu. E para os chineses: — Saiam, senão atiro.

Um deles olhou pelo canto da porta e decerto viu a praia, porque começou a falar com os outros.

— Se não saírem, atiro — falei.

Saíram.

Aqui entre nós, é preciso ser muito insensível para massacrar friamente uma dúzia de chineses, para não falar na trabalheira que deve ser, e na sangueira e outras coisas.

Saíram todos, apavorados, sem armas, doze ao todo. Recuei para a popa com a carabina na mão.

— Para fora do barco — disse eu. — Aqui é raso.

Nenhum se mexeu.

— Pra fora!

Nada.

— Seus forasteiros amarelos comedores de rato! — disse Eddy. — Vão saindo.

— Cale essa boca cheia de cachaça — disse eu.

— Sabe nadar não — balbuciou um chinês.

— Não precisa. Não fundo — assegurei.

— Vão saindo — disse Eddy.

— Venha cá na popa — disse a Eddy. — Fique com a arma numa mão e a vara de arpão na outra e mostre a eles a fundura.

Ele mostrou.

— Precisa nadar não? — perguntou um.

— Não.

— Verdadeiro?

— Verdadeiro.

— Onde lugar?

— Cuba.

— Desgraçado vigarista — disse ele. Subiu o costado, pendurou-se e soltou-se. A cabeça afundou mas emergiu, e o peito ficou fora d'água. — Desgraçado vigarista — disse. — Desgraçado.

Estava indignado e cheio de coragem. Falou em chinês e os outros começaram a pular na água.

— Pronto. Levante a âncora — disse eu a Eddy.

Quando nos afastamos da praia, a lua ia nascendo. Víamos os chineses só com a cabeça fora d'água caminhando para a praia, víamos o rendilhado da arrebentação e a vegetação mais adiante.

Depois que passamos o rochedo, olhei para trás mais uma vez e vi a praia e as montanhas aparecendo. Pus o barco no curso para Key West.

— Agora pode dormir — disse eu a Eddy. — Não, espere. Vá lá embaixo e abra as escotilhas para arejar a cabine, e traga o iodo.

— Para que o iodo? — perguntou ele quando voltou com o vidro.

— Cortei o dedo.

— Quer que eu pegue o leme?

— Vá dormir. Acordo você.

Ele esticou-se no beliche embutido na cabine de comando acima do tanque de combustível, e logo dormiu.

Prendi a roda do leme com o joelho, abri a camisa e examinei o lugar da dentada de Sing. Era uma dentada valente. Apliquei iodo e fiquei ali sentado manejando o leme e indagando se dentada de chinês não seria venenosa e escutando o ruído suave do barco e o da água lambendo o casco. Concluí que não, a dentada não era venenosa. Um homem como o tal sr. Sing devia escovar os dentes duas ou três vezes por dia. Grande Sing! Não devia ser grande coisa como homem de negócios. Ou era? Quem sabe ele resolvera confiar em mim? Não consegui entendê-lo.

Bom, tudo agora ficava simples, exceto quanto a Eddy. Sendo amigo da garrafa, ele fala demais quando fica alto. Sentado ali ao leme olhei para Eddy e pensei, ora, para ele é até melhor morrer do que continuar vivendo assim, e eu não fico correndo esse risco. Quando descobri que estava a bordo, decidi que precisava dar um fim nele, mas quando tudo começou a se encaminhar para um final feliz perdi a coragem. Porém, vê-lo ali dormindo era uma tentação. Pensei também que não valia a pena estragar tudo fazendo uma coisa da qual me arrependeria. Depois pensei: ele nem estava na lista de tripulantes, e eu teria que pagar multa por transportá-lo; além do mais, não sabia como justificar isso.

De qualquer forma havia tempo para pensar no assunto. Mantive o barco no rumo, e de vez em quando tomava um gole da garrafa que ele tinha levado para bordo e que já estava no fim. Quando ela secou abri a única que restava das minhas, e me senti maravilhosamente bem ao leme, na linda noite para a travessia. No fim das contas a excursão tinha sido muito boa, apesar de ter várias vezes parecido que seria um desastre.

Quando o dia amanheceu, Eddy acordou. Disse que se sentia péssimo.

— Pegue o leme um instante — pedi. — Quero dar uma olhada no barco.

Fui à popa e joguei mais água no piso, apesar de estar tudo limpo. Passei o escovão nos lados, descarreguei as armas e guardei-as embaixo. Mas o revólver ficou na cintura. Embaixo estava fresco e em ordem, e nenhum cheiro. Tinha entrado um pouco d'água por uma escotilha de estibordo, e só. Fechei as escotilhas. Nenhum fiscal de nenhuma alfândega do mundo sentiria cheiro de chinês no meu barco.

Os papéis de autorização estavam no saco de linha que eu tinha pendurado abaixo da matrícula emoldurada quando voltei do encontro com o despachante. Tirei-os do saco, dei uma olhada e voltei à cabine de comando.

— Como foi que você entrou na lista de tripulantes?

— Encontrei o despachante quando ele ia para o consulado e lhe disse que eu estava embarcando.

— Deus olha pelos cachaças. — Tirei o trinta e oito da cintura e guardei-o embaixo.

Fiz café, subi e assumi o leme.

— Tem café lá embaixo — disse a Eddy.

— Mano, café não vai me fazer nenhum bem. — Lembrei-me de que era preciso ter pena dele. Ele estava péssimo.

Pelas nove horas avistamos as luzes de Sand Key bem à frente. Antes tínhamos visto navios-tanque rumando para o golfo.

— Vamos entrar — ordenei a Eddy. — Vou lhe pagar os mesmos quatro dólares por dia que Johnson lhe pagava.

— Quanto ganhou com o trabalho de ontem?

— Só seiscentos.

Não sei se ele acreditou ou não.

— Não vai me dar participação?

— Esta é a sua participação. E, se você abrir a boca sobre a noite de ontem, eu vou saber e acabo com você.

— Sabe que não sou delator, Harry.

— É cachaceiro. Mas não importa o grau de sua bebedeira. Se abrir a boca, já sabe.

— Sou gente boa. Não precisa falar assim comigo.

— Não é preciso muita mão de obra para fazerem você deixar de ser gente boa.

Não me preocupei mais com o sujeito porque, afinal, quem ia acreditar nele? O tal Sing não iria dar queixa. Os chinas também não. Nem o rapaz que remou para eles. Era possível que Eddy abrisse a boca cedo ou tarde, mas quem ia acreditar num bêbado?

E as provas? Naturalmente que a outra solução daria muito mais o que falar quando o nome dele fosse visto na lista. Sorte minha. Eu podia então dizer que ele caiu no mar, mas isso também suscitaria comentários. Muita sorte para Eddy também. Sorte demais.

Chegamos à beira da corrente e a água mudou de azul para verde-claro. Já se viam as balizas no Long Reef e, nas Western Dry Rocks, as torres de rádio de Key West e o Hotel La Concha alto entre as casas, e muita fumaça onde queimam lixo. O farol de Sand Key estava perto, e víamos o abrigo de barcos e o pequeno cais acompanhando as luzes. Em quarenta minutos estaríamos chegando, e eu me sentia feliz por estar voltando e com alguma coisa no bolso para o verão.

— Vamos beber, Eddy?

— Ah, Harry, sempre soube que você era meu amigo.

O REGRESSO DO MERCADOR

Fizeram a travessia de noite, com uma brisa forte de noroeste. Quando o sol nasceu, ele avistou um navio-tanque saindo do golfo, destacando-se alto e branco ao sol, tão alto no ar frio que mais parecia grandes edifícios brotando do mar.

— Em que raio de lugar estamos? — perguntou ele ao negro.

O negro ergueu-se para olhar.

— Não tem nada assim deste lado de Miami.

— Você sabe muito bem que não fomos carregados para Miami coisa alguma — respondeu ele.

— O que estou dizendo é que não tem edifícios assim em nenhum dos recifes da Flórida.

— Vínhamos aproados para Sand Key.

— Então deveríamos ter visto Sand Key. Ou os baixios americanos.

Logo ele viu que era um navio-tanque e não uma fileira de edifícios; e em menos de uma hora avistou o farol de Sand Key, ereto, estreito e pintado de marrom, erguendo-se do mar bem onde devia mesmo estar.

— É preciso ter confiança quando se está no leme — disse ele ao negro.

— Eu até tinha confiança. Mas, do jeito que tem sido esta viagem, a perdi totalmente.

— E a perna?

— Sempre doendo.

— Não é nada. Mantenha ela limpa e coberta que se cura sozinha.

Virou o leme para oeste para entrar na barra e passar o dia nos mangues de Woman Key, onde não veria ninguém e onde o barco ia entrar para encontrá-los.

— Você vai ficar bom — disse ao negro.

— Sei não. Está doendo muito.

— Vou tratar de você direitinho quando chegarmos. O tiro não feriu tanto. Não fique preocupado.

— Levei um tiro. Nunca levei tiro antes. Estou ferido de tiro, esta é que é a verdade.

— Você está assustado. Só isso.

— Não, senhor. Levei um tiro. E está doendo muito. Passei a noite gemendo.

O negro continuou resmungando e toda hora tirava o penso para olhar o ferimento.

— Pare com isso — disse o homem que estava no leme.

O negro deitou-se no piso da cabine, onde havia sacos de garrafas em forma de presuntos empilhados por toda parte. Arrumou espaço entre eles para se deitar. Toda vez que se mexia, fazia aquele barulho de vidro quebrado nos sacos. No ar, o cheiro de bebida alcoólica derramada. O líquido tinha embebido tudo. O barco agora rumava para Woman Key, já à vista.

— Como dói — disse o negro. — A dor está aumentando.

— Sinto muito, Wesley. Não posso largar o leme.

— Você trata gente pior do que trata cachorro. — O negro começava a ficar com raiva, mas o outro continuava dizendo que sentia muito.

— Vou pôr você bem, Wesley. Fique deitado quieto.

— Você não liga para os outros. Até parece que não é humano — disse o negro.

— Vou cuidar bem de você. Mas agora trate de ficar quieto.

— Vai cuidar de mim, nada.

O outro, que se chamava Harry, ficou calado porque gostava do negro e nada podia fazer a não ser dar-lhe um murro, e não queria fazer isso. O negro continuou falando.

— Por que não paramos quando começaram a atirar?

O outro não respondeu.

— Acha que a vida de um homem vale menos do que um carregamento de bebida?

O outro estava atento ao leme.

— Por que não paramos e deixamos eles pegarem a bebida?

— Não. Tomavam a bebida, o barco, e você ia para a cadeia.

— Não me importo de ir para a cadeia. O que não gosto é de levar tiro.

Essa lamúria já estava cansando e irritando o outro.

— Quem levou o tiro pior? Você ou eu?

— Você. Mas eu nunca tinha levado tiro. Não estava em meus planos. Não sou pago para levar tiro. Não gosto de levar tiro.

— Calma, Wesley. Não faz bem a você ficar falando assim.

Já estavam chegando aos recifes. Navegavam nos baixios, e, quando o barco aprumou para o canal, ficou difícil enxergar com o sol na água. O negro delirava, ou ia ficando religioso por estar ferido; pelo menos era o que parecia, pois não parava de falar.

— Por que ainda se faz contrabando de bebida? A lei seca já acabou. Por que continuam com isso? Por que não transportam a bebida nas barcas?

O homem do leme não tirava os olhos do canal.

— Por que as pessoas não são honestas e decentes e não vivem honestamente e decentemente?

O homem ao leme viu onde a água fazia ondas mansas perto do banco, mesmo não podendo enxergar o banco por causa do sol. Fez uma curva girando o leme com um braço. Logo o canal se abriu e ele conduziu o barco devagar para a margem do mangue. Deu ré nos motores e lançou as duas garras.

— Posso soltar uma âncora, mas não posso recolhê-la — disse.

— E eu não posso nem me mexer — disse o negro.

— Você está mesmo mal — disse o outro.

Ele teve muita dificuldade em parar o barco, erguer e largar a pequena âncora, mas finalmente conseguiu. Deu bastante corda e o barco ficou balançando no mangue. Eles teriam fácil acesso à cabine. Foi à popa e desceu para o fundo da cabine. Achou que estava bagunçada demais, mas fazer o quê?

Durante a noite inteira, depois que ele fez curativo no ferimento do negro e o negro trocou as bandagens do braço dele, Harry manteve-se atento à bússola, controlando o curso. E, quando o dia amanheceu, ele viu o negro deitado nos sacos no meio da cabine; mas, como estivera de olho no mar e na bússola, e procurando o farol de Sand Key, não prestara atenção ao estado geral das coisas. Que bagunça!

O negro estava deitado no meio da carga de sacos de garrafas, com a perna erguida. Havia oito buracos de bala na cabine, e que buracos! O vidro do para-brisa estava quebrado. Não dava para saber quantas garrafas haviam sido quebradas, e onde não tinha sangue do negro tinha sangue dele. Mas o pior, pelo menos no momento, era o cheiro de bebida. Estava tudo impregnado. O barco estacionara no mangue, mas o homem ainda sentia o balanço do mar agitado da noite que tinham passado no golfo.

— Vou fazer café — disse ele ao negro —, depois faço o curativo em você.

— Não quero café.

— Eu quero.

Lá embaixo, porém, ele começou a sentir-se tonto e voltou para o convés.

— Acho que não vamos ter café — disse.

— Quero água.

Ele deu ao negro um caneco de água tirada de um garrafão.

— Por que continuou correndo quando começaram a atirar?

— Precisavam atirar?

— Preciso de um médico — disse o negro.

— O que é que um médico pode fazer que eu já não fiz?

— Médico sabe me curar.

— Você vai ter médico esta noite quando o barco chegar.

— Não quero esperar barco nenhum.

— Vamos já nos livrar desta bebida.

Começou a pôr fora a bebida, trabalho difícil para se fazer com uma única mão. Um saco de garrafas não chega a pesar vinte quilos, mas pouco depois de começar o trabalho ele já estava tonto de novo. Sentou-se na cabine; não se sentia bem, deitou-se.

— Você vai se matar — disse o negro.

Ele lá deitado, a cabeça apoiada num saco.

Galhos do manguezal entraram na cabine fazendo sombra sobre ele. O vento soprava no mangue. Olhando o céu frio lá fora, viu as tênues nuvens pardacentas do vento norte.

Ninguém vai aparecer aqui com esta brisa, ele pensou. Não vão nos procurar com este vento.

— Acha que vão chegar? — perguntou o negro.

— Claro. Por que não?

— Vento forte.

— Estão nos procurando.

— Não com este tempo. Pra que mentir pra mim? — O negro falava com a boca quase encostada num saco.

— Calma, Wesley.

— Ele diz pra ter calma — continuou o negro. — Calma. Que calma? A calma de um cachorro morrendo? Me leve daqui.

— Tenha calma — disse o homem com ternura na voz.

— Eles não vêm. Sei que não. Estou com frio. Não aguento esta dor com frio.

O homem sentou-se, tonto e vazio. Os olhos do negro o acompanharam quando ele se ergueu em um joelho, o braço direito pendido; pegou a mão direita com a esquerda e colocou-a entre os joelhos; levantou-se apoiado na prancha acima da amurada até ficar em pé. Olhou para o negro, a mão direita entre as coxas. Será que ele já tinha sentido dor na vida?

— Se o braço ficar esticado, não dói tanto — disse.

— E se eu fizer uma tipoia para ele? — perguntou o negro.

— Não posso dobrar o cotovelo. Ficou duro.

— O que é que vamos fazer?

— Pôr fora esta bebida. Pode cuidar da que está perto de você?

O negro tentou se mexer para pegar o saco; gemeu e desistiu.

— Dói tanto assim, Wesley?

— E como! — disse o negro.

— Quem sabe se com o movimento a dor diminui?

— Estou baleado. Não vou fazer movimento nenhum. Ele quer que eu descarregue um saco de bebida quando estou baleado.

— Tenha calma.

— Se disser isso mais uma vez, eu piro.

— Tenha calma — disse o outro em voz baixa.

O negro soltou um rugido e, apalpando com as mãos, apanhou a pedra de amolar que ficava debaixo da braçola.

— Mato você — disse. — Arranco o seu coração.

— Não com uma pedra de amolar — disse o outro. — Tenha calma, Wesley.

O negro resmungou com o rosto encostado num saco. O outro continuou devagar levantando os sacos de bebida e jogando-os pela amurada.

Enquanto estava nisso ouviu barulho de motor; olhou e viu um barco vindo na direção deles no canal. Era um barco branco com cabine alta pintada de cinzento e dotada de para-brisa.

— Barco chegando — disse. — Venha cá, Wesley.

— Não posso.

— Agora começo a lembrar. Antes era diferente.

— Então vá lembrando — disse o negro. — Eu não esqueci nada.

Trabalhando rápido, o suor escorrendo pelo rosto, sem parar para olhar o barco que chegava lentamente, ele apanhava os sacos de bebida com o braço bom e os jogava para fora do barco.

— Chegue pra lá.

Pegou o saco que servia de travesseiro ao negro e jogou-o pelo costado. O negro ergueu o corpo e olhou.

— Já estão aqui — disse o outro. O barco estava quase emparelhado com eles.

— É o capitão Willie — disse o negro. — Com outros.

Na popa do barco branco estavam dois homens de calça de flanela e chapéu de pano branco sentados em cadeiras de pesca; um senhor idoso com chapéu de feltro e quebra-vento manejava o leme e guiava o barco rente ao manguezal onde estava o barco do contrabando.

— E aí, Harry? — gritou o velho ao passar. O homem chamado Harry ergueu o braço bom em resposta. O barco passou, os dois homens que pescavam olharam para o barco do contrabando e falaram qualquer coisa com o velho. Harry não ouviu o que disseram.

— Ele vai virar na embocadura e voltar — disse Harry ao negro. Foi até embaixo e voltou com um cobertor. — É para cobrir você.

— Até que enfim. É impossível não terem visto a bebida. O que é que vamos fazer?

— Willie é malandro. Vai dizer a eles na cidade que estamos aqui. Os dois pescadores não vão se meter. Por que iriam ligar para nós?

Tremendo muito, o homem chamado Harry sentou-se na cadeira do piloto e pôs o braço bem esticado entre as coxas. Os joelhos tremiam, e com o tremor ele sentia as pontas do osso do braço se raspando. Afastou os joelhos, ergueu o braço e deixou-o pendente. Estava assim quando o barco passou por eles na volta. Os dois homens sentados nas cadeiras de pesca conversavam. Tinham erguido as varas e um deles as olhava através de seus óculos. Estavam muito longe para se ouvir o que diziam. Também de nada adiantaria a Harry se ouvisse.

A bordo do barco fretado *South Florida*, descendo o canal de Woman Key por estar o mar muito áspero para sair do recife, o capitão Willie Adams pensava o seguinte: então Harry fez a travessia a noite passada. Esse cara tem *cojones*. Deve ter pegado a ventania. É barco de mar, sem dúvida. Como será que quebrou o para-brisa? Eu é que não ia fazer a travessia em uma noite como a de ontem. Eu é que não ia contrabandear bebida de Cuba. Agora estão contrabandeando de Mariel. É um tal de entrar e sair. Deve estar escancarado.

— O que foi que o senhor disse?

— Que barco é aquele? — perguntou um dos homens das cadeiras de pesca.

— Aquele barco?

— É, aquele barco.

— Ah, é um barco de Key West.

— Perguntei de quem é o barco.

— Isso não sei.

— Será de pescador?

— Dizem que é.

— Como dizem que é?

— Ele faz um pouco de tudo.

— Não sabe o nome dele?

— Não, senhor.

— Você chamou ele de Harry.

— Eu não.

— Ouvi você chamá-lo de Harry.

O capitão Willie Adams olhou bem o homem que lhe fazia essas perguntas. Viu um rosto bochechudo de maçãs altas, lábios finos, olhos cinzentos fundos e boca desdenhosa, olhando para ele de baixo de um chapéu de lona. O capitão Willie Adams não tinha como saber que esse homem era considerado bonito e irresistível por grande número de mulheres em Washington.

— Se o chamei por esse nome foi por engano — disse o capitão Willie.

— Vê-se que o homem está ferido, doutor — observou o outro, passando os óculos ao companheiro.

— Percebi isso sem óculos — replicou o homem tratado por doutor. — Quem é ele?

— Não sei — disse o capitão Willie.

— Mas podemos saber — insistiu o homem de boca desdenhosa. — Anote os números da proa.

— Anotei, doutor.

— Vamos fazer uma verificação — disse o doutor.

— O senhor é doutor? — perguntou capitão Willie.

— Não em medicina — respondeu o homem de olhos cinzentos.

— Se eu não fosse doutor em medicina, não iria lá.

— Por que não?

— Se ele precisasse de nós, teria feito um sinal. Se não precisa, não é da nossa conta. Aqui todo mundo se guia pela norma de não se meter no que não é da sua conta.

— Muito bem. Então meta-se com o que é da sua conta. Leve-nos àquele barco.

Capitão Willie continuou subindo o canal, o Palmer de dois cilindros pipocando firme.

— Não me ouviu?

— Ouvi.

— E por que não obedece à minha ordem?

— Quem você pensa que é?

— Isso não vem ao caso. Faça o que estou mandando.

— Quem você pensa que é? — repetiu capitão Willie.

— Pois bem. Para sua informação, sou uma das três pessoas mais importantes dos Estados Unidos hoje.

— Então que diabos está fazendo em Key West?

O outro homem inclinou-se para a frente.

— Ele é... — disse empolgado.

— Nunca ouvi falar — retrucou o capitão Willie.

— Pois vai ouvir — advertiu o homem chamado de doutor. — Como vão ouvir todos os que moram junto a esta lagoazinha fedorenta, nem que eu tenha que arrancar todo o manguezal pela raiz.

— Você é um cara e tanto — disse capitão Willie. — Como foi que ficou tão importante?

— Ele é o amigo mais íntimo e o consultor mais influente de... — disse o outro.

— Porra, se ele é tudo isso, o que é que está fazendo em Key West?

— Ele está aqui relaxando — explicou o secretário. — Ele vai ser nomeado...

— Chega, Harris — disse o homem chamado de doutor. — Agora nos leve àquele barco — determinou, sorrindo. Tinha um sorriso reservado para tais ocasiões.

— Não, senhor.

— Olhe aqui, seu pescador debiloide. Faço de sua vida um inferno se...

— É mesmo? — ironizou o capitão Willie.

— Você não sabe quem sou.

— Não me interessa o que você seja. E você não sabe onde está.

— Aquele homem é contrabandista de bebida, não é?

— O que é que *você* acha?

— Talvez haja uma recompensa.

— Duvido.

— Ele é um contraventor.

— Ele tem família, precisa comer e alimentá-la. Quem paga a sua comida com pessoas trabalhando para o governo aqui em Key West a seis dólares e meio por semana?

— Ele está ferido. Precisa ser tratado.

— Então se feriu brincando.

— Não me venha com sarcasmo. Você vai nos levar àquele barco e vamos prender o homem e apreender o barco.

— E levar para onde?

— Para Key West.

— Você é uma autoridade?

— Já lhe expliquei quem ele é — disse o secretário.

— Muito bem. — O capitão empurrou forte a cana do leme e virou o barco, passando tão perto da beira do canal que a hélice levantou uma nuvem de terra. Desceu o canal em marcha lenta para o lugar onde estava o outro barco ancorado no mangue.

— Tem arma a bordo? — perguntou ao capitão o homem chamado de doutor.

— Não.

Os dois homens de calça de flanela estavam agora em pé olhando o barco do contrabandista.

— É mais divertido do que pescar, não é, doutor? — observou o secretário.

— Pescar é bobagem — disse o doutor. — Se você pesca um agulhão-bandeira, faz o que com ele? Não se pode comer. Isto é mais interessante. Vou gostar de ver em primeira mão. Ferido como está, aquele homem não pode fugir. O mar está agitado. Conhecemos o barco dele.

— O senhor vai prendê-lo pessoalmente, sem ajuda — disse o secretário com admiração.

— E desarmado — completou o doutor.

— Sem essa bobagem de querer dar uma de agente do FBI — disse o secretário.

— Edgar Hoover exagera na publicidade — disse o doutor. — Acho que já demos muita corda a ele. — Virou-se para o capitão. — Encoste ao lado.

Capitão Willie lançou o gancho e o barco derivou.

— Ei! — gritou para o outro barco. — Abaixem a cabeça.

— O que é isso? — perguntou o doutor, indignado.

— Cale a boca! — retrucou o capitão Willie. — Ei! — gritou para o outro barco. — Olhe, vá para a cidade e fique calmo.

Esqueça o barco. Vai ser apreendido. Desove a carga e vá para a cidade. Está aqui a bordo um cara, um dedo-duro de Washington, não é do FBI. É alcaguete. Um dos primeiros do alfabeto. Diz que é mais importante do que o presidente. Quer prender você. Pensa que você é contrabandista. Tem o número do seu barco. Nunca vi você nem sei quem você é. Não posso identificá-lo.

Os barcos tinham se afastado um do outro. O capitão Willie continuou gritando.

— Não sei onde é este lugar onde vi você. Não saberia como voltar aqui.

— OK — gritou alguém do outro barco.

— Vou levar esta figuraça aqui para pescar até o escurecer — gritou o capitão Willie.

— OK.

— Ele adora pescar — gritou o capitão Willie com uma voz já quase rouca. — Mas o filho da mãe diz que não se pode comer o que se pesca.

— Valeu, irmão — respondeu alguém do outro barco.

— Esse homem é seu irmão? — perguntou o doutor, o rosto vermelho, mas com o anseio por informação ainda vivo.

— Não, senhor. Quase todo mundo que mexe com barcos chama um ao outro de irmão.

— Vamos para Key West — disse o doutor, mas sem muita convicção.

— Não, senhor. Os cavalheiros me fretaram por um dia. Vou lhes prestar o serviço que o seu dinheiro pagou. Você me chamou de debiloide, mas faço questão de lhe dar o dia inteiro que fretaram.

— Ele é um velho — observou o doutor ao secretário. — Acha que devemos dar uma lição nele?

— Experimente — desafiou o capitão Willie. — Dou-lhe uma porrada na cabeça com isto. — Mostrou um pedaço de cano de chumbo que usava para matar tubarão pescado. — Por que os cavalheiros não lançam suas linhas na água e relaxam? Não vieram aqui para procurar complicações. Vieram para descansar. Você disse que não se come agulhão-bandeira, mas nestes canais não tem agulhão-bandeira. Terá muita sorte se pegar uma garoupa.

— O que é que você acha? — perguntou o doutor ao secretário.

— Melhor deixar pra lá — disse o secretário, de olho no cano de chumbo.

— Ainda por cima você está enganado — disse o capitão Willie. — Agulhão-bandeira é tão gostoso como papa-terra. Já vendi muito agulhão para o mercado de Havana a vinte centavos o quilo, o preço do papa-terra.

— Ora, cale a boca — disse o doutor.

— Pensei que estivesse interessado nesses assuntos como autoridade. Não está envolvido nos preços das coisas que comemos ou consumimos? Então? Não cuida para que custem sempre mais? Aumenta a carne e baixa o peixe? O preço do peixe já está lá embaixo.

— Ora, *cale* a boca! — repetiu o doutor.

No barco da bebida, Harry já tinha lançado fora o último saco.

— Pegue a faca de peixe — pediu ao negro.

— Foi-se.

Harry apertou os botões e deu partida nos motores. Pegou a machadinha e com a mão esquerda cortou o cabo da âncora em cima da abita. Ele afunda e eles o pescam quando pegarem a carga, pensou. Levo o barco para Garrison Bight, e se vão apreendê-lo nada posso fazer. Preciso de um médico. Não quero perder o braço e o barco. A carga vale tanto quanto o barco. A parte que quebrou foi mínima. Umas poucas garrafas quebradas espalham cheiro forte.

Recolheu o gancho de bombordo e virou o leme para sair do manguezal com a maré. Os motores funcionavam maravilhosamente. O barco do capitão Willie estava duas milhas à frente, rumando para Boca Grande. Parece que a maré já está em boa altura para atravessar os lagos, pensou Harry. Recolheu o gancho de estibordo e os motores roncaram quando ele empurrou o afogador. A proa ergueu-se e a vegetação do manguezal foi deslizando para trás à medida que o barco chupava a água aos pés dela. Espero que não o apreendam, pensou. Espero que tratem do meu braço. Como podíamos saber que iam atirar em nós em Mariel depois de termos passado seis meses entrando e saindo? Esses cubanos. Fulano não pagou a sicrano, nós levamos os tiros. Esses cubanos.

— Ei, Wesley — gritou ele, olhando para trás na cabine, onde o negro estava deitado com o cobertor por cima. — Como é que está aí, Boogie?

— Deus do Céu, não podia estar pior.

— Vai se sentir pior ainda quando o doutor futucar procurando a bala — disse Harry.

— Você não é humano. Não tem nada de humano.

O velho Willie é malandro, pensou Harry. Malandro dos bons, o velho Willie. Foi melhor vir do que ter ficado esperando. Foi um erro esperar. Eu estava tonto demais e enjoado, e não pude pensar direito.

À frente ele viu a brancura do Hotel La Concha, as torres de rádio e os prédios da cidade. Via também as barcaças de transporte de automóveis atracadas no cais Trumbo, por onde passaria para chegar a Garrison Bight. O velho Willie, pensou. Deve estar castigando os homens. Quem serão os urubus? Puxa, não estou nada bem. Estou tonto. Fizemos bem em vir. Seria bobagem esperar.

— Sr. Harry — disse o negro. — Lamento não ter podido ajudar a jogar a carga fora.

— Ora, qual o negro que presta quando está baleado? Você é gente boa, Wesley.

Entre o ronco dos motores e o espadanar da água levantada pelo barco, Harry sentiu uma música estranha dentro dele. Sempre sentia isso quando voltava para casa depois de uma viagem. Tomara que consertem o meu braço, pensou. Preciso muito dele.

A DENÚNCIA

Antigamente em Madri o Chicote era um estabelecimento mais ou menos como o Stork, sem a música e as debutantes, ou o bar masculino do Waldorf se deixassem as garotas entrar. No Chicote elas entravam, mas era lugar de homem, e elas não tinham tratamento especial. Pedro Chicote era o proprietário, e era também uma dessas personalidades que dão alma a um estabelecimento. Era um grande preparador de bebidas e estava sempre simpático, alegre e cheio de entusiasmo. Entusiasmo é um componente raro, que poucas pessoas possuem permanentemente. É um componente que não deve ser confundido com teatralidade ou exibicionismo. Chicote possuía um entusiasmo legítimo, nada postiço. E era modesto, simples e prestativo. Era simpático, cordial e eficiente como George, o libré do Ritz de Paris, o que não é dizer pouco.

Naquele tempo os esnobes que acompanhavam os jovens ricos de Madri se reuniam num lugar chamado Nuevo Club, e as pessoas confiáveis frequentavam o Chicote. Lá ia muita gente de quem eu não gostava, como acontecia também no Stork, mas nunca tive nenhum momento desagradável no Chicote. Sabem por quê? Porque lá não se discutia política. Havia cafés onde só se discutia política, mas no Chicote, não. Mas falava-se muito nos outros cinco assuntos, e à noite as garotas mais lindas da cidade passavam por lá. Era o lugar ideal para se iniciar uma noite, e todos nós iniciamos muitas noites maravilhosas lá.

Era o lugar aonde se ia para saber quem estava na cidade ou para onde tinham ido os que não estavam na cidade. E, se era verão e não tinha ficado ninguém na cidade, podia-se ficar lá curtindo um drinque porque os garçons eram todos simpáticos.

Era como um clube, com a diferença de não se ter que pagar mensalidade ou qualquer outra coisa. Era o melhor bar da Espanha, e acho que um dos melhores do mundo. Todos nós que o frequentávamos tínhamos grande afeição por ele.

Outra coisa a dizer é que os drinques não tinham comparação. Quando se pedia um martíni ele vinha com o melhor gim do mercado; e Chicote tinha um uísque de barril importado diretamente da Escócia, uísque tão superior às marcas anunciadas que seria covardia compará-lo com elas. Mas aí estourou a revolta. Nessa ocasião Chicote estava em San Sebastián supervisionando o estabelecimento de verão que tinha lá. Ainda está em San Sebastián, e dizem que é o melhor bar da Espanha de Franco. Os garçons assumiram o bar de Madri e ainda o estão tocando, mas a boa bebida acabou.

A maioria dos antigos frequentadores do Chicote estão com Franco, mas alguns estão com o governo republicano. O Chicote era um lugar alegre, e as pessoas alegres são geralmente as mais corajosas; e, como as pessoas mais corajosas costumam morrer primeiro, a maior parte dos antigos frequentadores do Chicote não vive mais. Os barris de uísque também não existem mais há meses, e o último gim amarelo nós o bebemos em maio de 1938. Portanto, não há mais motivo para se ir lá, e acho que, se Luis Delgado tivesse chegado a Madri um pouco mais tarde, talvez tivesse ficado longe daquele bar, e assim não teria se envolvido em complicações. Mas quando chegou a Madri, em 1937, ainda tinham o gim amarelo e a água tônica indiana. Como nem um nem outra merece que se arrisque a vida para bebê-los, talvez ele tenha ido lá só para tomar um drinque em um lugar de tão nobres tradições. Quem conheceu Luis Delgado e conheceu também o velho Chicote achará isso perfeitamente compreensível.

Tinham abatido uma vaca na embaixada e o porteiro foi ao Hotel Florida nos avisar que haviam guardado cinco quilos de carne fresca para nós. Fui a pé buscar a carne muito cedo na manhã de inverno de Madri. Do lado de fora do portão da embaixada ficavam dois guardas de assalto armados de fuzis, e a carne estava no alojamento do porteiro.

O porteiro disse que o corte era muito bom, mas que a vaca era magra. Dei a ele um punhado de sementes de girassol e algumas castanhas que tinha no bolso do meu blusão de flanela e conversamos um pouco em pé do lado de fora do alojamento no jardim da embaixada.

Voltei para o hotel com o pacote pesado de carne debaixo do braço. A Gran Via estava sob bombardeio, então entrei no Chicote para aguardar que terminasse. O bar estava cheio e barulhento. Sentei-me numa mesa do canto perto da janela protegida por sacos de areia, descansei o pacote de carne no banco ao meu lado e tomei um gim-tônica. Foi nessa semana que ficamos sabendo que ainda havia água tônica. Ninguém tinha pedido água tônica desde o começo da guerra, e o preço ainda era o mesmo de antes. Os vespertinos ainda não tinham saído, e eu comprei de uma mulher idosa três publicações do partido. Custava dez centavos cada, e eu disse a ela que guardasse o troco de uma peseta. Ela disse que Deus me abençoaria. Duvidei, mas li os três folhetos e bebi o gim com tônica.

Um garçom conhecido meu dos velhos tempos chegou-se à mesa e me disse qualquer coisa.

— Não. Não acredito — comentei.

— Mas é — insistiu ele, apontando com a bandeja e a cabeça na mesma direção. — Não olhe agora. Ele está lá.

— Não é da minha conta — respondi.

— Nem da minha.

Ele saiu e eu comprei os vespertinos que tinham acabado de sair e que outra mulher idosa já vendia. Não havia dúvida quanto ao homem que o garçom tinha me mostrado. Nós dois o conhecíamos muito bem. Que idiota, pensei; vai ser idiota assim nos quintos.

Nesse instante apareceu um camarada grego que se aproximou e sentou-se à mesa. Era um comandante de companhia na Décima Quinta Brigada que ficara soterrado por uma bomba aérea que matara outros quatro. Ele ficara sob observação por algum tempo e depois foi mandado para uma casa de repouso ou coisa semelhante.

— Como vai, John? — perguntei. — Experimente um destes.

— Como se chama este drinque, sr. Emmunds?

— Gim-tônica.

— Que espécie de tônica?

— Quina. Experimente.

— Não costumo beber, mas quina é um bom remédio para febre. Vou tomar um pequeno.

— Que foi que o médico disse do seu caso, John?

— Não precisa ver médico. Estou bem. Só tem umas coisas de zumbido na cabeça.

— Precisa ir a um médico, John.

— Vou. Mas ele entende não. Diz falta papel eu entrar.

— Vou ver isso. Conheço o pessoal lá. Por acaso o médico é alemão?

— É. Alemão. Fala inglês bom não.

O garçom voltou. Era um homem idoso, calvo e de maneiras antigas que a guerra não tinha mudado. Parecia muito preocupado.

— Tenho um filho na frente — disse. — Outro filho meu morreu. Agora isso.

— O problema é seu.

— E você? Eu já lhe disse tudo.

— Entrei aqui para tomar um drinque antes de comer.

— E eu trabalho aqui. Mas me diga o que fazer.

— O problema é seu — repeti. — Não sou político.

— Fala espanhol, John? — perguntei ao camarada grego.

— Não. Entendo algumas palavras. Falo inglês, grego, árabe. Já falei árabe muito bem. Sabe como fiquei soterrado?

— Não. Soube que você esteve soterrado, nada mais.

Tinha um rosto moreno bonito e mãos muito escuras que gesticulavam quando ele falava. Era de uma ilha grega e falava com grande animação.

— Pois vou lhe dizer. Sabe que tenho muita experiência de guerra. Antes de ser capitão do exército grego. Fui um bom soldado. Quando vi o avião voando em cima e nós nas trincheiras em Fuentes del Ebro, olhei bem. O avião se aproximando pendeu assim (mostrou a mão inclinada para baixo), olhou para nós, e eu disse: 'Ah-ah. É para Estado-Maior. Fez a observação. Logo vêm outros.'

"Como eu disse, vieram outros. Fiquei lá em pé olhando. Mostrei para a companhia o que ia acontecer. Vieram de três em três, um na frente e dois atrás. Passou um grupo de três e eu disse à companhia: 'Estão vendo? Vai passar uma formação.'

"Passaram outros três e eu disse à companhia: 'Agora tudo OK. Agora não tem mais perigo.' Foi a última coisa que ficou na minha lembrança por duas semanas."

— Quando foi isso?

— Faz um mês. O capacete ficou na minha cara quando a bomba me enterrou; daí tive o ar do capacete para respirar até que me tiraram, mas eu não sabia disso. Mas no ar que respirei tinha fumaça da explosão, por isso fiquei doente por muito tempo. Agora estou OK, só tenho esse sininho na cabeça. Como chama este drinque?

— Gim-tônica. Água tônica indiana Schweppes. Este café aqui era muito especial antes da guerra e esta tônica custava cinco pesetas quando o câmbio era sete pesetas por dólar. Acabamos de descobrir que ainda tem a água tônica, e o preço ainda é o mesmo. Só resta uma caixa.

— Bom drinque mesmo. Me diz uma coisa, como era a cidade aqui antes da guerra?

— Ótima. Comia-se muito bem.

O garçom voltou e inclinou-se para a mesa.

— E se eu não fizer? — disse. — É minha responsabilidade.

— Se quiser, vá ao telefone e ligue para este número. Escreva aí. — Ele anotou o número. — Mande chamar Pepé — disse eu.

— Nada tenho contra ele — disse o garçom. — Mas é a *Causa*. Essa pessoa é perigosa para nossa causa.

— Os outros garçons não o reconheceram?

— Acho que sim. Mas ninguém falou nada. É cliente antigo.

— Eu também sou cliente antigo.

— Pode ser também que ele agora esteja do nosso lado.

— Isso, não. Sei que não está.

— Nunca denunciei ninguém.

— O problema é seu. Talvez um dos outros garçons o denuncie.

— Não. Só os garçons antigos o conhecem, e esses não denunciam.

— Me traga outro gim amarelo e angustura. Ainda tem água tônica na garrafa.

— O que é que ele está dizendo? — perguntou John. — Não entendo quase nada.

— Tem um cidadão aqui que nós dois conhecemos dos velhos tempos. Era exímio no tiro ao pombo, e eu o encontrava nos torneios. Ele é fascista e se arrisca muito vindo aqui. Mas sempre foi corajoso e meio burro.

— Me mostre quem é.

— Está naquela mesa com os aviadores.

— Qual deles?

— O de rosto queimado, com o boné tapando um olho. O que está rindo.

— É fascista?

— É.

— É a primeira vez que vejo um fascista de perto desde Fuentes del Ebro. Tem muito fascista aqui?

— Alguns, de vez em quando.

— Ele bebe o mesmo que você. Bebendo o que fascista bebe vão pensar que somos também, não? Você já esteve na América do Sul? Costa Ocidental, Magallanes?

— Não.

— É bom. Só que tem muito po-lo-vo.

— Muito o quê?

— Po-lo-vo. — Ele acrescentava uma sílaba. — Sabe, aquele que tem oito braços.

— Ah, polvo.

— Po-lo-vo. Sabe, sou mergulhador. Bom lugar para se trabalhar, ganha-se bem, mas tem muito po-lo-vo.

— Incomodavam você?

— Isso não sei. Primeira vez que fui ao porto de Magallanes vi po-lo-vo. Ele fica em pé assim. — Pôs as pontas dos dedos na mesa e ergueu o resto da mão, ao mesmo tempo em que levantava os ombros e as sobrancelhas. — Fica em pé mais alto do que eu e me olha nos olhos. Puxei a corda para me içarem.

— De que tamanho era ele, John?

— Não posso dizer com certeza porque o vidro do capacete deforma um pouco. Mas a cabeça era grande, mais de um metro. Ele apoiado nos pés olhando pra mim assim (chega o rosto perto do meu). Quando saio da água e tiram o meu capacete, eu digo que não mergulho mais. Aí o homem de lá, o chefe, diz: "Que é isso, John, o po-lo-vo tem mais medo de você do que você tem dele." Então eu respondo: "Impossível!" Que tal se a gente beber mais desta bebida fascista?

— Por que não?

Eu observava o homem lá na outra mesa. O nome era Luis Delgado. A última vez que eu o vira foi em 1933, fazendo tiro ao pombo em San Sebastián. Me lembro de que fiquei ao lado dele no estande na final do grande torneio. Tínhamos feito uma aposta, aliás acima das minhas possibilidades, e acho que acima também das possibilidades dele se perdesse aquele ano. Quando ele me pagou na descida dos degraus, lembro que foi muito simpático, dando-me a impressão de que era uma honra me pagar. Depois tomamos um martíni no bar e me lembro de ter tido aquela sensação maravilhosa de alívio que acontece quando apostamos mais do que podemos, e pensei em como estaria ele se sentindo. Eu tinha atirado pessimamente a semana toda, e ele maravilhosamente; mas ele ficara com aves quase impossíveis e carregara nas apostas contra mim.

— Vamos casar um *duro*? — propôs.

— Quer mesmo?

— Se você quiser.

— A quanto?

Ele tirou a carteira do bolso, olhou dentro e riu.

— Digamos que pelo que você quiser. Que tal oito mil pesetas? É o que tem aí, parece.

Correspondia a uns mil dólares ao câmbio da época.

— Feito — disse eu, toda a calma interior se evaporando e voltando o buraco que o jogo abre na gente. — Quem canta?

— Eu.

Sacudimos as pesadas moedas de cinco pesetas na mão fechada. Depois cada um pôs a sua moeda nas costas da mão esquerda e cobriu-a com a direita.

— Qual é a sua? — perguntou ele.

Descobri a pesada moeda de prata com a efígie de Afonso XIII criança.

— Cara — disse eu.

— Leve estas porcarias e tenha a bondade de me pagar um drinque. — Esvaziou a carteira. — Por acaso está interessado em comprar uma boa espingarda Purdey?

— Não. Mas olhe, Luis, se precisar de dinheiro...

Estendi a ele as notas durinhas, dobradas, de papel grosso lustroso, de mil pesetas.

— Não seja idiota, Enrique — disse ele. — Jogamos, não jogamos?

— É. Mas nos conhecemos bem.

— Nem tanto.

— Aí você é quem sabe. Quer beber o quê?

— Que tal um gim-tônica? Gosto muito dessa bebida.

Então tomamos um gim-tônica, eu não gostando nada de ter limpado o Luis e ao mesmo tempo feliz por ter ganhado, e aquele gim-tônica me parecendo o melhor de toda a minha vida. Não tem sentido mentir sobre essas coisas e fingir que não se gosta de ganhar; mas aquele Luis Delgado era um jogador de classe.

— Se as pessoas só jogassem o que podem perder, o jogo perdia o encanto, não acha, Enrique?

— Não sei. Sempre joguei acima de minhas finanças.

— Não me venha com essa. Dinheiro não lhe falta.

— Falta. E como!

— Ah, todo mundo tem dinheiro — disse ele. — É só vender uma coisa ou outra para ter dinheiro.

— Não tenho muito que vender.

— Ora, não me venha com essa. Nunca conheci um americano que não fosse rico.

Podia até ser verdade. Se não fosse, ele não os encontraria no bar do Ritz nem no Chicote naquele tempo. Agora ele estava de novo no Chicote, e os americanos que encontrava lá eram daqueles que não encontraria antes — a não ser eu; e eu era um mal-entendido. O que eu daria para não vê-lo lá!

Porém, se ele queria fazer uma burrice tamanha como aquela, eu não tinha nada com isso. Mas, quando olhava para sua mesa e recordava os velhos tempos, me sentia mal, e pior ainda por ter dado ao garçom o telefone da contraespionagem da Seguridad. O garçom poderia falar com a Seguridad simplesmente pedindo o número à telefonista, mas simplifiquei para ele o trabalho de providenciar a prisão de Delgado num daqueles meus excessos de imparcialidade, de indiferença ponciopilatesca e mais a curiosidade de ver como as pessoas se comportam ante um conflito emocional, curiosidade que faz dos escritores amigos tão cultivados.

O garçom voltou.

— O que é que você acha? — perguntou-me.

— Eu jamais o denunciaria — respondi, procurando desfazer para mim o que tinha feito com o número do telefone. — Mas sou estrangeiro. A guerra é sua, e o problema também.

— Mas você está com a gente.

— Totalmente e sempre. Mas isso não inclui denunciar velhos amigos.

— E eu?

— Com você é diferente.

Era verdade, e eu não podia dizer mais nada. Só queria não ter tomado conhecimento do assunto. A minha curiosidade de saber como as pessoas reagem em tais casos já tinha passado e já estava dolorosamente satisfeita. Voltei-me para John e não olhei mais para a mesa de Luis Delgado. Sabia que ele tinha voado com os fascistas por mais de um ano, e agora estava ali, com uniforme legalista, conversando com três jovens aviadores legalistas da última fornada treinada na França.

Nenhum daqueles garotos novatos o conhecia, e fiquei pensando se ele estaria ali para furtar um avião ou coisa assim. Fosse qual fosse o motivo dele, Delgado estava cometendo grande burrice em aparecer no Chicote.

— E aí, John? — perguntei.

— Bom. Bebida boa, OK. Estou ficando meio embebido. Bom para o zumbido na cabeça.

O garçom voltou, agitadíssimo.

— Denunciei ele.

— Então você não tem mais problemas.

— Não — respondeu ele, empolgado. — Denunciei ele. Já estão a caminho para prendê-lo.

— Vamos embora — disse eu a John. — Vai ter encrenca por aqui.

— Então é melhor a gente ir. Sempre acontece muita coisa, mesmo que a gente procure evitar. Quanto devemos?

— Não vão ficar? — perguntou o garçom.

— Não.

— Mas você me deu o telefone.

— Foi. Quem vive aqui acaba sabendo muitos números de telefone.

— Cumpri o meu dever.

— Claro. Dever é um sentimento forte.

— E agora?

— Ora, você estava vibrando agora há pouco, não estava? Quem sabe você não vai vibrar mais uma vez? Pode acabar gostando.

— Está esquecendo o embrulho — disse o garçom, e me entregou a carne que estava embrulhada em dois envelopes nos quais chegavam exemplares do *Spur* para aumentar a pilha de revistas que se acumulava numa sala da embaixada.

— Compreendo — disse eu ao garçom. — Compreendo perfeitamente.

— Era um velho cliente, e dos bons. Nunca denunciei ninguém antes. E não tive prazer em fazer isso.

— Não seja cínico nem grosseiro com ele. Diga que eu o denunciei. Ele me detesta por divergências políticas. Ficaria decepcionado se soubesse que foi você.

— Nada disso. Cada um tem que assumir a sua responsabilidade. Você compreende, não?

— Compreendo — disse eu. E acrescentei uma mentira: — Compreendo e aprovo. — Na guerra estamos sempre mentindo; e, quando precisamos mentir, temos que ser rápidos e convincentes.

Trocamos um aperto de mãos e saí com John, mas antes olhei para a mesa onde estava Luis. Tinha na frente outro gim-tônica, e todos riam com alguma coisa que ele tinha dito. Luis tinha um rosto alegre, queimado de sol, e olhos de atirador. Que papel estaria fazendo ali, pensei.

Foi muita burrice dele ter ido ao Chicote. Mas era exatamente o que ele faria para se jactar quando voltasse para os seus.

Quando saíamos, um carro grande da Seguridad parou em frente ao Chicote. Oito homens desceram, seis armados com metralhadoras portáteis tomaram posição na entrada. Dois de trajes civis entraram. Um homem pediu nossos documentos. Eu disse "estrangeiros", ele mandou seguir.

Subindo a Gran Via no escuro, vi muito vidro quebrado nas calçadas e muito escombro resultante do bombardeio. Ainda havia fumaça no ar, e o cheiro de explosivo e de granito despedaçado.

— Onde vai comer? — perguntou John.

— No quarto. Tenho carne para nós todos.

— Então deixe comigo. Cozinho muito bem. Uma vez no navio...

— Deve ser carne dura. A vaca foi morta hoje.

— Que nada. Em tempo de guerra não tem carne dura.

As pessoas se apressavam no escuro para tomar o caminho de casa, tinham entrado nos cinemas para esperar o fim do bombardeio.

— O que foi que deu na cabeça daquele fascista pra ele ir ao café onde era conhecido? — perguntou John.

— Ele estava doido pra ir lá.

— Esse é um mal das guerras. Muita gente fica doida.

— John, você disse uma coisa muito certa.

No hotel passamos pelos sacos de areia que protegiam o posto do porteiro e entramos. Quando pedi a chave, o porteiro disse que dois camaradas tinham subido para tomar banho.

— John, você sobe enquanto vou telefonar.

Fui à cabine e liguei para o número que eu tinha dado ao garçom.

— Alô! Pepé?

Uma voz saída de lábios finos atendeu.

— *Que tal, Enrique?*

— Pepé, você prendeu um tal Luis Delgado no Chicote?

— *Sí, hombre, sí. Sin novedad.* Sem problema.

— Ele sabe alguma coisa sobre o garçom?

— Não, *hombre*, não.

— Então não diga a ele. Diga que eu o denunciei, tá? Nada sobre o garçom.

— Que diferença faz? Ele é um espião. Vai ser fuzilado.

— Eu sei. Mas faz diferença, sim.

— Como quiser, *hombre*. Quando nos vemos?

— No almoço amanhã. Temos carne.

— E uísque antes. Combinado, *hombre*.

— *Salud*, Pepé, e obrigado.

— *Salud*, Enrique. Não tem de quê. *Salud*.

Era uma voz estranha e tétrica, que nunca me acostumei a ouvir, mas quando subia a escada me senti muito melhor.

Todos nós, antigos clientes do Chicote, tínhamos apego a ele. Foi por isso que Luis Delgado cometeu a temeridade de voltar lá. Podia ter feito o seu trabalho em algum outro lugar, mas estando em Madri simplesmente tinha que ir ao Chicote. Foi bom cliente, conforme disse o garçom, e fomos amigos. Qualquer pequeno gesto de bondade que pudermos praticar na vida deve ser praticado. Por isso fiquei contente de ter ligado para o meu amigo Pepé na Seguridad; Luis Delgado era velho frequentador do Chicote e eu não queria que ele ficasse desiludido com os garçons, ou com raiva deles, antes de morrer.

A BORBOLETA E O TANQUE

Uma noite eu ia a pé do serviço de censura para o meu quarto no Hotel Florida debaixo de chuva. No meio do caminho fiquei aborrecido com a chuva e parei no Chicote para um drinque rápido. Era o segundo inverno de bombardeio do cerco de Madri. Faltava de tudo, até cigarro e alegria, todo mundo sentia um pouco de fome o tempo todo, e às vezes de repente ficava-se irritado com coisas que não se podiam mudar, como o tempo, por exemplo. Eu devia ter continuado a caminhada para o hotel, faltavam só cinco quarteirões; mas, quando vi a porta do Chicote, entrei para tomar um rápido e depois subir a Gran Via pisando em lama e em escombros dos prédios bombardeados.

O café estava cheio. Não se podia chegar ao balcão do bar, e todas as mesas estavam ocupadas. O ambiente era só fumaça, cantoria, homens de uniforme e o cheiro de paletós de couro molhados, e no bar serviam drinques por cima das cabeças a quem não conseguia encostar no balcão.

Um garçom que eu conhecia encontrou uma cadeira vazia em uma mesa e me sentei com um alemão também meu conhecido, sujeito magro, branquelo e de gogó saliente que trabalhava na censura, e mais duas pessoas que eu não conhecia. A mesa ficava no meio do salão, um pouco à direita de quem entra.

A cantoria não deixava ninguém ouvir sequer a própria voz. Pedi gim e angustura e o dediquei à chuva. O lugar não podia estar mais cheio e todo mundo se mostrava alegre, talvez um pouco alegre demais por efeito da nova bebida catalã que a maioria bebia. Duas pessoas que eu não conhecia bateram em minhas costas. A moça que estava em nossa mesa disse alguma coisa a mim, não ouvi e disse: "Claro."

Quando parei de olhar em volta e olhei para a nossa mesa, vi que a moça era horrivelzinha; e quando o garçom voltou descobri que o que ela tinha dito antes foi se eu queria um drinque. O rapaz que estava com ela não tinha ar de pessoa muito decidida, mas a moça parecia ser decidida o bastante para ambos. Tinha um rosto forte, semiclássico, assim como de domador de leões; e o rapaz com ela tinha tudo para estar usando uma gravata de escola aristocrática. Mas não estava. Vestia paletó de couro como todos nós. Só que o paletó não estava molhado porque tinham chegado ali antes da chuva. A moça também vestia um paletó de couro que combinava bem com o rosto dela.

Eu já estava arrependido de ter entrado no Chicote. Se tivesse continuado o meu caminho, já estaria no hotel vestido com roupa enxuta e tomando um drinque no conforto da cama com os pés para cima. Mas estava ali, já farto de olhar aquelas duas caras jovens. A vida é curta e as mulheres feias são muito compridas; sentado naquela mesa concluí que, apesar de ser escritor e portanto ter uma curiosidade insaciável por gente de toda espécie, não estava nem um pouco interessado em saber se os dois ali eram casados, ou o que achavam um do outro, ou quais eram suas ideologias, ou se ele tinha algum dinheiro, ou se ela tinha algum dinheiro, ou qualquer coisa a respeito deles. Concluí que deviam trabalhar no rádio. E que, quando se viam civis de aspecto estranho em Madri, eles eram sempre gente de rádio. Então, para dizer alguma coisa, elevei a voz e perguntei se eram do rádio.

— Somos — disse a moça. Então, acertei em cheio! Eram do rádio.

— Como vai, camarada? — perguntei ao alemão.

— Muito bem. E você?

— Molhado — respondi. Ele riu com a cabeça pendida para um lado.

— Por acaso tem cigarro? — Passei-lhe o meu penúltimo maço de cigarros, ele tirou dois. A moça decidida tirou dois, o rapaz da gravata de escola aristocrática tirou um.

— Tire outro — gritei.

— Não, obrigado — respondeu. O alemão tirou esse outro.

— Se incomoda? — perguntou sorrindo.

— Claro que não. — Eu me incomodava, e ele sabia. Mas queria tanto os cigarros que não ligou. A cantoria tinha cessado momentaneamente, ou tinha feito uma pausa, como às vezes acontece numa tempestade, e pudemos ouvir o que dizíamos.

— Está aqui há muito tempo? — perguntou a moça decidida.

— Intermitentemente — respondi.

— Precisamos ter uma conversa séria — disse o alemão. — Quero levar uma conversa com você. Quando pode ser?

— Eu lhe telefono — respondi.

Era um alemão muito estranho, e nenhum dos bons alemães gostava dele. Vivia sob a falsa impressão de que sabia tocar piano, mas, se a gente não o deixasse chegar perto de um piano, ele até era aceitável, desde que não ficasse exposto a bebida ou à oportunidade de fofocar; só que ninguém jamais conseguiu mantê-lo longe dessas três coisas.

Fofoca era o que ele fazia melhor. Sempre sabia alguma coisa nova e altamente desabonadora de uma pessoa qualquer de Madri, Valência, Barcelona e outros centros políticos cujos nomes lhe fossem citados.

A cantoria recomeçou a pleno vapor, e não se pode fofocar direito gritando, por isso a perspectiva era de uma tarde chata no Chicote. Resolvi sair logo que pagasse uma rodada de drinques.

Aí foi que a coisa começou. Um civil de terno marrom, camisa branca, gravata preta e cabelo escovado para trás de uma testa alta, que andava fazendo gracinhas de mesa em mesa, molhou um garçom fazendo esguichar uma bomba de flit. Todo mundo riu, exceto o garçom, que carregava uma bandeja cheia de drinques. Ficou indignado.

— No hay derecho — disse o garçom. É a forma de protesto mais simples e mais forte que se usa na Espanha.

Encantado com o seu sucesso, e aparentemente esquecido de que estávamos no segundo ano da guerra, e de estar ele numa cidade sitiada, todos vivendo sob tensão, e de que ele era apenas um dos únicos quatro civis no café, o homem da bomba de flit esguichou contra outro garçom.

Olhei em volta procurando um lugar para me abaixar. O segundo garçom também ficou indignado, e o homem da bomba de flit deu-lhe mais um esguicho com gosto. Algumas pessoas ainda acharam aquilo engraçado, inclusive a moça decidida. O garçom sacudia a cabeça. Os lábios dele tremiam. Era um senhor idoso que trabalhava no Chicote havia dez anos.

— No hay derecho — disse ele sem perder a dignidade.

Mas houve quem risse, e, sem notar que a cantoria tinha cessado, o homem da bomba de flit molhou a nuca de outro garçom. O garçom virou-se com a bandeja na mão.

— No hay derecho — disse. Desta vez não foi um protesto, mas uma acusação. Três homens fardados saíram de uma mesa e caminharam para o homem da bomba de flit, e, quase que instantaneamente, os quatro já saíam pela porta giratória. Logo se ouviu um estalo como o que se ouve quando alguém leva um tapa na boca, e só podia ser o homem da bomba de flit. Alguém pegou a tal bomba e mandou-a pela porta, atrás do dono.

Os três homens fardados voltaram com um ar muito sério de justiceiros. Aí a porta girou e trouxe de volta o homem da bomba. Tinha o cabelo caído nos olhos e sangue no rosto, a gravata puxada para um lado e a camisa rasgada. Voltava com a bomba de flit e, quando entrou de olhos arregalados e rosto pálido, lançou um esguicho desafiador por todo o salão.

Um dos três homens fardados caminhou para ele com um olhar estranho. Outros se juntaram a ele e o forçaram a se espremer no espaço entre duas mesas à esquerda de quem entra no salão, o homem da bomba de flit esperneando desesperado. Quando o tiro soou, agarrei a moça decidida pelo braço e flechei com ela para a porta da cozinha.

A porta estava fechada. Forcei-a com o ombro, mas não consegui abri-la.

— Abaixe-se aí no canto do bar — disse eu. Ela ficou de joelhos. — Deitada. — Forcei-a a se deitar. Ela estava furiosa.

Todo mundo no café, exceto o alemão, que se deitara atrás de uma mesa, e o rapaz que devia estar usando gravata de escola aristocrática e que estava em pé em um canto perto de uma parede, tinha uma arma na mão. Em um banco ao longo da parede, três superlouras de cabelo escuro rente ao crânio estavam nas pontas dos pés para ver melhor e gritando como doidas.

— Não estou com medo — disse a moça decidida. — Isto é ridículo.

— Não vai querer levar tiro numa briga de café, vai? Se aquele rei do flit tem amigos aqui, a coisa fica preta.

Mas não tinha, obviamente, porque as pessoas começaram a guardar os revólveres, alguém desceu do banco as louras gritadeiras, e todos os que tinham se aglomerado perto do homem da bomba de flit antes do tiro se afastaram, deixando-o lá de costas no chão.

— Ninguém sai enquanto a polícia não chegar — gritou alguém da porta.

Dois policiais armados de fuzil e que faziam parte da patrulha de rua postaram-se na porta; e, quando foi dado o aviso de não sair, seis homens formaram-se em linha e caminharam para a porta, sendo três desses os mesmos que tinham posto o homem da bomba de flit para fora do café. Um era o que tinha atirado. Passaram pelos policiais armados de fuzil como quem chega e tira do anzol o peixe que outro acabou de pescar. Quando saíram, um dos policiais atravessou o fuzil na porta e gritou:

— Ninguém sai. Ninguém.

— Por que saíram aqueles? Por que devemos ficar se uns já saíram? — gritou alguém.

— Eram mecânicos que precisavam voltar para seus aviões — alguém justificou.

— Mas, se alguns já saíram, não tem sentido reter os demais.

— Todos devem esperar a Seguridad. Tudo deve ser feito de acordo com a lei e em ordem.

— Mas, se alguém já saiu, não tem sentido reter os outros.

— Ninguém deve sair. Todos têm que esperar.

— Chega a ser cômico — disse eu à moça decidida.

— Não é, não. É horrível.

Estávamos em pé. Ela olhava indignada para o rei do flit no chão. Ele estava com os braços abertos e uma perna encolhida.

— Vou lá socorrer o pobre ferido. Por que ninguém o socorre, ou faz qualquer coisa por ele?

— Eu não me meteria — disse eu. — Você também deve ficar fora.

— Mas é desumano. Tenho experiência como enfermeira; vou socorrê-lo.

— Eu não faria isso. Nem chegue perto dele.

— E por que não? — Estava transtornada e quase histérica.

— Porque ele já morreu.

Quando a polícia chegou, reteve todo mundo no café durante três horas. Começaram cheirando todos os revólveres para achar um que tivesse disparado recentemente. Depois de cheirarem uns quarenta, se cansaram, e também o único cheiro ali era de paletós de couro molhados. Depois sentaram-se numa mesa posta atrás do finado rei do flit, estirado lá como caricatura em cera de si mesmo, as mãos de cera cinzentas e rosto de cera cinzento, e passaram a examinar os documentos das pessoas.

Pela camisa rasgada e aberta via-se que o rei do flit não usava camiseta, e que o solado dos sapatos estava muito gasto. Parecia uma criatura pequena e triste. Era preciso passar sobre ele para se chegar à mesa onde os dois policiais em trajes civis examinavam a identidade de cada um dos presentes. O marido, nervoso, perdeu e achou os seus documentos várias vezes. Tinha salvo-conduto, mas não sabia onde o guardara, e ficou procurando nos bolsos e suando até achá-lo. Depois o guardou em outro bolso e teve de repetir a busca. Suava em excesso, tinha o cabelo úmido e o rosto vermelho. Agora tinha o jeito de quem devia usar não somente uma gravata de escola aristocrática, mas também um daqueles bonezinhos que os meninos das primeiras séries usam. Já ouvimos dizer que os acontecimentos envelhecem as pessoas. Pois aquele tiro deu-lhe a aparência de ser dez anos mais moço.

Enquanto esperávamos eu disse à moça decidida que achava tudo aquilo uma boa história, que eu escreveria um dia. A imagem daqueles seis, formados em linha, marchando para a porta era impressionante. Ela se escandalizou e disse que eu não devia escrever essa história porque seria prejudicial à causa da república espanhola. Eu disse que estava há muito tempo na Espanha e que eles tinham um registro imenso de tiroteios na região de Valência no tempo da monarquia, e que por centenas de anos antes da República as pessoas ficavam picando umas às outras com umas facas enormes chamadas *navajas* na Andaluzia, e que, tendo visto uma cena cômica de tiro no Chicote durante a guerra, ia escrever sobre ela como se tivesse acontecido em Nova York, Chicago, Key West ou Marselha. Nada tinha a ver com política. Ela disse que eu não devia escrever. Provavelmente muitas outras pessoas diriam o mesmo. O alemão também achou que era uma história muito boa, e eu lhe dei o último dos meus Camels. Finalmente, depois de três horas, a polícia nos liberou.

Estavam preocupados a meu respeito no Florida porque naqueles dias de bombardeio, se alguém ia para casa a pé e não chegava depois do fechamento dos bares às sete e meia, as pessoas se preocupavam. Cheguei são e salvo e contei a história enquanto preparávamos o jantar num fogareiro elétrico, e foi um sucesso.

Durante a noite parou de chover, e na manhã seguinte raiou um dia claro e frio de inverno. Ao meio-dia e quarenta e cinco empurrei a porta giratória do Chicote para um gim-tônica antes do almoço. Havia pouca gente lá àquela hora. Dois garçons e o gerente vieram à minha mesa. Os três sorriam.

— Pegaram o assassino?

— Não faça piadas tão cedo — disse o gerente. — Você viu ele atirar?

— Vi.

— Eu também — disse ele. — Eu estava aqui no momento. — Apontou uma mesa de canto. — Ele encostou o revólver no peito do outro e atirou.

— Até que horas a polícia esteve aqui?

— Ah, até depois das duas da manhã.

— E voltaram para pegar o *presunto* — continuou um dos garçons usando a gíria para cadáver — às onze da manhã.

— Mas você ainda não sabe o resto — disse o gerente.

— É, ele não sabe — confirmou o outro garçom.

— Um fato muito raro — disse o primeiro garçom. — Muy raro.

— E triste também — completou o gerente sacudindo a cabeça.

— É. Triste e curioso — disse o garçom. — Muito triste.

— Então me contem.

— Um fato muito raro — repetiu o gerente.

— Então contem, ora.

O gerente inclinou-se para a mesa com o ar de quem vai contar um segredo.

— Sabe o que ele tinha na bomba de flit? Água-de-colônia. Coitado dele.

— Não era uma piada de mau gosto — disse um garçom.

— Era pura brincadeira. Ninguém precisava se ofender — disse o gerente. — Pobre homem.

— Ora essa — disse eu. — Ele só queria que todos se divertissem.

— É isso — reforçou o gerente. — Foi tudo um lamentável mal-entendido.

— E a bomba de flit?

— A polícia levou-a e mandou entregar à família.

— Devem querer guardá-la — disse eu.

— Claro — disse o gerente. — Claro. Uma bomba de flit sempre é útil.

— Quem era ele?

— Era marceneiro.

— Casado?

— Era. A mulher esteve aqui hoje cedo com a polícia.

— Que disse ela?

— Ajoelhou-se ao lado dele e disse: "Pedro, o que foi que fizeram com você, Pedro? Quem fez isto com você, Pedro?"

— A polícia precisou levá-la porque ela estava inconsolável — disse um garçom.

— Parece que ele era fraco do peito — comentou o gerente.

— Lutou nos primeiros dias do movimento. Dizem que lutou na Sierra, mas estava muito fraco do peito para continuar.

— E ontem à tarde veio à cidade para alegrar as pessoas — sugeri.

— Não — disse o gerente. — Foi um acontecimento muito raro. Tudo foi *muy raro*. Isto eu soube com a polícia, que é muito eficiente quando tem tempo. Interrogaram colegas de trabalho dele na oficina. Localizaram a oficina pelo cartão do sindicato que ele tinha no bolso. Ele comprou ontem a bomba de flit e água-de-colônia para fazer uma brincadeira num casamento. Revelou essa intenção aos companheiros. Comprou a bomba e a água numa loja em frente à oficina. O vidro tinha um rótulo com o endereço. O vidro foi achado no banheiro. Ele encheu a bomba no banheiro. Deve ter entrado aqui quando a chuva começou.

— Me lembro de quando ele entrou — disse um garçom.

— Na alegria geral, com a cantoria, ele também ficou alegre.

— Ele estava mesmo alegre — confirmei. — Parecia flutuar no ambiente.

O gerente continuou com a implacável lógica espanhola.

— É a alegria de beber quando se sofre de fraqueza do peito — disse.

— Não gosto muito desta história — retruquei.

— Mas veja como é rara — disse o gerente. — A alegria dele entra em contato com a seriedade da guerra como uma borboleta...

— É isso, como uma borboleta — disse eu. — Bem como uma borboleta.

— Não estou brincando — advertiu o gerente. — Percebeu? Como uma borboleta encontrando um tanque.

Isso lhe agradou enormemente. Ele entrava na sólida metafísica espanhola.

— Tome um por conta da casa — ofereceu. — Você precisa escrever uma história sobre isso.

Pensei no homem da bomba de flit com suas mãos cinzentas de cera e a face cinzenta de cera, os braços abertos e uma perna encolhida, e achei que lembrava um pouco uma borboleta; só um pouco, quero dizer. Mas também não parecia muito humano. Parecia mais um pardal morto.

— Aceito um gim-tônica Schweppes.

— Você precisa escrever isso — disse o gerente. — À sua.

— Sorte — disse eu. — Uma moça inglesa me disse ontem que eu não devia escrever sobre o acontecido. Que seria prejudicial à causa.

— Tolice — retrucou o gerente. — É muito interessante e importante, a alegria mal-entendida entrando em contato com a seriedade dura que está sempre no ar. Para mim é o acontecimento mais raro e mais interessante que já vi nos últimos tempos. Você precisa escrever sobre isso.

— É, tem razão. Preciso. Ele tinha filhos?

— Não. Perguntei à polícia. Mas você precisa escrever e dar-lhe o nome de *A Borboleta e o Tanque*.

— É, vou escrever. Vou. Mas o título não me agrada muito.

— É um título elegante — disse o gerente. — É literatura genuína.

— Está bem. Claro. Vai ser esse o título: *A Borboleta e o Tanque*.

Fiquei ali sentado na manhã clara, o café cheirando a limpeza, arejado e limpo, em companhia do gerente, que era um velho amigo e que se mostrava feliz com a literatura que estávamos fazendo juntos. Bebi um gole do gim-tônica e olhei para a janela com os sacos de areia e pensei na mulher ajoelhada ali e dizendo: "Pedro, *Pedro*, quem fez isto com você, Pedro?" E pensei também que a polícia jamais seria capaz de dizer a ela, mesmo se quisesse, o nome do homem que puxou o gatilho.

VÉSPERA DE BATALHA

Nesse tempo trabalhávamos em uma casa bombardeada que dava vista para a Casa del Campo em Madri. Abaixo de nós travava-se uma batalha. Víamos a batalha espalhada lá embaixo e nos morros, até sentíamos o cheiro e provávamos a poeira dela, e o barulho era um longo estrugir de fogo de fuzis e metralhadoras, às vezes diminuindo, às vezes aumentando, e no meio o ribombo de canhões e o surdo sibilar de obuses disparados das baterias atrás de nós, o baque surdo das explosões e em seguida os rolos de nuvens amarelas de poeira. Mas era muito longe para se filmar. Tentamos trabalhar mais de perto, mas desistimos porque atiravam na câmera.

A câmera grande era o equipamento mais caro que tínhamos, e se fosse destruída ficaríamos de mãos atadas. Fazíamos o filme com grandes dificuldades e todo o dinheiro estava nas latas de filme e nas câmeras. Não podíamos desperdiçar filme e tínhamos que ter extremo cuidado com as câmeras.

No dia anterior fomos expulsos por atiradores de tocaia de um bom lugar de onde filmar, e tive que rastejar de volta com a câmera pequena na barriga, tentando manter a cabeça em nível mais baixo do que os ombros, me deslocando com os cotovelos, balas batendo na parede de tijolos acima da minha cabeça e por duas vezes jogando terra em mim.

Os nossos ataques mais fortes eram feitos de tarde, sabe-se lá por quê; os fascistas tinham o sol pelas costas nessa hora, e o sol se refletia nas lentes da câmera e as fazia piscar como um heliógrafo e os mouros abriam fogo nesse brilho. Sabiam tudo sobre heliógrafos e sobre óculos de oficiais do Riff; quem quisesse servir de alvo para atirador de tocaia só precisava usar óculos sem quebra-sol. Eram bons atiradores, e me deixavam com a boca seca o dia inteiro.

De tarde nos recolhíamos à casa. Era ótimo lugar para se trabalhar. Fizemos uma espécie de veneziana para a câmera numa varanda com os pedaços de treliças quebradas. Mas, como eu disse, era longe para se filmar.

Não era muito longe para pegar a encosta coberta de pinheiros, o lago e o perfil das construções de pedra da fazenda que tinham desaparecido no súbito esmigalhar da pedra atingida por obuses de alto poder, nem era muito longe para pegar as nuvens de fumaça e poeira que pairavam sobre a crista do morro enquanto os bombardeiros passavam. Mas a oitocentos ou mil metros os tanques pareciam pequenos besouros enlameados atacando as árvores e cuspindo pequenos relâmpagos, e os homens atrás deles eram homens de brinquedo, que se deitavam, depois se agachavam e corriam, mais adiante se deitavam para correr de novo ou ficar parados, assinalando a encosta enquanto os tanques avançavam. Insistíamos em captar o modelo da batalha. Fizemos muitas tomadas de perto e esperávamos fazer mais se tivéssemos sorte e se pudéssemos pegar o súbito eclodir da terra, o arrebentar das granadas, as nuvens de fumaça e poeira iluminadas pelo clarão amarelo e branco das granadas; ou seja, tudo o que queríamos era captar o modelo vivo da batalha.

Quando a luz faltou, carregamos a grande câmera escada abaixo, tiramos o tripé, fizemos três volumes e os levamos um de cada vez numa carreira pela esquina sob fogo do Paseo Rosales até o abrigo da parede de pedra do velho Quartel Montana. Ficamos contentes porque era um bom lugar de onde se filmar. Mas nos enganamos ao pensar que não era muito longe.

— Agora vamos ao Chicote, gente — disse eu depois que subimos o morro e chegamos ao Hotel Florida.

Mas eles precisavam consertar uma câmera, mudar o filme e lacrar as latas que tínhamos filmado, e tive que ir sozinho. Mas nunca se está sozinho na Espanha, e gostei da mudança.

Quando descia a Gran Via a caminho do Chicote no crepúsculo de abril me sentia feliz, alegre e animado. Tínhamos trabalhado bastante, e o pensamento fluía. Mas a pé e sozinho toda a minha animação foi decrescendo. Sem companhia e desanimado, reconheci que tínhamos ido longe demais e que a ofensiva fracassara. Percebi isso durante o dia, mas sempre nos deixamos iludir pela esperança e pelo otimismo. Passando em revista os acontecimentos do dia, percebi que tinha sido apenas mais um banho de sangue, como o do Somme. O exército do povo estava finalmente na ofensiva. Mas atacava de tal maneira, que o resultado só poderia ser um: a autodestruição. Quando juntei tudo o que tinha visto e ouvido durante o dia, me senti deprimido.

Na fumaceira e na zoeira do Chicote tive a certeza de que a ofensiva fracassara; e a certeza aumentou quando tomei o primeiro drinque no bar apinhado. Se tudo vai bem e só a gente se sente deprimido, um drinque melhora o nosso estado de espírito. Mas, se as coisas estão ruins e a gente está bem, um drinque faz a gente ver claro. O Chicote estava tão cheio que era preciso abrir espaço com o cotovelo para se levar o copo à boca. Tomei um gole demorado e alguém me deu um esbarrão que derramou parte do meu uísque com soda. Olhei indignado, o homem que tinha esbarrado em mim riu.

— Olá, cara de peixe — disse.

— Olá, cara de bode.

— Vamos arranjar uma mesa. Você ficou mesmo fulo com a minha trombada.

— Está vindo de onde? — perguntei. O paletó de couro dele estava sujo e ensebado, os olhos fundos, a barba por fazer. Tinha preso na perna o enorme Colt automático que já fora de três conhecidos meus, arma que estava sempre nos dando trabalho para conseguir munição. Era um homem alto, o rosto tisnado de fumaça e sujo de graxa. Usava capacete de couro com vinco de couro longitudinal acolchoado e aba também de couro acolchoado.

— Está vindo de onde?

— Casa del Campo — disse ele, pronunciando as palavras em ritmo cantado de zombaria como ouvimos de um empregado num hotel de Nova Orleans uma vez e guardamos como se fosse uma brincadeira que só nós conhecemos.

— Vagou uma mesa ali — disse eu quando vi dois soldados e duas moças se levantarem. — Vamos pegá-la.

Sentamos à mesa no meio do salão e observei o homem enquanto ele erguia o copo. As mãos eram engorduradas, os vértices dos dois polegares pretos como grafite, resultado dos gases de culatra da metralhadora. A mão que segurava o copo tremia.

— Veja. — Mostrou a outra mão, que também tremia. — As duas tremem — disse no mesmo ritmo cantado. Depois, sério: — Esteve lá?

— Estamos fazendo um filme.

— Fotografa bem?

— Não muito.

— Nos viu?

— Onde?

— Ataque à fazenda. Três e vinte e cinco da tarde de hoje.

— Ah, vi.

— Gostou?

— Não.

— Nem eu. Foi pura loucura. Fazer um ataque frontal contra posições como aquelas? Quem terá sido o idiota que montou aquilo?

— Um filho da puta chamado Largo Caballero — disse um cara baixinho de óculos grossos que estava na mesa quando chegamos a ela. — Na primeira vez que o deixaram olhar com um binóculo, ele foi promovido a general. Foi a obra-prima dele.

Nós dois olhamos para o camarada. Al Wagner, de uma guarnição de tanque, olhou para mim e levantou o que eram as sobrancelhas antes de serem queimadas. O homenzinho sorriu para nós.

— Se alguém aqui falar inglês você está arriscado a ser fuzilado, camarada.

— Não. Quem está arriscado a ser fuzilado é Largo Caballero. Ele deve ser fuzilado.

— Olhe aqui, camarada — disse Al. — Fale mais baixo, tá? Alguém pode ouvir e pensar que estamos com você.

— Sei o que estou falando — disse o baixinho de óculos de lentes grossas.

Olhei-o atentamente. Ele parecia saber mesmo do que estava falando.

— Mesmo assim, é bom não andar por aí dizendo o que se sabe — disse eu. — Aceita um drinque?

— Aceito, sim. Falar com você eu posso. Conheço você. Você é OK.

— Não sou tão OK assim. E estamos em um bar público.

— Bares públicos são os únicos lugares privados que existem. Ninguém escuta o que os outros falam aqui. Qual é a sua unidade, camarada?

— Tenho uns tanques a oito minutos mais ou menos daqui, a pé — disse Al. — Estamos dispensados pelo resto do dia até o meio da noite.

— Por que você nunca toma banho? — perguntei.

— Pretendo tomar um em seu quarto. Quando sairmos daqui. Tem sabão de mecânico lá?

— Não.

— Não faz mal. Tenho um pedacinho aqui no bolso, que venho poupando.

O homenzinho de óculos de lentes grossas olhava atentamente para Al.

— É membro do partido, camarada? — perguntou.

— Claro — disse Al.

— Sei que o camarada Henry não é — disse o homenzinho.

— Então não confio nele — disse Al. — Nunca.

— Você é um filho da mãe. Vamos, então? — perguntei.

— Não. Preciso muito tomar mais um — disse Al.

— Sei tudo do camarada Henry — disse o homenzinho. — Agora, se me permitem, vou-lhes dizer alguma coisa mais de Largo Caballero.

— Precisamos ouvir? — perguntou Al. — Não esqueça que sou do exército do povo. O que você poderia dizer não vai me desanimar, ou vai?

— A cabeça dele está tão inchada que ele já está ficando perturbado. É primeiro-ministro e ministro da Guerra, e ninguém pode mais falar com ele. Foi um bom e honesto líder sindicalista mais ou menos entre Sam Gompers e John L. Lewis, mas o tal de Araquistain é que o inventou...

— Vamos com calma — disse Al. — Não estou entendendo.

— Pois é. Araquistain o inventou. Araquistain é agora embaixador em Paris. Ele inventou Caballero. Disse que ele é o Lênin espanhol, e o coitado ficou tentando corresponder à comparação. Aí alguém passou a ele um binóculo, ele olhou e ficou pensando que era Clausewitz.

— Você já disse isso — reclamou Al. — E em que se baseia?

— Há três dias, na reunião do gabinete, ele falava de questões militares. Falavam nisso que estamos vendo hoje, e Jesus Hernández, para provocá-lo, perguntou a diferença entre tática e estratégia. Sabe o que ele respondeu?

— Não — disse Al. Dava para perceber que o novo camarada estava mexendo com os nervos de Al.

— Pois ele respondeu: "Na tática ataca-se o inimigo de frente. Na estratégia ataca-se o inimigo pelos flancos." E agora?

— É melhor você ir andando, camarada — disse Al. — Você está ficando muito derrotista.

— Mas vamos nos livrar de Largo Caballero — continuou o camarada baixinho. — Vamos nos livrar dele logo depois dessa ofensiva. Este último ato de estupidez dele será o seu fim.

— OK, camarada — disse Al. — Tenho que atacar amanhã cedo.

— Então vai atacar de novo?

— Olhe, camarada. Você pode me dizer as lorotas que quiser porque são divertidas e eu sou bem crescido para saber que são lorotas. Mas não me faça perguntas, tá? Porque pode se dar mal.

— Falei entre nós. Não como quem passa informação.

— Não nos conhecemos suficientemente para fazer perguntas no terreno pessoal, camarada — observou Al. — Por que não vai para outra mesa e nos deixa, a mim e ao camarada Henry, conversar? Quero fazer umas perguntas a ele.

— Salud, camarada — disse o homenzinho se levantando. — Nos veremos em outra ocasião.

— É — resmungou Al. — Em outra ocasião.

Ficamos olhando o homenzinho passar a outra mesa. Pediu licença, alguns soldados abriram espaço para ele. Sentou-se e logo começou a falar. Todos se mostraram interessados.

— O que é que você acha desse camaradinha? — perguntou Al.

— Eu sei lá.

— Nem eu — disse Al. — Com toda a certeza ele já avaliou essa ofensiva. — Tomou um gole e mostrou a mão. — Está vendo?

Não treme mais. E não sou cachaceiro. Nunca bebo antes de um ataque.

— E como foi hoje?

— Você viu. Como acha que foi?

— Lamentável.

— Essa é a palavra certa. Foi lamentável. Parece que ele está empregando estratégia e tática juntas porque estamos atacando pela frente e pelos dois lados. E o resto, como foi?

— Duran tomou a nova pista de corrida, o hipódromo. Estamos apertados no corredor que leva à Cidade Universitária. Mais acima atravessamos a estrada de Coruña. Nos detivemos no Cerro de Aguilar na manhã de ontem. Era a nossa posição hoje cedo. Duran perdeu mais da metade de sua brigada, pelo que sei. E do seu lado?

— Amanhã vamos tentar aquela fazenda e a igreja mais uma vez. A igreja no alto, a que chamam ermida, é o objetivo. Toda a encosta do morro é cortada de ravinas cobertas por posições de metralhadoras pelo menos de três direções. Abriram trincheiras fundas em toda a extensão. Não temos artilharia suficiente para nos dar cobertura e mantê-los nas trincheiras, e não temos artilharia pesada para massacrá-los. Eles têm armas antitanques nas três casas e uma bateria antitanque perto da igreja. Vai ser um morticínio.

— A que horas?

— Não me pergunte isso. Não posso lhe dizer.

— É para podermos filmar. O dinheiro do filme vai para as ambulâncias. Temos a Décima Segunda Brigada no contra-ataque na Ponte Argada. E depois novamente a Décima Segunda naquele ataque da semana passada contra Pingarrón. Os tanques tiveram bom desempenho lá.

— Os tanques não fizeram trabalho nenhum — disse Al.

— Eu sei. Mas fotografaram muito bem. E o que vamos ter amanhã?

— Levante cedo e espere. Não precisa ser muito cedo.

— E você, como se sente agora?

— Muito cansado. E com uma dor de cabeça horrível. Mas, quanto ao ânimo, ótimo. Vamos tomar mais um e ir para o seu quarto e tomar um banho.

— Que tal comermos antes?

— Estou muito sujo para comer. Você segura um lugar, eu tomo um banho e nos encontramos depois na Gran Via.

— Subo com você.

— Não. É melhor garantir um lugar. Você fica lá, eu vou depois. — Inclinou a cabeça para a mesa. — Rapaz, estou com uma dor de cabeça... É o barulho daquelas caçambas. Nunca mais escutei aquele barulho, mas ele continua no meu ouvido.

— Por que não vai se deitar?

— Prefiro ficar acordado com você e dormir quando voltarmos. Não quero acordar duas vezes.

— Não me diga que é o horror da guerra.

— Não. Não é isso. Olhe, Hank. Não quero ficar falando bobagens, mas desconfio que vou morrer amanhã.

Bati na mesa três vezes com os nós dos dedos.

— Todo mundo fica assim. Me senti assim muitas vezes.

— Não. Comigo não é natural. Mas a posição para onde vamos amanhã é loucura. Nem sei como chegar lá com a minha brigada. Não se pode fazê-los avançar quando eles não querem.

Podem ser fuzilados depois. Mas na hora, se não quiserem ir, não vão. Mesmo se atirarmos neles, não vão.

— Talvez não seja assim.

— É. Amanhã vamos ter boa infantaria. Acabarão indo. Não vão ser como aqueles covardes que tivemos no primeiro dia.

— Quem sabe vai sair tudo bem?

— Não. Não vai sair tudo bem. Mas vai sair da melhor maneira que eu puder conseguir. Posso fazer que me acompanhem, e posso levá-los até onde eles tiverem que abandonar tudo um a um. Pode ser que cheguem ao objetivo. Conto com três em quem posso confiar. Mas isso se nenhum deles for atingido logo no começo.

— Quem são os confiáveis?

— Um grego grandalhão de Chicago que vai para onde for mandado. É o melhor que se pode encontrar. Tenho um francês de Marselha que está com o ombro esquerdo engessado e dois ferimentos purgando; pediu para ter alta do hospital para este ataque, e precisa ser enfaixado, e não sei como poderá sair assim. Tecnicamente, quero dizer. É comovente. Era motorista de táxi. — Al fez uma pausa. — Bem, estou falando muito. Me diga para calar se eu falar muito.

— E o terceiro? — perguntei.

— O terceiro? Eu disse que tinha um terceiro?

— Disse.

— Ah, sim. Esse sou eu.

— E os outros?

— São mecânicos, não têm cabeça para assuntos militares. Não sabem avaliar o que acontece. E têm muito medo de morrer. Tenho tentado curá-los disso, mas o medo volta a cada ataque.

Parecem tripulantes de tanque quando estão ao lado dos tanques com o capacete na cabeça. Parecem tripulantes de tanque quando entram. Mas, quando fecham as escotilhas, os tanques estão vazios. Não são guerreiros de tanque. E ainda não tivemos tempo de fazer guerreiros de tanque.

— Quer mesmo tomar banho?

— Vamos ficar um pouco mais. Estou gostando.

— Não deixa de ser esquisito. Tem uma guerra lá no fim da rua, pode-se ir a ela a pé. Aí se larga a guerra e se vem para um bar.

— E depois se volta a pé para a guerra.

— E garotas? Tem duas garotas americanas no Florida. Correspondentes de imprensa. Quem sabe você se acerta com uma?

— Não quero conversar com garotas. Estou muito cansado.

— Naquela mesa de canto tem duas mouras de Ceuta.

Al olhou para lá. Eram morenas, de cabelo encaracolado. Uma era alta, a outra não, e as duas pareciam fortes e decididas.

— Não — disse Al. — Amanhã vou ver muitos mouros. Não preciso me aproximar deles hoje.

— Tem garotas aos montes — disse eu. — No Florida tem Manolita. O cara da Seguridad com quem ela vive foi para Valência, e ela tem sido fiel a ele com todo mundo.

— Olhe, Hank. O que é que você está tramando para mim?

— Só estou querendo levantar o seu astral.

— Ora, cresça. Que tal mais um?

— Mais um.

— Não tenho medo de morrer. Morrer é como um lance de dados. Só que é por nada. O ataque é um erro e um desperdício.

Se eu tivesse tempo preparava bons tanquistas. E, se tivéssemos tanques um pouco mais velozes, os antitanques não seriam o problema que são. Olhe, Hank, eles não são o que pensávamos. Se lembra de quando todo mundo pensava que se tivéssemos tanques as coisas seriam diferentes?

— Tiveram bom desempenho em Guadalajara.

— Verdade. Mas eram tripulados por veteranos. Bons soldados. E contra italianos.

— E o que foi que aconteceu depois?

— Muitas coisas. Os mercenários assinaram contrato por seis meses. A maioria era de franceses. Lutaram bem durante cinco meses, e agora só querem esperar que o contrato expire para irem embora. Não valem titica nenhuma agora. Os russos que vieram como demonstradores quando o governo comprou os tanques eram perfeitos. Agora estão sendo chamados de volta, dizem que para a China. Dos novos espanhóis alguns são bons, outros não. O preparo de um bom tanquista leva seis meses. Seis meses para ele ficar sabendo tudo. Agora, para saber avaliar uma situação e agir com inteligência, é preciso talento. Estamos preparando tanquistas em seis semanas, e pouquíssimos têm talento.

— Mas preparam bons aviadores.

— Preparam bons tanquistas também. Mas é preciso ter em mãos pessoas dotadas de vocação. É como para ser padre. A pessoa precisa ter vocação. Principalmente agora, que o outro lado tem muita arma antitanque.

Tinham baixado as venezianas no Chicote, e agora trancavam a porta. Ninguém mais podia entrar. Mas faltava ainda meia hora para fechar.

— Gosto daqui — disse Al. — Hoje não está tão barulhento. Se lembra de quando nos encontramos em Nova Orleans, eu estava num navio e fomos tomar um drinque no bar Monteleone e aquele garoto parecido com São Sebastião chamava pessoas com uma voz cantada, e dei a ele vinte e cinco centavos para ele chamar Mr. B. F. Slob?

— A mesma voz com que você disse "Casa del Campo".

— Exato. Toda vez que penso naquilo tenho vontade de rir. Mas, como dizia, eles não têm mais medo de tanque. Ninguém tem. Nem nós. Mas os tanques ainda são úteis. Muito úteis. Só são vulneráveis para armas antitanque. Talvez eu devesse passar para alguma outra coisa. Não, que bobagem. Os tanques ainda são úteis. Mas como estão as coisas agora é preciso ter vocação. Para ser bom tanquista agora é preciso ter muita informação política.

— Você é bom tanquista.

— Gostaria de ser alguma outra coisa amanhã. Estou de língua solta hoje, mas acho que não estou prejudicando ninguém. Você sabe que gosto de tanques, mas o problema é que não os utilizamos direito porque a infantaria ainda não sabe bem o papel dos tanques. Querem que os tanques vão à frente para lhes dar cobertura no avanço. Não é assim. Eles ficam dependendo dos tanques e não avançam sem eles. Às vezes nem se espalham quando é preciso.

— Eu sei.

— Se tivéssemos tanquistas conhecedores do assunto, eles iriam na frente, atraíam o fogo de metralhadora e recuavam para a retaguarda da infantaria, disparavam o canhão, silenciavam as metralhadoras e davam fogo de cobertura à infantaria no ataque.

Outros tanques atacariam os postos de metralhadoras como se os tanques fossem cavalaria. Podiam se colocar ao través de uma trincheira e metralhar de enfiada. E trazer a infantaria quando fosse oportuno ou dar cobertura ao avanço dela.

— E não sendo assim?

— Não sendo assim, amanhã vai ser como hoje. Temos tão poucos canhões que estamos atuando mais como unidades móveis de artilharia blindada. E, quando se fica parado como artilharia ligeira, perde-se a mobilidade e consequentemente a segurança, e começa-se a levar tiros isolados de armas anti-tanque. Quando não ficamos assim, ficamos como carrinhos de bebê se deslocando na frente da infantaria. E ultimamente já não sabemos se o carrinho é empurrado por alguém de fora ou se por alguém de dentro. E nunca sabemos se vai ter alguém atrás de nós quando chegamos lá.

— Qual o efetivo de uma brigada hoje?

— Seis, um batalhão. Trinta, uma brigada. Teoricamente.

— Por que não saímos agora, você toma o seu banho e depois comemos?

— Boa. Mas não me venha com aquela de tomar conta de mim, ou pensar que estou preocupado, ou que estou de algum jeito que não estou. Estou é cansado, e com vontade de falar. E não me venha com nenhuma conversa animadora porque tenho um comissário político, sei por que estou lutando e não estou preo-cupado. O que há é que gosto de eficiência, e eficiência aplicada com inteligência.

— O que lhe fez pensar que eu ia despejar conversa ani-madora em cima de você?

— Pela cara que você estava fazendo.

— Eu só estava querendo saber se você andava a fim de uma garota e também querendo desviar você daquela conversa sobre morte.

— Pois fique sabendo. Não quero garota nenhuma hoje, e vou soltar a língua à vontade, desde que não prejudique outros. Será que vai prejudicar você?

— Vá tomar o seu banho. Pode soltar a língua até quando quiser.

— Quem seria aquele camaradinha que falava como se soubesse tudo?

— Não sei. Mas vou descobrir.

— Ele me deixou deprimido — disse Al. — Mas vamos embora.

O garçom idoso e careca abriu a porta da frente para sairmos.

— Como vai a ofensiva, camaradas? — perguntou o garçom.

— Muito bem, camarada — disse Al. — Vai muito bem.

— Fico feliz — disse o garçom. — Meu filho está na Brigada Cento e Quarenta e Cinco. Esteve com ela?

— Sou dos tanques — disse Al. — O camarada aqui faz cinema. Você esteve com a Cento e Quarenta e Cinco?

— Não — respondi.

— Está na estrada de Estremadura — disse o velho garçom. — Meu filho é comissário político da companhia de metralhadoras do seu batalhão. É o meu caçula. Tem 20 anos.

— Qual é o seu partido, camarada? — perguntou Al.

— Não tenho partido. Mas meu filho é comunista.

— Eu também — disse Al. — A ofensiva ainda não chegou a uma decisão. Está muito difícil. Os fascistas ocupam posições muito fortes. Você na retaguarda deve ter a firmeza que temos na frente. Podemos não tomar aquelas posições agora, mas mostramos que temos um exército capaz de manter a ofensiva, e você vai ver o que ele vai fazer.

— E a estrada de Estremadura? — perguntou o velho garçom, ainda segurando a porta. — É muito perigoso lá?

— Não — disse Al. — Está até bom lá. Você não deve se preocupar com ele.

— Deus o abençoe — disse o garçom. — Deus proteja o senhor.

Já na rua escura, Al falou:

— Nossa, ele está politicamente confuso, não está?

— É bom sujeito — respondi. — Conheço ele há muito tempo.

— Parece bom sujeito. Mas precisa melhorar politicamente.

O quarto no Florida estava cheio. O gramofone tocava, fumaça à beça, e um jogo da dados comia solto no chão. Camaradas chegavam para tomar banho, o quarto cheirava a fumaça, sabão, uniformes sujos e vapor do banheiro.

A espanhola chamada Manolita, muito limpa, vestida com recato, com uma falsa elegância francesa e muita jovialidade, muita dignidade e olhos que passavam frieza, estava sentada na cama conversando com um jornalista inglês. Tirando o gramofone, não faziam muito barulho.

— O quarto é seu, não é? — disse o jornalista inglês.

— Está em meu nome no registro — respondi. — Durmo aqui de vez em quando.

— E de quem é o uísque? — perguntou ele.

— Meu — disse Manolita. — Beberam uma garrafa e eu trouxe outra.

— Você é uma garota e tanto, filhota — disse eu. — Com essa são três que lhe devo.

— Duas — disse ela. — A outra foi presente.

Tínhamos um enorme presunto cozido, rosado com bordas brancas, numa lata meio aberta na mesa ao lado da minha máquina de escrever; um camarada chegava, cortava uma fatia com o próprio canivete e voltava ao jogo de dados. Cortei uma fatia para mim.

— É a sua vez na banheira — disse eu a Al. Ele ainda estava olhando o quarto.

— É bom aqui, hein? — disse ele. — De onde veio o presunto?

— Compramos na intendência de uma brigada — disse Manolita. — Não é uma beleza?

— Quem *compramos*?

— Eu e ele — respondeu ela, apontando com a cabeça o correspondente inglês. — Não é simpático?

— Manolita tem sido um anjo — disse o inglês. — Estamos atrapalhando vocês?

— De jeito nenhum — respondi. — Mais tarde posso querer utilizar a cama, mas só muito mais tarde.

— Podemos organizar uma festa no meu quarto — disse Manolita. — Você não está aborrecido, está, Henry?

— Jamais. Quem são os camaradas que jogam dados?

— Não sei — disse Manolita. — Vieram tomar banho e ficaram jogando dados. Todo mundo tem sido muito simpático. Sabe que tive uma notícia ruim?

— Não.

— Uma péssima notícia. Sabe o meu noivo, que era da polícia e foi para Barcelona?

— Claro.

Al foi para o banheiro.

— Ele morreu num acidente e não tenho ninguém com quem contar na polícia. Ele não me deu os documentos que tinha me prometido, e fiquei sabendo hoje que vou ser presa.

— Por quê?

— Porque não tenho documentos e dizem que ando em companhia de pessoas como vocês e com pessoas das brigadas, então acham que sou espiã. Se o meu noivo não tivesse morrido, tudo continuaria bem. Será que você pode me ajudar?

— Claro. Nada vai lhe acontecer se você estiver limpa — respondi.

— Acho melhor ficar com você para me garantir.

— E se você não estiver limpa, como é que fico?

— Não posso ficar com você?

— Não. Se você tiver problema, me telefone. Nunca vi você fazendo perguntas de natureza militar a ninguém. Acho que você está limpa.

— Estou *mesmo* — disse ela se afastando do inglês. — Acha que devo ficar com ele? Ele está limpo?

— Como posso saber? — respondi. — Nunca o vi antes.

— Você está ficando preocupado — disse ela. — Vamos esquecer isso e ficar todo mundo alegre, e depois vamos jantar.

Aproximei-me dos que jogavam dados.

— Querem sair para jantar?

— Não, camarada — disse o cara que tinha os dados na mão, sem me olhar. — Quer entrar no jogo?

— Quero jantar.

— Estaremos aqui quando você voltar — disse outro dos jogadores. — Vamos, lance. Estou esperando.

— Se arranjar algum dinheiro por aí, traga para o jogo.

Além de Manolita, tinha mais uma pessoa no quarto que eu conhecia. Era da Décima Segunda Brigada, e o que manejava o gramofone. Era húngaro, mas húngaro triste, não da classe dos alegres.

— Salud, camarade — disse ele. — Obrigado pela hospitalidade.

— Não joga dados? — perguntei.

— Não tenho dinheiro para isso. Esses são aviadores com contrato. Mercenários. Ganham mil dólares por semana. Estiveram na frente de Teruel, agora estão aqui.

— Como vieram para cá?

— Um deles conhece você. Mas precisou ir para o seu aeródromo. Vieram num carro apanhá-lo, e o jogo já tinha começado.

— Foi bom você ter vindo — falei. — Volte sempre que quiser, a casa é sua.

— Vim tocar os discos novos — disse ele. — Incomoda você?

— Não. Estou gostando. Tome um drinque.

— Presunto — pediu ele.

Um dos jogadores de dado levantou-se e cortou uma fatia de presunto.

— Já viu por acaso esse cara chamado Henry, dono do quarto? — perguntou-me ele.

— Sou eu.

— Ah, desculpe. Quer entrar no jogo?

— Mais tarde — respondi.

— OK — retrucou ele. Depois, com a boca cheia de presunto: — Olhe aqui, seu bunda-suja. Jogue o dado para bater na parede e voltar.

— Que diferença faz, camarada? — disse o sujeito que estava com os dados.

Al voltou do banheiro. Parecia limpo, a não ser por umas manchas em volta dos olhos.

— Pode tirar isso com uma toalha — sugeri.

— Tirar o quê?

— Olhe-se no espelho.

— Está embaçado. Deixe pra lá. Me sinto limpo.

— Então vamos comer. Vamos, Manolita. Vocês já se conhecem?

Acompanhei o olhar dela para Al.

— Como vai? — disse ela.

— É uma ideia oportuna — disse o inglês. — Vamos comer, sim. Mas onde?

— É jogo de dados? — perguntou Al.

— Não viu que era quando chegou?

— Não. Só vi o presunto.

— É jogo de dados, sim.

— Vocês vão comer, eu fico aqui — disse Al.

Quando saímos havia seis jogadores no chão, e Al Wagner cortava uma fatia de presunto.

— O que é que você faz, camarada? — perguntou um dos aviadores para Al.

— Tanques.

— Dizem que não servem mais.

— Dizem uma porção de coisas. O que é que você tem na mão? Dados?

— Quer vê-los?

— Não. Quero pegar neles.

Seguimos pelo corredor, Manolita, eu e o inglês alto, e soubemos que os rapazes já tinham ido para o restaurante da Gran Via. O húngaro ficara tocando os discos novos. Eu estava com fome, e a comida da Gran Via era horrível. Os dois que faziam o filme já tinham comido e voltado para trabalhar no conserto da câmera.

O restaurante ficava no porão. Para chegar a ele era preciso passar por um guarda, pela cozinha e descer um lance de escada. Era um frege.

Serviam sopa de painço, arroz amarelo com carne de cavalo e laranja para sobremesa. No menu tinha sopa de grão-de-bico com salsicha — que todo mundo achava horrível —, mas já tinha acabado. Os jornalistas ocupavam uma mesa, e as outras eram ocupadas por oficiais e garotas do Chicote, gente da censura, que funcionava no edifício da telefônica do outro lado da rua, e várias pessoas desconhecidas.

O restaurante era administrado por um sindicato anarquista. Vendiam vinho ainda com o rótulo da adega real e a data do lote. Era um vinho tão velho que a maioria das garrafas ou estava toldada ou completamente descorada. Como não se podem beber rótulos, devolvi três garrafas, uma depois da outra, até conseguir uma bebível. Isso causou muita discussão.

Os garçons não conhecem vinho, trazem uma garrafa e o freguês corre o risco. Os garçons ali eram tão diferentes dos do Chicote como preto de branco. Todos ali eram resmungões, recebiam grandes gorjetas e tinham pratos especiais como lagosta ou frango que vendiam por fora a preços exorbitantes. Mas esses pratos especiais tinham acabado quando chegamos, e ficamos com a sopa, o arroz e as laranjas. Aquele restaurante sempre me irritava porque os garçons eram um bando de aproveitadores, e o preço de um dos pratos especiais era comparável aos do 21 ou do Colony de Nova York.

Estávamos ali com uma garrafa de vinho bebível, cujo gosto podia-se sentir, mas que não merecia uma discussão, quando Al Wagner entrou. Olhou em volta, nos localizou e aproximou-se.

— Que aconteceu? — perguntei.

— Me limparam — respondeu ele.

— Tão rápido assim?

— Rapidíssimo. Como jogam! O que é que temos para comer?

Chamei um garçom.

— Já é tarde — disse ele. — Não podemos servir mais nada.

— O camarada aqui é tanquista — disse eu. — Lutou o dia inteiro e vai lutar amanhã, e ainda não comeu.

— Não é culpa minha — retrucou o garçom. — É muito tarde. Não tem mais nada. Por que o camarada não come na unidade dele? Não falta comida no exército.

— Convidei-o para comer comigo.

— Devia ter nos avisado. É muito tarde. Não estamos servindo mais nada.

— Chame o chefe.

O chefe disse que o cozinheiro já tinha ido embora e que não havia mais fogo na cozinha, e saiu. Estavam zangados porque tínhamos devolvido o vinho toldado.

— Pros quintos — disse Al. — Vamos a outro lugar.

— Não há outro lugar para se comer a esta hora. Eles têm comida aqui. É só eu ir lá e bajular o chefe e passar-lhe mais dinheiro.

Fui lá e fiz isso, e o garçom resmungão trouxe um prato de fatias de carne fria, depois meia lagosta espinhenta com maionese e salada de alface e lentilhas. O chefe nos serviu isso do seu estoque particular, que estava reservando para levar para casa ou servir a fregueses retardatários.

— Custou muito caro? — perguntou Al.

— Nada — respondi mentindo.

— Aposto que custou — duvidou ele. — Acerto com você quando receber.

— Quanto estão lhe pagando?

— Ainda não sei. Eram dez pesetas por dia, mas agora que sou oficial tive aumento. Mas ainda não o recebemos e eu não reclamei.

Chamei o garçom. Ele veio ainda azedo por ter o chefe passado por cima dele e servido comida a Al.

— Mais uma garrafa de vinho, sim? — pedi.

— Que vinho?

— Um qualquer, que não seja velho e não esteja deteriorado.

— É tudo igual.

Eu disse o correspondente a "igual uma ova" em espanhol, e ele trouxe uma garrafa de Château Mouton-Rothschild 1906, que se revelou tão bom como o anterior tinha sido péssimo.

— Isto é vinho — disse Al. — O que foi que você disse a ele para conseguir isto?

— Nada. Ele enfiou a mão na adega e teve a sorte de tirar este.

— A maior parte daquele vinho do palácio é zurrapa.

— É muito velho. O clima daqui não é bom para vinho.

— Olhe ali aquele camarada que sabe coisas — disse Al indicando com a cabeça uma mesa.

O homenzinho de óculos de lentes grossas que havia nos falado de Largo Caballero conversava com umas pessoas que eu sabia serem gente importante.

— Ele deve ser pessoa importante — disse eu.

— Quando estão de cuca cheia falam sem pensar. Mas eu gostaria que ele tivesse esperado até depois de amanhã. A conversa dele estragou o meu amanhã.

Enchi o copo dele.

— O que ele disse tem lógica — afirmou Al. — Estive pensando nas palavras dele. Mas o meu dever é fazer o que me mandam.

— Não se preocupe e procure dormir.

— Vou voltar àquele jogo se você me emprestar mil pesetas — disse Al. — Tenho muito mais do que isso a receber. Passo-lhe uma letra sobre o meu pagamento.

— Não quero letra nenhuma. Você me paga quando receber.

— Não acredito que vá receber. Estou falando como bêbado, não estou? Sei que jogo é coisa de boêmio, mas um jogo como aquele é o único momento em que não penso no amanhã.

— Você não gostou de Manolita? Ela gostou de você.

— Ela tem olhos de cobra.

— Não é má pessoa. É simpática e honesta.

— Não quero mulher. Quero voltar para o jogo de dados.

Na ponta da mesa Manolita ria com alguma coisa que o inglês disse em espanhol. A maioria dos outros já tinha deixado a mesa.

— Vamos acabar o vinho e ir embora — disse Al. — Não quer entrar também no jogo?

— Vou sapear um pouco — disse eu, e chamei o garçom para pagar a conta.

— Para onde vão? — perguntou Manolita lá da ponta da mesa.

— Para o quarto.

— Nós vamos depois. Este homem é muito engraçado — disse ela.

— Ela está se divertindo à minha custa — disse o inglês. — Zomba de meus erros em espanhol. *Leche* não significa leite?

— É um significado.

— E significa também alguma coisa escabrosa?

— Acho que sim — respondi.

— É mesmo uma língua escabrosa — disse ele. — E você, Manolita, pare de fazer hora comigo.

— Não estou fazendo hora com você — disse ela rindo. — Nem olhei para o relógio, estou rindo é do *leche*.

— Mas quer dizer leite. Não ouviu Edwin Henry confirmar? Manolita riu de novo e nos levantamos.

— Esse cara é meio boboca — disse Al. — Tenho vontade de tirar Manolita dele.

— Com ingleses nunca se sabe — disse eu. Por ser essa uma observação profunda, percebi que havíamos consumido muitas garrafas. Na rua estava frio e ao luar as nuvens passavam brancas e enormes sobre o lado construído da Gran Via. Seguimos pela calçada passando sobre buracos abertos pela artilharia durante o dia, o entulho ainda não recolhido, até a ladeira que leva à Plaza Callao, onde ficava o Hotel Florida, de frente para o outro morro por onde passava a rua larga que terminava no front.

Passamos os dois guardas que vigiavam a porta do hotel no escuro e paramos um instante no portal para ouvir o tiroteio no fim da rua até que as descargas cessaram.

— Se continuar, acho que devo descer — disse Al ainda escutando.

— Isso não é nada — disse eu. — De qualquer maneira, o tiroteio foi bem à esquerda, dos lados de Carabanchel.

— Parece que foi bem no Campo.

— É assim que o barulho repercute aqui à noite. A gente sempre se engana.

— Não vão nos contra-atacar esta noite — disse Al. — Enquanto estiverem naquelas posições, e nós, na cabeceira do riacho, não vão abandonar suas posições para tentar nos expulsar do riacho.

— Que riacho?

— Você sabe o nome dele.

— Ah, *aquele* riacho.

— É. Na cabeceira do riacho sem um remo.

— Vamos entrar. Você não tem nada que ficar escutando esse tiroteio. É assim todas as noites.

Entramos, passamos o saguão, o vigia da noite na recepção. O vigia levantou-se e nos acompanhou ao elevador. Apertou um botão, o elevador desceu. Nele estava um senhor de jaqueta branca de pele de carneiro encaracolada, cabeça calva rosada e rosto rosado e aborrecido. Carregava seis garrafas de champanhe debaixo dos braços e nas mãos.

— Que ideia estapafúrdia foi esta de chamar o elevador para baixo?

— O senhor está passeando no elevador faz uma hora — reclamou o vigia noturno.

— O que é que posso fazer? — retrucou o homem de jaqueta de lã. E para mim: — Onde anda o Frank?

— Que Frank?

— Você conhece o Frank. Vamos, me dê uma mão neste elevador.

— Você está bêbado — disse eu. — Vamos, saia do elevador e nos deixe subir.

— Você também ficaria bêbado — disse ele. — Você também ficaria bêbado, camarada, velho camarada. Onde está o Frank?

— Onde acha que ele possa estar?

— No quarto desse tal de Henry, onde jogam dados.

— Venha com a gente — disse eu. — Não fique mexendo nestes botões. Por isso é que ele fica sempre parando.

— Piloto qualquer coisa — disse ele. — Sou capaz de pilotar este velho elevador. Quer me ver fazendo acrobacias nele?

— Dê o fora — disse Al. — Você está bêbado. Queremos ir para o jogo de dados.

— Quem é você? Dou-lhe uma porrada com uma garrafa cheia de champanhe.

— Experimente só — advertiu Al. — E eu refresco você, seu falso Papai Noel encachaçado.

— Falso Papai Noel encachaçado — repetiu o homem. — Falso Papai Noel encachaçado. É assim que a República me agradece.

Conseguimos parar o elevador no meu andar. Quando seguíamos pelo corredor, o homem de jaqueta de pele de carneiro encaracolada disse:

— Levem umas garrafas. Querem saber por que estou bêbado?

— Não.

— Então não digo. Mas ficariam admirados. Falso Papai Noel encachaçado. Ora, ora. Qual o seu ramo, camarada?

— Tanques.

— E o seu, camarada?

— Filmagem.

— E eu sou um falso Papai Noel encachaçado. Ora, ora. Repito. Ora, ora.

— Vá em frente e se afogue bebendo — disse Al. — Seu falso Papai Noel encachaçado.

Estávamos já na porta do quarto. O homem de jaqueta branca de lã agarrou o braço de Al com o polegar e o indicador.

— Você me diverte, camarada — disse. — Você me diverte muito.

Abri a porta. O quarto estava enfumaçado e o jogo corria como quando saímos, exceto pelo presunto que havia desaparecido completamente da mesa e pelo uísque que havia desaparecido da garrafa.

— É o Carequinha — disse um dos jogadores.

— Como vão vocês, camaradas? — cumprimentou Carequinha fazendo uma curvatura. — Como vai você? Como vai você? Como vai você?

O jogo parou e todos começaram a crivá-lo de perguntas.

— Fiz o meu relatório, camaradas — disse Carequinha. — E aqui estão algumas garrafas de champanhe. Não estou interessado em mais nada, só nos aspectos pitorescos da situação.

—Como foi aquela trapalhada que vocês, aviadores, fizeram?

— Não foi culpa deles — afirmou Carequinha. — Eu estava empenhado na contemplação de um espetáculo terrível, e esqueci que tinha aviadores comigo até que aqueles Fiats todos começaram a mergulhar à minha volta e percebi que o meu confiável aeroplaninho não tinha mais asa.

— Como eu gostaria que você não estivesse bêbado — disse um dos aviadores.

— Mas *estou* — disse Carequinha. — E espero que todos os cavalheiros e camaradas aqui presentes me façam companhia, porque estou muito feliz esta noite, apesar de ter sido insultado por um tanquista ignorante que me chamou de falso Papai Noel encachaçado.

— Gostaria que você estivesse sóbrio — observou um outro aviador. — Como voltou ao campo?

— Não me faça mais perguntas — disse Carequinha assumindo ar de grande dignidade. — Voltei num carro de comando da Décima Segunda Brigada. Quando pousei com o meu confiável paraquedas, notei uma certa tendência a me considerarem um criminoso fascista devido à minha incapacidade de dominar a Linhola Espângua. Mas todas as dificuldades foram aplainadas quando os convenci de minha identidade, e aí fui tratado com extrema consideração. Rapaz, você devia ter visto aquele Junker pegando fogo. Era isso que eu estava olhando quando os Fiats mergulharam sobre mim. Rapaz, não tenho palavras para descrever.

— Ele abateu um Junker trimotor hoje sobre o Jarama, seus companheiros de flanco o abandonaram, ele foi abatido e saltou de paraquedas — disse outro aviador. — Não o conhecem? É Jackson Carequinha.

— Quantos metros você caiu até puxar o cordão, Carequinha? — perguntou outro aviador.

— Todos os dois mil metros, e acho que o meu diafragma se desprendeu quando o para quedas abriu. Pensei que ele me cortava ao meio. Devia haver uns quinze Fiats e eu queria ficar bem longe deles. Precisei manobrar muito o paraquedas para baixar no lado certo do rio. O vento era favorável, mas a queda foi forte.

— Frank precisou voltar para Alcalá — disse outro aviador. — Inventamos um jogo de dados. Precisamos voltar também antes do amanhecer.

— Não estou com disposição para mexer com dados — disse Carequinha. — Estou com disposição é para beber champanhe em copos com pontas de cigarro dentro.

— Vou lavar os copos — disse Al.

— Para o camarada falso Papai Noel — disse Carequinha. — Para o velho camarada Noel.

— Esqueça — disse Al. Apanhou os copos e os levou para o banheiro.

— Ele é tanquista? — perguntou um dos aviadores.

— É. Está lá desde o princípio.

— Estão dizendo que os tanques não servem mais — disse um aviador.

— Você já disse isso a ele — repliquei. — Por que não dá uma trégua? Ele trabalhou o dia inteiro.

— Nós também. Mas a verdade é que os tanques não servem mais.

— Podem não servir muito. Mas ele é bom.

— Acredito que seja. Parece um bom sujeito. Quanto ganha um tanquista?

— Dez pesetas por dia — respondi. — Agora foi promovido a tenente.

— Tenente espanhol?

— É.

— Parece que é maluco também. Ou será que é político?

— É político.

— Ah, bom. Isso explica tudo. Mas, Carequinha, você deve ter passado maus momentos saltando de paraquedas com a pressão do vento e sem a cauda do avião.

— Nem me fale, camarada — disse Carequinha.

— Qual foi a sensação?

— Eu pensava o tempo todo, camarada.

— Careca, quantos saltaram do Junker?

— Quatro, da tripulação de seis. Tenho certeza de que matei o piloto. Notei quando ele deixou de atirar. Tem um co-piloto que também é artilheiro, e tenho certeza de que o acertei também. Ele também parou de atirar. Mas pode ter sido o calor. De qualquer forma, quatro saltaram. Quer que eu descreva a cena? Posso descrevê-la com clareza.

Ele estava agora sentado na cama com um copo grande de champanhe na mão, a cabeça rosada e o rosto rosado porejando suor.

— Por que ninguém bebe em minha homenagem? — perguntou Careca. — Queria que todos os camaradas bebessem em minha homenagem para depois eu descrever a cena com todo o seu horror e beleza.

Todos bebemos em homenagem a ele.

— Onde eu estava mesmo? — perguntou ele.

— Saindo do Hotel McAlester — disse um aviador. — Com todo o seu horror e beleza. Não brinque, Careca. Por mais incrível, estamos interessados.

— Vou descrever a cena. Mas primeiro preciso de mais champanhe. — Ele tinha secado o copo quando bebemos em sua homenagem.

— Se ele continuar bebendo assim acaba dormindo — disse outro aviador. — Sirva só meio copo.

Carequinha bebeu tudo.

— Vou descrever a cena — disse. — Depois de mais um golezinho.

— Careca, vá devagar, tá? Precisamos saber direitinho como foi. Você vai ter de esperar alguns dias para pegar um navio de volta, e nós voamos amanhã. O que você tem a contar é importante e também interessante.

— Fiz o meu relatório — disse Carequinha. — Vocês podem ler no aeródromo. Haverá uma cópia lá.

— Vamos, Careca, entre logo no assunto.

— Vou descrever a cena, mas depois. — Fechou e abriu os olhos várias vezes, e finalmente disse a Al: — Olá, camarada Papai Noel. Depois descrevo a cena. Todos os camaradas vão ouvir.

E descreveu.

— Foi muito estranha e muito bonita — afirmou ele e bebeu mais champanhe do copo.

— Pare com isso, Careca — disse um aviador.

— Experimentei emoções profundas — disse Careca. — Emoções muito profundas. Emoções da mais negra profundeza.

— Vamos voltar a Alcalá — disse um aviador. — Esse cabeça rosada não vai dizer coisa com coisa. E o nosso jogo?

— Ele vai dizer coisa com coisa, sim — disse outro aviador. — Ele está enrolando por enquanto.

— Está me censurando? — perguntou Careca. — É *esse* o agradecimento da República?

— Me diga uma coisa, Papai Noel — disse Al. — Como é que foi lá em cima?

— Você está me interrogando? — admirou-se Careca, encarando-o. — *Você* está me fazendo perguntas? Já esteve em ação alguma vez, camarada?

— Não. Queimei as sobrancelhas ao fazer a barba.

— Fique quietinho aí, camarada. Vou descrever a estranha e bonita cena. Sou escritor além de aviador, sabia?

Ele mesmo confirmou o que dizia balançando a cabeça.

— Ele escreve no *Argus* de Meridian, Mississippi — comentou um aviador. — Colaborador assíduo.

— Sou um escritor talentoso — disse Careca. — Tenho talento original para a descrição. Eu tinha um recorte de jornal que dizia isso, mas perdi. Agora vou me lançar à descrição.

— OK. Comece pelo cenário.

— Camaradas, não se pode descrever aquilo — disse Careca, e estendeu o copo.

— O que foi que eu falei? — observou um aviador. — Não vai dizer coisa com coisa nem daqui a um mês. Nunca disse coisa com coisa.

— Cale a boca, seu infeliz. Muito bem. Quando inclinei o avião, olhei para baixo. Ele soltava fumaça, mas continuava no curso para transpor as montanhas. Perdia altitude rapidamente. Subi e mergulhei novamente sobre ele. Ele ainda tinha companheiros de ala e começou a soltar mais fumaça. A porta da carlinga abriu-se e foi como olhar para dentro de um alto-forno, e eles começaram a sair. Rolei quarenta e cinco graus, mergulhei, estabilizei. Olhei para trás e para baixo, eles continuavam saltando fora, saltando fora pela porta do alto-forno, os paraquedas se abriam e ficavam parecendo enormes e lindas campânulas, e o avião era um enorme tição de fogo como eu nunca tinha visto, um tição enorme, girando, girando, e quatro paraquedas lindos como nunca vi descendo lentamente do céu. De repente um pegou fogo na margem, e enquanto ele ia se queimando o homem começou a cair depressa, eu o olhando quando as balas começaram a chegar, os Fiats bem atrás delas, as balas e os Fiats.

— Você é mesmo um escritor — disse um aviador. — Devia escrever para *Ases da Guerra*. Pode me dizer em linguagem simples o que aconteceu?

— Não — respondeu Careca. — Vou contar. Mas nada de brincadeiras. Era coisa digna de se ver. Eu nunca tinha abatido um grande Junker trimotor, e fiquei contente.

— Todo mundo está contente, Careca. Conte o que aconteceu de verdade.

— OK. Vou tomar um pouco mais desse vinho, depois conto.

— Como vocês estavam quando os avistaram?

— Estávamos num escalão esquerdo de Vs. Depois passamos a um escalão esquerdo de escalões e mergulhamos sobre eles com todas as quatro metralhadoras, até quase podermos tocá-los, antes de nos inclinarmos e sairmos da formação. Danificamos outros três. Os Fiats estavam lá em cima protegidos pelo sol. Só desceram quando eu contemplava a cena.

— Os seus alas fugiram do combate?

— Não. A culpa foi minha. Fiquei olhando o espetáculo e eles seguiram. Não há formação para olhar espetáculos. Suponho que tenham prosseguido e alcançado o escalão. Não sei. Não me pergunte. Estou cansado. Eu estava feliz. Agora estou cansado.

— Você está é com sono. Triscado e com sono.

— Estou só cansado. Um homem na minha posição tem o direito de ficar cansado. E, se ficar com sono, tenho o direito de ficar com sono. Não tenho, Papai Noel? — perguntou para Al.

— Claro — confirmou Al. — Acho que tem o direito de ficar com sono. Eu também estou com sono. Esse jogo de dados não vai continuar?

— Precisamos levá-lo para Alcalá, e nós também precisamos estar lá — disse um aviador. — Por quê? Perdeu no jogo?

— Um pouco — disse Al.

— Quer um lance de tudo ou nada? — perguntou o aviador.

— Jogo mil — disse Al.

— Eu limpo você — disse o aviador. — Vocês, tanquistas, não ganham muito, hein?

— Não. Não ganhamos muito.

Al pôs a nota de mil pesetas no chão, sacudiu o dado entre as palmas das mãos e jogou-os no assoalho. Dois uns.

— Os dados são seus — disse o aviador apanhando a nota e olhando para Al.

— Não preciso deles — disse Al, e levantou-se.

— Precisa de algum dinheiro? — perguntou o aviador, olhando para ele com curiosidade.

— Não, para quê? — disse Al.

— Precisamos ir para Alcalá de qualquer jeito — afirmou o aviador. — Jogaremos novamente qualquer noite dessas. Convidamos Frank e os outros. Podemos organizar uma boa sessão de jogo. Quer uma carona?

— Não — disse Al. — Vou a pé. É logo ali no fim da rua.

— Bem, vamos para Alcalá. Alguém aí sabe a senha desta noite?

— O motorista deve saber. Deve ter saído e pegado a senha antes do escurecer.

— Mexa-se, Careca. Seu bêbado dorminhoco.

— Eu não — disse Careca. — Sou um ás em potencial do exército do povo.

— Ases não aparecem todos os dias. Mesmo contando os italianos, leva tempo para alguém se tornar um ás, e você, Careca, já não tem tempo suficiente para isso.

— Não eram italianos — corrigiu-o Careca. — Eram alemães. Você não viu o aparelho quando ele estava parecendo uma fornalha. Era como um inferno trepidante.

— Levem-no daqui — disse um aviador. — Ele voltou a escrever para aquele jornal de Meridian, Mississippi. Bem, até a próxima. Obrigado pela hospitalidade.

Trocaram apertos de mãos e saíram. Acompanhei-os até a escada. O elevador estava parado. Fiquei olhando-os descer a escada. Careca ia entre dois, balançando a cabeça lentamente. Estava mesmo caindo de sono.

No quarto dos dois que trabalhavam comigo no filme, eles ainda briquitavam para consertar a câmera. Era um trabalho delicado, de cansar os olhos. Quando perguntei se achavam que iam fazer o conserto, um deles respondeu que sim, que precisavam fazer.

— Que tal a festa? — perguntou o outro. — Estivemos o tempo todo ocupados com esta bendita câmera.

— Aviadores americanos — disse eu. — E um conhecido meu que é tanquista.

— Foi divertido? Infelizmente não pude ir.

— Assim-assim. Foi divertido.

— Você precisa dormir. Precisamos estar em pé cedo. Precisamos estar descansados para amanhã.

— Quanto tempo mais falta para resolverem esse problema da câmera?

— Está complicado. São essas molas-chicote.

— Deixe com ele. Vamos dar conta, depois dormir. A que horas vai nos chamar?

— Cinco?

— Está bom. Logo que clarear.

— Boa-noite.

— *Salud*. Trate de dormir.

— *Salud*. Temos de ficar unidos amanhã.

— É isso. É o que penso também. Muito mais unidos. Foi bom você ter falado.

Al estava dormindo na poltrona do quarto com a luz no rosto. Cobri-o com um cobertor, ele acordou.

— Vou descer — disse.

— Durma aqui. Acerto o despertador e acordo você.

— O despertador pode não despertar — disse ele. — É melhor eu descer. Não quero chegar tarde.

— Lamento os maus ventos do jogo.

— Teriam me limpado de qualquer maneira. Aqueles caras são o fino com os dados.

— Pensei que você fosse ganhar aquele último lance.

— São o fino sempre. E uma gente estranha, sabe? Não acredito que ganhem muito como aviadores. Ninguém faz isso por dinheiro, não existe dinheiro suficiente para pagar isso.

— Quer que eu desça com você?

— Não. — Levantou-se e afivelou na cintura o Colt que havia tirado quando voltamos do jantar. — Não. Agora estou bem. Recuperei a perspectiva. Não se pode viver sem perspectiva.

— Vou descer com você.

— Não. Vá dormir. Vou descer e dormir umas boas cinco horas antes de enfrentar o dia.

— Tão cedo assim?

— É. Não vai haver luz para você filmar. É melhor ficar na cama. — Tirou um envelope do bolso do paletó de couro e deixou-o na mesa. — Guarde isto e mande para meu irmão em Nova York. O endereço está no verso do envelope.

— Claro. Mas não vou precisar mandar.

— Não. Acho que não. Mas tem aí umas fotos e outras coisas que eles vão gostar de receber. A mulher dele é uma joia. Quer ver uma foto dela?

Tirou a fotografia do bolso. Estava dentro da caderneta de identidade. Era uma linda morena em pé ao lado de um barco a remo na margem de um lago.

— É nos Catskills — disse Al. — É. Tem uma esposa linda. É judia. Não me deixe ficar sentimental. Até, menino. Se cuide. Estou me sentindo ótimo, acredite. Esta tarde não me sentia bem.

— Desço com você.

— Não. Você pode ter problema na Plaza de España quando voltar. Aqueles caras costumam ficar nervosos de noite. Boanoite. Amanhã de noite nos veremos.

— Assim é que se fala.

No quarto acima do meu, Manolita e o inglês faziam muito barulho. Significava então que ela não fora presa.

— É isso. Assim é que se fala — disse Al. — Mas, para se chegar a falar assim, às vezes são necessárias três ou quatro horas.

Pôs o capacete de couro com a aba acolchoada levantada e ficou com o rosto sombreado. Mas notei os sulcos escuros debaixo dos olhos.

— Amanhã à noite no Chicote — prometi.

— Certo — disse ele sem me olhar nos olhos. — Amanhã à noite no Chicote.

— A que horas?

— Não é preciso mais nada — disse ele. — Amanhã à noite no Chicote. Não temos que nos preocupar com horário — complementou e saiu.

Quem não o conhecesse bem e não tivesse visto o terreno onde ele ia atacar na manhã seguinte pensaria que estivesse muito irritado com alguma coisa. Acho que, em seu íntimo, estava irritado, muito irritado. Ficamos irritados com muitas coisas, e morrer desnecessariamente é uma delas. Mas quem sabe se irritado não é mesmo o melhor estado em que devemos ficar quando vamos fazer um ataque?

AO PÉ DA CORDILHEIRA

No calor do dia e com muita poeira no ar, voltamos de boca seca, narizes entupidos e com pesada carga nas costas. Voltávamos da batalha para a cordilheira acima do rio onde estavam as tropas espanholas de reserva.

Sentei-me com as costas na trincheira rasa, os ombros e a nuca no barranco, abrigado até de balas perdidas, e olhei para o que estava abaixo de nós. Os tanques de reserva cobertos com galhos cortados de oliveiras. À esquerda os carros do comando, enlameados e também cobertos de galhos, e entre os dois uma longa fileira de soldados carregando padiolas pelo corte até o pé da cordilheira onde as ambulâncias recolhiam os feridos. Muares da intendência carregados de sacos de pão e pipas de vinho, e uma tropa de outros muares carregando munição, eram conduzidos pelo corte na cordilheira; e homens carregando padiolas vazias subiam lentamente a trilha com os muares.

À direita, abaixo da curva da cordilheira, via-se a entrada da caverna onde se instalava o estado-maior da brigada, com os fios de sinalização passando por cima da caverna e se dobrando acima do nosso abrigo.

Motociclistas com uniforme e capacete de couro subiam e desciam o corte, e nos pontos onde a subida era íngreme iam a pé empurrando as máquinas e deixando-as encostadas no corte, onde as largavam e continuavam sozinhos até a entrada. Um ciclista grandalhão, um húngaro conhecido meu, saiu da caverna, enfiou uns papéis na carteira de couro, pegou a moto e, empurrando-a por entre os muares e os padioleiros, passou a perna por cima do selim e saiu roncando e levantando poeira.

Lá embaixo, onde as ambulâncias chegavam e saíam, ficava a vegetação verde que marcava o risco do rio. Tinha uma casa grande de telhado vermelho e um moinho de pedra cinzenta. Das árvores em volta dessa casa grande do outro lado do rio vinham os clarões da nossa artilharia. Disparavam na nossa direção. Primeiro dois clarões, depois o surdo ronco das peças de três polegadas, *bang-bang*, e em seguida o gemido crescente dos obuses voando em nossa direção e passando por cima de nós. Como sempre, éramos carentes de artilharia. Só contávamos com quatro baterias ali, quando precisávamos de quarenta, e as quatro só disparavam dois canhões de cada vez. O ataque tinha fracassado antes da nossa chegada.

— Russos? — perguntou-me um soldado espanhol.

— Americanos. Tem água?

— Tenho, camarada. — Ele me passou um surrão de couro. Essas tropas de reserva só eram soldados de nome e por estarem uniformizados. Não eram para ser lançados em ataques, e se espalhavam pela linha sob a crista em grupos, comendo, bebendo e conversando ou simplesmente sentados olhando a esmo, esperando. O ataque era feito por uma brigada internacional.

Eu e ele bebemos. A água tinha gosto de asfalto e pelo de porco.

— Vinho é bem melhor — disse o soldado. — Vou arranjar vinho.

— É. Mas, para sede, só água.

— Não tem sede como a de batalha. Mesmo aqui, como reservista, tenho muita sede.

— Não é sede, é medo — corrigiu outro soldado. — Sede é medo.

— Não — disse outro. — Com medo vem sede sempre. Mas na batalha ocorre muita sede mesmo quando não existe medo.

— Em batalha sempre se tem medo — falou o primeiro soldado.

— Pra você — retrucou o segundo.

— É normal — disse o primeiro.

— Pra você.

— Cale essa boca imunda! — ordenou o primeiro. — Sou apenas uma pessoa que fala a verdade.

Era um dia radioso de abril. O vento soprava forte, e cada muar que subia o corte levantava uma nuvem de poeira. Os dois homens nas extremidades de uma padiola erguiam nuvens de poeira que se juntavam e formavam uma só, e embaixo, na parte plana, riscas compridas de poeira se erguiam das ambulâncias e se desfaziam com o vento.

Tive certeza de que não ia morrer naquele dia porque tínhamos trabalhado muito bem de manhã, e duas vezes no decorrer do ataque podíamos ter morrido, e não morremos; isso me deu confiança. A primeira vez foi quando avançamos com os tanques e achamos um lugar bom para filmar o ataque. Depois fiquei desconfiado do lugar e deslocamos as câmeras uns duzentos metros para a esquerda. Antes de sairmos marquei o lugar pelo processo mais antigo de marcar, e em menos de dez minutos um obus de seis polegadas caiu exatamente ali onde eu tinha estado, e não sobrou nem sinal de que tivéssemos estado lá. O que ficou foi uma enorme cratera.

Duas horas depois um oficial polonês recém-destacado e transferido para o estado-maior ofereceu-se para nos mostrar as posições que tinham acabado de tomar, e quando saíamos da proteção de uma dobra do morro caímos sob fogo de metralhadoras e tivemos que rastejar com o queixo colado ao chão e respirando poeira. Foi então que fizemos a triste descoberta de que os poloneses não tinham tomado posição nenhuma naquele dia e tinham até recuado um pouco do ponto de onde partiram para o ataque. Deitado agora no fundo da trincheira, eu estava ensopado de suor, com fome e com sede e ainda não de todo recuperado do susto do ataque.

— Têm certeza de que não são russos? — perguntou um soldado. — Tem russos por aqui hoje.

— Tem. Mas não somos russos

— Você tem cara de russo.

— Está enganado, camarada. Tenho mesmo uma cara esquisita, mas não é cara de russo.

— Este tem cara de russo — continuou ele mostrando um de nossos companheiros que trabalhava numa câmera.

— Pode ter. Mas não é russo. E você é de onde?

— Estremadura — respondeu ele com orgulho.

— Tem muitos russos em Estremadura? — perguntei.

— Não — respondeu com mais orgulho ainda. — Não tem russos em Estremadura e não tem estremenhos na Rússia.

— Qual é a sua política?

— Detesto estrangeiros.

— É uma plataforma política bem ampla.

— Detesto mouros, ingleses, franceses, italianos, alemães, norte-americanos e russos.

— Nessa ordem?

— É. Mas acho que detesto mais os russos.

— Rapaz, você tem ideias bem interessantes. É fascista?

— Não. Sou estremenho e detesto estrangeiros.

— Ele tem ideias curiosas — ironizou um outro soldado. — Não dê muita importância a ele. Eu gosto de estrangeiros. Sou de Valência. Tome mais vinho.

Peguei o caneco que ele me oferecia, ainda sentindo na boca o gosto metálico do outro. Olhei o estremenho. Era alto e magro. Tinha o rosto cansado e a barba por fazer, as faces chupadas. A raiva dele era transparente. Estava em pé, o corpo esticado, um cobertor cobrindo os ombros.

— Abaixe a cabeça — disse eu. — Tem muita bala perdida passando por aí.

— Não tenho medo de bala e detesto estrangeiros — respondeu ele, desafiador.

— Não precisa ter medo de bala, mas deve evitá-las quando está numa tropa de reserva. Não é inteligente ser ferido quando se pode evitar.

— Não tenho medo de nada — disse o estremenho.

— É um homem de muita sorte, camarada.

— É verdade — concordou o outro com o caneco de vinho na mão. — Ele não tem medo, nem dos *aviones*.

— Ele é maluco — disse outro soldado. — Todo mundo tem medo dos aviões. Matam pouco mas dão muito medo.

— Não tenho medo. Nem de aviões nem de nada — afirmou o estremenho. — E detesto tudo quanto é estrangeiro.

Embaixo no corte, caminhando ao lado de dois padioleiros e sem prestar atenção em volta, vinha um sujeito alto em uniforme da Brigada Internacional com um cobertor nas costas e amarrado no peito. Mantinha a cabeça alta e parecia um sonâmbulo caminhando. Era de meia-idade. Não tinha fuzil e não parecia ferido.

Fiquei olhando esse homem caminhar sozinho para fora da guerra. Antes de chegar aos carros do estado-maior, tomou a esquerda e, com a cabeça ainda erguida de um jeito esquisito, virou a dobra da cordilheira e sumiu de vista.

O companheiro que estava comigo mudando os filmes das câmeras portáteis não notou esse homem.

Um obus solitário apareceu por cima da cordilheira, caiu e levantou um repuxo de terra e fumaça preta bem perto do tanque de reserva.

Alguém pôs a cabeça fora da caverna onde era o quartel-general da brigada e logo a recolheu. Achei que aquele seria um bom lugar para se abrigar, mas todos lá deviam estar furiosos pelo fracasso do ataque, e eu não queria enfrentá-los. Quando uma operação era bem-sucedida, eles ficavam contentes de vê-la filmada. Mas, quando fracassava, todos ficavam com tanta raiva que sempre corríamos o risco de ser devolvidos presos.

— Agora vão nos bombardear — disse eu.

— A mim pouco importa — disse o estremenho.

Eu já estava ficando cheio desse estremenho.

— Ainda tem vinho aí? — perguntei. Minha boca continuava seca.

— Sim, homem. Temos de sobra — disse o soldado simpático. Era pequeno, de mãos enormes e muito sujas. Tinha um toco de barba mais ou menos do comprimento do cabelo cortado à escovinha. — Acha que vão nos bombardear?

— É possível — respondi. — Mas nesta guerra nunca se sabe.

— O que é que tem esta guerra? — perguntou o estremenho, zangado. — Não gosta desta guerra?

— Não amole! — disse o soldado simpático. — Estou no comando aqui, e esses camaradas são nossos hóspedes.

— Então não deixe que ele fale contra a nossa guerra. Não quero ouvir estrangeiros aqui falando contra a nossa guerra — protestou o estremenho.

— De que cidade é você, camarada? — perguntei a ele.

— Badajoz. Sou de Badajoz. Em Badajoz fomos saqueados e pilhados, e nossas mulheres, violentadas por ingleses, franceses e agora mouros. O que os mouros fizeram não foi pior do que fizeram os ingleses de Wellington. Você precisa ler história. Minha bisavó foi morta pelos ingleses. A casa onde morava a minha família foi queimada pelos ingleses.

— Lamento. E por que detesta os norte-americanos?

— Meu pai foi morto pelos norte-americanos em Cuba quando era recruta lá.

— Lamento isso também. Lamento muito. Pode crer. E por que detesta os russos?

— Porque representam a tirania, e detesto a cara deles. Você tem cara de russo.

— Talvez seja melhor sairmos daqui — disse eu ao que estava comigo e não falava espanhol. — Parece que tenho cara de russo e estou correndo perigo.

— Vou dormir — disse ele. — Este lugar aqui é bom. Se não ficar falando demais, não irá correr perigo.

— Tem um camarada aqui que não gosta de mim. Deve ser anarquista.

— Então tome cuidado para ele não lhe dar um tiro. Vou dormir.

Nesse momento dois homens vestindo capa de couro, um baixo e atarracado e o outro de estatura mediana, ambos usando bonés de civil, pistolas Mauser em capa de madeira forrada presas na perna, apareceram no corte e vieram em nossa direção.

O mais alto dirigiu-se a mim em francês.

— Viu um camarada francês passar por aqui? Um camarada com um cobertor amarrado nos ombros em forma bandoleira? De idade entre 45 e 50 anos? Viu esse camarada caminhando em direção contrária à frente?

— Não — respondi. — Não vi ninguém assim.

Ele encarou-me por um instante e notei que seus olhos eram amarelo-acinzentados e não piscavam.

— Obrigado, camarada — disse ele em francês, depois falou rapidamente com o outro numa língua que não identifiquei. Voltaram e subiram a parte mais alta da cordilheira, de onde podiam ver todos os sulcos do terreno.

— Essas são caras inconfundivelmente russas — disse o estremenho.

isto com toda a clareza, como podemos perceber claramente no instante anterior à morte; perceber a inutilidade, a idiotice, perceber a realidade significa simplesmente virar as costas e sair dali caminhando como fez o francês. Ele abandonou a guerra não por covardia, mas simplesmente por ter visto tudo com clareza; por ter se convencido de repente de que precisava largar aquilo; por perceber que não havia outra coisa a fazer.

O francês saiu andando do ataque com grande dignidade, e entendi a decisão dele como homem. Mas como soldado aqueles outros que policiavam a batalha o caçaram, e a morte da qual tinha se afastado o alcançou quando ele já havia transposto a cordilheira, já estava livre das balas e dos obuses, e caminhava para o rio.

— E aqueles — disse o estremenho, indicando com a cabeça a polícia da batalha.

— É a guerra — respondi. — Na guerra a disciplina é necessária.

— E para viver sob essa disciplina devemos morrer?

— Sem disciplina todos acabam morrendo.

— Há disciplina e disciplina — disse ele. — Olhe, em fevereiro estávamos aqui onde estamos agora, e os fascistas atacaram. Expulsaram-nos dos morros que vocês da Internacional tentaram tomar hoje e não conseguiram. Recuamos para cá; para esta cordilheira. A Internacional veio e tomou a linha na nossa frente.

— Eu sei.

— Mas tem uma coisa que você não sabe. Um garoto da minha província ficou apavorado com o bombardeio e deu um tiro na mão para poder deixar a linha porque estava com medo.

Os outros soldados o ouviam. Muitos confirmaram com a cabeça.

— Pessoas como ele recebem curativos e são mandadas de volta à linha imediatamente — continuou o estremenho. — É justo.

— É — respondi. — Assim é que deve ser.

— Assim é que deve ser — repetiu o estremenho. — Mas o tiro que o garoto deu na mão destroçou o osso e fez surgir uma infecção. Tiveram que amputar-lhe a mão.

Vários soldados confirmaram.

— Conte o resto — pediu um soldado.

— Será melhor não falar nisso — disse o camarada de cabelo à escovinha e barba curta que dissera estar no comando.

— É meu dever falar — afirmou o estremenho.

O que estava no comando deu de ombros.

— Eu também não gostei — disse. — Continue então. Mas não gosto nem de ouvir falar nisso.

— O garoto ficou no hospital do vale desde fevereiro — disse o estremenho. — Alguns de nós o vimos lá. Todos dizem que ele era querido no hospital e se tornara útil dentro das possibilidades de uma pessoa maneta. Nunca esteve preso. Nunca se fez nada para prepará-lo.

O homem no comando passou-me outro caneco de vinho sem nada dizer. Todos escutavam, como pessoas que não sabem ler escutam uma história.

— Ontem, no fim do dia, antes de sabermos que ia haver um ataque... Ontem, antes do pôr do sol, quando pensávamos que hoje ia ser um dia igual aos outros, trouxeram o garoto estrada acima até a ravina. Estávamos preparando a comida da noite quando trouxeram o garoto. Eram quatro ao todo. Ele, quero dizer, o menino Paco, os dois que você viu há pouco com capa de couro e bonés, e um oficial da brigada. Vimos os quatro subindo juntos a ravina e vimos que as mãos de Paco não estavam amarradas, nem ele estava amarrado de nenhuma maneira.

— Quando o vimos nos reunimos em volta e gritamos: "Olá, Paco. Como vai, Paco? Como vão as coisas, Paco?" Ele respondeu: "Tudo bem. Tudo bem menos isto", e mostrou o coto. Paco disse: "Foi um ato covarde e idiota. Me arrependo de o ter feito. Mas procuro ser útil com uma única mão. Farei o que puder com esta minha única mão pela Causa."

— Foi — disse um soldado. — Ele disse isso. Ouvi ele dizer.

— Falamos com ele — disse o estremenho. — E ele falou conosco. Quando aqueles de capa de couro e pistola aparecem é sempre mau agouro numa guerra, como é a chegada de pessoas com mapas e binóculos. Mas ainda pensávamos que o tivessem trazido para uma visita, e os outros de nós que não tinham ido ao hospital ficaram contentes de vê-lo, e, como eu disse, era hora da refeição da noite, e a noite estava clara e quente.

— Este vento só começa durante a noite — disse um soldado.

— Aí — continuou o estremenho com voz soturna — um deles perguntou ao oficial em espanhol: "Onde é o lugar? Onde é o lugar onde esse Paco foi ferido?"

— Eu respondi — disse o homem em comando. — Mostrei-lhe o lugar. É um pouco mais abaixo de onde você está.

— É este lugar aqui — disse um soldado apontando. Vi logo que era aquele o lugar.

— Aí um dos homens levou Paco pelo braço ao lugar e ficou segurando-o lá enquanto o outro falava em espanhol. Falou em espanhol muito mal falado. No começo tivemos vontade de rir, e Paco começou a sorrir. Não entendi tudo, mas o que entendi foi que Paco devia ser punido para exemplo, para não haver mais ferimentos autoinfligidos, e para que todos os outros fossem punidos da mesma maneira. Depois, enquanto um deles segurava Paco pelo braço, Paco muito envergonhado por terem falado dele daquela maneira, quando ele já estava envergonhado e arrependido, o outro sacou da pistola e deu um tiro na nuca de Paco sem lhe dizer nada. Não disse uma palavra.

Os soldados todos confirmaram.

— Foi assim — disse um. — Aí nesse lugar. Ele caiu com a boca aí. Ainda se pode ver.

De onde eu estava via bem o lugar.

— Ele não teve aviso nem oportunidade de se preparar — disse o que estava no comando. — Foi uma brutalidade.

— É por isso que agora detesto russos e todos os outros estrangeiros — disse o estremenho. — Não podemos ter ilusões com estrangeiros. Se você é estrangeiro me desculpe. Mas agora eu não abro mais exceções. Você comeu pão e bebeu vinho com a gente. Agora já pode ir.

— Não fale assim — disse o que estava no comando. — É preciso manter as formalidades.

— Acho melhor irmos — disse eu.

— Não está aborrecido? — perguntou o homem que estava no comando. — Pode ficar neste abrigo o tempo que quiser. Está com sede? Quer mais vinho?

— Muito obrigado. Acho melhor irmos — respondi.

— Entende o meu ódio? — perguntou o estremenho.

— Entendo o seu ódio — respondi.

— Ótimo — disse ele, e estendeu-me a mão. — Não recuso um aperto de mão. Que você, pessoalmente, tenha muita sorte.

— Igualmente pra você. Pessoalmente e como espanhol — disse eu.

Acordei o que tinha feito as tomadas e começamos a descida para o estado-maior da brigada. Todos os tanques vinham voltando e era difícil conversar por causa do barulho que faziam.

— Ficou conversando aquele tempo todo?

— Fiquei ouvindo.

— Ouviu alguma coisa interessante?

— Muitas.

— Que pretende fazer agora?

— Voltar para Madri.

— Devíamos ver o general.

— É. Precisamos ver o general.

O general estava friamente furioso. Tinha ordenado o ataque como surpresa com uma brigada apenas, deslanchando tudo antes do amanhecer. Devia ter atacado pelo menos com uma divisão. Utilizara três batalhões, guardando um de reserva. O comandante francês de tanques encheu a cara para ter coragem e ficou tão bêbado que não pôde comandar. Ia ser fuzilado quando melhorasse do porre.

Os tanques não chegaram a tempo e no fim se recusaram a avançar. Dois batalhões não alcançaram seus objetivos. O terceiro alcançara os dele, mas ficou isolado à frente e insustentável. O único resultado concreto foram alguns prisioneiros, entregues aos tanquistas para serem levados para a retaguarda, e os tanquistas os mataram. O general só tinha fracassos a mostrar, e seus prisioneiros eram cadáveres.

— O que é que posso escrever sobre isso? — perguntei.

— Nada que não esteja no comunicado oficial. Tem uísque nesta garrafa comprida?

— Tem.

Ele tomou um gole e lambeu os lábios gostosamente. Tinha sido capitão dos hussardos húngaros e tomado um trem carregado de ouro na Sibéria quando comandava uma cavalaria de irregulares sob o Exército Vermelho, e o defendeu durante todo um inverno, quando o termômetro marcava quarenta abaixo de zero. Éramos amigos; ele apreciava uísque. E hoje está morto.

— Se manda daqui já — disse ele. — Tem transporte?

— Tenho.

— Filmou alguma coisa?

— Os tanques.

— Tanques — disse aborrecido. — Os cretinos. Os covardes. Muita atenção para não ser morto. Você é considerado escritor.

— Não posso escrever no momento.

— Escreva depois. Pode escrever depois. Cuidado para não ser morto. Principalmente, não se deixe matar. Agora, fora daqui!

O conselho que ele me deu ele mesmo não pôde seguir porque foi morto dois meses depois. Uma feição estranha daquele dia foi a maravilha que ficaram as tomadas que fizemos dos tanques. Na tela eles avançavam irresistivelmente sobre o morro, subindo a crista como grandes navios, avançando poderosos para a vitória que filmamos.

Quem estivera mais perto da vitória naquele dia foi certamente o francês que saiu de cabeça erguida da batalha. Mas a vitória dele só durou até quando ele chegou a meio caminho da descida. Nós o vimos caído na encosta ainda com o cobertor nos ombros quando descíamos o corte para pegar o carro que ia nos levar a Madri.

Ninguém morre jamais

A casa era de gesso cor-de-rosa, já desbotado e se descascando com a umidade. Da varanda via-se o mar, muito azul, no fim da rua. Havia loureiros em toda a calçada, loureiros tão altos que faziam sombra na varanda de cima e refrescavam a casa. Numa gaiola de vime, num canto da varanda, vivia um tordo poliglota, que não estava cantando e nem mesmo trilando no momento porque um jovem de seus 28 anos, magro, moreno, com círculos azulados sob os olhos e barba apontando, tinha acabado de tirar o suéter que vestia e coberto a gaiola com ele. O jovem ficou parado, a boca ligeiramente aberta, escutando. Alguém tentava abrir a porta da frente, que estava trancada e reforçada com trinco.

Enquanto escutava, o moço ouvia o ruído do vento nos loureiros na frente da varanda, a buzina de um táxi descendo a rua e gritos de crianças que brincavam num terreno baldio. Em seguida ouviu o ruído de uma chave girando novamente na fechadura da porta da frente, ouviu a lingueta cedendo, ouviu alguém forçando a porta contra o trinco; depois a chave girando ao contrário. Ao mesmo tempo o barulho de um taco de beisebol batendo na bola e gritos agudos do terreno baldio em língua espanhola. O moço ficou parado umedecendo os lábios com a língua e escutando o barulho de alguém agora tentando abrir a porta dos fundos.

O jovem, que se chamava Enrique, tirou os sapatos, pousou-os devagarinho no chão e foi andando na ponta dos pés pelos ladrilhos da varanda até onde podia ver a porta dos fundos. Não vendo ninguém lá, voltou para a frente da casa e, escondendo-se, olhou a rua.

Um negro de chapéu-palheta de aba estreita, paletó de alpaca cinzenta e calça preta seguia pela calçada sob os loureiros. Enrique olhou, não viu mais ninguém. Ficou ali um tempo mais observando e escutando; depois tirou o suéter de cima da gaiola e o vestiu.

Por ter suado muito enquanto escutava, ele agora sentia frio na sombra, frio agravado pelo vento de nordeste. O suéter cobria um coldre de axila onde ele portava um Colt calibre quarenta e cinco; a sola do coldre já estava descorada pelo suor, e a arma, com a pressão constante, produzira um calombo pouco abaixo da axila do rapaz. O rapaz deitou-se numa cama de lona encostada na parede e continuou à escuta.

O passarinho trilava e pulava na gaiola. O jovem levantou-se e abriu a porta da gaiola. O passarinho pôs a cabeça para fora da porta aberta e logo a recolheu. Tornou a enfiar a cabeça para fora, de viés.

— Pode sair — disse o jovem com voz mansa. — Não é cilada.

Enfiou a mão na gaiola, o passarinho voou para o fundo, batendo as asas nas talas.

— Você é bobo — disse o jovem. Tirou a mão de dentro da gaiola. — Vou deixá-la aberta.

Deitou de bruços na cama de lona, o queixo apoiado nos braços dobrados. Continuava escutando. Ouviu o pássaro voar da gaiola e logo cantando num dos loureiros.

"Foi tolice deixar o passarinho preso quando a casa está supostamente desocupada", ele pensou. "Tolices como essa podem ser perigosas. Como posso censurar outros quando eu também procedo assim?"

No terreno baldio os meninos ainda jogavam beisebol, e a temperatura caíra. O jovem desabotoou o coldre, tirou a arma e deixou-a ao lado da perna. Logo dormiu.

Quando acordou já estava escuro, e as lâmpadas da rua já estavam acesas. Levantou-se e foi à frente da casa, mantendo-se na sombra e ao abrigo da parede. Examinou um lado da rua, depois o outro. Debaixo de uma árvore na esquina estava um homem de chapéu-palheta de aba estreita. Enrique não conseguia distinguir a cor do paletó nem a da calça, mas o homem era negro.

Enrique correu para o fundo da varanda, mas lá não havia luz, a não ser a das janelas do fundo das duas casas vizinhas. Podia ver muita gente no fundo. Deduziu isso porque não ouvia agora como ouvira de tarde, e não ouvia porque tinha um rádio ligado na segunda casa.

De repente o crescente gemido mecânico de uma sirene cortou o ar, e o jovem sentiu um arrepio subir até o alto da cabeça. Esse arrepio veio involuntariamente e rápido, como acontece quando uma pessoa fica corada. Foi como um fogo pontudo, que desapareceu também rapidamente. A sirene viera do rádio, fazia parte de um comercial, e logo veio a voz do locutor: "Dentifrício Gavis. Inalterável, insuperável, imbatível."

Enrique sorriu no escuro. Estava quase na hora de alguém aparecer.

Depois da sirene no anúncio de dentifrício, veio o choro de uma criança que o locutor disse que deixaria de chorar com Malta-Malta. Depois uma buzina de carro e um motorista exigindo gasolina verde. "Não me venha com conversa. Pedi gasolina verde. Mais econômica, rende mais. A melhor."

Enrique sabia os anúncios de cor. Não tinham mudado durante os quinze meses que ele passara na guerra. Deviam estar utilizando os mesmos discos na estação de rádio, e a sirene o enganara mais uma vez, dando-lhe aquela picada rápida espinha acima até o alto da cabeça, que é a reação automática a um perigo.

No princípio ele não tinha esses arrepios. O que sentia diante de um perigo ou do medo do perigo era um vazio no estômago. Depois uma fraqueza como quando se está com febre. E havia também a incapacidade de ação, quando é preciso forçar o movimento para a frente e as pernas parecem paralisadas, como que dormentes. Essas situações não aconteciam mais, e ele agora fazia sem dificuldade o que fosse preciso. O arrepio era o único resquício da enorme capacidade de sentir medo com que muitos bravos começam. Era a única reação perante o perigo que lhe restava, sem incluir o suor do qual jamais se livraria, mas que por outro lado lhe servia de alerta.

Enquanto olhava a árvore onde o homem de chapéu-palheta agora aparecia sentado no meio-fio, uma pedra caiu no piso de ladrilho da varanda. Enrique procurou por ela colado à parede, mas não a achou. Passou a mão embaixo da cama de lona, onde também não estava. Quando ficou de joelhos para procurar melhor, outra pedra caiu no piso, saltou e foi rolando para a esquina lateral da casa, que dava para a rua. Enrique apanhou-a. Era um seixo liso comum, que ele guardou no bolso, e voltou para dentro da casa e desceu os degraus para a porta dos fundos.

Encostou-se de um lado do portal e tirou o Colt do coldre.

— A vitória — disse baixinho em espanhol, a boca resistindo à palavra, e passou de mansinho com os pés descalços para o outro portal.

— Para os que a conquistam — disse alguém lá de fora. Era voz de mulher dando a segunda parte da senha em ritmo rápido e vacilante.

Enrique correu o trinco duplo da porta e abriu-a com a mão esquerda, o Colt ainda na direita.

Quem estava lá no escuro era uma moça com um cesto na mão. Tinha um lenço na cabeça.

— Olá — disse ele. Fechou a porta e passou o trinco depois que ela entrou. Ouvia a respiração da moça no escuro. Tomou o cesto da mão dela e acariciou-a no ombro.

— Enrique — disse ela. Ele não podia ver que os olhos dela brilhavam e nem como estava o seu rosto.

— Vamos lá para cima — disse ele. — Tem alguém vigiando a frente da casa. Você viu?

— Não. Vim pelo terreno baldio.

— Vou lhe mostrar o sujeito. Vamos à varanda de cima.

Subiram a escada, Enrique com o cesto. Ele o depositara perto da cama e foi ao canto da varanda. O negro de chapéu-palheta de aba estreita não estava mais lá.

— Ora, ora — disse Enrique.

— Ora o quê? — perguntou a moça segurando o braço dele e olhando para fora.

— Ele foi embora. O que é que temos para comer?

— Tive pena de deixar você sozinho o dia inteiro — disse ela. — Foi bobagem minha esperar que escurecesse para vir. Passei o dia todo com vontade de vir.

— Foi bobagem ficar aqui. Trouxeram-me do barco para cá antes do amanhecer e me deixaram com uma senha e nada para comer, numa casa vigiada. Ninguém come senha. Não deviam ter me deixado numa casa que está vigiada por outros motivos. É coisa muito de cubano. Antigamente pelo menos tínhamos o que comer. E você como vai, Maria?

Ela beijou-o na boca, sofregamente. Ele sentiu a pressão dos lábios dela e o tremor do corpo encostado no dele, e de repente a picada branca de dor na espinha.

— Ai! Cuidado aí.

— Que foi?

— Minhas costas.

— O que é que tem? Está ferido?

— Você devia ver — disse ele.

— Posso ver agora?

— Depois. Precisamos comer e sair daqui. O que é que guardavam aqui?

— Muitas coisas. Coisas que sobraram do vexame de abril. Coisas guardadas para o futuro.

— O futuro distante — disse ele. — Não sabiam que a casa estava vigiada?

— Tenho certeza que não.

— O que é que tem aí?

— Uns fuzis encaixotados. E caixotes de munição.

— Tudo deve ser retirado esta noite. Só depois de anos de trabalho é que vamos precisar dessas coisas.

— Gosta de escabeche?

— Muito bom. Sente aqui perto de mim.

— Enrique — disse ela sentando-se encostada nele. Pôs a mão na perna dele e com a outra acariciou-o na nuca. — Meu Enrique.

— Pegue leve — disse ele mastigando. — As costas doem.

— Está contente de ter voltado da guerra?

— Não pensei nisso.

— E Chucho, como está?

— Morreu em Lérida.

— E Felipe?

— Morreu. Também em Lérida.

— Arturo?

— Morreu em Teruel.

— E Vicente? — perguntou ela com voz monótona, as duas mãos agora na perna dele.

— Morreu. No ataque da estrada de Celadas.

— Vicente é meu irmão. — Ela esticou o corpo e tirou as mãos da perna dele.

— Eu sei — disse Enrique, e continuou comendo.

— É meu único irmão.

— Pensei que você já soubesse.

— Não sabia, e ele é meu irmão.

— Sinto muito, Maria. Eu devia ter dito de outra maneira.

— Ele realmente morreu? Você tem certeza? Não seria uma notícia sem confirmação?

— Olhe, Rogello, Basilio, Esteban, Felo e eu estamos vivos. Os outros morreram.

— Todos?

— Todos.

— Não me conformo. Desculpe, não me conformo.

— Não devemos ficar falando nisso. Morreram.

— Não é só porque Vicente é meu irmão. Posso aceitar a morte dele. Eram a flor do nosso partido.

— Eu sei. A flor do partido.

— A guerra não valia isso. Ela destruiu os melhores.

— Valia, sim.

— Como pode dizer isso? Chega a ser criminoso.

— Não é, não. A guerra valia, sim.

Ela chorava e Enrique continuava comendo.

— Não chore — disse ele. — O que temos a fazer agora é nos esforçarmos para ocupar os lugares deles.

— Mas ele é meu irmão. Você não entendeu ainda? *Meu irmão.*

— Somos todos irmãos. Alguns morreram, outros estão vivos. Nos mandaram de volta para que sobrassem alguns. Do contrário não sobraria ninguém. Agora temos que trabalhar.

— Mas por que morreram todos?

— Estávamos numa divisão de ataque. Neste caso ou se morre ou se é ferido. Nós outros fomos feridos.

— Como foi que Vicente morreu?

— Foi apanhado por fogo de metralhadora quando atravessava a estrada. O fogo veio de uma fazenda à direita. A estrada estava coberta pelas metralhadoras instaladas na casa.

— Você estava lá?

— Estava. Com a primeira companhia. Estávamos à direita dele. Tomamos a casa, mas demorou. Tinham três metralhadoras lá, duas na casa e uma no estábulo. Era difícil aproximar-se. Tivemos que pedir um tanque para incendiar a janela e só assim pudemos atacar o último ninho de metralhadora. Perdi oito homens. Foi uma perda alta.

— Onde foi isso?

— Celadas.

— Nunca ouvi falar.

— A operação fracassou. Ninguém vai ouvir falar nela. Foi aí que Vicente e Ignacio morreram.

— E você acha isso justificável? Que homens como eles morram em operações fracassadas num país estrangeiro?

— Não existe país estrangeiro, Maria, onde se fala espanhol. Onde se morre não tem importância para quem luta pela liberdade. Mas, seja como for, o que precisamos fazer é viver e não morrer.

— Mas pense em quem morreu, longe de casa, e em operações fracassadas.

— Não foram lá para morrer, foram para lutar. Morrer é um acidente.

— Mas os fracassos. Meu irmão morreu num fracasso. Chucho morreu num fracasso. Ignacio também.

— São uma parte do todo. Tínhamos que fazer algumas coisas impossíveis. Fizemos muitas que pareciam impossíveis.

Mas às vezes os que estão em nosso flanco não atacam. Às vezes não há artilharia suficiente. Às vezes somos mandados para fazer coisas sem força suficiente, como em Celadas. São essas circunstâncias que resultam em fracassos. Mas no fim das contas não foi um fracasso.

Ela não respondeu e ele acabou de comer.

Soprava um vento fresco nas árvores, e estava frio na varanda. Ele recolheu os pratos no cesto e limpou a boca com o guardanapo. Limpou as mãos cuidadosamente e pôs o braço na cintura dela. Ela chorava.

— Não chore, Maria. O que aconteceu é passado. Precisamos pensar no que temos de fazer. Temos muito que fazer.

Ela continuou calada, o rosto iluminado pela luz da rua, olhando para a frente.

— Precisamos nos vigiar contra romantismos. Este lugar aqui é um exemplo de romantismo. Precisamos parar com o terrorismo. Precisamos continuar evitando cair novamente em aventureirismos revolucionários.

A moça continuava calada. Ele olhou aquele rosto em que tinha pensado durante os meses em que pôde pensar em alguma coisa que não fosse o seu trabalho.

— Você fala como um livro — disse ela. — Não como ser humano.

— Desculpe. São lições que aprendi. Coisas que sei que preciso fazer. Para mim é mais real do que tudo.

— Para mim só os mortos são reais — disse ela.

— Prestamos homenagem a eles. Mas eles não são importantes.

— Olhe você falando de novo como um livro — disse ela zangada. — Seu coração é um livro.

— Desculpe, Maria. Pensei que você entendesse.

— Só entendo os mortos.

Ele sabia que não era verdade porque ela não os viu mortos como ele viu, na chuva no olival da Jarama, no calor das casas bombardeadas de Quijorna, e na neve em Teruel. Mas sabia que ela o culpava por estar vivo quando Vicente não estava mais; e de repente, na parte humana ínfima e incondicional que restara nele, e que ele não sabia que ainda guardava, sentiu-se profundamente ofendido.

— Tinha um passarinho — disse ela. — Um tordo-poliglota na gaiola.

— Tinha. Eu o soltei.

— Que pessoa mais caridosa! — disse ela em zombaria. — Os soldados são todos sentimentais?

— Sou bom soldado.

— Acredito. Falou como bom soldado. Que espécie de soldado era meu irmão?

— Dos melhores. Mais alegre do que eu. Não fui alegre. Falha minha.

— Mas faz autocrítica e fala como livro.

— Seria melhor se eu fosse mais alegre. Nunca aprendi isso.

— E os alegres morreram todos.

— Não. Basilio é alegre.

— Então vai morrer — disse ela.

— Maria, não fale assim. Você fala como derrotista.

— E você fala como livro. Não toque em mim, por favor. Você tem coração duro e detesto você.

Ele sentiu-se ofendido pela segunda vez, ele que pensara ter um coração duro que nada podia ofender nunca mais, a não ser a dor. Sentou-se na cama e se inclinou para a frente.

— Levante o meu suéter — disse ele.

— Eu não.

Ele levantou o suéter nas costas e se encurvou.

— Veja, Maria. Isto não é de livro.

— Não posso ver. Não quero ver.

— Ponha a mão embaixo nas minhas costas.

Ele sentiu os dedos dela tocando aquele ponto afundado onde podia caber uma bola de beisebol, a cicatriz horrenda do ferimento em que o cirurgião tinha enfiado a mão enluvada para limpar, ferimento que ia de um lado da cintura ao outro. Sentiu o toque dos dedos dela e se encolheu. No momento seguinte ela o abraçava e o beijava, os lábios como uma ilha no repentino mar branco de dor que surgiu, invadindo-o, como uma onda brilhante e insuportável. Os lábios ainda nos dele; depois a dor de repente cessando e ele sentado sozinho, molhado de suor, e Maria chorando e dizendo:

— Oh, Enrique, me perdoe. Me perdoe, Enrique.

— Tudo bem. Nada a perdoar. Mas não foi parte de nenhum livro.

— Dói sempre?

— Só quando sou tocado ou faço movimentos bruscos.

— E a medula?

— Quase não foi afetada. Os rins também estão inteiros. O fragmento de granada entrou de um lado e saiu pelo outro. Tem outros ferimentos mais embaixo e nas pernas.

— Me perdoe, Enrique.

— Não há o que perdoar. Mas não tem graça eu não poder me deitar com mulher. E lamento não ser alegre.

— Podemos fazer amor quando isso aí melhorar.

— Podemos.

— E será bom.

— Será.

— E eu vou cuidar de você.

— Não. Eu vou cuidar de você. Isto aqui não me incomoda em nada. É só a dor do toque ou do movimento. Não me incomoda. Agora precisamos trabalhar. Temos que sair daqui. Tudo o que tem aqui precisa ser retirado esta noite. Vamos guardar tudo em algum outro lugar que não esteja sob vigilância e também em que o material não se estrague. Não vamos precisar dele tão cedo. Temos muito que fazer antes de chegarmos novamente a essa etapa. Precisamos educar muitos. Até lá esses cartuchos podem não prestar mais. O clima aqui estraga as espoletas. Precisamos sair já. Fui idiota ficando aqui até agora. O idiota que me pôs aqui vai ter que prestar contas ao comitê.

— Estou encarregada de levar você lá esta noite. Acharam que esta casa era segura para você passar o dia hoje.

— Esta casa é um perigo.

— Então vamos sair já.

— Já devíamos ter saído.

— Me beije, Enrique.

— Só se for com muito cuidado.

Na cama, no escuro, conduzindo-se com cuidado, os olhos fechados, os lábios dele e os dela em contato, a felicidade sem dor, a volta para casa de repente sem dor, a sensação de estar vivo voltando sem dor, o conforto de ser amado e ainda sem dor; era um vazio de amar, agora não mais vazio, e os dois jogos de lábios no escuro, encontrando-se felizes e com doçura, no escuro e no calor da casa, e sem dor, no escuro; de repente soa a sirene cortante, despertando toda a dor do mundo. Era a sirene real, não a do rádio. Não era uma sirene. Eram duas. Vinha cada uma de um lado da rua.

Ele virou a cabeça e depois se levantou. Achou que a volta para casa durara pouco.

— Saia pelos fundos para o terreno baldio — disse ele. — Depressa. Eu atiro daqui de cima para tentar enganá-los.

— Não, você sai — disse ela. — Saia, por favor. Fico aqui e atiro; assim eles pensam que você está na casa.

— Vamos — disse ele — nós dois. Aqui não há nada para ser protegido. O material é imprestável. É melhor fugirmos.

— Quero ficar. Quero proteger você.

Ela pegou o Colt no coldre debaixo do braço dele, ele deu-lhe um tapa na cara.

— Vamos. Não seja ingênua. Vamos!

Desceram a escada. Ele sentiu a moça bem atrás dele. Abriu a porta e saíram juntos. Ele trancou a porta.

— Corra, Maria — disse. — Nesta direção, passando pelo terreno. Já!

— Quero ir com você.

Ele deu-lhe outro tapa.

— Corra. Depois mergulhe na vegetação e rasteje. Me desculpe, Maria. Vá. Eu vou pelo outro lado. Vá. Ora essa, vá!

Alcançaram o terreno ao mesmo tempo. Ele correu vinte passos e, quando os carros da polícia pararam na frente da casa, as sirenes morrendo, ele mergulhou e começou a rastejar.

Enquanto ele rastejava, retorcendo-se, a aspereza do capim raspando-lhe o rosto, pelotas de areia lixando-lhe as mãos e os joelhos, ouviu os homens dando a volta na casa. Eles a haviam cercado.

Continuou rastejando, pensando rápido, sem dar importância à dor.

Mas *por que* as sirenes, pensou. *Por que* não veio um terceiro carro na retaguarda? Por que não lançaram um holofote nesse terreno? Cubanos. Por que são tão idiotas e tão teatrais? Devem ter pensado que a casa estava vazia. Devem ter vindo só para pegar o material. Mas *por que* as sirenes?

Ouviu que arrombavam a porta. A casa estava toda cercada. Ouviu dois silvos de apito perto da casa, e continuou rastejando.

Bobocas, pensou. Mas já devem ter achado o cesto e os pratos. Que gente! Que maneira de invadir uma casa!

Estava quase saindo do terreno baldio e sabia que precisava ficar em pé e atravessar a rua correndo para as casas mais distantes. Tinha achado uma maneira de rastejar sem sentir muita dor. Podia se adaptar a qualquer movimento. O que doía eram as mudanças bruscas, e ele precisava ficar em pé. Ainda na campina ergueu-se em um joelho, absorveu a dor e, quando puxou o outro pé para junto do joelho para se levantar, tornou a sentir dor. Levantou-se.

Começou a correr para a casa em frente quando o relâmpago do holofote o pegou de cheio, e ele viu tudo negro em volta.

O holofote era do carro que tinha chegado silenciosamente, sem sirene, e estacionado numa esquina do terreno.

Quando Enrique ficou em pé, magro, iluminado pelo feixe de luz com a mão no Colt debaixo do braço, as metralhadoras do carro às escuras abriram fogo.

A sensação é de uma porretada no peito, e ele só sentiu a primeira. As outras porretadas que vieram foram como ecos.

Ele caiu para a frente, com o rosto no capim, e, enquanto caía, ou talvez tenha sido entre o momento em que o holofote o pegou e a primeira bala o atingiu, um pensamento passou-lhe pela cabeça. "Não são bobocas. Talvez se possa fazer alguma coisa com eles."

Se ele tivesse tido tempo para outro pensamento, seria o de torcer para que não houvesse outro carro na outra esquina. Mas havia, e o holofote dele varria o terreno. O amplo feixe de luz batia o capinzal onde Maria estava escondida. No carro escuro os metralhadores em posição acompanhavam a varredura do holofote, com a feiura aflautada mas eficiente dos canos Thompson.

Na sombra da árvore, atrás do carro escurecido no qual estava o holofote, tinha um negro em pé. Usava chapéu-palheta de aba estreita e paletó de alpaca. Por baixo da camisa tinha uma guia de contas azuis. Estava parado, quieto, acompanhando o trabalho do holofote.

Os holofotes corriam o capinzal onde a moça estava deitada, o queixo encostado na terra. Ficou imóvel desde que ouvira a rajada de tiros. Sentia o coração batendo no chão.

— Viu a moça? — perguntou um dos homens no carro.

— Vamos virar os holofotes para o outro lado do capinzal — disse o tenente, que estava sentado no banco da frente. — Hola! — gritou para o negro debaixo da árvore. — Vá à casa e diga a eles para baterem o capinzal na nossa direção em formação aberta. São só dois?

— Só dois — disse o negro, com um tom de voz calmo. — Já acertamos o outro.

— Então vá.

— Sim, tenente.

Segurando o chapéu com as duas mãos, ele saiu correndo pela margem do terreno para a casa, onde agora as luzes estavam todas acesas.

No capim, a moça continuava deitada com as mãos cruzadas no alto da cabeça.

— Me ajude a aguentar isto — disse ela apenas para o capim, pois estava sozinha ali. E de repente, nominalmente, soluçando: — Me ajude, Vicente. Me ajude, Felipe. Me ajude, Chucho. Me ajude, Arturo. Me ajude agora, Enrique. Me ajude.

Houve tempo em que ela teria rezado, mas perdera o costume e agora precisava de alguma coisa.

— Me ajudem a não falar se me pegarem — disse com a boca encostada no capim. — Não me deixe falar, Enrique. Não me deixe falar nada, Vicente.

Atrás ela ouvia os homens batendo o terreno como caçadores de coelho. Vinham espalhados como soldados volteadores, lançando feixes de lanternas portáteis no capim.

Enrique, me ajude, ela pensou. Tirou as mãos da cabeça e fechou-as de encontro ao corpo. Assim é melhor, pensou. Se eu correr, atiram. Será mais simples.

Levantou-se lentamente e correu para o carro. O holofote pegou-a em cheio. Ela correu vendo só o feixe de luz, uma luz branca cegante. Achou que era a melhor maneira de sair daquilo.

Atrás dela gritaram, mas não houve tiro. Um homem lhe deu um violento safanão, e ela caiu. Ouviu-lhe a respiração quando ele a segurou.

Outro a pegou por baixo do braço e a ergueu. Segurando-a pelos braços, foram com ela em direção ao carro. Não foram brutos com ela, mas levaram-na para o veículo.

— Não — disse ela. — Não. Não.

— É a irmã de Vicente Irtube — disse o tenente. — Ela pode ser útil.

— Já foi interrogada antes — disse outro.

— Não muito a sério

— Não — disse ela. — Não. Não. — E gritou: — Me ajude, Vicente! Me ajude, Enrique!

— Já morreram. Não podem ajudar você. Não seja boba — disse alguém.

— Podem. E vão me ajudar. Os mortos vão me ajudar. Vão, sim. Os nossos mortos vão me ajudar.

— Então dê uma olhada em Enrique — disse o tenente. — Veja se ele está em condições de ajudar você. Aí na traseira do carro.

— Ele está me ajudando — disse Maria. — Não vê que ele está me ajudando? Obrigada, Enrique. Muito obrigada!

— Vamos — disse o tenente. — Ela está louca. Deixe quatro homens vigiando o material, depois mandamos um caminhão apanhar tudo. Vamos levar essa doida para a Central. Lá ela pode falar.

— Não — disse Maria segurando-o pela manga. — Não vê que todos estão me ajudando?

— Não. Você está doida — disse o tenente.

— Ninguém morre a troco de nada — disse Maria. — Todo mundo está me ajudando.

— Pede a eles para ajudarem você dentro de uma hora — disse o tenente.

— Vão ajudar. Não se preocupe. Muita gente, muita gente mesmo está me ajudando.

Maria sentou-se e ficou imóvel apoiada no encosto do assento. Parecia senhora de uma estranha confiança. A mesma confiança que outra moça da mesma idade dela tinha sentido há pouco mais de quinhentos anos na praça de uma cidade chamada Rouen.

Maria não pensou nisso. Ninguém no carro pensou nisso. As duas moças, uma chamada Joana, a outra Maria, nada tinham em comum a não ser essa súbita e estranha confiança que as socorreu quando precisaram. Mas todos os policiais que estavam no carro sentiam-se constrangidos de ver Maria sentada ereta com o rosto luzindo à luz elétrica.

Os carros partiram, e no assento traseiro do que ia na frente os homens repunham as metralhadoras em suas grossas capas de lona, retirando os suportes e guardando-os em seus bolsos diagonais, os canos com as coronhas na bolsa grande, os carregadores nos estreitos bolsos de tela.

O negro de chapéu-palheta saiu da sombra da casa e fez sinal para o primeiro carro. Subiu para o assento da frente, assim ficando dois ao lado do motorista. Os quatro carros pegaram a estrada principal que levava a La Havana pela beira-mar.

Apertado no assento da frente, o negro enfiou a mão debaixo da camisa e tocou com os dedos a guia de contas azuis. Manteve-se calado, os dedos segurando as contas. Antes de conseguir o emprego de alcaguete da polícia de Havana, era estivador, e ia receber cinquenta dólares pelo trabalho daquela noite. Cinquenta dólares é muito dinheiro em La Havana, mas o negro não podia mais pensar no dinheiro. Virou a cabeça um pouquinho e devagar quando entraram na estrada iluminada, o Malecon; olhou para trás e viu o rosto da moça luzindo altivo, a cabeça erguida.

O negro assustou-se e envolveu com os dedos a guia de contas azuis e apertou forte. Mas o medo não passou porque ele estava agora exposto a uma magia bem mais antiga.

O LEÃO BONDOSO

Era uma vez um leão que vivia na África com todos os outros leões. Os outros leões eram todos maus leões e todo dia comiam zebras e animais selvagens e toda sorte de antílopes. Às vezes os maus leões comiam gente também. Comiam suaílis, ungurus e wandorobos e gostavam principalmente de comer mercadores hindus. Todo mercador hindu é muito gordo e delicioso para leão.

Mas esse leão, de quem gostamos porque era tão bom, tinha asas nas costas. Por ele ter asas nas costas, os outros leões todos caçoavam dele.

— Olhem esse aí com asas nas costas — diziam, e todos rolavam de rir.

— Vejam o que ele come — diziam, porque o bom leão só comia massas e *scampi* por ser ele tão bom.

Os maus leões rugiam de gargalhadas e comiam outro mercador hindu, e as mulheres dos maus leões bebiam o sangue do mercador, fazendo assim lap, lap, lap com as línguas, como gatos enormes. Só paravam para rugir ou para rir do bom leão e para zombar das asas dele. Eram mesmo uns leões maus e perversos.

Mas o bom leão sentava-se e fechava as asas e perguntava educadamente se podia tomar um Negroni ou um Americano, que sempre bebia em vez de beber sangue de mercadores hindus. Um dia ele se recusou a comer oito reses masai e só comeu *tagliatelli* e bebeu um copo de *pomodoro*.

Isso deixou os maus leões indignados, e uma leoa que era a mais perversa de todos e nunca conseguia limpar o sangue de mercadores hindus de seus bigodes, nem esfregando a cara no capim, disse:

— Quem é você para pensar que é melhor do que nós? De onde você veio, seu leão comedor de massas? E o que é que está fazendo aqui? — Roncou para ele e todos os outros rugiram sem rir.

— Meu pai mora numa cidade, onde fica debaixo da torre do relógio olhando mil pombos, todos súditos dele. Quando esses pombos voam, fazem um barulho como o de um rio caudaloso. Na cidade de meu pai existem mais palácios do que em toda a África, e quatro grandes cavalos de bronze olhando para ele, e cada um tem um pé erguido porque todos têm medo de meu pai. Na cidade de meu pai os homens andam a pé ou em barcos, e cavalo de verdade não entra lá por medo de meu pai.

— Seu pai era um grifo — disse a leoa perversa lambendo os bigodes.

— Você é mentiroso — disse um dos maus leões. — Não existe uma cidade assim.

— Passe o meu pedaço de mercador hindu — disse outro leão muito mau. — Essa vaca masai está muito fresca.

— Você é um reles mentiroso e filho de grifo — disse a mais perversa de todas as leoas. — Estou com vontade de matar você e comer, com asas e tudo.

Isso assustou demais o bom leão, porque ele viu os olhos amarelos dela e o rabo levantando e descendo e o sangue seco endurecido nos pelos do bigode e sentiu o hálito dela que era muito fedido porque ela nunca escovava os dentes. E também porque ela tinha pedaços antigos de mercador hindu entre as garras.

— Não me mate — disse o bom leão. — Meu pai é um leão nobre e sempre foi respeitado, e tudo o que eu disse é verdade.

A leoa perversa saltou para pegá-lo. Mas ele subiu para o ar com suas asas e circulou uma vez sobre o grupo de maus leões, que ficaram rugindo e olhando para ele no alto. Ele olhou para baixo e pensou: como são selvagens esses leões.

Circulou mais uma vez sobre eles para fazê-los rugir mais alto. Depois desceu para ver os olhos da leoa perversa, que se ergueu sobre as pernas traseiras para ver se o pegava. Mas errou a patada.

— *Adiós* — disse o bom leão, que falava um excelente espanhol por ser um leão culto. — *Au revoir!* — gritou para eles em um francês exemplar.

Todos rugiram e roncaram em dialeto leonino africano.

O bom leão subiu em círculos cada vez mais altos e regulou a rota para Veneza. Pousou na Piazza e todo mundo ficou feliz de vê-lo. Ele deu um voo curto e beijou o pai nas duas faces e viu que os cavalos ainda estavam com os pés erguidos, e que a Basílica estava mais bonita do que uma bolha de sabão. O Campanile no seu lugar e os pombos se recolhendo a seus ninhos para passarem a noite.

— Que tal a África? — perguntou o pai.

— Muito selvagem, pai — respondeu o bom leão.

— Agora temos iluminação noturna — disse o pai.

— Estou vendo — respondeu o bondoso leão como bom filho.

— Incomoda meus olhos um pouco — disse o pai. — Para onde vai agora, filho?

— Para o bar do Harry.

— Dê lembranças minhas a Cipriani e diga a ele que passo lá qualquer dia para saldar a minha conta — disse o pai.

— Sim, senhor — disse o bom leão, e voou baixo e depois foi andando com as quatro patas para o bar do Harry.

Nada havia mudado no Cipriani. Todos os seus amigos estavam lá. Mas o bom leão tinha mudado um pouco por ter estado na África.

— Um Negroni, *Signor* Barone? — perguntou Cipriani.

Mas o bom leão tinha vindo da África, e a África o modificara.

— Tem aí sanduíches de mercador hindu? — perguntou ele a Cipriani.

— Não, mas posso dar um jeito.

— Enquanto providencia, me prepare um martíni bem seco. Com gim Gordon — acrescentou.

— Muito bem — disse Cipriani. — Muito bem mesmo.

O leão correu os olhos pelos rostos de todas as pessoas finas e certificou-se de que estava em casa mas também que tinha viajado. Sentiu-se muito feliz.

O TOURO FIEL

Era uma vez um touro que não se chamava Ferdinando e não ligava para flores. Gostava de lutar e lutava com todos os outros touros de sua idade, ou de qualquer idade, e era um campeão.

Os chifres dele eram duros como madeira e pontudos como cerdas de porco-espinho. Quando lutava, os chifres o machucavam na base, mas ele não ligava a mínima. Os músculos do pescoço formavam uma protuberância que em espanhol se chama *morillo* e esse *morillo* ficava alto como um morro quando ele estava pronto para lutar. Ele sempre estava pronto para lutar, e o pelo dele era preto e lustroso, e os olhos eram claros.

Tudo era pretexto para ele lutar e ele lutava com a mesma seriedade com que certas pessoas comem, leem ou vão à igreja. Cada vez que lutava, lutava para matar, e os outros touros não tinham medo dele porque eram de boa linhagem, e touro de boa linhagem não tem medo. Mas não o provocavam. Nem tinham vontade de lutar com ele.

Esse touro não era provocador nem era perverso, mas gostava de lutar como as pessoas podem gostar de cantar ou de ser rei ou presidente. Ele nunca pensava. Lutar era a sua obrigação, o seu dever e a sua alegria.

Lutava em chão de pedra, em lugares altos, debaixo de sobreiras e nos pastos perto do rio. Caminhava vinte quilômetros por dia desde o rio até o terreno alto e pedregoso, e lutava com qualquer touro que olhasse para ele. Mas nunca tinha raiva.

Isso não é bem verdade, porque ele tinha raiva lá dentro dele. Só que não sabia por quê, já que não pensava. Era um touro muito nobre, que gostava de lutar.

E o que foi que aconteceu com ele? O homem que era dono dele, se alguém pode ser dono de um animal assim, sabia que ele era um grande touro, mas se preocupava porque esse touro lhe dava muita despesa por lutar com outros touros. Cada touro valia mais de mil dólares, e depois que lutavam com o grande touro ficavam valendo só duzentos dólares, às vezes menos até.

Então o homem, que era um bom homem, resolveu que seria melhor conservar o sangue desse touro em toda a sua criação, em vez de mandá-lo para morrer na arena. Assim, destinou-o a ser reprodutor.

Mas aquele touro era um touro muito estranho. A primeira vez que o soltaram no pasto com as vacas reprodutoras, ele viu uma que era jovem e bonita, esbelta e de músculos mais bem-distribuídos e mais gostosos do que as outras todas. Então, já que não podia lutar, apaixonou-se por ela e não teve olhos para nenhuma outra. Só queria estar com ela, as outras nada significavam para ele.

Diante disso o homem mandou-o com outros cinco para serem mortos na arena, e lá pelo menos o touro podia lutar, apesar de ser um touro fiel. Lutou admiravelmente e todo mundo o aplaudiu, e o homem que o matou foi quem mais o admirou. Mas a jaqueta do homem que o matou e que é chamado de matador ficou toda ensopada, e a boca dele, sequíssima.

— *Que toro más bravo* — disse o matador quando entregava a espada ao espadeiro. Entregou-a com o punho para cima e a lâmina pingando sangue do coração do bravo touro que não tinha mais nenhum problema de qualquer espécie e estava sendo arrastado da arena por quatro cavalos.

— Bem, este era um dos que o Marquês de Villamayor precisou se livrar porque era fiel — disse o espadeiro, que de tudo sabia.

— Quem sabe se nós todos não devíamos ser fiéis? — disse o matador.

ARRANJE UM CACHORRO DE CEGO

— O que foi que fizemos depois? — perguntou ele. Ela explicou. — Essa parte é muito esquisita. Não me lembro de nada disso.

— Não se lembra da partida do safári?

— Devia me lembrar. Mas não me lembro. Me lembro das mulheres descendo a trilha para apanhar água com os potes na cabeça, e do bando de gansos que o *toto* tocava para a água e de volta. Me lembro da vagarosidade deles e que estavam sempre descendo ou subindo a trilha. Havia uma maré forte, os baixios eram amarelados e o canal ia até a ilha distante. O vento não parava e não havia moscas nem mosquitos. Tinha um telhado e um piso de cimento e os esteios do telhado, e o vento soprava sem parar. A temperatura era amena o dia inteiro e fresca à noite.

— Se lembra de quando aquele barco grande, que chamam de *dhow*, chegou e querenou na maré baixa?

— Sim. Me lembro do barco e da tripulação saindo da praia e subindo a trilha, os gansos com medo deles, e as mulheres também.

— Foi o dia em que pegamos muito peixe, mas tivemos de voltar porque o mar estava agitado.

— Me lembro disso.

— Você está lembrando bem hoje — disse ela. — Não se esforce.

— Foi pena você não ter podido ir no avião para Zanzibar. Aquela praia mais acima de onde estávamos era boa para pousar. Você podia ter pousado e decolado de lá facilmente.

— Sempre podemos ir para Zanzibar. Não fique se esforçando para lembrar mais hoje. Quer que eu leia para você? Sempre tem alguma coisa que ainda não lemos nos velhos New Yorker.

— Não, não leia. Fique falando. Fale das boas coisas passadas.

— Quer que eu fale de como está lá fora? — perguntou ela.

— Está chovendo. Isso eu sei.

— Chove forte. Os turistas não vão aparecer com este tempo. Venta muito. Podemos descer e ficar ao pé do fogo.

— Podemos. Na falta de outra coisa. Não estou mais interessado neles. Gosto de ouvir a conversa deles.

— Alguns são detestáveis — disse ela —, mas outros são interessantes. Acho que os mais interessantes é que vão para Torcello.

— Você está certa — disse ele. — Não tinha pensado nisso. Aqui não tem nada para eles, a não ser que sejam pelo menos um pouco interessantes.

— Quer que lhe prepare um drinque? Você sabe a péssima enfermeira que sou. Não sou do ramo nem tenho talento. Mas sei preparar drinques.

— Então vamos beber alguma coisa.

— Quer o quê?

— Qualquer coisa.

— Uma surpresa então. Vou prepará-la lá embaixo.

Ele ouviu a porta abrindo e fechando, os passos dela na escada, e pensou: preciso convencê-la a fazer uma viagem. Preciso descobrir um jeito de convencê-la. Pensar em alguma coisa prática. Vou ficar assim pelo resto da vida e preciso inventar meios de não estragar a vida dela. Ela tem sido tão boa, e não foi feita para ser boa. Quero dizer, do jeito que está sendo. Boa diariamente e rotineiramente.

Ouviu os passos subindo a escada e registrou a diferença no andar quando carregava dois copos e quando caminhava de mãos vazias. Ouviu a chuva na vidraça e sentiu o cheiro das achas de faia na lareira. Quando ela entrou no quarto, ele estendeu a mão para pegar o drinque, fechou-a e sentiu o toque da mão dela no copo.

— É o nosso drinque para este ambiente — disse ela. — Campari e Gordon's com gelo.

— Me sinto feliz por você não ter dito *on the rocks*.

— É. Nunca digo isso. Já estivemos *on the rocks*.

— Em nossos dois pés quando estávamos por baixo e arriscando tudo. Se lembra de quando proibimos aquelas frases?

— Isso foi no tempo do meu leão. Não era um leão lindérrimo? Não vejo o dia de podermos revê-lo — disse ela.

— Nem eu.

— Me desculpe, né?

— Se lembra de quando proibimos aquela frase?

— Quase que eu a disse agora.

— Sabe de uma coisa? Foi muita sorte nossa termos vindo para cá. Me lembro tão bem que quase chego a pegar com a mão. É uma palavra nova, e logo vamos proibi-la. Mas é grandiosa. Quando escuto a chuva, eu a vejo nas pedras e no canal e na lagoa, e sei como as árvores se inclinam ao vento e a torre fica iluminada, e como! Viemos ao melhor lugar para mim. É perfeito. Temos um bom rádio e um bom gravador, e vou escrever melhor do que nunca. Se você se acostumar com o gravador, vai pegar tudo certinho. Posso trabalhar devagar e ver as palavras no momento em que as pronuncio. Se saírem erradas eu as escuto erradas e as repito até saírem certas. Minha querida, não podia ser melhor em nenhum sentido.

— Oh, Philip...

— Merda — disse ele. — A treva é a treva. Mas isto não é a treva trevosa. Vejo muito bem por dentro, e minha cabeça agora está melhor vinte e quatro horas por dia, me lembro de tudo e posso cuidar bem de mim. Você vai ver. Não fui melhor hoje nas lembranças?

— Você é melhor sempre. E está ficando mais forte.

— Sou forte. Mas se você...

— Se eu o quê?

— Se você viajasse um pouco para descansar e mudar de ares...

— Não me quer mais aqui?

— Quero, sim, querida.

— Então por que essa conversa de eu viajar? Sei que não sou boa para cuidar de você, mas posso fazer coisas que outra pessoa não pode, e nós dois nos amamos. Você me ama e nós sabemos de coisas que ninguém mais sabe.

— Fizemos maravilhas no escuro — disse ele.

— E fizemos maravilhas à luz do dia também.

— Gosto muito do escuro. Em certos sentidos é um progresso.

— Não exagere muito na mentira — disse ela. — Não precisa ser tão nobre.

— Escute a chuva. Como está a maré agora?

— Está vazando e o vento empurrou a água para mais longe. Quase se pode ir a pé a Burano.

— Menos em um lugar — disse ele. — Muitas aves?

— Principalmente gaivotas e andorinhas-do-mar. Estão nos baixios, e quando voam são levadas pelo vento.

— Nenhuma ave de praia?

— Algumas beliscando na parte dos baixios que só aparecem com este vento e com esta maré.

— Acha que vai ser primavera algum dia?

— Não sei. Pelo visto parece que não.

— Bebeu o seu drinque todo?

— Quase. Por que não bebe o seu?

— Estava poupando.

— Pois beba — disse ela. — Não era horrível quando você não podia beber?

— Não. Mas sabe, quando você descia a escada estive pensando que você podia ir a Paris e depois a Londres. Conheceria pessoas e se distrairia um pouco, depois voltava e teria que ser primavera. E me contaria tudo o que encontrou por lá.

— Não.

— Acho que seria uma decisão inteligente — disse ele. — Sabe que estamos numa situação idiota e prolongada e precisamos aprender a nos conduzir. Não quero massacrar você. Sabe...

— Pare de dizer "sabe" a todo instante.

— Está vendo? Este é um dos motivos. Eu podia aprender a falar de maneira não irritante. Você poderia ficar furiosa comigo quando voltasse.

— Que faria você de noite?

— As noites não são difíceis.

— Duvido que não sejam. Vai ver que aprendeu também a dormir.

— Vou aprender — disse ele e bebeu metade do drinque. — Faz parte do Plano. Sabe que é assim que ele funciona? Se você viajar e se distrair um pouco, fico de consciência tranquila. Aí, pela primeira vez na vida com a consciência tranquila, o sono é automático. Pego um travesseiro que representa minha consciência tranquila, abraço ele, e logo durmo. Se acordar por qualquer motivo, me entrego a pensamentos lindos, alegres e inconfessáveis. Ou tomo boas e maravilhosas decisões. Ou fico lembrando. Sabe, quero que você se distraia.

— Faça-me o favor de não dizer "sabe".

— Vou me concentrar em não dizer. A palavra está proibida, mas esqueço e ela escapa. De qualquer maneira não quero que você fique sendo apenas um cachorro para cego.

— Não sou. E não é *para* cego, é *de* cego.

— Eu sabia. Sente-se aqui, se não for incômodo.

Ela sentou-se ao lado dele na cama e ficaram ouvindo a chuva batendo forte na vidraça, e ele tentou não sentir a cabeça e o rosto lindo dela da maneira que um cego sente, e não havia outra maneira de ele tocar o rosto dela a não ser esta. Puxou-a para ele e beijou-a no alto da cabeça. Preciso experimentar isso outro dia, pensou ele. Não quero parecer idiota. Ela é tão atraente, gosto tanto dela e fiz-lhe tanto mal; preciso aprender a tomar conta dela em todos os sentidos. Se eu pensar nela e só nela, tudo se arranjará bem.

— Não vou mais dizer "sabe" o tempo todo — disse ele. — Podemos começar daí.

Ela sacudiu a cabeça e ele percebeu pelo tremor do corpo dela.

— Pode dizer quantas vezes quiser — disse ela, e o beijou.

— Oh, não chore, minha santa — disse ele.

— Não quero que você durma com um travesseiro qualquer.

— Não vou. Não com um travesseiro *qualquer*.

Pare com isso, disse ele a si mesmo. Pare já com isso.

— Olhe, *tu* — disse ele. — Vamos descer e almoçar no nosso lugarzinho predileto ao pé da lareira, e eu aproveito para lhe dizer que você é uma gatinha maravilhosa e que somos dois ga-tinhos de sorte.

— E somos.

— Vamos administrar isso maravilhosamente bem.

— Só não quero ser mandada para longe daqui.

— Ninguém vai mandar você para longe.

Mas, quando descia a escada pisando com cuidado cada degrau, ele pensava: preciso mandá-la daqui, e o mais depressa que puder, sem magoá-la. Porque não estou me conduzindo bem nisto. Isto eu lhe prometo. E o que mais você pode fazer? Nada. Você não pode fazer nada. Mas talvez, à medida que avança, acabe aprendendo.

Um homem experiente

O cego distinguia o barulho de cada máquina do Salão. Não sei quanto tempo ele levou para aprender, mas não deve ter sido pouco, porque só fazia um salão por vez. Mas percorria duas cidades. Começava em The Flats quando já estava bom e escuro e terminava em Jessup. Quando ouvia um carro, parava na beira da estrada, os faróis o mostravam e o motorista parava e lhe dava carona, ou não parava, e ele continuava pela estrada gelada. Dependia do espaço que tinham ou de haver ou não mulheres no carro, porque o cego cheirava forte, principalmente se era inverno. Mas sempre alguém parava para ele porque ele era cego.

Todo mundo o conhecia e o chamava de Ceguinho, que é bom nome para um cego naquela parte do país, e o salão em que ele exercia sua atividade chamava-se O Piloto. Pegado a esse tinha outro, também com jogo e restaurante, e o nome deste era O Índice. Os dois eram nomes de montanhas, e eram bons salões com bares em estilo antigo, e o jogo era o mesmo tanto num quanto no outro, a diferença era que se comia talvez melhor no

Piloto, mas o bife do Índice era melhor. Também o Índice ficava aberto a noite inteira e se beneficiava do movimento; da manhã e do clarear do dia até às dez da manhã os drinques eram grátis. Eram os únicos salões de Jessup e não precisavam fazer isso. Mas essa era a norma deles.

Parece que o Ceguinho preferia o Piloto porque as máquinas ficavam junto da parede do lado esquerdo de quem entra, e de frente para o bar. Isso permitia a ele melhor vigilância do que no Índice, onde as máquinas eram espalhadas por ser o espaço maior. Nessa noite o frio lá fora era muito, e o Ceguinho entrou com cristais de gelo no bigode e pequenos cristais de pus nos dois olhos, o que não lhe dava bom aspecto. Até o fedor dele estava congelado, mas não estaria por muito tempo, tanto que começou a se revelar pouco depois de fechada a porta. Eu evitava olhar para ele, mas olhei demoradamente porque sabia que ele sempre pegava carona e eu não entendia como podia ficar tão congelado. Então, perguntei-lhe:

— Veio caminhando desde onde, Ceguinho?

— Willie Sawyer me pôs para fora do carro debaixo da ponte da estrada de ferro. Não passaram mais carros e vim a pé.

— Por que ele pôs você para fora do carro? — perguntou alguém.

— Disse que eu fedia muito.

Alguém empurrou a alavanca de uma máquina e o Ceguinho ficou de orelhas em pé escutando o ruído. Deu em nada.

— Algum almofadinha jogando? — perguntou-me.

— Você não ouviu?

— Ainda não.

— Nenhum almofadinha. É quarta-feira.

— Sei que dia é. Não venha me dizer que noite de que dia é.

O Ceguinho percorreu a fileira de máquinas apalpando cada uma para ver se alguma coisa tinha ficado nas caçapas por distração. Claro que não achou nada, mas essa era a primeira parte do seu trabalho. Voltou ao bar onde estávamos, e Al Chaney ofereceu-lhe um drinque.

— Não. Preciso ter muita atenção nessas estradas.

— Que essas estradas? — perguntou alguém. — Você só anda numa estrada. Daqui a The Flats.

— Estive em montes de estradas — disse o Ceguinho. — E estou sempre precisando dar no pé e andar mais.

Alguém manobrou a alavanca de uma máquina, mas não foi uma manobra forte. Mesmo assim, o Ceguinho foi lá. Era uma máquina que funcionava com moedas de vinte e cinco centavos, e o rapaz que jogava nela lhe deu uma moeda com certa relutância. O Ceguinho apalpou-a antes de guardá-la no bolso.

— Obrigado — disse. — Desejo-lhe boa sorte.

O rapaz respondeu:

— Gostei de ouvir isso. — E pôs outra moeda de vinte e cinco centavos na máquina, empurrando logo em seguida a alavanca.

Dessa vez teve sorte. Recolheu as moedas e deu uma ao Ceguinho.

— Obrigado. A sorte está com você.

— Esta noite é minha — disse o rapaz.

— A sua noite é a minha noite — disse o Ceguinho. O rapaz continuou jogando, mas não teve mais sorte. O Ceguinho estava colado nele e parecia contrariado. Finalmente, o rapaz parou de jogar e veio para o bar. O Ceguinho o fizera deixar o jogo, mas não percebeu isso porque o rapaz não disse nada. O Ceguinho deu mais uma vistoria nas máquinas apalpando-as e ficou esperando que aparecesse alguma outra pessoa para jogar.

Ninguém estava jogando na roleta nem nos dados, e na mesa de pôquer os jogadores se comiam. Era uma noite calma de meio de semana, sem nada de extraordinário. O estabelecimento só estava faturando no bar. Mas a atmosfera era agradável até a chegada do Ceguinho. Todo mundo já estava pensando que seria melhor passar para o Índice ou então ir para casa.

— O que vai ser, Tom? — perguntou-me o garçom Frank. — Esta é de cortesia.

— Estava pensando em encerrar.

— Então a saideira.

Frank perguntou ao jovem vestido de roupa listrada e chapéu preto, barba escanhoada e rosto curtido de neve o que ele queria beber. O jovem disse que o mesmo. O uísque era Old Forester.

Fiz sinal para ele e ergui o meu copo e ambos tomamos um gole. O Ceguinho estava lá no fim da fileira de máquinas. Deve ter imaginado que ninguém entraria ali se o vissem perto da porta.

— Como foi que esse sujeito ficou cego? — perguntou-me o rapaz.

— Não sei — respondi.

— Foi lutador? — perguntou o estranho sacudindo a cabeça.

— Foi — disse Frank. — O tom alto de voz veio da mesma luta. Conte a ele, Tom.

— Estou por fora.

— Claro — disse Frank. — Não podia saber. Você não estava lá, acho. Meu amigo, era uma noite fria como esta. Ou até mais fria. Foi uma luta curtíssima. Não assisti ao começo. Saíram lutando pela porta do Índice. O Pretinho, que é o Ceguinho hoje, e aquele outro cara chamado Willie Sawyer se socavam, davam-se joelhadas, se mordiam. Vi um olho do Pretinho pendurado no pescoço. Lutavam na estrada gelada, com neve dos dois lados, e a luz desta porta aqui e da porta do Índice, e Hollis Sands bem atrás de Willie Sawyer querendo arrancar o olho e Hollis gritando: "Arranque com os dentes! Morda como se fosse uma uva!" O Pretinho mordia a cara de Willie Sawyer, cravou uma boa dentada e arrancou um pedaço, depois cravou outra dentada e os dois caíram no gelo, Willie Sawyer enforcando-o para ele afrouxar a dentada, e aí o Pretinho soltou um grito nunca ouvido antes. Um grito mais impressionante do que quando se sangra um javali.

O Ceguinho colocou-se em nossa frente. Viramos-lhe as costas por causa do fedor.

— "Morda como se fosse uma uva" — disse ele com sua voz esganiçada e ficou olhando para nós, balançando a cabeça.

— Era o olho esquerdo. Ele arrancou o outro sem orientação de ninguém. Depois pisou em mim quando eu não podia mais enxergar. Essa foi a parte pior. Eu era bom de briga, mas ele arrancou o meu olho antes que eu pudesse me defender. Me pegou à traição. Pois é — disse sem nenhum rancor —, isso encerrou a minha vida de lutador.

— Sirva um drinque ao Pretinho — pedi a Frank

— Me chame de Ceguinho, Tom. Mereço esse nome. Você já sabe o que fiz para merecê-lo. Foi o mesmo sujeito que me largou na estrada hoje. Mordeu o meu olho. Nunca nos demos bem.

— Que foi que você fez com ele? — perguntou o estranho.

— Ah, você vai vê-lo por aí — disse o Ceguinho. — É vê-lo e reconhecê-lo. Não digo para não estragar a surpresa.

— Não vai gostar de vê-lo — disse eu ao estranho.

— Essa é uma das ocasiões em que eu gostaria de poder ver de novo — disse o Ceguinho. — Gostaria de olhá-lo bem na cara.

— Você sabe como ele ficou — disse Frank. — Uma vez você apalpou o rosto dele com as mãos.

— Fiz isso de novo hoje. Foi por isso que ele me pôs para fora do carro. Ele não tem senso de humor. Numa noite fria como esta, eu disse a ele que ele devia andar de rosto coberto para não apanhar frio no lado de dentro do rosto. Ele nem percebeu a graça. Aquele Willie Sawyer nunca será um homem experiente.

— Pretinho, você vai tomar um de cortesia — disse Frank. — Não posso levá-lo de carro para casa porque moro aqui pertinho. Mas você pode dormir aí nos fundos.

— É muita bondade sua, Frank. Mas não me chame de Pretinho. Meu nome é Ceguinho.

— Tome um drinque, Ceguinho.

— Como não? — Estendeu a mão e encontrou o copo, que ergueu normalmente em nossa direção. — Coitado do Willie Sawyer — disse. — Com toda a certeza está em casa sozinho. Willie Sawyer não sabe se distrair.

Veranistas

A meio caminho da estrada de cascalho de Hortons Bay para o lago havia uma fonte. A água saía de uma manilha enfiada no barranco ao lado da estrada, escorria pelas moitas fechadas de hortelã e entrava no brejo. Nick pôs o braço no poço formado pela bica, mas teve de tirar logo por causa do frio. Sentiu nos dedos o formigar da areia que subia com o borbulhar da água caindo. Que bom se eu pudesse entrar inteiro aí nesse poço, pensou. Seria um bom remédio para mim. Deixou a bica e sentou-se na beira da estrada. Era uma noite de calor.

Mais adiante na estrada via-se por entre as árvores o branco da fábrica sobre pilotis. Nick não queria ir ao embarcadouro. Todos estavam lá nadando. Não queria ver Kate com Odgar. O carro estava na estrada ao lado do armazém. Odgar e Kate estavam lá. Odgar fazendo aquela cara de abestalhado toda vez que olhava para Kate. Mas ele seria tão bobo assim? Kate jamais se casaria com ele. Ela não se casaria com ninguém que não a dominasse. E quando alguém tentava dominá-la ela se encolhia, endurecia e escorregava para fora. Claro que ele pensava que conseguiria que ela se casasse com ele. Então, em vez de se encolher, endurecer e escorregar, ela se abriria docemente, descontraindo-se, soltando-se, e se deixaria pegar com facilidade. Odgar pensava que ela faria isso por amor. Os olhos dele ficavam vesgos e as pálpebras, vermelhas nas bordas. Mas ela não suportava o toque de Odgar. Estava tudo nos olhos dele. Então Odgar ficava querendo que eles se tornassem amigos. Brincar na areia. Fazer figuras de barro. Passear no barco o dia inteiro juntos. Kate sempre de maiô. Odgar olhando para ela.

Odgar tinha 32 anos e já fizera duas operações de varicocele. Era feioso e todo mundo gostava do rosto dele. Odgar nunca alcançaria o prêmio, que significava tudo no mundo para ele. A cada verão ele ficava mais vidrado nisso. Dava pena. Odgar era simpaticíssimo. Com Nick então, nem se fala. Ninguém ainda tinha tratado Nick melhor do que Odgar. Mas Nick podia ter o prêmio se quisesse. Odgar se mataria, se soubesse, pensou Nick.

De que jeito ele se mataria? Nick não podia imaginar Odgar morto. Provavelmente não se mataria. Mas há quem faça isso. E não era questão de amor. Odgar pensava que o caminho era o amor. Odgar amava Kate, e só Deus sabia quanto. Era um gostar inteiro, gostar do corpo, apresentar o corpo, persuadir, aproveitar oportunidades, e nunca assustar, e aceitar a outra pessoa, e sempre tomar sem pedir, com ternura e gostando, dando gosto e felicidade, e brincando e não causando medo às pessoas. E fazendo que tudo fique bem depois. Não era amar. Amar assusta. Ele, Nicholas Adams, podia ter tudo o que quisesse porque guardava dentro uma partícula. Talvez não durasse. Podia perdê-la. Gostaria de poder dá-la a Odgar ou falar-lhe dela. Não é sempre que se pode dizer tudo aos outros. Muito menos a Odgar. A ninguém, em parte alguma. Este sempre fora o seu principal erro: falar. Já perdera muito falando. Devia haver alguma coisa que se pudesse fazer pelas virgens de Princeton, Yale e Harvard. Por que será que não há mais virgens nas universidades estaduais? Será a coeducação? Os rapazes ficam conhecendo moças que estão a fim de casar, elas resolvem cooperar e se casam com eles. Que seria de rapazes como Odgar, Harvey e Mike e os outros todos? Ele não sabia. Não tinha adquirido experiência suficiente. Eram os melhores do mundo. Que aconteceu com eles? Como diabos ele poderia saber?! De que forma escrever como Hardy e Hamsun quando se tem apenas dez anos de vida?! Não podia. Só quando chegasse aos cinquenta.

Ajoelhou-se no escuro e bebeu água da bica. Sentiu-se bem. Sabia que ia ser um grande escritor. Sabia de coisas e ninguém podia tocá-lo. Ninguém. Mas não sabia uma quantidade suficiente de coisas. No entanto, esse dia ia chegar. A água estava fria e doeu-lhe nos olhos. Tinha bebido um gole muito grande. Como sorvete. É nisso que dá beber com o nariz dentro d'água. Era melhor ir nadar. Pensar não adianta. O pensamento começa e não para.

Nick foi andando pela estrada, passou o carro e o grande armazém à esquerda onde embarcavam maçãs e batatas no outono, passou a casa pintada de branco onde às vezes dançavam à luz de lanterna no piso duro de tacos, chegou ao embarcadouro onde os outros nadavam.

Estavam todos nadando na ponta do embarcadouro. Quando caminhava nas pranchas acima da água, ouviu o protesto duplo do comprido trampolim e um espadanar. A água lambeu os esteios embaixo. Deve ser o Ghee, pensou Nick. Kate saiu da água como uma foca e subiu a escada.

— É Wemedge! — gritou para os outros. — Venha nadar, Wemedge. Está uma delícia.

— Oi, Wemedge — disse Odgar. — Rapaz, está uma maravilha.

— Onde está Wemedge? — Era o Ghee, nadando longe.

— Esse Wemedge é abstêmio de natação? — perguntou Bill com voz grave em cima d'água.

Nick sentiu-se feliz. É bom ouvir outros gritarem o nome da gente assim. Descalçou os sapatos de lona, tirou a camisa pela cabeça e livrou-se da calça. Nos pés descalços sentiu a areia nas pranchas. Correu pelo trampolim oscilante, firmou os dedos dos pés na ponta da tábua, esticou o corpo e pulou na água. Mergulhou macio e fundo e nadou mergulhado sem consciência do mergulho. Tinha enchido os pulmões quando pulara e agora nadava submerso, as costas arqueadas, os pés esticados fazendo os movimentos. Finalmente emergiu, flutuando de rosto para baixo. Virou de costas e abriu os olhos. Não estava interessado em nadar, só em mergulhar e ficar submerso.

— Que tal, Wemedge? — perguntou o Ghee bem atrás dele.

— Morna como urina — disse Nick.

Inspirou fundo, segurou os calcanhares com as mãos, os joelhos tocando o queixo, e afundou devagar. Na superfície a água estava morna, mas ele afundou rápido para o fresco, depois o frio. Quando ia chegando ao fundo, sentiu mais frio. Nick nadou devagarinho rente ao fundo. Finalmente esticou o corpo e deu impulso contra o leito para subir à tona, e sentiu o lodo nos dedos dos pés.

Era estranho vir à tona no escuro. Ficou descansando na água, mal se movimentando. Odgar e Kate conversavam no embarcadouro.

— Já nadou no mar com água fosforescente, Carl?

— Não. — A voz de Odgar nunca era natural quando falava com Kate.

Devíamos nos esfregar inteirinhos com fósforo, pensou Nick. Respirou fundo, encolheu os joelhos, segurou-os forte e afundou, dessa vez com os olhos abertos. Não conseguiu enxergar debaixo d'água no escuro. Fizera bem em fechar os olhos quando mergulhara da primeira vez. Estranhas, essas reações. Aliás, nem sempre certas. Em vez de ir ao fundo, esticou o corpo e foi nadando em frente e subindo para a camada de água fresca, mantendo-se logo abaixo da camada morna. Como é bom nadar debaixo d'água, e como não é tão bom simplesmente nadar sobre a água. No mar é bom nadar na superfície. É a flutuabilidade. Mas tem o gosto de sal, e a sede que vem depois. Água doce é melhor. Como esta em noite de calor. Subiu para respirar bem abaixo da beirada do ancoradouro e subiu os degraus.

— Mergulhe do trampolim, Wemedge — disse Kate. — Dê um bom salto do trampolim. — Ela e Odgar estavam sentados no ancoradouro, as costas apoiadas em um esteio.

— Um mergulho silencioso, Wemedge — disse Odgar.

— É pra já.

Escorrendo água, Nick caminhou pelo trampolim pensando em como se deve fazer o mergulho. Odgar e Kate olhando, Nick um vulto negro no escuro, em pé na ponta da tábua. Tomar posição e saltar como tinha aprendido olhando uma lontra-do-mar. Na água, quando se virou para subir, Nick pensou, puxa, se Kate estivesse aqui comigo. Voltou à superfície com água nos olhos e nos ouvidos. Decerto subiu para tomar fôlego.

— Foi perfeito. Absolutamente perfeito! — gritou Kate lá de cima.

Nick subiu para o ancoradouro.

— Onde estão os homens? — perguntou.

— Nadando lá na baía — disse Odgar.

Nick deitou-se no ancoradouro junto de Kate e Odgar. Ouvia o barulho do Ghee e de Bill nadando longe no escuro.

— Você é o melhor dos mergulhadores, Wemedge — disse Kate tocando as costas dele com o pé. Nick retesou-se com o contato.

— Sou não — respondeu ele.

— Você é maravilhoso, Wemedge — disse Odgar.

— Sou não.

Ele estava pensando se seria possível ficar com alguém debaixo d'água, podia prender a respiração durante três minutos na areia do fundo, subiriam juntos, tomariam fôlego e voltariam ao fundo. É fácil afundar quando se sabe como. Uma vez ele bebeu uma garrafa de leite e descascou e comeu uma banana debaixo d'água para se mostrar, mas é preciso ter pesos para ficar no fundo; se ao menos tivesse uma argola no fundo, alguma coisa para se agarrar... Puxa, seria maravilhoso, mas e a garota? Uma garota não aguenta, engole água, Kate se afogaria, ela não sabe ficar debaixo d'água, ele gostaria de ter uma que soubesse, talvez ainda encontre uma assim, talvez nunca, não há ninguém mais que saiba, só ele. Nadadores, pois sim, nadadores são uns molengas, ninguém conhece água como ele, tinha um cara em Evanston que era capaz de prender a respiração por seis minutos, mas esse era maluco. Ele queria ser peixe; não, queria nada. Riu para si mesmo.

— Qual é a piada, Wemedge? — perguntou Odgar com sua voz rascante, a voz de ficar perto de Kate.

— Eu queria ser peixe — disse Nick.

— É uma boa piada — disse Odgar.

— Não é? — perguntou Nick.

— Não seja burro, Wemedge — disse Kate.

— Gostaria de ser peixe, Butstein? — disse Nick com a cabeça nas pranchas, olhando para outro lado.

— Não — respondeu Kate. — Esta noite, não.

Nick recostou forte no pé dela.

— Que animal você gostaria de ser, Odgar? — perguntou Nick.

— J. P. Morgan.

— Respondeu bem, Odgar — disse Kate. Odgar iluminou-se.

— Eu gostaria de ser Wemedge — disse Kate.

— Você pode ser sra. Wemedge — disse Odgar.

— Não vai haver nenhuma sra. Wemedge — disse Nick, e contraiu os músculos das costas. Kate estava com as duas pernas encostadas nele como se as descansasse numa tora de madeira na frente da lareira.

— Fala como se tivesse certeza — disse Odgar.

— Tenho toda a certeza — disse Nick. — Vou casar com uma sereia.

— Ela será sra. Wemedge — disse Kate.

— Não vou deixar — retrucou Nick.

— Como vai impedir?

— Vou impedir, sim. Ela que tente.

— As sereias não se casam — disse Kate.

— É o que me convém.

— A Lei Mann pega você — alertou Odgar.

— Ficaremos fora do limite de oito quilômetros — disse Nick. — Compraremos comida dos contrabandistas. Você pode comprar um escafandro e ir nos visitar, Odgar. Leve Butstein se ela quiser ir. Estaremos em casa todas as sextas-feiras.

— Que é que vamos fazer amanhã? — perguntou Odgar, a voz novamente roufenha por estar perto de Kate.

— Ora essa, pra que falarmos de amanhã? — disse Nick. — Vamos falar da minha sereia.

— Já cansei dessa tal sereia.

— Então você e Odgar falem de amanhã. Eu vou pensar na minha sereia.

— Você é um imoral, Wemedge. Repugnantemente imoral.

— Não. Sou honesto. — Deitou-se, fechou os olhos e disse: — Não me perturbem. Estou pensando nela.

Ficou pensando em sua sereia enquanto Kate e Odgar conversavam, ela com as solas dos pés apoiadas nas costas de Nick.

Odgar e Kate conversavam, mas Nick não os ouvia; não estava mais pensando, estava feliz.

Bill e o Ghee saíram da água mais embaixo na praia, foram ao carro e o trouxeram para perto do embarcadouro. Nick levantou-se e se vestiu. Bill e o Ghee estavam no assento da frente, cansados da longa nadada. Nick entrou atrás com Kate e Odgar, e se recostaram. Bill dirigiu acelerado ladeira acima e pegou a estrada. Nick ficou olhando as luzes dos carros que vinham em sentido contrário, faziam um halo no para-brisa, passavam, depois outros, subindo uma elevação, piscavam ao se aproximar e baixavam os faróis quando Bill passava. A estrada corria em nível superior à beira do lago. Carros grandes de Charlevoix com palermões ricos no assento traseiro trafegavam em alta velocidade sem baixar os faróis. Passavam como trens. Bill lançava os faróis em carros parados à beira da estrada debaixo de árvores, fazendo os ocupantes mudarem de posições. Ninguém ultrapassava Bill, mas alguns lançavam luz alta nas costas deles até que Bill lhes desse passagem. Bill reduziu e entrou abruptamente na estrada de areia que passava pelo pomar e levava à casa. O carro foi subindo em primeira a estrada do pomar. Kate encostou os lábios no ouvido de Nick.

— Dentro de uma hora, Wemedge — disse ela. Nick pressionou a coxa na dela. O carro fez a curva no alto e parou na frente da casa.

— Titia está dormindo — disse Kate. — Não vamos fazer barulho, tá?

— Boa-noite, gente — disse Bill em voz baixa. — Passamos amanhã cedo.

— Boa-noite, Smith — murmurou o Ghee. — Boa-noite, Butstein.

— Boa-noite, Ghee — disse Kate.

Odgar ia dormir na casa.

— Boa-noite, gente — disse Nick. — Até mais, *Morgen*.

— Boa-noite, Wemedge — disse Odgar do alpendre.

Nick e o Ghee desceram a estrada para o pomar. Nick ergueu o braço e apanhou uma fruta de uma das macieiras do tipo duquesa. Ainda estava verde, mas ele chupou o caldo ácido e cuspiu a massa.

— Você e o Passarinho nadaram longe, Ghee — disse Nick.

— Nem tanto, Wemedge.

Saíram do pomar, passaram a caixa de correspondência e pegaram o asfalto. Uma névoa fria pairava sobre a depressão onde a estrada atravessava o riacho. Nick parou na ponte.

— Vamos, Wemedge — disse o Ghee.

— Vamos.

Subiram a ladeira até onde a estrada dobrava para o arvoredo que envolvia a igreja. Não havia luz em nenhuma das casas por onde passaram. Hortons Bay dormia. Nenhum carro passou por eles.

— Ainda não estou com vontade de ir para a cama — disse Nick.

— Quer que lhe faça companhia?

— Não, Ghee. Não é preciso.

— OK.

— Acompanho você à quinta — disse Nick.

Levantaram a porta de tela e entraram na cozinha. Nick abriu a caixa de carnes e deu uma olhada.

— Vai querer alguma coisa, Ghee?

— Uma fatia de torta — disse o Ghee.

— Eu também — disse Nick. Embrulhou uns pedaços de frango e duas fatias de torta de cereja em papel-manteiga que ficava em cima da geladeira.

O Ghee comeu a torta com a ajuda de um caneco de água tirada do balde.

— Se quiser ler alguma coisa, Ghee, procure em meu quarto — disse Nick. O Ghee notara a comida que Nick tinha embrulhado.

— Não vá fazer burrada, Wemedge — disse.

— Fique tranquilo, Ghee.

— Fico. Mas não faça burrada.

O Ghee abriu a porta de tela e atravessou o gramado para a quinta. Nick apagou a luz, fechou a porta e passou o trinco. Com o embrulho da comida envolto em um jornal, atravessou a grama molhada, saltou a cerca e pegou a estrada da cidade; passou o último grupo de caixas do correio rural na encruzilhada e entrou na rodovia de Charlevoix. Depois de atravessar a ponte do riacho, cortou caminho por um campo, pegou a margem do pomar e pulou a cerca de trilhos para o arvoredo. No centro do arvoredo havia quatro coníferas unidas. A terra embaixo era macia e coberta de agulhas de pinho, e não estava úmida de orvalho. Essas árvores nunca tinham sido derrubadas, e a terra embaixo delas era seca e morna. Nick pôs o embrulho de comida no pé de uma conífera e deitou-se para esperar. Viu Kate vindo entre as árvores no escuro, mas não se mexeu. Ela não o viu e ficou por um momento parada com dois cobertores nos braços. No escuro o vulto parecia o de uma grávida com a barriga enorme. Nick levou um susto, depois achou engraçado.

— Oi, Butstein — disse ele. Ela soltou os cobertores.

— Oi, Wemedge. Você me assustou. Receava que não viesse.

— Butstein querida — disse ele, e abraçou-a forte, sentindo o corpo dela de encontro ao seu. Ela se apertou contra ele.

— Gosto tanto de você, Wemedge.

— Querida! Minha querida Butstein.

Estenderam os cobertores, Kate os esticou.

— Foi muito arriscado trazer os cobertores — disse ela.

— Eu sei. Vamos tirar a roupa.

— Wemedge!

— É mais gostoso. — Despiram-se sentados nos cobertores. Nick ficou meio encabulado por estar sentado nu.

— Gosta de mim sem roupa, Wemedge?

— Vamos nos cobrir — disse Nick.

Ficaram entre os dois cobertores ásperos. Colado ao corpo fresco dela, explorando-o, Nick começou a sentir calor, mas logo sentiu-se bem.

— Está gostando?

Kate encostou-se mais nele, procurando o que responder.

— Está gostando?

— Oh, Wemedge. Eu queria tanto isso. Precisava tanto disso.

Ficaram deitados entre os cobertores. Wemedge foi escorregando a cabeça para baixo, o nariz tocando a linha do pescoço, descendo por entre os seios. Era como teclado de piano.

— Você tem um cheiro fresco — disse Nick.

Comprimiu um dos seios dela delicadamente com os lábios. O seio pequeno adquiriu vida entre os lábios dele, a língua o acariciando. A sensação inteira voltava, enquanto ele deslizava as mãos para baixo e virava Kate de costas. Ele escorregou para baixo e ela se encaixou nele, depois se apertou contra a curva da barriga dele. Sentiu-se maravilhosa. Ele procurou por ela, um tanto desajeitado, e a achou. Em seguida, pôs as duas mãos nos seios dela e puxou-a para si, beijando-a freneticamente nas costas. A cabeça de Kate caiu para a frente.

— Gosta assim? — perguntou ele.

— Adoro. Adoro. Adoro. Oh, Wemedge, goze. Goze, Wemedge. Goze. Goze. Goze. Oh, Wemedge. Oh, Wemedge. Wemedge.

— Gozei! — exclamou ele.

De repente ele sentiu a aspereza do cobertor no corpo nu.

— Eu não estive bem, Wemedge? — perguntou ela.

— Você esteve ótima — respondeu Nick. A mente dele trabalhava rápida e clara. Viu tudo com nitidez e clareza. — Estou com fome — disse.

— Seria bom se pudéssemos dormir aqui esta noite — disse Kate se aninhando nele.

— Seria maravilhoso, mas não podemos. Você precisa voltar para casa.

— Não quero voltar.

Nick levantou-se, recebeu a brisa no corpo. Vestiu a camisa e sentiu-se confortável. Vestiu a calça e calçou os sapatos.

— Você deve se vestir, Stut — disse ele. Ela continuava deitada, com os cobertores cobrindo a cabeça.

— Só um pouquinho — disse ela. Nick pegou o embrulho de comida que estava no pé da árvore e abriu-o.

— Vamos, Stut, vista-se.

— Não quero. Vou dormir aqui esta noite — falou ela, e sentou-se nos cobertores. — Passe-me essas coisas, Wemedge.

Nick passou-lhe as roupas.

— Sabe o que pensei agora? — disse Kate. — Se eu dormir aqui, eles pensam que sou uma idiota, que vim para cá com os cobertores e fica tudo bem.

— Você não vai dormir bem. É incômodo — disse Nick.

— Se eu achar que é incômodo vou para casa.

— Vamos comer e depois eu vou embora — disse ele.

— É. Acho que vou comer alguma coisa — disse Kate.

Comeram o frango frito e uma fatia de torta de cereja cada um.

Nick levantou-se, depois ajoelhou-se e beijou Kate.

Atravessou a grama molhada para a quinta e subiu para o quarto, pisando com cuidado para as tábuas do assoalho não estalarem. Era bom estar na cama, com lençóis, esticando-se por inteiro, afundando a cabeça no travesseiro. Bom estar na cama, confortável, feliz, indo pescar amanhã, rezou como sempre rezava quando se lembrava, pela família, por ele, para ser um grande escritor, Kate, os outros, Odgar, por uma boa pescaria, coitado do Odgar, pobre Odgar, dormindo lá na quinta, talvez nem pescando, talvez acordado a noite inteira. Mas o que é que se podia fazer? Nada, nada de nada.

Publicado pela primeira vez em The Nick Adams Stories, este conto não foi terminado por Hemingway.

QUANDO O MUNDO ERA NOVO

— Nickie, me escute, Nickie — disse a irmã.
— Não quero saber.

Ele olhava o fundo do poço onde brotava a fonte trazendo areia misturada com a água. Tinha um copo de lata numa forquilha fincada no chão perto da fonte. Nick Adams olhou para o copo e para a água que subia e depois escorria formando um rego ao lado da estrada.

Dali ele podia ver a estrada à esquerda e à direita subindo o morro e descendo para o ancoradouro e o lago, a enseada arborizada do outro lado da baía e o lago mais adiante onde corriam aves brancas. Nick estava encostado num grande cedro, e atrás dele um pântano sob cedros. A irmã estava sentada com o braço nos ombros dele.

— Esperam você para jantar — disse a irmã. — São dois. Vieram numa carroça e perguntaram por você.

— Alguém disse onde estou?

— Ninguém sabia onde você estava; só eu. Pegou muitos, Nickie?

— Vinte e seis.

— Bons?

— Do tamanho que eles gostam para comer no jantar.

— Oh, Nickie, por que vai vendê-los?

— Ela me paga a dois dólares o quilo.

A irmã estava queimada de sol e tinha olhos castanho-escuros e cabelo também castanho-escuro com laivos amarelos do sol. Ela e Nick se gostavam e não gostavam dos outros. Os dois sempre pensavam no resto da família como os outros.

— Eles sabem de tudo, Nickie. Disseram que vão fazer de você um exemplo e mandar você para o reformatório.

— Eles só têm prova de uma coisa. Mas acho que preciso sumir por uns tempos.

— Posso ir com você?

— Não. Sinto muito, Pequenina. Quanto temos em dinheiro?

— Quatorze dólares e sessenta e cinco centavos. Está comigo.

— Disseram alguma coisa?

— Não. Só disseram que iam ficar até você voltar.

— Nossa mãe vai se cansar de dar comida a eles.

— Já deu almoço.

— E eles fazem o quê?

— Ficam sentados na varanda. Perguntaram a mamãe por sua espingarda, mas eu a escondi no depósito de lenha quando os vi chegando.

— Você esperava que viessem?

— Esperava. E você, não?

— Mais ou menos. Os malditos.

— Malditos mesmo — disse a irmã. — Acha que não tenho idade para sair de casa? Escondi a espingarda. Trouxe o dinheiro.

— Eu poderia ter problema com você. Nem sei para onde vou.

— Sabe, sim.

— Achar duas pessoas é mais fácil. Um menino e uma menina aparecem mais.

— Posso ir disfarçada de menino — disse ela. — Sempre quis ser menino mesmo. Não iam me reconhecer se eu cortasse o cabelo.

— Isso é verdade — disse Nick.

— Vamos pensar num plano. Eu posso ajudar muito, e você fica muito sozinho sem mim. Não fica?

— Já estou me sentindo sozinho só de pensar em me separar de você.

— Está vendo? E quem sabe vamos ter de ficar separados por muitos anos? Quem sabe? Me leve, Nickie. Por favor, me leve. — Ela o beijou e agarrou-se a ele com os dois braços. Nick olhou-a e fez um esforço para pensar claro. Era difícil. Mas não havia alternativa.

— Não devo levar você. Mas também não devia fazer o que fiz — disse ele. — Levo você. Mas talvez só por uns dois ou três dias.

— Isso mesmo. Quando você não precisar mais de mim, volto para casa. Volto para casa também se achar que estou atrapalhando ou dando despesa.

— Vamos pensar tudo — disse Nick.

Olhou a estrada para cima e para baixo, olhou o céu, onde as grandes nuvens altas da tarde passavam, e as aves brancas no lago adiante da enseada.

— Vou pela mata até a estalagem adiante do promontório vender as trutas — disse Nick. — Ela as encomendou para o jantar de hoje. Hoje em dia pedem mais jantar de truta do que de frango. Por quê, não sei. As trutas estão muito boas. Já as limpei e embrulhei em morim, estão frescas. Digo a ela que estou tendo um probleminha com os guarda-caças, que eles estão me procurando e que preciso sumir por um tempo. Peço a ela para me ceder uma frigideirinha, sal e pimenta, toucinho e alguma gordura e cereal. Peço a ela um saco para pôr tudo dentro, ponho também abricós, ameixas e chá e um bom estoque de fósforos e uma machadinha. Mas só posso pedir um cobertor. Ela vai me ajudar porque comprar truta é tão errado como vender.

— Posso arranjar um cobertor — disse a irmã. — Enrolo ele na espingarda, pego seus mocassins e os meus, pego um macacão diferente e uma camisa e escondo tudo, e eles ficam pensando que estou usando essas roupas. Trago sabão e um pente e uma tesoura e agulha e linha e *Lorna Doone* e *A Família Robinson*.

— Traga todos os cartuchos .22 que encontrar — disse Nick. E falando rápido: — Fica atrás de mim. Esconda-se. — Ele tinha visto uma carroça descendo a estrada.

Deitaram-se atrás dos cedros, em cima do musgo, com o rosto para baixo, e ouviram o barulho abafado dos cascos dos cavalos na areia e o rangido das rodas. Nenhum dos homens na carroça falava, mas Nick sentiu o cheiro deles quando passaram e sentiu o cheiro do suor dos cavalos. Ele também ficou suando, até a carroça já ir longe no caminho do embarcadouro — ele tinha pensado que os homens podiam parar para os cavalos beberem água na fonte ou para eles mesmos beberem.

— Eram eles, Pequenina? — perguntou Nick.

— Eram.

— Rasteje mais para longe — disse Nick.

Ele arrastou-se para o brejo, puxando o saco com os peixes. Naquele ponto o brejo era musgoso, mas não tinha lama. Lá adiante levantou-se e escondeu o saco atrás do tronco de um cedro e fez sinal à irmã para vir a ele. Entraram juntos no brejo e avançaram com a destreza de corças.

— Conheço um deles — disse Nick. — É um bom filho da mãe.

— Ele disse que está atrás de você há quatro anos.

— Eu sei.

— O outro, o grandalhão de cara de fumo mascado e roupa azul, é do sul do estado.

— Bem. Agora que já os vimos é melhor eu ir. Você pode chegar em casa sem problema?

— Posso. Corto caminho pelo alto do morro evitando a estrada. Onde vamos nos encontrar esta noite, Nickie?

— Acho que você não deve vir, Pequenina.

— Devo, sim. Você não sabe como é. Deixo um bilhete para mamãe dizendo que fui com você e que você vai cuidar bem de mim.

— Está bem. Vou esperar naquela conífera grande que foi derrubada por um raio. Perto da angra. Sabe qual é? No atalho para a estrada.

— Mas é muito perto da casa.

— Não quero que você caminhe muito, carregando as coisas.

— Você é quem manda. Mas tenha cuidado, Nickie.

— Minha vontade era estar com a espingarda e ir ao embarcadouro e matar aqueles dois filhos da mãe e jogá-los no canal.

— E depois? Eles foram mandados por alguém — disse a irmã.

— Ninguém mandou aquele primeiro salafrário.

— Mas você matou o alce e vendeu as trutas e matou o que acharam no barco.

— Não fazia mal matar aquilo.

Ele não quis dizer o que era aquilo, porque era a prova que tinham.

— Eu sei. Mas você não vai matar gente, e é por isso que preciso ir com você.

— Não vamos ficar falando nisso. Mas tenho vontade de matar aqueles dois filhos da mãe.

— Eu sei. Eu também tenho. Mas não vamos matar ninguém, Nickie. Você promete?

— Não. Agora não sei se não é arriscado ir vender as trutas.

— Eu vendo para você.

— Não. Pesam muito. Levo-as pelo brejo até a mata no fundo do hotel. Você vai ao hotel e vê se ela está lá e se o caminho está limpo. Se estiver, nos encontramos na tília grande.

— É muito longe para se ir pelo brejo, Nicky.

— É muito longe também para voltar do reformatório.

— Não posso ir com você pelo brejo? Assim vou e falo com ela enquanto você fica esperando. Depois volto com você e apanhamos as trutas e levamos para ela.

— É — disse Nick. — Mas ainda acho melhor fazer do outro jeito.

— Por quê, Nickie?

— Porque você pode encontrá-los na estrada e me dizer para onde foram. Nos encontraríamos no arvoredo novo do fundo do hotel onde fica a tília grande.

Nick esperou mais de uma hora na mata do fundo do hotel e a irmã não apareceu. Quando finalmente apareceu, vinha agitada e visivelmente cansada.

— Estão em nossa casa — disse ela. — Estão na varanda bebendo uísque e cerveja. Desatrelaram os cavalos. Disseram que vão ficar lá até você voltar. Mamãe disse a eles que você tinha ido pescar no riacho. Não creio que ela disse isso para entregar você. Pelo menos espero que não.

— E a sra. Packard?

— Estava na cozinha do hotel e me perguntou se eu tinha visto você, e respondi que não. Ela disse que estava esperando você com o peixe para o jantar. Estava preocupada. É melhor você levar o peixe para ela.

— É. Estão fresquinhos. Fiz outro embrulho com folhas.

— Posso ir com você?

— Claro.

O hotel era um prédio comprido de madeira com varanda de frente para o lago. Degraus largos de madeira levavam ao embarcadouro que avançava na água. Tinha um gradil de cedro acompanhando os degraus e gradis também de cedro na varanda. Havia cadeiras de cedro na varanda e nelas sentavam-se pessoas de meia-idade vestidas de branco. Havia três bicas no gramado jorrando água, e pequenos caminhos lajeados para elas. A água tinha gosto de ovo podre porque era de fontes minerais; Nick e a irmã eram postos para beber essa água como forma de castigo. Chegando pelos fundos do hotel onde ficava a cozinha, os dois passaram uma ponte de pranchas sobre um pequeno córrego que desaguava no lago; chegaram e entraram furtivamente para a cozinha.

— Lave todas e ponha na geladeira, Nickie — disse a sra. Packard. — Depois eu peso.

— Sra. Packard, posso falar um instante com a senhora? — perguntou Nick.

— Pois fale. Não vê que estou ocupada?

— É que preciso do dinheiro agora.

A sra. Packard usava avental de riscado. Era bonita, tinha pele fresca e estava muito ocupada, e as ajudantes também estavam lá.

— Não venha me dizer que quer vender truta. Não sabe que é proibido?

— Sei — disse Nick. — Trouxe essas trutas de presente. Há muito tempo eu vinha querendo lhe dar um presente.

— Entendi. Preciso ir ao anexo.

Nick e a irmã acompanharam-na. No caminho de pranchas que levava ao depósito de gelo ela parou, enfiou a mão no bolso do avental e tirou uma carteira.

— Saia logo daqui — disse ela depressa e amavelmente. — Saia depressa. De quanto precisa?

— Tem aí dezesseis dólares — respondeu Nick.

— Tome vinte. E não deixe esta fedelha se envolver em complicações. Ela que vá para casa e fique de olho neles até você poder voltar.

— Quando foi que soube deles?

Ela sacudiu a cabeça para ele.

— Comprar é igual ou pior do que vender. Você fique longe até as coisas serenarem. Nickie, você é um bom menino, não importa o que digam. Entre em contato com Packard se as coisas piorarem. Venha aqui de noite se precisar de alguma coisa. Tenho sono leve. É só bater na janela.

— A senhora não vai servi-las hoje, vai? Não vai servi-las no jantar?

— Não. Mas não vou desperdiçá-las. Packard é capaz de comer meia dúzia. E conheço outras pessoas que também são capazes disso. Tenha cuidado, Nickie, e deixe a poeira assentar. Não fique se mostrando.

— A Pequenina quer ir comigo.

— Não se atreva a levá-la. Passe aqui de noite, tenho umas coisas que fiz para você.

— Pode me emprestar uma frigideira?

— Tenho tudo de que você precisa. Packard sabe do que você precisa. Não lhe dou mais dinheiro para você não se meter em encrencas.

— Gostaria de conversar com o sr. Packard sobre umas coisas de que preciso.

— Ele arranja tudo de que você precisar. Mas nem chegue perto da loja, Nick.

— A Pequenina leva um bilhete para ele.

— Sempre que estiver precisando de alguma coisa. Não esquente a cabeça. Packard vai estudar a situação.

— Até breve, tia Halley.

— Até breve — respondeu ela e o beijou.

Ele gostou do cheiro dela. Era o cheiro da cozinha quando assavam pão. A sra. Packard tinha o cheiro da cozinha dela, e a cozinha sempre cheirava bem.

— Não se preocupe e não faça bobagem.

— Pode deixar.

— Packard vai pensar numa solução.

Estavam agora debaixo das coníferas no morro atrás da casa. Era começo de noite, o sol tinha desaparecido nos morros do outro lado do lago.

— Achei tudo — disse a irmã. — Vai ficar uma trouxa bem grande, Nickie.

— Eu sei. O que é que eles estão fazendo?

— Jantaram um horror, agora estão na varanda bebendo. Contando histórias um ao outro em que aparecem como muito espertos.

— Até agora não foram nada espertos.

— Vão fazer você passar fome. Depois de duas noites no mato você volta. Quando ouvir um leão roncar duas vezes ou quando estiver de estômago vazio, você volta correndo.

— O que foi que mamãe deu a eles para jantar?

— Um jantar horrível.

— Ótimo.

— Encontrei tudo que estava na lista. Mamãe se recolheu com dor de cabeça. Escreveu para o papai.

— Viu a carta?

— Não. Está no quarto dela com a lista de compras de amanhã. Vai ter que fazer outra lista quando descobrir que está faltando muito mais.

— Eles estão bebendo muito?

— Acho que já beberam uma garrafa.

— Seria bom se a gente pusesse umas gotas de dormideira na bebida.

— Eu podia fazer isso se você me ensinasse. É pra pôr na garrafa?

— Não. No copo. Mas não temos nada que sirva.

— Será que não tem nada no armário de remédios?

— Não.

— Eu podia pôr elixir paregórico na garrafa. Eles têm mais uma. Ou calomelanos. Isso eu sei que temos.

— Não. Veja se pode me trazer metade da outra garrafa quando dormirem. Ponha a bebida em um vidro de remédio vazio.

— É melhor eu ir agora e ficar de olho neles. Que pena não termos dormideira. Nunca tinha ouvido falar. Gotas de dormideira.

— Não são gotas. É hidrato de cloro. As prostitutas dão isso a madeireiros quando querem limpar os bolsos deles.

— Que horrível. Mas devíamos ter isso para emergências.

— Vou lhe dar um beijo. Para caso de emergência. Agora vamos descer e olhá-los bebendo. Gostaria de ouvi-los conversando sentados em nossas cadeiras.

— Promete não ficar furioso e não fazer nada violento?

— Prometo.

— Nem aos cavalos. Os bichos não têm culpa.

— Nem aos cavalos.

— Que pena a gente não ter gotas de dormideira.

— Pois é. Não temos — disse Nick. — Pode ser até que nem existam em Boyne City.

Do depósito de lenha observavam os dois homens sentados na varanda. Estava escuro, a lua ainda não tinha nascido, mas os vultos dos homens apareciam à claridade que o lago refletia atrás deles. Estavam calados agora, ambos pendidos para a frente na mesa. De repente Nick ouviu o ruído de gelo no baldinho.

— Acabou a cerveja — disse um.

— Eu falei que não ia durar — disse o outro. — Mas você achou que tínhamos bastante.

— Pegue água pra nós. Tem um balde e uma concha na cozinha.

— Já bebi muito. Agora vou dormir.

— Não vai esperar o garoto?

— Vou dormir. Você fica esperando.

— Acha que ele vem hoje?

— Eu sei lá. Vou dormir. Me acorde quando você estiver com sono.

— Não posso ficar acordado a noite toda — disse o vigia local. — Já passei muitas noites acordado, atento a tochas de pescadores, sem pregar olho.

— Eu também — disse o agente estadual. — Mas agora vou tirar uma soneca.

Nick e a irmã viram-no entrar. A mãe tinha dito que eles podiam dormir no quarto pegado à sala de estar. Os irmãos viram quando ele riscou um fósforo. Logo a janela escureceu de novo.

Ficaram olhando o outro guarda na mesa até que ele descansou a cabeça nos braços. Não demorou, ele roncava.

— Vamos esperar um pouco para termos certeza de que está dormindo — disse Nick.

— Você fica atrás da cerca. Não faz mal nenhum ele me ver andando por aí. Mas se acordar pode ver você.

— Certo. Retiro tudo daqui. Quase tudo está aqui — disse Nick.

— Vai achar tudo no escuro?

— Vou. Onde está a espingarda?

— Em cima do caibro mais alto. Não vá cair nem derrubar lenha.

— Pode deixar.

Ela chegou à cerca no canto perto da conífera grande que o raio tinha rachado no ano anterior e que uma tempestade do outono derrubara, e onde Nick estava fazendo a trouxa. A lua já apontava atrás dos morros dando claridade suficiente para Nick poder ver o que punha na trouxa. A irmã descansou o saco que tinha levado.

— Dormem como porcos, Nick — disse ela.

— Ótimo.

— O agente estadual que está no quarto ronca como o que está na varanda. Acho que trouxe tudo.

— Você é demais, Pequenina.

— Deixei um bilhete para mamãe dizendo que fui com você para não deixar você se meter em encrencas, e para ela não dizer a ninguém e que você vai cuidar bem de mim. Pus o bilhete debaixo da porta do quarto dela. A porta está fechada por dentro.

— Que merda — disse Nick. Depois consertou: — Desculpe, Pequenina.

— Não foi culpa sua e não vai piorar nada para você.

— Você não tem jeito mesmo.

— Não podemos nos entender bem?

— Podemos, claro.

— Trouxe o uísque — disse ela animada. — Deixei um pouco na garrafa. Cada um fica achando que foi o outro que bebeu. Mas têm outra garrafa.

— Trouxe cobertor pra você?

— Claro.

— Então vamos.

— Vai dar tudo certo se formos para onde estou pensando. O que fez a minha trouxa ficar grande foi o cobertor. Eu levo a espingarda.

— Está bem. Está calçada com quê?

— Meus mocassins de trabalho.

— Trouxe o que para ler?

— *Lorna Doone*, *Kidnapped* e *O Morro dos Ventos Uivantes*.

— Tirando *Kidnapped*, os outros são muito antigos pra você.

— *Lorna Doone* não é.

— Vamos ler esse em voz alta pra durar mais. Mas você complicou as coisas, Pequenina. É melhor irmos. Aqueles malditos não podem ser tão burros como parecem. Saiu tudo bem até agora porque eles ficaram bêbados, eu acho.

Nick tinha acabado de enrolar a trouxa e apertado as correias. Sentou-se e calçou os mocassins. Pôs o braço na cintura da irmã.

— Quer ir mesmo? — perguntou.

— Tenho que ir, Nickie. Não seja fraco e indeciso agora. Deixei o bilhete.

— Então vamos. Pode carregar a espingarda até ficar cansada.

— Estou pronta. Deixe eu ajudar você a afivelar a trouxa.

— Sabe que não dormiu nada e que temos muito que caminhar?

— Sei. Estou como o tal que roncava na varanda disse que estava.

— Talvez ele também tenha estado assim uma vez — disse Nick. — Mas é importante você manter os pés em boas condições. Os mocassins não estão esfolando seus pés?

— Não. Meus pés estão grossos de tanto eu andar descalça no verão.

— Os meus também estão bons. Vamos andando.

Saíram pisando nos espinhos moles das coníferas. As árvores eram altas, e as cascas dos troncos, lisas. Seguiram morro acima. O luar varava a galharia e mostrava Nick com a trouxa enorme e a irmã carregando a espingarda calibre .22. Quando chegaram ao alto do morro, olharam para trás e viram o lago ao luar. A claridade era suficiente para eles distinguirem o promontório e mais ao longe os morros do fundo da praia distante.

— É melhor dizermos adeus a tudo isso — disse Nick.

— Adeus, lago — disse a irmã. — Adoro você também.

Desceram a outra encosta e atravessaram o longo campo e o pomar, passaram uma cerca de trilhos e chegaram a um terreno desmatado. Desse terreno olharam para a direita e viram o matadouro, o grande galpão e a velha casa de toras na outra elevação onde ficava o lago. A comprida estrada cercada de choupos da Lombardia que passava pelo lago estava iluminada pela lua.

— Os pés estão doendo, Pequenina?

— Não — respondeu a irmã.

— Escolhi este caminho por causa dos cachorros — disse Nick. — Iam parar de latir logo que nos reconhecessem, mas alguém poderia ouvi-los.

— Eu sei. E, quando parassem de latir, as pessoas ficariam sabendo que éramos nós.

À frente via-se a linha escura dos morros depois da estrada. Os dois chegaram ao fim de uma roça já colhida e atravessaram o riacho que passava por baixo do depósito de alimentos frescos. Dali subiram a elevação de outra roça recém-colhida e chegaram a outra cerca de trilhos depois da qual passava a estrada de areia que tinha de um lado a mata secundária.

— Passo primeiro e depois ajudo você — disse Nick. — Quero dar uma olhada na estrada.

Do alto da cerca ele viu os campos, a massa escura das árvores do terreno da casa deles e o brilho do lago ao luar. Depois olhou a estrada.

— Não podem seguir nossos rastos por onde viemos, e não vão achar rastos nesta areia fofa — disse Nick. — Vamos cada um por um lado da estrada, se a areia não ranger muito.

— Nickie, não acredito que eles tenham inteligência para rastrear ninguém. Se tivessem, não iam ficar esperando você voltar, nem iam beber tanto antes e depois do jantar.

— Foram ao embarcadouro — disse Nick. — E era onde eu estava. Se você não me avisasse teriam me pegado.

— Não precisavam ser muito inteligentes para calcular que você estaria no riacho quando mamãe disse que você podia ter ido pescar. Depois que saí, eles devem ter verificado que os barcos todos estavam lá, por isso pensaram que você estava pescando no riacho. Todo mundo sabe que você costuma pescar abaixo do moinho de grãos e da prensa de sidra. Só que foram muito lentos em fazer a dedução.

— Pode ser. Mas chegaram bem perto de mim.

A irmã passou-lhe a espingarda pela cerca, a coronha para a frente, e se arrastou por baixo da cerca. Ficou ao lado dele na estrada. Ele pôs a mão na cabeça dela e a acariciou.

— Está muito cansada, Pequenina?

— Nada. Estou ótima. Estou contente demais pra ficar cansada.

— Até ficar bem cansada você vai andando pela parte arenosa da estrada onde os cavalos deles fizeram buracos na areia. Nessa areia alta e seca não ficam rastos. Eu vou pelo lado onde a areia é dura.

— Posso ir pelo lado também.

— Não. Não quero que você esfole os pés.

Foram subindo, mas com frequentes descidas, para a elevação que separava os dois lagos. Dos dois lados da estrada havia árvores secundárias muito unidas, e da beira da estrada até as árvores havia moitas de arbustos baixos. À frente viam o alto de cada morro como calombo na mata. A lua já tinha começado a baixar.

— Como é que está, Pequenina?

— Muito bem. Nickie, é sempre bom assim quando você foge de casa?

— Não. Geralmente é triste.

— Já esteve muito, muito triste algum dia?

— Já senti uma tristeza negra. Foi horrível.

— Acha que vai ficar triste em minha companhia?

— Não.

— Não se arrepende de estar comigo em vez de estar com Trudy?

— Por que fica falando nela o tempo todo?

— Não fico. Você é que esteve pensando nela e achou que eu é que estava falando.

— Você é fogo — disse Nick. — Pensei nela porque você me disse onde ela estava, e quando fiquei sabendo onde ela estava pensei no que ela estaria fazendo.

— Estou achando que não devia ter vindo.

— Eu disse que você não devia vir.

— Ora bolas! Será que vamos ser como os outros e ficar brigando? Vou voltar. Você não precisa de mim.

— Cale a boca.

— Não fale assim, Nickie. Ou volto ou continuo, do jeito que você quiser. Volto quando você me mandar voltar. Mas não quero brigas. Já não estamos cansados de ver brigas nas famílias?

— Tem razão.

— Sei que forcei você a me trazer. E arrumei tudo para não complicar você. E evitei que eles pegassem você.

Chegaram ao alto da elevação de onde viam novamente o lago, mas dali ele parecia estreito e mais como um rio.

— Daqui fazemos um atalho — disse Nick — e chegaremos à velha estrada madeireira. Pode voltar daqui se quiser.

Ele baixou a trouxa, em cima da qual a irmã pôs a espingarda.

— Sente e descanse um pouco, Pequenina. Estamos os dois cansados.

Nick deitou-se com a cabeça na trouxa, e a irmã deitou-se ao lado com a cabeça no ombro dele.

— Nickie, não vou voltar se você não me mandar — disse ela. — O que eu não quero é brigar. Promete que não vamos brigar?

— Prometo.

— Não vou falar de Trudy.

— Ela que vá para o inferno.

— Quero ser útil e boa companhia.

— Você é. Não ligue se eu ficar nervoso ou triste.

— Está certo. Vamos cuidar um do outro e procurar ficar alegres. Podemos até nos divertir.

— Feito. Podemos começar já.

— Eu já comecei.

— Só falta agora um trecho difícil e depois outro mais difícil, e aí chegaremos lá. Será melhor esperarmos clarear para continuar. Agora você dorme, Pequenina. Não está com frio?

— Não, Nickie, estou com um suéter.

Ela se encolheu ao lado dele e logo dormiu. Não demorou muito e Nick também dormiu. Dormiu duas horas e foi acordado pela claridade da manhã.

Nick deu duas voltas por dentro da mata secundária até chegar à velha estrada madeireira.

— Não podíamos deixar rastos vindo da estrada principal — explicou ele.

A velha estrada estava tão coberta de mato que ele precisou se abaixar muitas vezes para não dar testadas em galhos.

— Parece um túnel — disse a irmã.

— Mais adiante ela se abre.

— Já estive aqui alguma vez?

— Não. Isto aqui é muito longe de onde você esteve caçando comigo.

— Esta estrada vai sair no lugar secreto?

— Não, Pequenina. Ainda vamos levar muitos arranhões. Ninguém chega aonde vamos.

Continuaram pela estrada até chegarem a outra ainda mais fechada. Finalmente alcançaram uma clareira. Havia ali espinheiros e arbustos baixos e ainda as velhas cabanas do acampamento de madeireiros. Eram muito velhas e algumas não tinham mais cobertura. Havia uma fonte ao lado da estrada onde os dois beberam água. O sol ainda não tinha nascido e eles se sentiam exaustos depois de uma noite inteira de caminhada.

— Tudo aqui era mata de cicuta — disse Nick. — Só tiravam a casca e deixavam as toras.

— E o que aconteceu com a estrada?

— Devem ter começado o corte lá no fim. Arrastavam e empilhavam a casca ao lado da estrada para ser transportada. Depois vieram cortando tudo até a estrada e empilhavam a casca aqui para ser arrastada.

— O lugar secreto fica depois destes espinheiros todos?

— É. Passamos os espinheiros, andamos um pouco mais, outros espinheiros e chegamos a um trecho de mata virgem.

— Por que ainda deixaram mata virgem quando derrubaram tudo isto aqui?

— Eu sei lá! Deve ter pertencido a alguém que não quis vender. Furtaram muita madeira das margens e pagaram direitos para vendê-la. Mas a maior parte ainda está em pé e não tem estrada que passe por lá.

— Por que não podem descer pelo riacho? Ele tem que vir de algum lugar.

Estavam descansando antes de enfrentarem o trecho difícil dos espinheiros, e Nick queria explicar.

— Olhe, Pequenina. O riacho corta a estrada principal por onde passamos e entra na terra de um fazendeiro. O fazendeiro cercou o terreno para fazer pastagem e expulsa quem vai lá pescar. Na terra dele ninguém passa da ponte. A parte do riacho aonde chegariam passando pela pastagem do homem pelo outro lado tem um touro brabo. O touro não é brincadeira e dá carreira em qualquer um. É o touro mais perverso que já vi. Fica lá com cara de mau avançando em quem apareça. Depois do touro acabam as terras do fazendeiro e vem um trecho de brejo de cedros com sorvedouros perigosos para quem não conhece o caminho. E, mesmo para quem conhece, é arriscado. Abaixo desse brejo fica o lugar secreto. Vamos chegar lá pelos morros e, por assim dizer, pelos fundos. E abaixo do lugar secreto fica um brejo pior; por esse ninguém passa mesmo. Agora vamos começar a parte difícil.

A parte difícil e a parte pior já tinham ficado para trás. Nick subiu muitas toras mais altas do que ele e outras que ficavam à altura do peito. Tirava a espingarda e punha em cima da tora, puxava a irmã para cima e ela escorregava para o outro lado, ou então ele se abaixava e pegava a espingarda e ajudava a irmã a descer a tora. Passaram por cima e em volta de pilhas de galhos cortados sob forte calor. O pólen dos espinheiros cobria o cabelo da Pequenina e a fazia espirrar.

— Diacho de espinheiros — disse ela. Descansavam em cima de uma tora enorme com sulcos feitos pelos tiradores de casca. Em toda a volta havia outros troncos compridos formando estranha paisagem.

— Este é o último — disse Nick.

— Detesto isto — disse a irmã. — E as lianas que os enlaçam parecem flores de árvore de cemitério que ninguém trata.

— Compreende agora por que eu não quis enfrentar isto no escuro?

— Nem podíamos.

— Está vendo? Ninguém vem nos caçar aqui. Agora vamos enfrentar a parte boa.

Saíram do sol forte dos espinheiros para a sombra das grandes árvores. Pisavam o chão pardo, fofo e fresco da floresta. Não havia vegetação rasteira, os troncos das árvores alcançavam a altura de vinte metros sem galhos. Era fresco na sombra e Nick ouvia a brisa soprando lá em cima. Nenhum raio de sol chegava ao chão e só ao meio-dia alguns raios conseguiriam varar a folhagem. A irmã pôs a mão na mão dele e os dois caminharam juntos.

— Não tenho medo, Nickie, mas sinto alguma coisa estranha.

— Eu também. Sempre que venho aqui.

— Nunca estive em matas como estas.

— Esta é a floresta virgem que ainda resta por aqui.

— Temos muito que andar nela?

— Mais ou menos.

— Se eu estivesse sozinha morria de medo.

— Sinto alguma coisa estranha, mas não é medo.

— Eu disse isso primeiro.

— Eu sei. E se estivermos dizendo isso por estarmos com medo?

— Não. Não tenho medo porque estou com você. Mas sei que teria medo se estivesse sozinha. Você já veio aqui com alguém?

— Não. Só vim sozinho.

— E não teve medo?

— Não. Mas é sempre essa sensação estranha. Mais ou menos como eu devia sentir na igreja.

— Nickie, onde vamos viver é tão solene como isto aqui?

— Não. Fique calma. É alegre lá. Você vai gostar, Pequenina. E vai lhe fazer bem. Assim eram as matas antigamente. Isto aqui é o último pedaço bom que resta do mundo. Ninguém vem aqui.

— Adoro o tempo antigo. Mas não gostaria que ele fosse solene assim.

— Não era solene. Mas as matas de cicuta eram.

— É bom andar a pé. Eu achava o trecho atrás da nossa casa uma maravilha. Mas aqui é melhor. Acredita em Deus, Nickie? Não precisa responder se não quiser.

— Não sei.

— Entendo. Não precisa dizer nada. Mas incomoda a você eu rezar de noite?

— Não. Lembro você se você esquecer.

— Obrigada. Esta mata me faz me sentir religiosa.

— Por isso é que constroem catedrais como florestas.

— Já viu uma catedral, Nickie?

— Não. Mas já li sobre catedrais e posso imaginar como são. Esta é a melhor que temos por aqui.

— Acha que podemos ir à Europa um dia para ver catedrais?

— Podemos, sim. Mas primeiro preciso sair desta sinuca e descobrir um jeito de ganhar dinheiro.

— Acha que pode ganhar dinheiro escrevendo?

— Se eu chegar a ser um bom escritor.

— Não acha que podia ganhar dinheiro se escrevesse coisas mais alegres? Não é opinião minha. Mamãe disse que você só escreve coisas mórbidas.

— É muito mórbido para o *St. Nicholas*. Não disseram isso, mas não gostaram — disse Nick.

— Mas o *St. Nicholas* é a nossa revista preferida.

— Eu sei. Mas já sou muito mórbido para ela. E ainda não sou adulto.

— Quando é que um homem se torna adulto? Quando casa?

— Não. Quando a gente não é adulto mandam a gente para reformatórios. Quando a gente se torna adulto mandam para a penitenciária.

— Então ainda bem que você não é adulto.

— Não vão me mandar para porcaria nenhuma. E não vamos ficar falando de assuntos mórbidos, mesmo que eu escreva coisas mórbidas.

— Eu não disse que é mórbido.

— Mas todos os outros dizem.

— Vamos ser alegres, Nickie. Esta mata deixa a gente muito solene.

— Logo vamos sair dela, e você vai ver onde vamos viver. Está com fome, Pequenina?

— Mais ou menos.

— Eu sabia. Vamos comer duas maçãs.

Desciam uma encosta comprida quando viram a luz do sol por entre os troncos das árvores. Na beira da mata cresciam gaultérias e bagas-de-perdiz, e o chão começava a se animar de vida. Por entre os troncos viram um campo em suave declive onde cresciam bétulas brancas à margem de um riacho. Abaixo do campo e da linha das bétulas o verde-escuro de um brejo de cedro, e bem adiante dele morros azuis. Entre o brejo e os morros o braço de um lago. De onde estavam, os irmãos não podiam vê-lo. Mas pelas distâncias perceberam a existência dele.

— Esta é a fonte — disse Nick. — Estas são as pedras onde acampei.

— Que lugar lindo, Nickie! — disse a irmã. — Podemos ver o lago também?

— Tem um lugar de onde podemos vê-lo. Mas é melhor acamparmos aqui. Vou apanhar lenha para prepararmos comida.

— As pederneiras são muito antigas.

— Este lugar é muito antigo. As pederneiras são índias.

— Como você chegou aqui passando pela mata, sem caminho e sem marcação nos troncos?

— Você não viu as estacas indicadoras nos três morros?

— Não vi não.

— Um dia eu lhe mostro.

— Feitas por você?

— Não. São muito antigas.

— Por que não me mostrou?

— Não sei. Pode ser que tenha sido para mostrar a minha esperteza.

— Nickie, nunca vão nos achar aqui.

— Tomara que não.

Mais ou menos na hora em que Nick e a irmã entravam no primeiro cipoal de espinheiros, o guarda que dormia na varanda entelada da casa que ficava à sombra das árvores acima do lago acordou com a claridade do sol nascente.

Durante a noite ele se levantara para beber água, e quando voltou da cozinha deitou-se no piso com a almofada de uma cadeira como travesseiro. Quando acordou lembrou-se de onde estava e se levantou. Tinha dormido sobre o lado direito por causa do Smith and Wesson .38 que tinha no coldre debaixo do braço esquerdo. Acordou e apalpou a arma; virou o rosto para não apanhar sol nos olhos e foi à cozinha para beber água do balde. A empregada acendia o fogo.

— E o café? — perguntou o guarda.

— Não tem — respondeu ela. A empregada dormia numa cabana atrás da casa e estava na cozinha fazia meia hora. Quando viu o guarda deitado no chão da varanda e a garrafa de uísque pelo meio em cima da mesa, ela se assustara. Depois ficou enojada. E depois muito aborrecida.

— Como não tem? — disse o guarda, ainda com a concha d'água na mão.

— Não tem.

— Por quê?

— Nada para comer.

— E café?

— Também não.

— Chá?

— Não tem chá. Não tem bacon. Não tem cereal. Nem sal. Nem pimenta. Nem café. Nem creme de lata. Nem farinha de trigo-sarraceno da Aunt Jemima. Não tem nada.

— Que conversa é essa? Tinha tanta coisa para comer ontem de noite.

— Pois agora não tem. Os esquilos levaram tudo.

O guarda estadual, que acordara quando ouviu a conversa do outro e da empregada, apareceu na cozinha.

— Dormiu bem? — perguntou-lhe a empregada.

O guarda não deu atenção a ela e perguntou ao outro:

— O que é que há, Evans?

— O filho da puta veio aqui ontem de noite e levou um saco cheio de comida.

— Não use linguagem grosseira na minha cozinha — disse a empregada.

— Venha cá — disse o guarda estadual ao outro.

Os dois foram para a varanda e fecharam a porta da cozinha.

— O que é que está acontecendo, Evans? — O guarda estadual mostrou a garrafa de Old Green River com um pouco de bebida no fundo. — Você mamou isso tudo?

— Bebi igual a você. Fiquei sentado na mesa...

— Fazendo o quê?

— Esperando o maldito menino Adams aparecer.

— E bebendo.

— Bebendo, não. Depois fui à cozinha pelas quatro e meia beber água. Voltei e me deitei aqui para descansar.

— Por que não se deitou na frente da porta da cozinha?

— Daqui eu podia ver melhor do que de lá.

— E depois?

— Ele deve ter entrado na cozinha, vai ver que pela janela, e pegou as coisas.

— Não é possível!

— E você, esteve fazendo o quê? — perguntou o guarda local.

— Dormindo também, como você.

— Muito bem. Vamos deixar de discussão. Discutir não adianta nada.

— Diga à empregada para vir aqui.

A empregada atendeu, e o guarda estadual disse:

— Diga à sra. Adams que queremos falar com ela.

A empregada não falou nada, mas entrou na casa e fechou a porta.

— É melhor recolher a garrafa cheia e as vazias — disse o guarda estadual. — O que resta não chega pra nada. Quer um gole?

— Não, obrigado. Preciso trabalhar hoje.

— Pois eu vou tomar um gole — disse o guarda estadual. — Você bebeu mais do que eu.

— Depois que você foi dormir não bebi mais — disse o outro.

— Por que insiste nessa história furada?

— Não é furada.

O guarda estadual largou a garrafa na mesa.

— O que foi que ela disse? — perguntou à empregada, que voltara da casa.

— Está com muita dor de cabeça e não pode vê-los. Disse que os senhores têm um mandado. Diz que podem revistar tudo se quiserem, e depois irem embora.

— Ela falou alguma coisa do menino?

— Ela não viu o menino e não sabe dele.

— E as outras crianças?

— Estão em Charlevoix.

— Fazendo o quê?

— Não sei. Ela também não sabe. Foram a um baile e depois passaram o domingo com amigos.

— Quem era a criança que estava aqui ontem?

— Não havia nenhuma criança aqui ontem.

— Havia, sim.

— Talvez algum amigo das crianças procurando por elas. Ou algum garoto da estação de veraneio. Essa tal criança era menino ou menina?

— Menina de uns 11 ou 12 anos. Cabelos e olhos castanhos. Sardenta. Muito queimada de sol. Vestia macacão e camisa de homem. Descalça.

— Pode ser qualquer uma — disse a empregada. — Você disse de 11 ou 12 anos?

— Está perdendo tempo — disse o guarda estadual. — Não vai conseguir nada desses matutos.

— Se sou matuta, o que será ele? — disse a empregada olhando para o guarda local. — O que será o sr. Evans? Os filhos dele e eu frequentamos a mesma escola.

— Quem era a menina? — perguntou o guarda chamado Evans. — Vamos, Suzy, eu vou descobrir de qualquer maneira.

— Eu não sei — respondeu Suzy, a empregada. — Muita gente vem aqui hoje em dia. Até parece que estou numa cidade grande.

— Você não quer se envolver, não é isso, Suzy?— disse Evans.

— Não, senhor.

— Por quê?

— O senhor também não quer se envolver, quer? — perguntou-lhe Suzy.

No galpão, depois de atrelarem os cavalos, o guarda estadual disse:

— Parece que demos com os burros n'água, hein?

— Ele anda solto por aí — disse Evans. — Tem comida e deve ter levado a espingarda. Mas ainda está na área. Vou pôr as mãos nele. Você sabe rastrear?

— Não. Não sei. Você sabe?

— Na neve, sei — disse o outro, rindo.

— Não precisamos rastrear. Precisamos é deduzir onde ele pode estar.

— Para levar tudo o que levou, não deve ter ido para o sul. Senão teria pegado pouca coisa e seguido pelos trilhos.

— Não sei o que ele tirou do depósito de lenha. Mas da cozinha tirou muita coisa. Ele tem algum plano. Preciso verificar os hábitos dele e dos amigos, e saber aonde ele costumava ir. Podemos detê-lo em Charlevoix e Petoskey ou em St. Ignace e Sheboygan. Se você fosse ele, para onde iria?

— Para a Península Superior.

— Eu também. E ele já esteve lá. Na barca é o lugar mais fácil de pegá-lo. Mas daqui até Sheboygan é muito chão, e ele conhece a região toda.

— É melhor termos uma conversa com Packard. Aliás, essa conversa estava programada para hoje.

— E o que vai impedi-lo de seguir por East Jordan e Grand Traverse?

— Nada. Mas não é zona dele. Certamente vai para algum lugar que conhece.

Suzy apareceu quando eles abriram a porteira da cerca.

— Podem me dar carona ao armazém? Preciso fazer umas compras.

— Quem foi que disse que vamos ao armazém?

— Ontem vocês falaram de ir conversar com o sr. Packard.

— E como vai trazer as compras depois?

— Pedindo carona na estrada, ou então vindo pelo lago. Hoje é sábado.

— OK. Pode subir — disse o guarda local.

— Obrigado, sr. Evans.

No armazém e agência do correio, Evans amarrou a parelha na estaca, e os dois guardas ficaram parados conversando antes de entrar.

— Não consegui tirar nada de Suzy.

— Eu vi.

— Packard é um bom homem. Todo mundo gosta dele nesta região. Você não vai conseguir a condenação dele no caso da pesca de trutas. Ninguém vai assustá-lo, e não devemos ameaçá-lo.

— Acha que ele pode colaborar?

— Se entrarmos de sola, não.

— Vamos levar uma conversa com ele.

No armazém, Suzy passou pelas vitrines, pelos barris abertos, os caixotes, as prateleiras de conservas sem olhar para nada nem para ninguém até chegar ao correio, com seus guichês para encomenda, para correspondência e para selos. O guichê de selos estava fechado, e Suzy continuou até o fundo da loja. O sr. Packard abria um caixote com um pé de cabra. Olhou para Suzy e sorriu.

— Sr. John — disse Suzy falando depressa. — Tem aí dois guardas que estão atrás de Nickie. Ele desapareceu ontem de noite e a irmã foi com ele. Não deixe que os guardas saibam disso. A mãe sabe e não vai dizer nada.

— Ele levou todos os mantimentos?

— Quase tudo.

— Pegue o que precisar e faça uma lista. Depois conferimos juntos.

— Eles estão chegando.

— Você sai pelos fundos e volta pela frente. Vou falar com eles.

Suzy deu a volta no prédio comprido e chegou de novo aos degraus da frente. Depois, entrou olhando tudo, reconheceu os índios que tinham levado os cestos, reconheceu os dois meninos índios que olhavam as varas de pescar nas primeiras vitrines à esquerda. Viu os vidros de remédios populares na vitrine seguinte e reconheceu quem os comprava. Ela tinha trabalhado uma temporada no armazém e sabia o significado das letras em código feitas a lápis nas caixas de sapatos, de galochas, de meias de lã, de luvas, bonés e suéteres. Sabia quanto valiam os cestos feitos pelos índios e sabia que, a temporada estando já no fim, os cestos não iam alcançar bom preço.

— Por que trouxe os cestos tão tarde, sra. Tabeshaw? — perguntou Suzy.

— Por causa do Quatro de Julho — respondeu a índia, rindo.

— Billy vai bem?

— Não sei, Suzy. Não vejo ele há quatro semanas.

— Por que não leva os cestos ao hotel para vender aos veranistas? — sugeriu Suzy.

— Talvez. Levei uma vez — disse a sra. Tabeshaw.

— Podia levar todos os dias.

— É longe.

Enquanto Suzy conversava com as pessoas que conhecia e fazia uma lista do que precisava para casa, os dois guardas estavam no fundo da loja com o sr. John Packard.

O sr. John tinha olhos cinzento-azulados, cabelo preto e bigode preto, e dava sempre a impressão de ter ido parar em uma loja por engano. Passara dezoito anos fora do norte do Michigan quando jovem, e parecia mais um oficial de paz ou um jogador honesto do que um lojista. Fora proprietário de grandes salões, que administrara bem. Mas, quando a região foi completamente desmatada, ele ficou e comprou terras agricultáveis. Quando o município entrou na lei seca, ele comprou o armazém. Já era dono do hotel. Mas pouco ia ao hotel porque não gostava de hotel sem bar. A Sra. Packard dirigia o hotel. Era mais ambiciosa do que o marido, que não queria perder tempo com pessoas que tinham dinheiro para passar férias onde quisessem, mas iam para um hotel sem bar e passavam o tempo sentadas em cadeiras de balanço na varanda. Chamava os veranistas de "povo-na-menopausa" e vivia zombando deles diante da mulher; mas a sra. Packard gostava dele e não ligava para essas brincadeiras.

— Não me importo que você os chame de povo-na-menopausa — disse ela uma noite na cama. — Apesar do que sofri, ainda sou sua mulher para você, não sou?

Ela gostava dos veranistas porque alguns eram cultos e dizia que gostava de cultura como um madeireiro gosta de Peerless, o famoso fumo de mascar. O sr. Packard respeitava o gosto dela por cultura porque ela dissera que apreciava cultura como ele apreciava o bom uísque importado, e disse uma vez: "Packard, você não precisa se preocupar com cultura. Não vou chatear você com isso. Mas eu me sinto muito bem com cultura."

O sr. John disse que ela podia ter cultura até dizer chega, contanto que ele não precisasse fazer um curso Chautauqua ou de Aperfeiçoamento Pessoal. Tinha participado de reuniões ao ar livre e de campanhas culturais, mas nunca fizera um curso Chautauqua. Disse que reuniões ao ar livre e campanhas já eram uma chatice, mas pelo menos havia intercâmbio sexual depois entre os mais inflamados, mas ele não conhecera ninguém que pagasse suas contas depois dessas reuniões e campanhas. Ele disse a Nick Adams que a sra. Packard ficava preocupada com a salvação da alma imortal dele depois de assistir a uma grande campanha de aperfeiçoamento espiritual dirigida por alguém como Gypsy Smith, o grande evangelizador, mas depois Packard ficou sabendo que era parecido com Gypsy Smith, e tudo acabou bem. Mas o Chautauqua era diferente. Pode ser que cultura seja melhor do que religião, pensava o sr. Packard, mas e daí? Tinha gente louca por cultura. Era mais do que um modismo.

— A coisa pegou mesmo as pessoas — disse ele a Nick Adams. — Deve ser alguma coisa que só acontece dentro da cabeça. Dê uma olhada nisso quando tiver tempo e depois me diga o que é que acha. Se você vai ser escritor, deve pesquisar isso. Não deixe que passem muito à sua frente.

O sr. Packard gostava de Nick Adams porque achava que Nick tinha o pecado original. Nick não entendeu, mas ficou orgulhoso.

— Você vai ter do que se arrepender, menino — disse o sr. Packard a Nick. — É uma das melhores coisas que existem. Pode-se sempre resolver se vai se arrepender ou não. Mas o importante é ter do que se arrepender.

— Não quero fazer nada errado — disse Nick.

— Nem quero que você faça — disse o sr. Packard. — Mas você está vivo e vai fazer muitas coisas. Não minta nem furte. Todo mundo precisa mentir. Mas você deve escolher uma pessoa para quem você nunca mentirá.

— Escolho o senhor.

— Muito bem. Jamais minta para mim em nenhuma circunstância, e eu jamais mentirei para você.

— Vou tentar — disse Nick.

— Não é assim. Tem que ser absoluto.

— Está bem. Nunca mentirei para o senhor.

— Que fim levou a sua namorada?

— Me disseram que ela está trabalhando em Soo.

— É uma garota bonita, sempre gostei dela.

— E eu também — disse Nick.

— Procure não sofrer muito.

— Não posso evitar. Ela não teve culpa. Ela é assim. Se eu topar com ela de novo, acho que torno a me envolver.

— Quem sabe, não?

— Ou quem sabe, sim? Vou tentar não me envolver — disse Nick.

O sr. Packard pensava em Nick quando foi ao balcão do fundo, onde os dois guardas o esperavam. Deu-lhes uma geral e não gostou deles. Sempre antipatizara com o guarda local, Evans, por quem não tinha o mínimo respeito, e percebeu que o guarda estadual era perigoso. Notou que o sujeito tinha olhos achatados e boca mais apertada do que boca de mastigador de fumo. Tinha um dente verdadeiro de alce na corrente do relógio. Era uma bela presa de animal de cinco anos. Uma bela presa. O sr. Packard não tirava os olhos dela, nem do volume enorme que o coldre fazia debaixo do paletó do homem.

— Matou o alce com o canhão que carrega debaixo do braço? — perguntou Packard ao guarda estadual. O guarda olhou para o sr. Packard com ar de quem não tinha gostado.

— Não. Matei o alce numa estrada de Wyoming com uma Winchester 45-70.

— O senhor gosta de armas de grosso calibre, hein? — disse Packard. Olhou para baixo. — Tem pés grandes também. Leva este canhão quando sai caçando crianças?

— Que crianças? — perguntou o guarda estadual. Ficou alerta.

— O garoto que você está procurando.

— Você disse crianças — disse o guarda.

O sr. Packard entrou de sola. Era preciso.

— Que armas carrega Evans quando vai atrás de um garoto que surrou o filho dele duas vezes? Você deve estar armado até os dentes, hein, Evans. Aquele garoto é capaz de surrar você também.

— Por que não traz ele aqui para a gente ver? — disse Evans.

— Você disse crianças, sr. Jackson — insistiu o guarda estadual. — Por que falou assim?

— Porque estava olhando para você, seu porqueira! Seu pé de chumbo — disse Packard.

— Se quer falar assim, por que não sai de trás desse balcão? — desafiou o guarda estadual.

— Você está falando com o Agente dos Correios dos Estados Unidos. Falando sem testemunhas a não ser este cara de bosta chamado Evans. Sabe por que ele é tratado de cara de bosta? Se é detetive, descubra.

Packard sentiu-se satisfeito. Passara ao ataque e sentia-se como no tempo em que ganhava a vida servindo e alimentando veranistas que ficavam em cadeiras de balanço na varanda do seu hotel olhando o lago.

— Olhe, Pezão, agora estou me lembrando de você. Não se lembra de mim, Pezão?

O guarda estadual encarou-o. Mas não se lembrava dele.

— Me lembro de você em Cheyenne no dia em que Tom Horn foi enforcado — disse o sr. Packard. — Você foi um dos que fizeram a armação contra ele com promessas da associação. Lembra agora? Quem era o proprietário do salão de Medicine Bow quando você trabalhava para as pessoas que fizeram a armação contra Tom? Foi por isso que acabou fazendo o que faz hoje? Perdeu a memória?

— Quando foi que você voltou para cá?

— Dois anos depois que enforcaram Tom.

— Essa não!

— Se lembra de quando eu lhe dei aquela cabeça de boi quando fazíamos as malas para deixar Greybull?

— Claro. Olhe, Jim, preciso pegar esse garoto.

— Meu nome é John — disse Packard. — John Packard. Vamos lá nos fundos tomar um drinque. Você precisa conhecer este outro cara. O nome dele é Evans Cara-de-Bosta. Nós o chamávamos de Cara-de-Esterco. Mudei por delicadeza.

— Sr. John — disse Evans —, por que não muda de atitude e não colabora?

— Já mudei o seu nome, não mudei? — disse o sr. Packard. — Que espécie de colaboração vocês querem?

Nos fundos da loja, o sr. John pegou uma garrafa na parte baixa de uma prateleira e passou-a ao guarda estadual.

— Beba, Pezão — disse. — Parece que está precisando.

Os dois beberam, e Packard perguntou:

— Por que estão atrás do menino?

— Violação da lei de caça — disse o guarda estadual.

— Violação de que artigo?

— Ele matou um alce no dia doze do mês passado.

— Dois homens armados atrás de um menino que matou um alce no dia doze do mês passado — repetiu Packard.

— Houve outras violações. Mas esta é a que podem provar. Mais ou menos isso.

— Quais foram as outras violações?

— Ah, muitas.

— Mas vocês não têm prova.

— Eu não disse isso — disse Evans. — Mas desta temos prova.

— E a data foi o dia doze?

— Correto — disse Evans.

— Por que não faz perguntas em vez de ficar só respondendo? — disse o guarda estadual para o companheiro. O sr. John riu.

— Deixe ele em paz, Pezão — disse o sr. John. — Gosto de ver esse cérebro poderoso trabalhando.

— Conhece bem o menino? — perguntou o guarda estadual.

— Muito bem.

— Já fez negócios com ele?

— De vez em quando ele faz pequenas compras aqui. Paga a dinheiro.

— Tem alguma ideia de para onde ele pode ter ido?

— Tem parentes em Oklahoma.

— Quando o viu pela última vez? — perguntou Evans.

— Ora, Evans — disse o outro —, você está perdendo seu tempo. Obrigado pelo drinque, Jim.

— John — corrigiu o sr. John. — Qual é o seu nome, Pezão?

— Porter. Henry J. Porter.

— Pezão, você não vai dar nenhum tiro naquele menino.

— Vou trazê-lo para cá.

— Você sempre gostou de dar tiros.

— Vamos, Evans — disse o guarda estadual. — Estamos perdendo tempo aqui.

— Não esqueça o que eu disse a respeito de dar tiros — disse o sr. John com toda a calma.

— Eu ouvi — disse o guarda estadual.

Os dois guardas saíram da loja, desamarraram os cavalos, subiram na carroça e partiram. O sr. Packard ficou olhando-os estrada afora. Evans segurava as rédeas, e o outro falava com ele.

"Henry J. Porter", pensou o sr. Packard. "O único nome que lembro para ele é Pezão. Tem pés tão grandes que precisa fazer botinas sob medida. Era chamado de Pezão. Foi pelos rastos na fonte onde mataram o menino Nester que enforcaram Tom. Pezão. Talvez eu nunca ficasse sabendo. Pezão. Pezão de quê? Pezão Porter? Não, não era Porter."

— Sinto muito pelos cestos, sra. Tabeshaw — disse ele. — A estação está no fim e não estão comprando. Mas, se tiver paciência com os hóspedes do hotel, a senhora acabará vendendo.

— O senhor compra os cestos e vende no hotel — sugeriu a sra. Tabeshaw.

— Não. Eles pagam melhor se comprarem da senhora. A senhora é uma mulher bonita.

— Isso já faz muito tempo — replicou ela.

— Suzy, tenho que falar com você — chamou o sr. Packard. No fundo da loja ele pediu:

— Me conte tudo.

— Já contei. Vieram buscar Nickie e esperaram que ele chegasse. A irmã menor informou a ele que estavam esperando para pegá-lo. Quando eles estavam dormindo, bêbados, Nickie pegou os mantimentos e fugiu. Levou comida para duas semanas e a espingarda, e a Pequenina foi com ele.

— Por que ela foi?

— Não sei, sr. Packard. Acho que para tomar conta dele e impedir que ele fizesse alguma bobagem. O senhor o conhece.

— Você é vizinha de Evans. Acha que ele conhece bem a região que Nick frequenta?

— Acho que sim. Mas não tenho certeza.

— Para onde acha que foram?

— Não sei, sr. Packard. Nickie conhece muitos lugares por aí.

— Aquele sujeito que está com Evans não presta. Não presta mesmo.

— Não é muito esperto.

— É mais esperto do que parece. A bebida o atrapalha. Mas é esperto e mau. Conheço ele de outros tempos.

— Quer que eu faça alguma coisa?

— Não, Suzy. Se souber de alguma coisa me informe.

— Vou somar as compras e o senhor confere.

— Vai para casa?

— Posso pegar a barca até Henry's Dock e de lá um barco a remo da quinta, volto e pego as compras. Que será que vão fazer com Nickie, sr. Packard?

— É isso que me preocupa.

— Falavam em mandá-lo para o reformatório.

— Ele não devia ter matado o alce.

— Está arrependido. Leu num livro que se pode ferir alguma coisa com um tiro sem causar nenhum mal. Se fosse um animal, só ficaria assustado, e Nickie quis experimentar. Ele mesmo disse que foi uma bobagem muito grande. Mas quis experimentar. Acertou o alce no pescoço. Nickie ficou arrasado. Arrependeu-se de ter tentado acertá-lo de raspão.

— Eu sei.

— Depois acho que foi Evans quem achou a carne pendurada no depósito de carne fresca. O certo é que alguém pegou a carne.

— Quem será que contou a Evans?

— Acho que foi o filho dele quem achou. Ele fica sempre rondando Nick. Nunca se mostra. Pode ter visto Nick matar o alce. Aquele menino não presta, sr. John. Mas sabe rastrear qualquer pessoa. Pode até estar aqui mesmo agora.

— Não — disse o sr. John. — Mas pode estar escutando lá fora.

— É possível que esteja atrás de Nick — disse a moça.

— Ouviu aqueles dois dizerem alguma coisa sobre ele lá na casa?

— Não falaram nele.

— Evans deve ter deixado o menino cuidando da casa. Não precisamos nos preocupar com ele enquanto aqueles dois não chegarem à casa de Evans.

— Posso remar até em casa esta tarde e pedir a um de nossos meninos para ficar atento e me informar se Evans contratou alguém para o serviço da casa. Se contratou, quer dizer que dispensou o menino do trabalho.

— Os dois homens são muito velhos para rastrear — disse o sr. Packard.

— Mas aquele menino é terrível, Sr. John, sabe muito sobre Nick e sabe onde ele poderá estar. Pode achar Nick e a irmã e depois levar os homens lá.

— Vamos para os fundos do correio — disse o sr. John.

Atrás dos escaninhos de correspondência, das caixas postais e do livro de registro, das folhas de selos e dos carimbos em suas almofadas, com um guichê fechado, Suzy sentiu de novo a glória que tinha sido dela quando trabalhava na loja.

— Para onde acha que eles foram, Suzy? — perguntou o sr. John.

— Eu não sei. Não devem ter ido longe porque a Pequenina foi com ele. Foram para algum lugar bem escondido, senão não teria levado a irmã. Os homens sabem também das trutas para o jantar, sr. John.

— O tal menino?

— Ele.

— Acho que precisamos fazer alguma coisa a respeito desse menino Evans.

— Minha vontade é de matá-lo. Tenho quase certeza de que foi por isso que a Pequenina acompanhou o irmão. Para Nickie não matar o garoto.

— Então você fica atenta e de olho nele.

— Fico, sim. Mas o senhor precisa pensar em alguma coisa, sr. John. A sra. Adams está sem ação. Em momentos assim fica com uma terrível dor de cabeça. Ah, tome esta carta.

— Ponha na caixa — disse Packard. — É o correio dos Estados Unidos.

— Tive vontade de matar os dois ontem enquanto dormiam.

— Nada disso. Não fale assim e nem pense nisso.

— O senhor nunca teve vontade de matar alguém, sr. John?

— Já. Mas é um erro e nunca dá certo.

— Meu pai matou um homem.

— E não adiantou nada para ele.

— Ele não pôde evitar.

— Você precisa aprender a evitar. É melhor ir agora, Suzy.

— Volto aqui de noite ou amanhã cedo — disse Suzy. — Pena que não trabalho mais aqui, sr. John.

— Também acho, Suzy. Mas a sra. Packard não acha.

— Eu sei. Assim são as coisas.

* * *

CONTOS | *Vol. 3* ~ 259

Nick e a irmã estavam deitados numa cama de capim no abrigo que tinham feito na beira da mata de cicuta, de frente para o declive do morro que dava para o brejo de cedros e os morros distantes.

— Se não está confortável, Pequenina, podemos trazer mais folhagem. Mas para esta noite serve porque estamos cansados. Amanhã teremos uma boa cama.

— Está ótima — disse a irmã. — Deite-se direito e veja como está boa, Nickie.

— É um bom acampamento, e bem escondido. Só vamos acender fogo pequeno.

— Será que um fogo pode ser visto lá dos morros?

— Pode ser. De noite um fogo é visto de longe. Mas estico um cobertor na frente dele. Assim ele não será visto.

— Nickie, não seria bom se não tivesse ninguém atrás de nós e nós estivéssemos aqui apenas acampando?

— Não comece a pensar assim tão cedo. Estamos apenas começando. E também, se estivéssemos apenas acampando, não estaríamos aqui.

— Desculpe, Nickie.

— Não precisa pedir desculpa. Olhe, Pequenina, vou descer e pegar umas trutas para o jantar.

— Posso ir também?

— Não. Você fica aqui descansando. Teve um dia difícil. Leia um pouco, ou apenas descanse.

— Foi difícil no cipoal, não foi? Acha que me saí bem?

— Maravilhosamente bem. Você foi ótima preparando o acampamento. Mas agora descanse.

— Que nome vamos dar a este acampamento?

— Acampamento Número Um.

Nick desceu a encosta para o riacho e, quando já estava chegando à margem, parou e cortou uma vara de salgueiro de pouco mais de um metro, aparou e alisou-a, deixando a casca. A água era clara e corria rápido. O riacho era estreito e fundo, as margens musgosas antes do brejo. Correndo rápido, a água fazia caroços na superfície. Nick não chegou muito perto da água para não assustar os peixes, porque sabia que a água corria rente às barrancas.

Deve ter uma porção aqui nesta clareira, pensou. O verão já está quase no fim.

Tirou um rolo de linha de seda de um porta-fumo que levava no bolso da camisa, cortou um pedaço um pouco menor do que a vara e amarrou na ponta da vara onde tinha feito um sulco. Depois amarrou um anzol também tirado do porta-fumo. Aí, segurando a curva do anzol, experimentou a resistência da linha e a flexibilidade da vara. Largou a vara no chão e voltou para onde tinha visto o tronco de uma bétula caída há muitos anos no meio de outras perto da margem do riacho. Revirou o tronco e achou vários corós embaixo. Não eram grandes, mas eram vermelhos e ativos. Recolheu-os numa lata redonda de rapé de Copenhague com buracos na tampa. Cobriu os corós com terra e repôs o tronco na posição anterior. Era o terceiro ano em que ele achava isca naquele mesmo lugar e sempre repunha o tronco como estava antes.

Ninguém sabe como é grande este riacho, pensou. Recebe grande volume d'água daquele brejo lá de cima. Olhou o regato acima e abaixo, olhou o morro da mata de cicuta onde ficava o acampamento. Voltou para onde tinha deixado a vara com a linha, iscou o anzol e cuspiu nele para dar sorte. Segurando a vara e a linha com o anzol iscado na mão direita, foi caminhando com cuidado para a margem do riacho estreito e fundo.

O riacho era tão estreito naquele ponto que a vara de salgueiro poderia transpô-lo. Quando chegou perto do barranco, ouviu a turbulência da água fluindo. Parou na barranca, fora da vista de qualquer coisa na corrente, tirou duas chumbadas do porta-fumo e as prendeu na linha a uns trinta centímetros do anzol, apertando com os dentes.

Lançou a linha com os dois corós e deixou que ela afundasse na correnteza. Abaixou a ponta da vara para que a correnteza levasse a linha com o anzol iscado para a barranca. Sentiu a linha se esticando e o endurecimento repentino. Puxou a vara com força, e ela quase se dobrou em duas. Sentiu a resistência palpitante que não cedia ao puxar da vara. Depois cedeu, e a ponta veio subindo. Houve uma violência de movimento na correnteza estreita e funda. A truta apareceu fora d'água tremelicando no ar, passou por cima dos ombros de Nick e bateu na margem atrás dele. Nick viu a truta brilhando ao sol. Aproximou-se dela e a viu se debatendo no capim. Era forte e pesada e cheirava bem. Nick notou o preto das costas, o brilho das manchas coloridas e das margens das nadadeiras, brancas com uma risca preta atrás, e o lindo pôr do sol da barriga. Com ela na mão direita, Nick mal conseguia abarcá-la.

É muito grande para a frigideira, pensou. Mas está ferida e preciso matá-la. Bateu a cabeça da truta com força no cabo da faca de caça e depositou-a encostada no tronco de uma conífera.

— Droga — disse ele —, tem o tamanho ideal para a sra. Packard e seus clientes. Mas é grande demais para mim e a Pequenina.

É melhor eu ir riacho acima até encontrar uma rasoura e pegar duas menores. Ora, ela não me deu uma emoção forte quando a puxei? Podem dizer o que quiserem sobre a pesca de truta, mas quem nunca puxou uma não sabe a sensação que dá. Dura pouquíssimo, mas — e daí? É aquele instante em que não se pode ceder, e de repente elas vêm vindo, e o que elas nos dão quando vêm e quando estão no ar.

Muito estranho este riacho, pensou. E eu querendo achar das pequenas.

Achou a vara onde a tinha largado. O anzol estava entortado, ele o endireitou. Apanhou a truta pesada e foi subindo o riacho.

Há um trecho raso de fundo pedregoso quando o riacho sai do brejo de cima. Pode ser que eu pegue lá duas das menores. A Pequenina pode não gostar desta grande. Se ela sentir falta de casa, vou ter que levá-la de volta. Que será que aqueles dois estão fazendo? Não acredito que o maldito Evans já tenha estado aqui. O miserável. Acho que só índio já pescou aqui, ninguém mais. Eu devia ser índio, seria bem mais fácil se eu fosse índio.

Foi subindo o riacho, evitando a correnteza, mas uma hora pisou em um lugar onde a correnteza corria rente ao fundo. Uma truta enorme veio à superfície espirrando água. Era enorme e parecia ter dificuldade em nadar na correnteza.

— De onde você veio? — disse Nick quando a truta mergulhou novamente no riacho. — Nossa, como é grande!

No trecho raso de fundo pedregoso, ele pegou duas trutas pequenas. Eram lindas, firmes e rijas. Nick limpou as três e jogou as tripas na água; lavou os peixes na água fria e enrolou-os em um saco plástico que levava no bolso.

CONTOS | *Vol. 3* ~ 263

Ainda bem que as meninas gostam de peixe, pensou. Só faltavam agora umas frutinhas do mato. Sei onde tem disso. Nick saiu do riacho e foi subindo a encosta para o acampamento. O sol já tinha sumido atrás do morro e a temperatura era agradável. Nick olhou o brejo e o céu, olhou à frente onde havia um braço do lago, e viu uma águia-pescadora no ar.

Chegou ao abrigo sem fazer barulho. A irmã estava deitada de lado, lendo. Nick falou baixinho para não assustá-la.

— Mas o que foi que você fez, sua macaquinha?

Ela virou-se e sorriu para ele.

— Cortei — disse ela.

— Como?

— Com tesoura. Com que mais podia ser?

— E como cortou sem ver?

— Fui puxando para cima e cortando. É fácil. Estou parecendo um menino?

— Parece um molequinho.

— Não deu para cortar como menino de aula de catecismo. Está muito ruim?

— Não.

— É sensacional — disse ela. — Sou sua irmã e ao mesmo tempo sou um menino. Acha que com o cabelo assim vou virar um menino?

— Não.

— Seria bom se virasse.

— Você é doida, Pequenina.

— É capaz de eu ser. Fiquei com cara de menino idiota?

— Lembra um pouquinho.

— Quem sabe você dá um jeito? Vendo, você vai cortando com um pente.

— Posso melhorar um pouco, só um pouco. Está com fome, irmãozinho idiota?

— Não posso ser só irmãozinho?

— Não quero trocar você por um irmão.

— Agora tem que trocar, Nickie. Precisávamos fazer isso, não entende? Eu devia ter pedido a você para cortar, mas, como precisava ser feito, cortei sozinha para lhe fazer uma surpresa.

— Pois gostei. O resto não interessa. Gosto de ver você assim.

— Obrigada, Nickie. Deitei-me um pouco para descansar, como você disse. Mas em vez de descansar fiquei bolando coisas para você. Ia arranjar para você uma lata de fumo cheia de pastilhas de dormideira em um salão de algum lugar como Sheboygan.

— E quem lhe deu as pastilhas?

Nick já estava sentado com a irmã no colo, ela com os braços no pescoço dele esfregando-lhe no rosto o cabelo cortado.

— Quem me deu foi a Rainha das Prostitutas — disse ela. — E sabe o nome do salão?

— Não.

— Estalagem e Empório Eldorado.

— Você fez o que lá?

— Fui ajudante de prostituta.

— E o que é que faz uma ajudante de prostituta?

— Ah, carrega a cauda do vestido da prostituta quando ela anda pelo salão, abre a porta da carruagem dela, leva-a para o quarto. É uma espécie de dama de honra.

CONTOS | Vol. 3 ~ 265

— E o que é que a ajudante diz à prostituta?

— Tudo o que lhe vier à cabeça, desde que não seja ofensivo.

— Por exemplo?

— "Oh, madame, deve ser muito cansativo em um dia quente como este viver como passarinho numa gaiola de ouro." Coisas assim.

— E a prostituta diz o quê?

— Ela diz: "Sem dúvida. É puro encantamento." Porque a prostituta de quem eu era ajudante é de origem humilde.

— E você é de que origem?

— Sou irmã ou irmão de um escritor mórbido e fui criada com muito carinho. Por isso sou querida da primeira prostituta e de todos os que a cercam.

— Conseguiu as pastilhas de dormideira?

— Claro. Ela me disse: "Querida, tome estas pastilhinhas." "Obrigada", respondi. "Dê minhas lembranças a seu irmão mórbido e diga a ele para aparecer no Empório quando passar por Sheboygan."

— Saia do meu colo — disse Nick.

— É assim mesmo que falam no Empório — disse a irmã.

— Vou cuidar do jantar. Está com fome?

— Eu cuido.

— Não. Você continua falando.

— Vamos nos divertir muito, não é, Nickie?

— Já estamos nos divertindo.

— Quer ouvir uma outra coisa que fiz para você?

— Antes ou depois de tomar uma decisão prática como cortar o cabelo?

— Foi uma coisa muito prática também. Espere só. Posso beijar você enquanto prepara o jantar?

— Já lhe respondo. Qual é essa outra coisa prática que você ia fazer?

— Bem, fiquei moralmente inferiorizada ontem por ter furtado o uísque. Acha que se pode ficar moralmente inferiorizado com uma pequena má ação?

— Não. Afinal, a garrafa estava aberta.

— É. Mas levei a garrafa vazia e meia garrafa cheia para a cozinha e despejei a bebida da pequena na grande e derramei um pouco na mão e lambi. Foi a minha ruína moral.

— Que tal achou o gosto?

— Muito forte e enjoativo.

— Isso não prejudicou você moralmente.

— Ainda bem. Se eu tivesse sofrido alguma perda moral, como poderia exercer uma boa influência sobre você?

— E eu sei? Mas o que é que você pretendia fazer?

Com o fogo já aceso e a frigideira em cima, Nick punha nela fatias de bacon. A irmã observava, com as mãos sobre os joelhos, depois cruzava as mãos e enlaçava os joelhos com elas, ou esticava as pernas. Exercitava-se para ser menino.

— Preciso aprender o que fazer com as mãos.

— É só não ficar pondo as mãos na cabeça a todo instante.

— Pois é. Se tivesse aqui um menino de minha idade, seria fácil eu imitá-lo.

— Por que não me imita?

— Acha que seria natural? Não vai rir de mim?

— Não sei. Só vendo.

— Tomara que eu não volte a ser menina quando estivermos viajando.

— Não se preocupe com isso.

— Os nossos ombros e as nossas pernas são parecidos.

— Qual era a outra coisa que você ia fazer?

Nick fritava a truta. O bacon já estava enroladinho e tostado numa lasca de madeira que ele tinha cortado de uma árvore caída. A truta já exalava o seu cheiro na gordura do bacon. Nick ia banhando a truta na gordura, virando-a e banhando-a de novo. A tarde escurecia, e Nick colocou uma lona na frente do fogo para não ser avistado de longe.

— Mas o que é que você ia fazer? — perguntou ele. A irmã inclinou-se para a frente e cuspiu na direção do fogo.

— Que tal?

— Errou a frigideira.

— Pois é, errei. Vi isto na Bíblia. Eu ia pegar três espetos, um para cada um, e fincá-los nas têmporas daqueles dois e do menino quando estivessem dormindo.

— E ia fincá-los com o quê?

— Com um martelo abafado.

— Como é que se abafa um martelo?

— Eu sei como.

— Com aquelas orelhas fica difícil abafar.

— Mas a menina da Bíblia conseguiu, e eu já vi homens armados dormindo bêbados, passei perto deles de noite e furtei o uísque deles; por que não seria capaz de fazer o serviço completo, do jeito que aprendi na Bíblia?

— Não sei nada de martelo abafado na Bíblia.

— Capaz de eu ter confundido com remos abafados.

— Pode ser. E não queremos matar ninguém. Aliás, foi por isso que você veio.

— Eu sei. Mas o crime vem fácil para nós dois, Nickie. Somos diferentes dos outros. Depois pensei que, se eu já estava manchada moralmente, não me custava querer ser útil.

— Você é doida, Pequenina. Me diga uma coisa, o chá tira o seu sono?

— Não sei. Nunca tomei chá de noite. A não ser chá de hortelã.

— Vou fazer um chá bem fraco e pôr creme enlatado nele.

— Não é preciso, Nickie. Vamos economizar o que temos.

— É só para dar um gostinho diferente ao leite.

Trataram de comer. Nick cortou duas fatias de pão de centeio para cada um e molhou-as na gordura do bacon. Comeram o pão com a truta, que estava tostadinha por fora e bem cozida por dentro. Depois jogaram as espinhas no fogo e com as outras fatias de pão fizeram um sanduíche de bacon. A Pequenina tomou o chá fraco com leite condensado e Nick tampou os buracos da lata com dois pedaços de graveto.

— Matou a fome? — perguntou Nick.

— Ora se. A truta estava deliciosa, e o bacon também. Não foi sorte nossa terem comprado pão de centeio?

— Agora coma uma maçã. Vamos ver se amanhã conseguimos coisa melhor. Fico lhe devendo um jantar melhor, Pequenina.

— Este foi ótimo. Comi bem.

— Não está mesmo com fome ainda?

— Não. Estou cheia. Trouxe chocolate; você quer?

— Como conseguiu?

— Com o meu salvador.

— Onde?

— O meu salvador. É onde guardo minhas sobras.

— Ora, ora!

— E é mole. Alguns são daquele duro que se usa na cozinha. Vamos comer do duro e guardar o outro para alguma ocasião especial. O meu salvador tem uma sacola daquelas de cordão na boca. Serve muito para guardar pepitas e coisas assim. Acha que podemos ir para o oeste nesta viagem, Nickie?

— Não fiz plano nenhum ainda.

— Quero ver o meu salvador cheinho de pepitas de dezesseis dólares o grama.

Nick limpou a frigideira e pôs a trouxa na entrada do abrigo. Estendeu um cobertor na cama de folhas, pôs o outro por cima e enfiou as beiradas por baixo da irmã. Limpou o baldezinho em que tinha feito o chá e encheu-o com água da fonte. Quando voltou a irmã já dormia, a cabeça no travesseiro que fizera com os jeans enrolados nos mocassins. Nick beijou-a sem acordá-la e vestiu o blusão velho de flanela. Procurou na mochila até que achou a garrafa de meio litro de uísque.

Abriu-a, cheirou-a e gostou. Tirou meia caneca de água do baldezinho e despejou nela um pouco de uísque. Sentou-se e foi bebendo devagar, em pequenos goles, retendo cada um na boca antes de engolir.

Ficou olhando as brasas do fogo se avivarem com a brisa suave da noite enquanto bebia uísque com água e pensava. Quando terminou com o uísque, encheu a caneca com água, bebeu e foi para a cama. Enfiou a espingarda debaixo da perna esquerda, descansou a cabeça no travesseiro duro feito com os mocassins enrolados na calça, puxou a parte do cobertor que lhe cabia, rezou e foi dormir.

Sentiu frio e tirou o blusão de flanela e o estendeu sobre a irmã. Virou de costas e se encostou nela para ficar com mais cobertor sob o corpo. Apalpou a espingarda e deixou-a onde estava, debaixo da perna esquerda. O ar estava frio e cheirava a cicuta e a bálsamo. Só percebeu o quanto estava cansado quando o frio da noite o acordou. Agora estava novamente confortável ao contato do corpo aquecido da irmã. Preciso cuidar bem dela, pensou, fazê-la feliz e levá-la sã e salva de volta para casa. Ouviu a respiração dela na calma da noite e logo tornou a dormir.

Quando acordou havia claridade suficiente para ver os morros distantes bem além do brejo. Ainda deitado esticou o corpo para espantar o entorpecimento. Sentou-se, vestiu a calça cáqui e calçou os mocassins. A irmã dormia com a gola do blusão de flanela debaixo do queixo, mas deixando de fora a pele bronzeada do rosto, o cabelo cortado mostrando o contorno suave da cabeça e destacando o nariz aquilino e as orelhas bem coladas à cabeça. Quem me dera saber desenhar para desenhá-la agora, pensou, e olhou por um instante as longas pestanas dos olhos adormecidos.

Parece um animalzinho selvagem, e dorme como um animalzinho. Como reproduzir com palavras a harmonia da cabeça dela? Do jeito que o cabelo dela está, parece que alguém fez o corte pondo sua cabeça em cima de um cepo e o cortando com um machado. Parece uma figura entalhada. Nick gostava muito da irmã, e ela gostava muito dele. Tomara que esta situação se resolva logo, pensou.

CONTOS | *Vol. 3* ～ 271

Não se deve acordar quem está dormindo. Se eu estou cansado, imagino ela. Se estamos bem aqui, estamos fazendo exatamente o que devemos: ficarmos escondidos até que a poeira assente e aquele agente estadual desista. Mas preciso alimentar melhor a Pequenina. Preciso fazer melhor do que fiz até agora.

Estamos bem abastecidos. A trouxa pesa bastante. Mas hoje precisamos colher algumas frutinhas. Vou ver se caço uma perdiz ou mesmo duas. Não faltam cogumelos por aí. Precisamos ir devagar com o bacon, mas não precisamos dele com a gordura. Ela comeu pouco ontem. Está habituada a beber muito leite e a comer doces. Vou alimentá-la bem. Ainda bem que ela gosta de truta. Trutas não faltam, e são das melhores. Não há motivo para preocupação. Ela vai comer muito bem. Mas a verdade é que você, Nick, não deu comida suficiente a ela ontem. Melhor deixá-la dormir mais. Enquanto isso você tem muito trabalho pela frente.

Começou a tirar coisas da trouxa com muito cuidado, e a irmã sorriu no sono. A pele bronzeada esticou-se nas maçãs do rosto quando ela sorriu, e a cor subjacente apareceu. Ela não acordou. Nick tratou de preparar a refeição da manhã começando por reacender o fogo. Havia lenha suficiente, mas ele fez um fogo pequeno. Primeiro fez chá, que tomou puro, e comeu com três abricós secos. Tentou ler *Lorna Doone*, mas não foi adiante porque já tinha lido e não encontrou nele a magia antiga; antes tivessem levado outro livro em vez desse.

Na tarde anterior, quando acamparam, ele tinha posto umas ameixas numa lata para umedecer, e agora pôs a lata no fogo para cozinhar. Encontrou na trouxa a farinha de trigo-sarraceno. Pegou também uma caçarola esmaltada e um caneco de folha para misturar a farinha com água e fazer massa. Pegou a lata de margarina, cortou um pedaço de um saco vazio, enrolou em um talo de arbusto e amarrou a boneca assim feita com linha de pesca. A irmã tinha tido a ideia de levar quatro sacos vazios, e ele lhe agradeceu em pensamento.

Misturou a massa e pôs a frigideira no fogo, untando-a com a margarina, que espalhou com a boneca na ponta do talo. A frigideira brilhou, depois chiou, depois estalou. Nick pôs mais margarina, despejou nela a massa devagar e ficou olhando-a pipocar e depois se firmar na margem. Aos poucos a massa foi crescendo e ganhando a contextura e a cor acinzentada do bolo. Descolou-a da frigideira com uma lasca de madeira, jogou-a para cima para virar e aparou-a com o lado tostado para cima, o outro lado chiando. Sentiu o peso do bolo ao apará-lo, e viu-o tremendo na frigideira.

— Bom-dia — disse a irmã. — Acordei muito tarde?

— Não, diabinha.

Ela levantou-se, a saia cobrindo-lhe metade das pernas bronzeadas.

— Você já fez tudo!

— Não. Apenas comecei os bolos.

— E não é que este aí cheira bem? Vou à fonte me lavar e volto para ajudar.

— Nada de se lavar na fonte.

— Não sou cara-pálida — disse ela já detrás do abrigo. — Onde deixou o sabão?

— Na fonte. Tem lá uma lata vazia de banha. Traga a manteiga, sim? Está lá também.

— Já volto.

Tinha duzentos e cinquenta gramas de manteiga, que ela trouxe no papel-gordura dentro da lata de banha.

Comeram os bolos de trigo-sarraceno com manteiga e melado de lata. A lata tinha um bico com tampa de rosca, o melado escorreu pelo bico. Estavam famintos, e acharam os bolos deliciosos com a manteiga derretendo em cima, escorrendo nos cortes com o melado. Comeram as ameixas do caneco de lata e beberam o caldo. Depois tomaram chá no mesmo caneco.

— Ameixa tem gosto de festa — disse a irmã. — Dormiu bem, Nickie?

— Muito.

— Obrigada por ter me coberto com o blusão. Foi uma noite ótima, não foi?

— Foi. E você? Dormiu bem?

— Ainda estou dormindo. Nickie, será que podemos ficar aqui para sempre?

— Acho que não. Você vai crescer e se casar.

— Vou me casar com você. Quero ser a sua companheira de fato. Li sobre isso num jornal.

— É o que se chama de direito consuetudinário.

— É isso. Vou ser a sua mulher de fato pelo direito consuetudinário. Posso, Nickie?

— Não.

— Posso, sim. A gente só precisa viver por algum tempo como marido e mulher. Vou pedir que contem esse tempo a partir de agora. É como montar casa.

— Nem pensar.

— Você não pode impedir. É o direito consuetudinário. Venho pensando nisso há muito tempo. Mando fazer cartões com o nome de sra. Nick Adams, Cross Village, Michigan. Esposa de fato. Mando desses cartões para algumas pessoas uma vez por ano até completar o tempo.

— Não vai dar certo.

— Tenho ainda outro plano. Teremos dois filhos quando eu ainda for menor. Aí você vai ter de casar comigo pelo direito consuetudinário.

— Não é assunto de direito consuetudinário.

— Às vezes me atrapalho com essas coisas.

— Até hoje ninguém sabe se dá certo.

— Tem que dar. O sr. Thaw acha que dá.

— O sr. Thaw pode estar enganado.

— Ora essa, Nickie. O sr. Thaw inventou o direito consuetudinário.

— Não foi o advogado dele?

— Pode ser, mas quem entrou com a ação foi o sr. Thaw.

— Não gosto desse sr. Thaw — disse Nick.

— Ele tem certas coisas que eu também não gosto. Mas não se pode negar que com ele o jornal ficou mais interessante, não acha?

— É, ele dá aos leitores coisas novas para odiarem.

— Já estão odiando o sr. Stanford White.

— Deve ser por ciúme nos dois casos.

— Também acho, Nickie. Da mesma forma que têm ciúme de nós.

— Você acha que todo mundo está com ciúme de nós agora?

— Não exatamente agora. Mamãe vai pensar que somos fugitivos da justiça, mergulhados em pecado e crimes. Ainda bem que ela não sabe que eu trouxe uísque para você.

— Bebi um pouco ontem à noite. É muito bom.

— Ótimo. Foi o primeiro uísque que furtei em minha vida. Ainda bem que é do bom. Eu não esperava que alguma coisa daqueles dois pudesse ser boa.

— Preciso pensar bastante neles. Não vamos falar neles para não atrapalhar — disse Nick.

— Está bem. O que é que vamos fazer hoje?

— O que é que você quer fazer?

— Quero ir à loja do sr. John e comprar tudo do que precisamos.

— Impossível.

— Eu sei. Quais são os seu planos para hoje?

— Colher frutinhas e caçar uma perdiz ou algumas perdizes. Truta temos de sobra. Mas não quero ficar comendo só truta.

— Já enjoou de truta alguma vez?

— Eu não. Mas dizem que se enjoa.

— Eu não vou enjoar. Daquele peixe chamado lúcio a gente enjoa logo. Mas de truta e de perca não se enjoa nunca. É verdade, Nickie. Eu sei.

— Mas ninguém enjoa de lúcio de olho branco. Só dos de focinho chato. Desses a gente enjoa logo.

— Eu não gosto mesmo é daqueles muito espinhentos chamados espinha-de-gato. Esse não dá para comer duas vezes.

— É, mas vamos limpar tudo aqui e encontrar um lugar para enterrar o lixo. Depois saímos à procura de frutas e, quem sabe, de alguma ave.

— Vou pegar duas latas vazias de banha e uns dois sacos — disse a irmã.

— Pequenina, não se esqueça de ir ao banheiro, tá?

— Claro que não.

— É importante.

— Eu sei. E você também não se esqueça.

— Não vou me esquecer.

Nick entrou na mata e enterrou a caixa de cartuchos .22 longos e as de .22 curtos ao pé de uma cicuta enorme. Repôs a terra como estava, cobriu-a com as agulhas caídas da árvore e fez no tronco, no ponto mais alto que pôde alcançar, uma marca bem pequena com a faca. Gravou na mente a posição da árvore e voltou à encosta e ao abrigo.

Era uma manhã amena, de céu claro sem nuvens. Nick estava contente com a irmã, e pensou que deviam se divertir ao máximo, fosse qual fosse o rumo tomado pela situação. Ele já tinha aprendido que os dias acontecem um a um e que só devemos nos preocupar com o dia que estamos vivendo. Depois do dia vem a noite e quando amanhece já é hoje novamente. Essa foi a sua descoberta mais importante para o momento.

Estava um dia esplêndido. Descendo para o acampamento com a espingarda, Nick sentia-se feliz; mas o problema que tinha levado ele e a irmã para aquele lugar era como um anzol preso no bolso e que, de vez em quando, o espetava na caminhada. Deixaram a trouxa no abrigo. As probabilidades de algum urso remexer na trouxa durante o dia eram mínimas porque os ursos deviam estar lá embaixo comendo bagas nas margens do brejo. A garrafa de uísque ficara enterrada perto da fonte. A Pequenina ainda não tinha voltado. Nick sentou-se no tronco da árvore caída que vinham usando para lenha e verificou a espingarda. Como estavam à procura de perdizes, ele retirou o carregador e despejou os cartuchos longos na mão, guardou-os numa bolsa de camurça e carregou a arma com os cartuchos curtos. Esses fazem menos barulho e não estraçalham a carne caso não se acerte o tiro na cabeça.

Nick estava pronto e queria começar a caçada. Onde andaria a diabinha? Não fique nervoso, Nick. Você mesmo disse a ela para não se apressar. Mas ele estava nervoso e irritado consigo mesmo.

— Olha eu aqui — disse a irmã. — Desculpe ter-me demorado. Me afastei muito do acampamento, acho.

— Não faz mal. Vamos. Trouxe os baldes?

— Trouxe. E os sacos também.

Começaram a descida do morro para o riacho. Nick deu uma boa olhada riacho acima e na encosta. A irmã o observava. Os baldes estavam em um dos sacos, que ela carregava pendente do ombro e segurado pela boca junto com o outro saco.

— Não vai arranjar um cajado, Nickie?

— Não. Mas, se você quiser, faço um para você.

Nick ia à frente com a espingarda na mão e afastado do riacho. Agora ele era caçador.

— Este riacho tem qualquer coisa que não sei bem o que é — disse a irmã.

— É o maior riacho pequeno que conheço — disse Nick.

— É fundo e assustador para um riacho pequeno.

— Ele está sempre recebendo água de fontes novas. Vai solapando as barrancas, e as barrancas vão caindo. A água é muito fria. Experimente.

— Brr! É fria de doer.

— O sol o aquece um pouco. Só um pouco. É fácil achar caça na margem. Tem um trecho com muita baga mais abaixo.

278 ~ ERNEST HEMINGWAY

Continuaram andando, Nick estudando as margens. Viu uma trilha de martas e mostrou-a à irmã. Viram pequeninas poupas de cabeça cor de rubi caçando insetos. Os pequenos pássaros deixaram os dois irmãos chegarem perto enquanto saltitavam aqui e ali entre os cedros. Viram âmpelis tão calmos e mansos se movimentando com elegância, parecendo ter cera na ponta das asas e no rabo. A Pequenina não se conteve e exclamou:

— Nickie, são os mais lindos que já vi! Não pode haver pássaros mais lindos!

— Têm a sua cara.

— Não, Nickie. Não zombe. Âmpelis me deixam feliz, tão feliz que tenho vontade de chorar.

— Principalmente quando voam, pousam e ficam andando orgulhosos e alegres por aí.

Continuaram andando, e de repente Nick ergueu a espingarda e atirou antes mesmo que a irmã percebesse o que ele tinha visto. Depois ela ouviu o ruído de uma ave se contorcendo e batendo asas no chão. Nick engatilhou a arma e deu mais dois tiros, e depois de cada um ela ouvia outro baque surdo no chão e outro bater de asas na vegetação rasteira. Depois um farfalhar de asas, uma ave aparecendo em voo baixo e pousando em um salgueiro. Era uma ave de crista, que entortou a cabeça para um lado e ficou olhando para o chão onde as outras aves ainda se debatiam. A ave que olhava do salgueiro era linda, gorda, pesada e meio simplória com a cabeça entortada olhando para baixo. Nick foi erguendo a espingarda lentamente e a irmã cochichou para ele:

— Não, Nickie, não faça isso. Já temos bastante.

— Está bem. Você quer atirar?

— Não, Nickie. Não.

Nick foi lá, apanhou os três galos silvestres, bateu com a cabeça deles na coronha da espingarda e pousou-os no capim. A irmã os apalpou. Estavam quentes, tinham muita carne no peito e penas lindas.

— Você vai gostar mais quando estiver comendo os bichinhos — disse Nick sorrindo feliz.

— Agora estou com pena deles. Eles gozavam a manhã, como nós. — Ela olhou para a outra ave ainda no salgueiro. — Parece abobalhada olhando daquele jeito, não acha?

— Nesta época do ano os índios chamam essas aves de galinha boba. Depois que são caçadas ficam espertas. Não são galinhas bobas verdadeiras. Essas nunca ficam espertas. São chamadas de galinhas de salgueiro. As outras são galinhas arrepiadas.

— Tomara que nós fiquemos espertos — disse a irmã. — Nickie, diga a ela para ir embora.

— Diga você.

— Vá embora, perdiz.

A ave não se mexeu.

Nick ergueu a espingarda, a ave olhou para ele. Nick sabia que se matasse aquela ave a irmã ficaria triste, então ele fez um barulho com a boca imitando cacarejo de perdiz quando sai do ninho. A ave olhou para ele, fascinada.

— É melhor não aborrecê-la — disse Nick.

— Sinto muito dizer, Nickie, mas ela é mesmo idiota.

— Idiota ou não, você vai gostar de comê-las.

— São temporãs?

— São. Mas já são adultas. Ninguém as caça, a não ser nós. Já matei muita coruja chifruda das grandes. Uma coruja chifruda grande mata uma perdiz por dia. Caçam o tempo todo e matam todas as aves boas.

— Então matariam facilmente aquela — disse a irmã. — Já não sinto tanto remorso. Quer uma sacola para levá-las?

— Vou limpá-las e guardá-las na sacola com folhagem. Não estamos longe das bagas.

Sentaram-se encostados no tronco de um cedro. Nick abriu as aves, retirou-lhes as entranhas ainda quentes. Apalpando-as por dentro, encontrou os miúdos comestíveis e os lavou no riacho. Depois alisou as penas das aves, envolveu-as em folhagem e guardou-as no saco. Amarrou a boca do saco e os dois cantos inferiores com linha de pesca e pendurou-o no ombro. Voltou ao riacho e jogou nele as entranhas para ver as trutas emergirem na superfície.

— É muito boa isca, mas não precisamos de isca hoje. As nossas trutas estão sempre aí, quando precisarmos é só vir e pegá-las.

— Se este riacho fosse perto de casa ficaríamos ricos — disse a irmã.

— Se fosse perto não teria mais truta. Este é o último riacho virgem que ainda existe, a não ser um outro em outra parte de difícil acesso depois do lago. Eu nunca trouxe ninguém para pescar aqui.

— Quem mais pesca aqui?

— Que eu saiba, ninguém.

— Então é mesmo um riacho virgem.

— Nem tanto. Os índios pescavam aqui. Mas foram embora depois que pararam de explorar casca de cicuta.

— O menino Evans conhece esta região?

— Ele, não — disse Nick. Depois pensou e franziu a testa. Parece que viu o menino Evans diante dele.

— Está pensando em quê, Nickie?

— Eu não estava pensando.

— Estava, sim. Pode me dizer. Somos companheiros.

— É possível que ele tenha estado aqui. Droga, é bem possível.

— Mas você não tem certeza.

— Não. Este é o problema. Se eu tivesse certeza sairíamos daqui.

— E se ele estiver no acampamento neste exato momento?

— Não fale assim. Está querendo atraí-lo?

— Não! Me perdoe, Nickie. Me arrependo de ter falado nele.

— Eu não. Até agradeço. Eu já tinha essa preocupação mesmo, apenas não queria pensar nela. Tenho muita coisa em que pensar a vida inteira.

— Você sempre pensou em muitas coisas.

— Não em coisas como essa.

— Então vamos colher as bagas. Mesmo porque nada podemos fazer agora, certo?

— Certo. Vamos colher bagas e voltar para o acampamento.

Mas ele procurava aceitar a possibilidade e pensar meticulosamente no que fazer para enfrentá-la caso acontecesse. Era importante não entrar em pânico. Nada tinha mudado. Tudo estava como quando ele decidira desaparecer e esperar a poeira assentar. O menino Evans poderia tê-lo seguido àquele lugar antes. Mas era improvável. Poderia tê-lo seguido uma vez quando ele deixou a estrada e pegou o caminho do sítio dos Hodges, mas isso também era improvável. Ninguém esteve pescando no riacho, disso ele tinha certeza. Mas o menino Evans não ligava para pescaria.

— Ele só pensa é em me seguir — disse Nick.

— Eu sei, Nickie.

— É a terceira vez que ele me cria problema.

— Eu sei, Nickie. Mas não me vá matá-lo.

Foi por isso que ela fez questão de me acompanhar, pensou Nick. É por isso que ela está aqui. Com ela aqui, não posso.

— Sei que não devo matá-lo. Nada podemos fazer agora. Então não adianta estarmos falando no assunto.

— Contanto que você não o mate. Não há nada de que não possamos nos livrar, e não há nada que não tenha um fim.

— Vamos para o acampamento.

— Sem as bagas?

— Ficam para outro dia.

— Está nervoso, Nickie?

— Estou. Não queria, mas estou.

— E que adianta voltar para o acampamento?

— Logo saberemos.

— Não podemos continuar fazendo o que estávamos fazendo?

— Não agora. Não tenho medo, Pequenina. E você também não deve ter. Mas alguma coisa me deixou nervoso.

Nick tinha atalhado da beira do riacho para a mata, e caminhavam à sombra das árvores. Iam chegar ao acampamento pela parte de cima. Foram chegando de manso, Nick na frente com a espingarda. Ninguém tinha estado no acampamento.

— Você fica aqui — disse Nick. — Vou dar uma olhada pelas imediações.

Deixou o saco com as aves e o balde, desceu ao riacho e subiu na direção da cabeceira. Logo que se viu fora do raio de visão da irmã, trocou os cartuchos curtos da espingarda pelos longos. Não vou matá-lo, ele pensou, mas é o que se deve fazer em tal situação. Fez uma vistoria cuidadosa na região e não notou nenhum indício de presença de estranhos. Pegou a margem do riacho, desceu a corrente e voltou ao acampamento.

— Desculpe o nervosismo, Pequenina. Vamos agora providenciar um bom almoço para não termos que nos preocupar em vedar o fogo de noite.

— Agora eu também estou preocupada.

— Não precisa se preocupar. Tudo está como antes.

— Mas ele nos impediu de apanhar bagas sem estar aqui.

— É. Mas ele não esteve aqui. Pode ser até que nunca tenha estado neste riacho. Pode ser que nunca mais o vejamos.

— Ele me faz ficar com medo, Nickie. Mais ainda do que se estivesse aqui.

— É. Mas não adianta nada ficar com medo.

— O que é que vamos fazer?

— Bem, será melhor deixar a cozinha para o anoitecer.

— Por que mudou de ideia?

— Ele não vai andar por aqui de noite. Não pode vir pelo brejo no escuro. Não precisamos nos preocupar com ele de manhã cedo nem no escuro da noite. Vamos fazer como os veados, só sair de noite. De dia dormimos.

— Talvez ele não apareça nunca.

— É. Talvez.

— Eu posso ficar, não posso?

— Eu devia levar você para casa.

— Não, Nickie, por favor. Quem vai impedir você de matá-lo?

— Olhe, Pequenina, nunca mais fale em matar. Lembre-se que eu nunca falei em matar. Não vai haver morte nem hoje nem nunca.

— Jura?

— Juro.

— Ah, que bom. Estou contente.

— E não precisa ficar contente também. Ninguém jamais falou em matar.

— Perfeito. Eu nunca pensei nisso, e muito menos falei.

— Nem eu.

— Claro que não.

— Nem jamais pensei.

Não. Você jamais pensou nisso. Só de dia e de noite, o tempo todo. Mas não deve pensar na frente dela porque ela pode captar seu pensamento, ela é sua irmã e vocês amam um ao outro.

— Está com fome, Pequenina?

— Acho que não.

— Coma um pouco do chocolate duro. Vou buscar água fresca na fonte.

— Não quero comer nada.

Olharam para o outro lado do brejo e viram as grandes nuvens brancas da brisa das onze horas se elevando atrás dos morros azuis. O céu era azul-claro, as nuvens brancas que subiam atrás do morro se destacavam na abóbada azul. A brisa passava a fresca, as sombras das nuvens corriam sobre o brejo e sobre a encosta dos morros. A água da fonte era fria no balde de folha, o chocolate não era muito amargo, mas era duro para mastigar.

— Está tão boa como estava na fonte quando estivemos lá a primeira vez. E parece que ficou mais gostosa depois do chocolate.

— Se está com fome, podemos cozinhar alguma coisa.

— Se você não estiver, eu também não estou.

— Estou sempre com fome. Fui bobo por não ter ido apanhar bagas.

— Não. Voltamos para ter certeza.

— Pequenina, sei de um lugar no cipoal por onde passamos que é bom para colher bagas. Enterramos nossas coisas aqui e vamos lá pela mata. Podemos encher dois baldes de bagas para amanhã. Não é difícil chegar lá.

— Está bem. Mas não preciso de nada.

— Não está com fome?

— Não. Nenhuma, depois do chocolate. Gostaria mais de ficar aqui e ler. Fizemos uma boa caminhada caçando.

— OK. Está cansada de ontem?

— Assim-assim.

— Então vamos descansar. Eu leio *O Morro dos Ventos Uivantes*.

— É muito antigo para ler em voz alta?

— Não.

— Vai ler então?

— Por que não?

Episódio Africano

Enquanto esperava o nascer da lua, ele acariciou Kibo para acalmá-lo e sentiu o pelo dele se arrepiar. Ficaram os dois atentos, escutando. A lua apontou e lançou-lhes sombras. Ele passou o braço no pescoço do cachorro e sentiu que o bicho tremia. Todos os ruídos da noite tinham cessado. Não escutaram o elefante, e David só o viu quando o cachorro virou a cabeça e deu a impressão de descansá-la em David. A sombra do elefante cobriu-os e o animal passou sem fazer ruído. Os dois sentiram o cheiro dele na brisa leve que vinha da montanha. Cheiro forte, antigo e acre. Quando ele passou, David notou que a presa esquerda era tão comprida que parecia tocar o chão.

Esperaram, mas nenhum outro elefante apareceu. David e o cachorro saíram correndo sob o luar. O cachorro ia rente atrás. Quando David parou, o cachorro encostou o focinho na perna dele.

David queria ver o elefante mais uma vez. Alcançaram-no na borda da mata. O elefante viajava para a montanha em passos lentos dentro da brisa da noite. David chegou bem perto para sentir o cheiro da antiguidade acre, mas não conseguiu ver a presa direita. Não teve coragem de chegar ainda mais perto com o cachorro. Voltou com o cachorro e o vento, forçou o cachorro a encostar-se na raiz de uma árvore e tentou fazê-lo entender. Pensou que o cachorro ficaria ali, o que aliás aconteceu. Mas, quando David caminhou na direção do vulto do elefante, sentiu novamente na perna o toque do focinho molhado.

Os dois acompanharam o elefante até uma clareira na mata, onde ele parou e ficou mexendo as orelhas enormes. A massa dele estava na sombra, mas a cabeça estava iluminada pelo luar. David aproximou-se por trás, fechando a boca do cachorro com a mão, e foi passando pela direita, de mansinho e com a respiração presa, sentindo a brisa no rosto, sempre contra ela, até conseguir ver a cabeça enorme do animal e as orelhas que ele abanava lentamente. A presa direita tinha a grossura da coxa de David e se curvava até quase tocar o chão.

David e Kibo voltaram, agora com o vento nas costas, saíram da mata e entraram na reserva. O cachorro ia na frente, e parou no lugar onde David tinha deixado as duas lanças de caça quando foram atrás do elefante. David pôs as lanças no ombro, pendentes das compridas alças de couro. Na mão ele tinha levado a melhor das três lanças que possuía. Seguiram a trilha para o *shamba*. A lua já ia alta. Então por que não estavam tocando tambores no *shamba*? Esquisito isso, pensou David. Se o pai dele estava lá, por que não batiam tambores?

Quando pegaram novamente a trilha, David sentiu-se cansado. Por muito tempo vinha se sentindo bem-disposto e mais resistente do que os homens, e impaciente com a lentidão deles e com as paradas regulares que o pai fazia de hora em hora. Ele poderia ter avançado muito mais depressa do que Juma e do que o pai; mas, quando começava a sentir-se cansado, os outros continuavam no mesmo ritmo, e ao meio-dia só descansavam cinco minutos. David notara que Juma aumentava um pouco o passo. Ou não? Quem sabe era apenas impressão? Mas o esterco do elefante era cada vez mais fresco, e ao toque não parecia ter tomado muito sol. Quando chegaram à última bozerra de esterco, Juma deu a carabina para David carregar; mas passada uma hora olhou para David e tomou-lhe a arma. Iam subindo uma encosta da montanha, mas agora a trilha era em descida, e por uma brecha na mata David viu que o terreno adiante era acidentado.

— Aqui começa a parte mais difícil, Davey — disse o pai.

Foi então que compreendeu que deviam tê-lo mandado voltar para o *shamba* depois que ele os pusera na trilha. Juma sabia desde muito tempo. O pai ficou sabendo agora, quando não havia mais nada a fazer. Mais um erro dele. Que fazer agora? Jogar na sorte.

David olhou o grande círculo achatado do rasto do elefante, viu onde a samambaia tinha sido pisada e onde um talo quebrado de capim secava. Juma o apanhou e examinou ao sol, depois o passou ao pai de David, que o enrolou nos dedos. David notou as flores brancas que tinham caído e agora secavam. Mas ainda não tinham secado de todo nem soltado as pétalas.

— Este é fêmea — disse o pai. — Vamos.

No fim da tarde ainda rastreavam no terreno acidentado. David sentia-se sonolento já fazia muito tempo. Vendo os outros dois, percebeu que sonolência era o seu grande inimigo.

Mas foi acompanhando-os e tentando sair do sono que o perseguia. Os outros dois se revezavam no rastreamento de hora em hora, e o que ficava de descanso olhava frequentemente para David para ver se ele os acompanhava. Quando acamparam sem acender fogo no escuro da mata, ele pegou no sono logo que se sentou. Acordou descalço, com Juma apalpando-lhe os pés para ver se tinham bolhas. O pai o cobrira com o casaco e agora estava sentado ao lado dele com um pedaço de carne fria cozida e dois biscoitos. Ofereceu-lhe uma garrafa com chá frio.

— Precisa comer, Davey — disse o pai. — Seus pés estão bem. Tanto quanto os de Juma. Coma isto devagar, beba chá e volte a dormir. Tudo vai bem, não temos nenhum problema.

— Que chato. O sono me pegou.

— Você e Kibo caçaram e viajaram a noite inteira ontem. Tinha mesmo que estar com sono. Pode comer mais carne se quiser.

— Não tenho fome.

— Ótimo. Estamos abastecidos para três dias. Amanhã chegaremos numa aguada. Não falta água vinda das montanhas.

— Para onde vai ele?

— Juma acha que sabe.

— Está difícil, não?

— Não muito, Davey.

— Vou dormir mais. Não preciso do casaco.

— Eu e Juma estamos bem. Não sinto frio de noite, você sabe.

Antes mesmo de o pai dizer boa-noite, David já estava dormindo. Acordou uma vez com o luar no rosto e pensou no elefante abanando as orelhas enormes na mata, a cabeça pendida ao peso das presas. Achou que o vazio que sentiu por dentro quando pensou no elefante foi por ter acordado com fome. Mas não foi, e isso ele descobriu no decorrer dos três dias seguintes.

O dia seguinte foi péssimo porque, muito antes do meio-dia, David descobriu que a diferença entre um menino e pessoas adultas não está só na necessidade de dormir. Nas primeiras três horas ele esteve mais disposto do que os outros, e pediu a Juma que o deixasse carregar a carabina .303, mas Juma sacudiu a cabeça. Juma não sorriu, e era o melhor amigo de David e quem o ensinara a caçar. Ontem ele me deu a carabina para eu carregar, pensou David; e hoje estou melhor do que ontem. E estava; mas pelas dez horas percebeu que o dia ia ser tão ruim ou pior do que o anterior.

Fora uma grande bobagem dele pensar que podia rastrear com o pai, como fora bobagem pensar que podia lutar ao seu lado. Percebeu também que não era só pelos outros serem homens. Eram caçadores profissionais, e era por isso que Juma não queria gastar nem um sorriso com ele. Sabiam tudo que o elefante tinha feito, mostraram um ao outro as marcas sem falar; e, quando o rastreamento ficava difícil, o pai confiava em Juma. Quando pararam para encher as garrafas de água na fonte, o pai disse: "É para durar o dia inteiro, Davey." Depois, quando já tinham deixado o terreno acidentado e subiam na direção da mata, os rastos do elefante quebravam para a direita e entravam numa trilha de elefantes. David viu o pai e Juma conversando, e quando chegou perto Juma olhava para trás, para o caminho que tinha percorrido; depois olhou para um grupo de morros de pedra mais longe no descampado e parece que fez uma medição entre esses morros e os picos de três outros mais distantes no horizonte.

— Agora Juma sabe para onde vai o elefante — explicou o pai. — Ele pensava que sabia antes, mas depois se atrapalhou aqui. — Olhou para trás, verificando o terreno que tinham percorrido o dia inteiro. — Para onde ele vai é fácil segui-lo, mas temos que subir morro.

Subiram até o escurecer e fizeram outro acampamento sem fogo. David matou com o estilingue duas galinhas-do-mato que passaram em um bando na trilha pouco antes do pôr do sol. As aves tinham entrado na trilha do elefante para limpar as penas, e quando a pedra do estilingue acertou uma nas costas, e ela ficou se contorcendo no chão com as asas inertes, outra correu para bicá-la. Então, David mandou outra pedra que acertou essa segunda de um lado. Correu para apanhá-las e as outras fugiram espavoridas. Juma olhou para trás e desta vez sorriu. David apanhou as duas aves e bateu com a cabeça delas no cabo da faca de caça.

No acampamento onde iam passar a noite, o pai disse:

— Nunca vi dessa raça de perdizes em lugar tão alto. Você conseguiu matar duas.

Juma assou as duas aves num espeto nas brasas de um fogo pequeno. O pai bebeu uísque com água na tampa da garrafa e ficou olhando o trabalho de Juma no fogo. Depois Juma deu a cada um dos outros dois um peito inteiro com o coração e comeu os pescoços e as coxas.

— Você ajudou muito, Davey — disse o pai. — Agora estamos bem de comida.

— Estamos muito atrás dele? — perguntou David.

— Estamos bem perto — disse o pai. — Resta saber se ele viaja com o luar. A lua nasce uma hora mais tarde esta noite, e duas horas mais tarde do que quando você o achou.

— Como é que Juma acha que sabe para onde vai o elefante?

— Juma o feriu e matou o *askari* dele perto daqui.

— Quando?

— Há cinco anos, ele diz. Isso pode significar qualquer tempo. Quando você ainda era pequenino, diz ele.

— E ele ficou sozinho desde então?

— Juma diz que sim. Não o viu depois. Só ouviu falar nele.

— Qual o tamanho dele?

— Pesa uns mil e duzentos quilos. Maior do que qualquer bicho que já vi. Juma diz que só teve um maior, que também veio daqui.

— Acho que vou dormir — disse David. — Espero estar melhor amanhã.

— Você esteve ótimo hoje — disse o pai. — Estou muito contente com você. Juma também.

Quando acordou de noite com a lua já alta, David teve certeza de que os dois não estavam contentes com ele, a não ser talvez por ter matado as duas aves. Ele tinha achado o elefante de noite, seguindo-o para ver se tinha as duas presas, depois voltou para onde estavam os dois e os levou à trilha. David sabia que ficaram contentes com isso. Mas, depois que começaram o rastreamento, ele não tinha mais utilidade e era perigoso para o êxito da empreitada, da mesma forma que Kibo tinha sido perigoso para ele quando ele chegara mais perto do elefante de noite; e sabia que cada um dos dois devia ter se censurado por não tê-lo mandado de volta quando havia tempo. As presas do elefante pesavam uns cem quilos cada. Desde que as presas cresceram além do tamanho normal, o elefante vinha sendo caçado por causa delas, e agora os três iam matar o elefante por causa das presas.

David tinha certeza de que iam matar o elefante porque ele, David, tinha aguentado o dia inteiro e continuado acompanhando os outros. Então provavelmente deviam estar contentes com ele. Mas ele não estava contribuindo em nada para a caçada, e os outros ficariam melhor sem ele. Muitas vezes durante o dia se arrependeu de ter traído o elefante, e de tarde já desejava nunca o ter visto. Acordado à luz da lua ele sabia que isso não era verdade.

Na manhã seguinte seguiam o rasto do elefante numa trilha antiga muito usada na mata. Até parecia que essa trilha era percorrida por elefantes desde que a lava primordial tinha secado e as primeiras árvores tinham atingido grande altura.

Juma estava confiante, e a marcha prosseguia em bom ritmo. Tanto o pai quanto Juma pareciam muito seguros de si, e a caminhada na trilha dos elefantes era tão fácil que Juma passou a carabina a David. Mas perderam a trilha nos montes fumegantes de esterco fresco, e nas marcas redondas e achatadas de um rebanho que tinha entrado na trilha vindo da mata fechada à esquerda. Juma tomou a arma de David num gesto de mau humor. Quando alcançaram o rebanho e viram as massas cinzentas deles por entre as árvores e o movimento das orelhas enormes, as trombas ativas se enrolando e desenrolando, ouvindo os estalos do quebrar de galhos, o tombar de árvores derrubadas, o borborismo das barrigas dos bichos e o cair barulhento do esterco, a tarde já estava em meio.

Finalmente acharam o rasto do elefante procurado, e, quando ele derivou para uma trilha menor, Juma olhou para o pai de David e sorriu mostrando os dentes limados, e o pai confirmou balançando a cabeça. Parecia que os dois tinham algum segredo, comportavam-se como quando David os encontrara aquela noite no *shamba*.

Não demorou muito para o segredo ser revelado. Ficava à direita na mata, e os rastos do elefantão levavam a ele. Era uma caveira cuja altura alcançava o peito de David, branca pela ação do sol e da chuva. Na testa havia uma depressão funda, e saindo de entre as órbitas brancas uma saliência terminava em duas cavidades esgarçadas onde as presas tinham sido cortadas.

Juma mostrou o lugar onde o grande elefante que eles perseguiam tinha parado para olhar a caveira e onde a tromba dele a tinha deslocado do lugar onde estivera no chão, e onde as pontas das presas dele tinham tocado o chão perto da caveira. Juma mostrou a David o buraco na grande depressão do osso branco da testa e depois os quatro buracos unidos no osso em volta do lugar da orelha. Sorriu para David e para o pai; tirou um cartucho .303 do bolso e o comparou com o buraco do osso da testa.

— Foi aqui que Juma acertou o grande bicho — disse o pai.
— Este era o *askari* dele. Quero dizer, o amigo dele, porque era também um elefante grande. Ele investiu e Juma o derrubou e acabou de matá-lo com um tiro na orelha.

Juma mostrou os ossos espalhados e os rastos do elefante em volta deles. Ele e o pai de David pareciam muito satisfeitos com o achado.

— Quanto tempo acha que ele e o amigo andaram juntos?
— perguntou David ao pai.

— Não tenho a menor ideia — disse o pai. — Pergunte a Juma.

— Pergunte o senhor por mim.

O pai e Juma conversaram. Juma olhou para David e sorriu.

— Umas quatro ou cinco vezes o tempo de sua vida, diz ele — informou o pai de David. — Ele não sabe nem se interessa.

Eu me interesso, pensou David. Vi o elefante ao luar, ele sozinho e eu com Kibo. Kibo estava comigo. O elefante não estava fazendo mal nenhum e nós o rastreamos até o lugar em que ele veio para ver o amigo morto. Agora vamos matá-lo. Por culpa minha. Eu o traí.

Juma já tinha levantado a pista. Fez sinal ao pai e retomaram o rastreamento.

Meu pai não precisa matar elefantes para viver, pensou David. Se eu não o tivesse visto, Juma não o teria achado. Teve oportunidade de matá-lo e só conseguiu feri-lo e matar o amigo. Eu e Kibo o achamos, e eu não devia ter contado a eles, devia ter guardado segredo e ficado com ele sempre e deixado esses dois se embebedando de cerveja no *shamba*. Juma estava tão bêbado que não conseguimos acordá-lo. De agora em diante vou guardar segredo de tudo. Nunca mais conto qualquer coisa a eles. Se o matarem, Juma vai beber a parte dele no marfim ou comprar outra maldita esposa. Por que não ajudei o elefante quando podia? Bastava não ter continuado no segundo dia. Não, isso não os atrapalharia. Juma teria continuado. Eu não devia ter contado a eles. Não devia mesmo. Guarde bem isso na cabeça. Nunca mais conte nada a ninguém. Guarde sempre segredo de tudo.

O pai esperou que ele se aproximasse e disse carinhosamente:

— Ele descansou aqui. Não está viajando como antes. Vamos alcançá-lo logo.

— À merda com a caça a elefantes — disse David calmamente.

— Como é que é? — perguntou o pai.

— À merda com a caça a elefantes — repetiu David no mesmo tom de voz.

— Cuidado para não estragar tudo — disse o pai encarando-o demoradamente.

Mais essa, pensou David. Ele não é bobo, agora sabe tudo do elefante e nunca mais vai confiar em mim. Isso é bom. Não quero que ele confie em mim porque nunca mais conto nada a ele nem a ninguém, nada nunca mais. Nunca, nunca.

De manhã ele estava novamente na encosta da montanha. O elefante não viajava como antes; agora andava devagar, como que a esmo, comendo ocasionalmente. David sabia que os perseguidores estavam chegando perto.

Tentou se lembrar de como se sentira. Ainda não estava gostando do elefante. Era importante não esquecer isso. Apenas sentia-se triste, uma tristeza resultante do cansaço que o fizera consciente de sua idade. Por ser muito jovem compreendeu como deviam sentir os que eram muito velhos.

Sentia falta de Kibo e pensava na aversão que estava sentindo por Juma por ele ter matado o amigo do elefante. Com isso também ele, David, sentia-se irmão do elefante. Agora sabia o que significava para ele ter visto o elefante ao luar, tê-lo seguido e chegado perto dele na clareira e visto de perto as grandes presas. Mas naquele momento não podia saber que nunca mais teria outra visão tão bonita como essa. Sabia que iam matar o elefante e que ele não tinha como impedir. Traíra o elefante quando voltara ao *shamba* para contar o que vira. Seriam capazes de me matar e de matar Kibo se nós tivéssemos marfim; pensou nisso, mas logo achou que não era verdade.

Provavelmente o elefante procurava o lugar onde tinha nascido, e os homens o matariam nesse lugar. Era do que precisavam para ficar tudo perfeito. Prefeririam tê-lo matado no lugar onde mataram o amigo dele. Seria uma boa piada. Eles ficariam contentíssimos. Os malditos matadores de amigos.

Chegaram à orla de uma vegetação densa onde estava o elefante. David sentia o cheiro dele, e os três ouviam a derrubada e os estalos de galhos. O pai pôs a mão no ombro de David, afastou-o para trás e mandou-o esperar fora do matagal. Tirou de uma bolsinha uma pitada de cinza e soltou-a no ar. A cinza não caiu na direção deles. O pai fez sinal para Juma e agachou-se para entrar atrás dele no matagal. David ficou olhando até eles sumirem na folhagem. Avançavam sem fazer barulho.

David ficou ali parado escutando o barulho que o elefante fazia ao comer. Sentia o cheiro com a mesma intensidade de quando chegara perto dele ao luar e vira as belas presas. Agora de repente não havia mais cheiro e tudo era silêncio. De repente um guincho alto, um estrépito e um estampido de arma .303, depois o estrondo duplo da .450 do pai, o fragor, o retumbar repercutindo e se afastando, e o menino entrando no matagal espesso e vendo Juma cambaleando e sangrando na testa, o sangue escorrendo rosto abaixo e o pai branco e irado.

— Ele investiu contra Juma e o derrubou — disse o pai. — Juma acertou ele na cabeça.

— E o senhor acertou onde?

— Onde pude, ora essa. Siga a trilha de sangue.

Era muito sangue. Uma risca da altura da cabeça de David marcando troncos, folhas e gavinhas e outra mais abaixo, escura e misturada com matéria estomacal.

— No pulmão e intestino — disse o pai. — Vamos achá-lo caído ou escorado, espero.

Encontraram-no escorado, em tal sofrimento e desespero que nem se mexia. Ele se arrancara do matagal fechado onde estivera comendo e entrou num trecho de mata mais rala. David e o pai acompanharam a trilha de sangue. O elefante continuou mata adentro e David o viu cinzento e enorme encostado no tronco de uma árvore. David só viu o traseiro dele. O pai passou à frente e o filho o seguiu. Chegaram ao elefante por um lado como se chega a um navio. David viu o sangue escorrendo do flanco do animal e viu o pai erguendo a arma e atirando, o elefante virando a cabeça, as grandes presas balançando pesadas, o elefante olhando para eles. O pai disparou o outro cano e o elefante cambaleou como uma árvore ferida, pendeu e caiu na direção deles. Mas não estava morto. Estivera escorado e agora estava no chão com o ombro destroçado. Não se mexeu, mas os olhos vivos olharam para David. Tinha pestanas compridas e o olho era a coisa mais viva que David já tinha visto.

— Atire no ouvido com a três zero três — disse o pai. — Atire.

— Atire o senhor — disse David.

Juma chegou mancando e ensanguentado, a pele da testa caída sobre o olho esquerdo, o osso do nariz aparecendo e uma orelha faltando. Tomou a arma de David sem falar, enfiou a ponta do cano dentro da orelha do elefante e deu dois tiros, manobrando o ferrolho com raiva. O olho do elefante arregalou-se com o primeiro tiro e logo foi se embaçando. A orelha começou a verter sangue, que escorria em dois filetes grossos pela pele enrugada. Era um sangue de cor diferente e David pensou, preciso não esquecer isso; não esqueceu, mas de nada lhe adiantou. Toda a dignidade, toda a majestade e toda a beleza deixaram o elefante, que agora era um enorme monte de massa enrugada.

— Nós o pegamos graças a você, Davey — disse o pai. — Agora vamos acender um fogo para eu consertar Juma. Venha cá, seu boneco desmanchado. As presas podem esperar.

Juma chegou-se sorrindo, com o rabo do elefante completamente pelado. Fizeram uma brincadeira sem graça e o pai passou a falar depressa em suaíli. A que distância fica a água? Que distância é preciso andar para buscar gente para tirar estas presas daqui? Como se sente, seu inútil abraçador de porcas? Você está inteiro?

Obtidas as respostas, disse o pai:

— Eu e David vamos voltar para pegar as trouxas onde as deixamos. Juma apanha lenha e acende o fogo. O estojo de primeiros socorros está na minha trouxa. Precisamos trazer as trouxas antes de escurecer. Ele não vai apanhar infecção. Não é como ferimento de unhas. Vamos andando.

Aquela noite, sentado perto do fogo, David olhou para Juma com o rosto costurado e as costelas quebradas e se perguntou se o elefante o teria reconhecido de quando Juma tentara matá-lo. Desejou que tivesse. Agora o elefante era o herói de David, como o pai tinha sido por muito tempo. Eu não acreditava mesmo que ele pudesse escapar, sendo velho e cansado, pensou David.

O elefante poderia ter matado Juma. Mas não olhou para mim como se quisesse me matar. Olhou com a tristeza que eu também senti. No dia de sua morte visitou o velho amigo.

David lembrou-se de que o elefante perdera toda a dignidade logo que o olho ficou mortiço, e que, quando ele e o pai voltaram com as trouxas, o elefante já tinha começado a inchar, mesmo na noite fria. Não havia mais elefante real, só o volume cinzento enrugado e as enormes presas pardas, amareladas, que tinham sido o motivo da morte dele. As presas estavam sujas de sangue ressecado; David raspou uma com a unha do polegar e guardou a raspa no bolso da camisa. Foi tudo o que ele tirou do elefante, não contando a consciência do sentimento de solidão.

Depois de tudo o pai procurou conversar com David ao pé do fogo.

— Era um matador, Davey. Juma diz que ninguém sabe quantas pessoas ele matou.

— Pessoas que queriam matá-lo, não é?

— Naturalmente. Com aquele par de presas.

— Então não pode ser chamado de matador.

— Se você pensa assim... sinto muito você ter se envolvido tanto.

— Eu sinto muito é ele não ter matado Juma — disse David.

— Aí você está exagerando. Juma é seu amigo.

— Não é mais.

— Mas não precisa dizer a ele.

— Ele já sabe — disse David.

— Acho que você está enganado a respeito de Juma — disse o pai, e a conversa parou aí.

Depois de tudo, voltaram com as presas, guardando-as na casa de pau a pique, uma ao lado da outra na parede, com as pontas se tocando, presas tão compridas e grossas que ninguém acreditava nem depois de tocá-las, e ninguém, nem o pai, conseguia alcançar a curva antes da ponta; ali, quando Juma, David e o pai eram heróis e Kibo era um cachorro de herói, e os homens que tinham carregado as presas eram heróis, heróis já um tanto bêbados e bebendo mais, o pai disse:

— Podemos fazer as pazes, Davey?

— Podemos — respondeu David, porque sabia que era o começo da política de nunca mais contar nada.

— Fico contente — disse o pai. — Assim é melhor e mais simples.

Sentaram-se em cepos de velhos à sombra da figueira, com as presas encostadas na parede do rancho, e beberam cerveja em coités servidos por uma menina e seu irmão mais novo, serviçais de heróis, que ficavam sentados no chão junto com o cachorro heroico de um herói que tinha na mão um galo velho recém-promovido à categoria de galo favorito do herói. Ali sentados bebiam cerveja enquanto o grande tambor era batido e a celebração começava.

"Viagem de trem" é o primeiro de quatro capítulos de um romance inacabado e sem título no estilo de Ring Lardner. Estas cenas compõem um conto muito legível na linha de *"O lutador"* e *"Os cinquenta mil"*.

Viagem de trem

Meu pai me cutucou, eu acordei. Ele estava em pé ao lado da cama no escuro. Senti a mão dele em mim, acordei por dentro vendo e sentindo, mas o resto de mim ainda dormia.

— Jimmy, está acordado? — perguntou ele.

— Estou.

— Então vista-se.

— Sim, senhor.

Ele continuou lá, eu queria me mexer, mas ainda estava dormindo.

— Vista-se, Jimmy.

— Sim, senhor — respondi, mas continuei deitado. De repente o sono acabou e saí da cama.

— Bom menino — disse meu pai.

Fiquei em pé no tapete e procurei as roupas nos pés da cama.

— Estão na cadeira — disse ele. — Calce os sapatos sem esquecer as meias.

Ele saiu do quarto. Fazia frio e me atrapalhei com as roupas. Tinha passado o verão inteiro sem usar sapatos e meias, e achei difícil fazer isso agora. Meu pai voltou ao quarto e sentou-se na cama.

— Os sapatos apertam?

— Um pouco.

— Calce assim mesmo.

— Estou calçando assim mesmo.

— Teremos outros sapatos — disse ele. — Não chega a ser um princípio, Jimmy. É um provérbio.

— É.

— Como dois contra um acaba em jejum. Também é provérbio.

— Este é melhor do que o dos sapatos.

— Mas não é bem verdade. Por isso é que você gostou. Os melhores provérbios não são verdade.

Fazia frio. Amarrei o outro sapato e estava vestido.

— Gosta de calçado de abotoar? — perguntou meu pai.

— Tanto faz.

— Pode usá-los se quiser. Todo mundo que gosta de calçado de abotoar deve usá-los.

— Já estou pronto.

— Vamos aonde?

— Vamos longe.

— Aonde?

— Canadá.

— Vamos lá também — disse ele.

Fomos para a cozinha. As persianas estavam fechadas e tinha uma lâmpada na mesa. No meio da cozinha estavam uma mala, uma bolsa de pano e duas mochilas.

— Sente-se — disse meu pai. Tirou a frigideira e o bule do café do fogão e sentou-se ao meu lado. Comemos presunto com ovos e tomamos café com leite condensado. — Coma o que puder.

— Estou cheio.

— Coma o outro ovo.

Tirou o ovo que restava na frigideira com o virador de panqueca e pôs no meu prato. As beiradas estavam tostadas pela gordura do bacon. Comi o ovo e olhei em volta. Se eu ia embora queria guardar tudo na memória e me despedir. O fogão era enferrujado e a tampa do reservatório de água quente estava quebrada. Acima do fogão tinha um limpador de pratos com cabo de madeira pendurado na beira de uma prateleira. Meu pai uma noite jogou esse limpador de pratos num morcego. O limpador ficou pendurado ali para meu pai se lembrar de comprar outro, e acho que também para se lembrar do morcego. Peguei o morcego com uma rede de cabo comprido e prendi-o numa caixa com tampa de tela. Tinha olhos pequeninos e dentes também pequeninos, e ficava encolhido na caixa. Soltamos ele na praia do lago no escuro; ele voou por cima do lago elegantemente à flor da água, depois subiu, virou e voou por cima de nós e finalmente sumiu entre as árvores no escuro. Na cozinha havia duas mesas: uma, em que comíamos, e a outra, em que preparávamos a comida. As duas eram forradas com oleado. Tinha um balde de folha para carregar água do lago para o reservatório e um balde de granito para tirar água do poço. Na porta da despensa tinha um rolo para toalha e forros de mesa numa prateleira acima da estufa. No canto ficava a vassoura. A caixa de lenha estava pela metade e as panelas ficavam penduradas na parede.

Passei os olhos por toda a cozinha para guardá-la na memória porque gostava muito dela.

— Então — disse meu pai. — Acha que vai poder se lembrar dela?

— Acho que sim.

— E vai lembrar o quê?

— Todas as nossas brincadeiras.

— Não só de abastecer a caixa de lenha e puxar água?

— Não foi trabalho pesado.

— Não. Não é pesado. Não tem pena de ir?

— Não se for para o Canadá.

— Não vamos nos estabelecer lá.

— Mas vamos ficar um pouco.

— Não muito.

— E de lá vamos para onde?

— Veremos depois.

— Pouco me importa para onde iremos.

— Continue assim — disse meu pai. Acendeu um cigarro e ofereceu-me o maço. — Você fuma?

— Não.

— Ótimo. Agora você vai lá fora, sobe ao telhado e põe o balde na chaminé. Eu fecho a casa.

Saí. Ainda estava escuro, mas no alto dos morros começava a clarear. A escada estava encostada no telhado. Achei o balde velho no depósito de lenha e subi a escada com ele. O solado de meus sapatos não se firmavam nos degraus. Coloquei o balde no alto do cano do fogão para não entrar chuva e evitar a entrada de esquilos e outros roedores. Do telhado olhei para baixo e vi as árvores e o lago. Para o outro lado vi a cobertura do depósito de lenha, a cerca e os morros. Já estava mais claro do que quando comecei a subir a escada. Era ainda muito cedo e fazia frio. Olhei as árvores e o lago mais uma vez para gravar tudo. Olhei os morros e a mata do outro lado da casa e mais uma vez a cobertura do depósito de lenha e fiquei gostando muito de tudo, do depósito de lenha, da cerca, dos morros e da mata, e desejei que estivéssemos apenas saindo para uma pescaria, e não indo embora. Ouvi o barulho da porta se fechando e o de meu pai pondo todas as nossas coisas no chão. Depois ele fechou a porta. Comecei a descer a escada.

— Jimmy — disse meu pai.

— Senhor?

— Como está aí em cima?

— Estou descendo.

— Fique aí. Vou subir — disse ele, e foi subindo devagar e com cuidado. Olhou em volta como eu tinha feito. — Eu também não tenho vontade de ir — retrucou.

— Por que temos que ir?

— Não sei. Mas temos que ir.

Descemos a escada e meu pai recolheu-a ao depósito de lenha. Levamos nossas coisas para o embarcadouro. O barco a motor estava amarrado no seu lugar. O oleado que o cobria estava orvalhado, e o motor e os assentos também. Retirei o oleado e enxuguei os assentos com um trapo. Meu pai pegou a bagagem no ancoradouro e colocou-a na popa do barco. Soltei as amarras da proa e da popa, entrei no barco e esperei. Meu pai escorvou o motor com a torneira de purga, manejando a roda duas vezes para levar gasolina ao cilindro, acionou a manivela e o motor pegou. Sustive o barco no ancoradouro com uma laçada do cabo em um pilar. A hélice revolveu água e o barco ficou roncando e espadanando água nos pilares.

— Solte, Jimmy! — gritou meu pai.

Soltei o cabo e nos afastamos do ancoradouro. Vi a casa por entre as árvores, com as janelas fechadas. Partimos em linha reta, o ancoradouro foi ficando pequeno e a linha da praia, aumentando.

— Tome conta, Jimmy — disse meu pai.

Peguei a roda do leme e aprumei para o pontal. Olhei para trás e vi a praia, o ancoradouro, o hangar e o bosque de choupos-bálsamos. Logo passávamos a clareira e avistei a angra com a embocadura do riachinho que deságua no lago. Vi a barranca coberta de coníferas e depois a margem arborizada do pontal, e então fiquei atento ao banco de areia que se projeta bem adiante do pontal. A partir da orla do banco de areia a água é profunda. Fui seguindo pela beira do canal, contornei a extremidade do banco, e vi a massa de algas onde desova o lúcio. Transpusemos o pontal. Olhei para trás e não vi mais o hangar, só vi o pontal com três corvos caminhando na areia, um tronco velho meio enterrado. À frente, só o lago.

Primeiro ouvi o trem, depois o vi chegando. Vinha numa longa curva e parecia muito pequeno e dividido em pedacinhos ligados uns aos outros. Deslocava-se com os morros e os morros com as árvores atrás do trem. Vi uma bola branca saindo da máquina e ouvi um apito, vi outra bola e novamente ouvi o apito. Ainda era cedo na manhã e o trem estava do outro lado de um brejo de lariços. Dos dois lados dos trilhos corria água, água limpa de fonte sobre um fundo pardo de brejo, e no centro do brejo erguia-se uma névoa. As árvores queimadas em incêndios da floresta eram finas e acinzentadas e não se mexiam na névoa, e a névoa não era espessa. A manhã era fria e branca. O trem vinha chegando cada vez mais perto e aumentando de tamanho. Afastei-me dos trilhos e olhei para o lago lá atrás. Vi os dois armazéns e os abrigos de barcos, os compridos ancoradouros avançando na água; e perto da estação o caminho de cascalho em volta do poço artesiano de onde a água saía por uma mangueira marrom e caía num pequeno lago artificial. Adiante ficava o lago de onde soprava uma brisa. A margem era arborizada e o barco em que viemos estava amarrado no ancoradouro.

O trem parou, o maquinista e o guarda-freios desceram. Meu pai despediu-se de Fred Cuthbert, que ia tomar conta do nosso barco.

— Quando volta?

— Não sei, Fred — disse meu pai. — Dê uma mão de pintura nele na primavera.

— Até a volta, Jimmy — despediu-se Fred. — Se cuide, hein?

— Até a volta, Fred.

Trocamos apertos de mão com Fred e entramos no trem. O maquinista subiu no carro da frente, o guarda-freios pegou o caixote que tínhamos usado para subir e entrou também no trem quando ele já ia saindo. Fred ficou na plataforma e eu olhei a estação. Fred demorou-se um pouco e logo foi andando. A água jorrando da mangueira no sol, os dormentes, o brejo e a estação, tudo ficando pequeno, e o lago diferente visto de um novo ângulo; logo tudo desapareceu e atravessamos o rio que se chama

Rio do Urso, passamos um corte e depois só os dormentes e os trilhos correndo para trás e figueiras-bravas dos lados dos trilhos e nada mais para gravar e lembrar. Agora tudo era novo, as matas tinham a feição nova de matas desconhecidas, e quando se passa um lago é a mesma coisa. É só um lago, um lago novo, diferente daquele em que se viveu.

— Aqui a gente só apanha cinza — disse meu pai.

— É melhor entrarmos — respondi.

Eu me sentia estranho naquela região. Ela podia até ser igual à que tínhamos vivido, mas eu a achava diferente. Todos os pedaços de terra arborizados com folhas balançando se parecem, mas quando se vê de um trem uma mata de faias bate uma tristeza, porque nos faz lembrar a mata onde vivemos. Mas eu ainda não sabia disso. Pensava que qualquer outro lugar era como o nosso, talvez apenas maior, mas no todo sempre o mesmo, inspirando-nos os mesmos sentimentos. Mas não é assim. Nada temos a ver com os lugares novos. Aqui os morros são piores do que as matas. Pode ser que todos os morros do Michigan sejam parecidos, mas no trem eu olhava pela janela e via matas e brejos, atravessávamos um rio e achava interessante, passávamos morros com uma fazenda e outros morros atrás e pareciam todos iguais, mas eram diferentes, tudo era um pouco diferente. Claro que morros por onde passa um trem podem não ser os mesmos. Nada estava sendo como eu pensava que seria. Em todo caso era um dia agradável de começo de outono. O ar que entrava pela janela era leve, e logo senti fome. Tínhamos levantado ainda no escuro, e já eram quase oito e meia. Meu pai veio e sentou-se ao meu lado.

— Então, Jimmy, tudo bem?

— Estou com fome.

Ele deu-me uma barra de chocolate e uma maçã tiradas do bolso.

— Vamos para o vagão de fumantes — disse ele.

Acompanhei-o pelo vagão e entramos no seguinte. Meu pai sentou-se perto da janela e eu ao lado dele. A limpeza do vagão deixava a desejar. O estofamento de couro preto dos assentos estava queimado de fagulhas.

— Veja os assentos à nossa frente — disse meu pai sem olhar. À nossa frente estavam dois homens sentados lado a lado. O que estava do lado da janela olhava para fora e tinha o pulso direito algemado ao esquerdo do homem ao lado dele. No assento adiante do deles tinha dois outros homens. Eu só via as costas deles, mas estavam do mesmo jeito que os dois outros. Os dois que ocupavam o assento do outro lado conversavam.

— Trem diurno — disse o homem à nossa frente. O que estava na frente dele falou sem olhar para ele.

— E por que não tomamos o trem noturno?

— Você ia querer dormir com esses?

— E por que não?

— Como estamos é mais confortável.

— Confortável uma ova.

O homem que olhava pela janela voltou-se para nós e piscou. Era baixo e usava boné. Tinha a cabeça enfaixada debaixo do boné. O homem algemado a ele também usava boné e tinha pescoço grosso; vestia terno azul e o boné que ele usava parecia ser apenas para viagem.

Os dois do assento mais adiante eram mais ou menos da mesma altura e tinham o mesmo corpo, mas o que ficava na janela tinha o pescoço mais grosso.

— Tem alguma coisa de fumar, Jack? — disse a meu pai o homem que tinha piscado. Disse isso por cima do outro a quem ele estava algemado. O homem de pescoço grosso virou-se e olhou para meu pai e para mim. O que tinha piscado sorriu. Meu pai tirou do bolso o maço de cigarros.

— Quer dar um cigarro a ele? — perguntou o guarda. Meu pai estendeu a mão com o maço de cigarros para o assento ao lado. — Deixe que eu dou a ele — disse o guarda.

Pegou o maço com a mão livre, passou-o para a mão algemada e com a outra tirou um cigarro que deu ao outro. O que estava perto da janela sorriu para nós e o guarda acendeu o cigarro para ele.

— Você foi muito legal comigo — disse ao guarda.

O guarda devolveu o maço de cigarros.

— Tire um — disse meu pai.

— Não, obrigado. Estou mascando.

— Viagem longa?

— Chicago.

— Nós também.

— Uma bela cidade — observou o homem que ia na janela. — Estive lá uma vez.

— Está na cara que esteve — disse o guarda. — Está na cara.

Mudamo-nos para o assento mais perto deles. O guarda olhou em volta. O homem algemado a ele baixou os olhos para o chão.

— Qual é o problema? — perguntou meu pai.

— Estes senhores estão presos por assassinato.

O homem que ia na janela piscou para mim.

— Não fique pensando coisas — disse ele. — Aqui somos todos boa gente.

— Quem foi assassinado? — perguntou meu pai.

— Um italiano — disse o guarda.

— Quem? — perguntou o mais baixo fazendo-se de interessado.

— Um italiano — repetiu o guarda a meu pai.

— Quem o matou? — perguntou o mais baixo olhando para o policial e arregalando os olhos.

— Você é muito engraçado — disse o guarda.

— Não, sargento — disse o baixinho. — Eu só perguntei quem matou esse italiano.

— *Ele* matou o italiano — confirmou o prisioneiro do assento da frente olhando para o detetive. — *Ele* matou o italiano com uma flechada.

— Pare com isso — disse o detetive.

— Sargento — falou o baixinho —, *eu* não matei o tal italiano. Eu não mataria um italiano. Eu não *conheço* nenhum italiano.

— Tome nota e use contra ele — disse o prisioneiro que ia no assento da frente. — Tudo o que ele disser será usado contra ele. *Ele* não matou o italiano.

— Quem matou o italiano, sargento? — perguntou o baixinho.

— Você — disse o detetive.

— Isso é uma falsa acusação, sargento — protestou o baixinho. — Eu não matei o italiano. Me recuso a repetir. Não matei o italiano.

— Tudo o que ele disser tem que ser usado contra ele — disse o outro prisioneiro. — Sargento, por que você matou o italiano?

— Foi um erro, sargento — disse o baixinho. — Foi um terrível erro. Você não devia ter matado o italiano.

— Ou aquele italiano — disse o outro preso.

— Vocês dois, calem o raio da boca! — gritou o sargento. — São viciados — disse ele a meu pai. — E malucos como percevejos.

— Percevejos?!? — perguntou o baixinho elevando a voz. — Não tenho percevejos em mim, sargento.

— Ele vem de uma longa linhagem de nobres ingleses — disse o outro preso. — Pergunte ao senador aí. — E indicou meu pai com o queixo.

— Pergunte ao homenzinho ali — disse o primeiro preso. — Ele tem a idade de George Washington. Não pode dizer mentira.

— Fale, menino — respondeu o preso mais alto me encarando.

— Pare com isso — ordenou o guarda.

— Isso, sargento — falou o baixinho. — Faça ele parar com isso. Ele não tem o direito de envolver o garoto.

— Eu também já fui garoto — disse o preso mais alto.

— Cale o raio da boca — gritou o guarda.

— Isso mesmo, sargento — disse o preso mais baixo olhando para mim.

— É melhor irmos para o outro carro — disse-me meu pai. — Com licença — pediu aos dois detetives.

— Toda. Nos veremos no almoço — defendeu-se o outro detetive. O prisioneiro baixinho piscou para nós e ficou nos olhando quando nos afastávamos. O outro preso olhava pela janela. Voltamos a nossos assentos no outro carro.

— Então, Jimmy, que é que você acha disso? — perguntou meu pai.

— Não sei.

— Nem eu — disse ele.

No almoço em Cadillac estávamos sentados ao balcão, e quando eles chegaram sentaram-se a uma mesa. O almoço foi bom. Comemos empadão de frango e eu bebi um copo de leite e comi uma fatia de torta de amora com sorvete. O salão de almoço estava cheio. Olhando pela porta aberta via-se o trem. Sentado no banquinho do balcão olhei para aqueles quatro almoçando juntos. Os dois presos comiam com a mão esquerda, e os detetives, com a direita. Os detetives cortavam a carne com o garfo na mão esquerda, o que puxava a mão direita dos prisioneiros. As duas mãos que estavam algemadas ficavam em cima da mesa. Fiquei olhando o prisioneiro baixinho comer. Sem parecer fazê-lo de propósito, ele dificultava a ação do detetive. O prisioneiro se movimentava sem prestar atenção no que fazia e usava a mão de maneira a puxar a mão esquerda do sargento. Os outros dois comiam sem maiores dificuldades. Não tive mais interesse em observá-los.

— Por que não tira a algema para comermos? — sugeriu o baixinho ao sargento.

O sargento não respondeu. Pegou a xícara de café, e nesse momento o baixinho se mexeu e o café derramou. Sem olhar para o baixinho, o sargento puxou o braço, a algema puxou a mão do baixinho e o punho do sargento bateu na cara do baixinho.

— Seu filho da puta — disse o baixinho. O lábio dele sangrou e ele lambeu o sangue.

— Quem? — perguntou o sargento.

— Você não — disse o baixinho. — Não é você, que está algemado comigo. Não pode ser você.

O sargento passou o braço para debaixo da mesa e olhou o rosto do baixinho.

— O que foi que você disse?

— Nadinha — disse o baixinho.

O sargento encarou o preso e pegou novamente a xícara de café com a mão algemada, puxando assim a mão direita do baixinho sobre a mesa. O sargento ergueu a xícara para beber, a xícara caiu e o café molhou tudo. O sargento levou a algema ao rosto do baixinho duas vezes sem olhar para ele. O rosto do baixinho sangrou, ele lambeu os lábios e olhou para a mesa.

— Está satisfeito?

— Estou. Muito satisfeito — disse o baixinho.

— Vai se comportar agora?

— Vou ficar bem-comportado. Você está bem?

— Limpe o rosto — disse o sargento. — Sua boca está sangrando.

Subiram para o trem dois a dois, nós também subimos e fomos para nossos lugares. O outro detetive, não o que era chamado de sargento, mas o que estava algemado ao prisioneiro mais alto, não dera a mínima importância ao que acontecera na mesa. Viu tudo, mas fez que não via. O prisioneiro mais alto também não disse nada, mas observara tudo.

Havia cinza no estofado de nosso assento, que meu pai limpou com jornal. O trem deu a partida, olhei pela janela, mas não pude ver muito de Cadillac, só o lago, fábricas e uma estrada muito lisa ladeando os trilhos. Na margem do lago havia muitos montes de serragem.

— Não ponha a cabeça fora do trem, Jimmy — falou meu pai. Recolhi a cabeça. Também não havia muito para ver. — É a cidade natal de Al Moegast.

— Ah, é?

— Viu o que aconteceu na mesa? — perguntou meu pai.

— Vi.

— Viu tudo?

— Isso eu não sei.

— Por que acha que o baixinho fez aquilo tudo?

— Acho que foi para dificultar o almoço e conseguir que o outro tirasse a algema.

— Viu mais alguma coisa?

— Vi ele apanhar três vezes no rosto.

— Você olhava para onde quando o outro o atingiu?

— Olhava para o rosto dele. Vi o sargento bater nele.

— Pois enquanto o sargento batia no rosto dele com a algema na mão direita, ele pegou uma faca da mesa com a esquerda e guardou-a no bolso.

— Isso eu não vi.

— Todo mundo tem duas mãos, Jimmy. Pelo menos para começar. Se quer registrar tudo precisa observar as duas mãos.

— E os outros dois fizeram o quê? — perguntei. Meu pai riu.

— Não estava olhando para eles.

* * *

Voltei a olhar a paisagem. Não havia maior interesse nela porque muitas outras coisas aconteciam e eu já tinha visto muita paisagem. Tinha vontade de voltar ao vagão de fumantes, mas não quis dar a ideia. Meu pai estava lendo e acho que o meu nervosismo o perturbou.

— Você não lê, Jimmy? — perguntou ele.

— Não muito. Não tenho tempo.

— Está fazendo o que agora?

— Esperando.

— Quer ir lá?

— Quero.

— Acha que devemos dizer ao sargento?

— Não.

— É um problema ético — disse ele e fechou o livro.

— Quer contar a ele? — perguntei.

— Não. Afinal, toda pessoa é considerada inocente até que se prove o contrário. Pode ser que ele realmente não tenha matado o italiano.

— Serão mesmo viciados em drogas?

— Não sei se usam drogas ou não. Muita gente usa. Mas usar cocaína ou morfina ou heroína não faz ninguém falar como eles falaram.

— E o que é que faz?

— Não sei. O que será que leva uma pessoa a falar do jeito que eles falam?

— Vamos lá — sugeri. Meu pai tirou a mala da prateleira de cima, abriu-a e guardou nela o livro e algo que tirou do bolso. Trancou a mala e fomos para o vagão de fumantes. Ao passar pelo corredor entre os assentos, vi os dois detetives e os dois prisioneiros sentados. Sentamos nos lugares opostos aos deles.

O boné do baixinho estava puxado sobre o curativo da cabeça e os lábios estavam ˙inchados. Ele olhava pela janela. O sargento dormitava, fechava e abria os olhos intermitentemente. O rosto dele era sono só. No outro assento à frente os outros dois também pareciam sonolentos. O prisioneiro inclinava-se para a janela, e o detetive, para o corredor. Não estavam confortáveis, e quando o sono foi aumentando eles penderam um para o outro.

O baixinho olhou para o sargento e depois para nós. Não deu mostras de nos reconhecer e passou os olhos por todo o vagão. Parecia estar esquadrinhando todos os homens do carro. Não havia muitos passageiros. O baixinho tornou a olhar para o sargento. Meu pai tirou outro livro do bolso e começou a ler.

— Sargento — disse o baixinho. O sargento abriu os olhos e olhou para o prisioneiro. — Preciso ir à privada.

— Agora não — disse o sargento, e fechou os olhos.

— Ora, sargento, você nunca precisa ir à privada?

— Agora não — repetiu o sargento. Parecia não querer sair do estado de semissono e semivigília. Respirava forte e devagar, mas quando abria os olhos a respiração parava. O baixinho olhou para nós e parece que não nos reconheceu.

— Sargento. — O sargento não respondeu. O baixinho passou a língua nos lábios. — Olhe, sargento, preciso ir à privada.

— Está bem. — O sargento e o baixinho levantaram-se e saíram andando pelo corredor. Olhei para meu pai.

— Vá em frente se quiser — disse ele. Fui atrás dos dois pelo corredor.

Estavam os dois parados à porta.

— Quero ir sozinho — disse o prisioneiro.

— Sozinho, não.

— Vamos, me deixe ir sozinho.

— Não.

— Por que não? Você tranca a porta.

— Não vou tirar a algema.

— Ora, sargento, me deixe ir sozinho.

— Vou dar uma olhada — disse o sargento.

Entraram, o sargento fechou a porta. Sentei-me no assento em frente à porta do reservado. Olhei para meu pai lá adiante. Ouvi os dois falando lá dentro, mas não percebi o que falavam. Mexeram na maçaneta de dentro para abrir a porta e ouvi o barulho de alguma coisa batendo duas vezes na porta. Depois essa alguma coisa caiu no chão. Depois um barulho lembrando o que se ouve quando se pega um coelho pelas pernas traseiras, batendo-lhe a cabeça em um tronco para matá-lo. Olhei para meu pai e fiz-lhe sinal. Esse barulho aconteceu três vezes e vi alguma coisa aparecendo debaixo da porta. Era sangue escorrendo lentamente. Corri pelo corredor para onde estava meu pai.

— Está saindo sangue por baixo da porta.

— Fique sentado aqui — ordenou meu pai.

Levantou-se, seguiu pelo corredor e bateu no ombro do detetive. O detetive ergueu os olhos para ele.

— O seu companheiro foi ao lavatório — disse meu pai.

— E daí? — disse o detetive.

— Meu garoto foi lá e diz que viu sangue escorrendo por baixo da porta.

O detetive pulou de pé e puxou o outro prisioneiro do assento. O prisioneiro olhou para o meu pai.

— Vamos — disse o detetive. O prisioneiro continuou
sentado. — Vamos — disse o detetive, e o prisioneiro não se
mexeu. — Vamos, senão estouro seus miolos.

— Como, excelência? — perguntou o prisioneiro.

— Vamos, seu filho da puta.

— Olhe as boas maneiras — disse o prisioneiro.

Seguiram pelo corredor, o detetive à frente com uma arma
na mão direita e o prisioneiro atrás algemado. Os passageiros
levantaram-se para ver.

— Fique aí e não saia — disse meu pai. Segurou-me pelo
braço.

O detetive viu o sangue debaixo da porta. Virou-se e olhou
para o prisioneiro. O prisioneiro ficou imóvel.

— Não — disse. Com a arma na mão direita o detetive deu
um puxão forte com a mão esquerda para baixo, e o prisioneiro
caiu de joelhos. — Não — disse o prisioneiro. Olhando a porta
e o prisioneiro, o detetive mudou a mão direita para o cano do
revólver e bateu com a coronha no lado da cabeça do prisioneiro.
O prisioneiro caiu com a cabeça e as mãos no chão. — Não —
disse sacudindo a cabeça no chão. — Não! Não! Não!

O detetive bateu nele mais uma vez e mais outra, e ele ficou
quieto com a cara no chão. De olho na porta, o detetive pôs o
revólver no chão, inclinou-se e abriu a algema e tirou-a do pulso
do prisioneiro. Apanhou o revólver e levantou-se. Com o revólver
na mão direita, puxou a corda com a esquerda para parar o trem.
Levou a mão à maçaneta da porta.

O trem começou a parar.

— Afaste-se da porta — disse alguém do lado de dentro.

— Abra — disse o detetive e recuou.

— Al — disse a voz —, você está bem, Al?

O detetive passou para um lado da porta. O trem estava parando.

— Al — voltou a dizer a voz. — Responda se você está bem.

Não houve resposta. O trem parou. O guarda-freios abriu a porta do vagão.

— Que joça é essa? — perguntou. Olhou para o homem no chão, para o sangue e para o detetive com o revólver na mão. O maquinista vinha chegando da outra ponta do vagão.

— Tem um sujeito aí dentro que matou um homem — disse o detetive.

— Tem nada. Saiu pela janela — disse o guarda-freios.

— Tome conta deste homem — disse o detetive, e abriu a porta para a plataforma do trem.

Atravessei o corredor e olhei por uma janela. Acompanhando os trilhos havia uma cerca. Depois da cerca, a mata. Olhei os trilhos à direita e à esquerda. O detetive passou correndo, depois voltou correndo. Ninguém à vista. O detetive voltou ao vagão, abriram a porta do reservado. A porta não abria de todo porque o sargento estava caído no chão. A janela estava semiaberta. O sargento ainda respirava. Ergueram-no e o levaram para o vagão, apanharam o prisioneiro e puseram-no em um assento. O detetive passou a algema pela alça de uma mala grande. Ninguém sabia o que fazer, se cuidava do sargento ou se procurava o baixinho. Todo mundo saiu do trem e olhava os trilhos de um lado e de outro e a orla da mata. O guarda-freios tinha visto o baixinho atravessar os trilhos correndo e entrar na mata. O detetive entrou duas vezes na mata e saiu. O prisioneiro tinha levado a arma do sargento, e ninguém se mostrava disposto a ir muito longe na mata atrás dele. Finalmente resolveram continuar com o trem até uma estação de onde pudessem chamar a polícia e mandar um retrato falado do baixinho. Meu pai ajudou-os a tratarem do sargento. Lavou o ferimento que era entre a clavícula e o pescoço, e mandou-me pegar papel e toalhas no reservado. Dobrou papel e toalha para fazer um tampão para o ferimento. Fixou o tampão com uma manga da camisa do sargento. Deitaram-no da melhor maneira possível para ele ficar confortável, e meu pai lavou o rosto dele. O prisioneiro tinha batido a cabeça do sargento na porta do reservado e ele ainda estava inconsciente, mas meu pai disse que o ferimento não era grave. Na estação ele foi removido do trem e o detetive retirou o outro prisioneiro. O rosto do outro prisioneiro estava branco e ele tinha um grande galo de um lado da cabeça. Parecia abobalhado quando o retiraram do trem e mostrou-se muito solícito em fazer tudo que mandavam. Meu pai voltou para o vagão depois de ter ajudado a cuidarem do sargento, que fora posto em um caminhão e levado para um hospital. O detetive passava telegramas. Ficamos na plataforma do trem quando ele partiu e vi o prisioneiro em pé na estação, com a cabeça encostada na parede. Parecia que chorava.

Eu estava nervosíssimo. Com um balde e vários trapos, o guarda-freios limpava o sangue que tinha escorrido do reservado.

— Como está ele, doutor? — perguntou o guarda-freios a meu pai.

— Não sou doutor. Mas creio que está bem.

— Tamanhos homens e não foram capazes de dar conta daquele piolhinho — disse o guarda-freios.

— Viu quando ele pulou a janela?

— Vi — disse o guarda-freios. — Ou melhor, vi quando ele caía nos trilhos.

— Você o reconheceu?

— Não. Não da primeira vez que o vi. Como será que ele esfaqueou o sargento, doutor?

— Deve ter pulado em cima dele por trás — disse meu pai.

— Onde será que ele conseguiu a faca?

— Eu sei lá — disse meu pai.

— Aquele outro boboca ficou quietinho e não tentou fugir.

— É.

— Mas o detetive não bobeou com ele. Você viu, doutor?

— Vi.

— Coitado do boboca — disse o guarda-freios.

O lugar que ele lavou estava úmido e limpo. Voltamos a nossos assentos no outro vagão. Meu pai sentou-se e ficou calado e fiquei imaginando em que ele estaria pensando.

— Então, Jimmy? — disse ele um tempo depois.

— Senhor?

— O que é que você acha de tudo agora?

— Não sei.

— Nem eu. Está deprimido?

— Estou.

— Eu também. Você teve medo?

— Quando vi o sangue. E quando ele bateu no prisioneiro.

— Isso é saudável.

— E o senhor teve medo?

— Não. Como era o sangue?

Pensei por um instante.

— Era grosso. Parecia pegajoso.

— O sangue é mais grosso do que a água — disse meu pai. — Este é o primeiro provérbio que enfrentamos quando começamos a levar a nossa própria vida.

— Mas isso tem algo a ver com... pessoas da mesma família, não tem?

— Não — retrucou meu pai. — Quer dizer exatamente o que diz. Mas é sempre uma surpresa. Ainda lembro quando fiz essa descoberta.

— E quando foi isso?

— Senti meus sapatos encharcados. Era algo quente e grosso. Parecia água, quando entra em botas de borracha, aquelas que a gente usa para caçar patos, só que era mais quente, mais grosso e mais pegajoso.

— Mas quando foi isso?

— Ora! Faz muito tempo — disse meu pai.

"O cabineiro" é um episódio do mesmo romance inacabado e sem título do qual faz parte "Viagem de trem".

O CABINEIRO

Quando fomos dormir, meu pai disse que seria melhor eu ficar no beliche de baixo para poder olhar pela janela de manhã cedo. Disse que para ele tanto fazia dormir em cima quanto embaixo, e que ele não demoraria a se recolher. Despi-me e pus as roupas na maca, vesti o pijama e me deitei. Apaguei a luz e ergui a cortina da janela, mas logo verifiquei que se eu me sentasse para olhar para fora sentiria frio; e deitado eu não via nada. Meu pai tirou uma mala que estava embaixo do meu beliche, abriu-a na cama, tirou o pijama e jogou-o no beliche de cima; tirou ainda da mala um livro e a garrafa da qual encheu o cantil.

— Acenda a luz — disse eu.

— Não. Não preciso. Está com sono, Jim?

— Acho que sim.

— Durma bastante — disse e fechou a mala, que tornou a pôr embaixo do beliche.

— Pôs os sapatos lá fora?

— Não — respondi. Os sapatos estavam na maca. Levantei-me para apanhá-los, mas meu pai achou-os primeiro e os pôs lá fora no corredor.

— Já vai dormir, senhor? — perguntou o cabineiro a ele.

— Não — respondeu meu pai. — Vou ler um pouco no banheiro.

— Sim, senhor — disse o cabineiro.

Era agradável estar deitado entre os lençóis com o cobertor grosso por cima no escuro da cabine e lá de fora. Na parte inferior da janela tinha uma tela abaixada, por onde entrava ar frio. A cortina verde estava bem esticada e abotoada, o vagão balançava mas dava a impressão de firmeza. O trem corria, e de vez em quando ouvia-se um apito. Dormi, e quando acordei olhei para fora e vi que atravessávamos lentamente um rio largo. Na água brilhavam luzes, pela janela passavam barras e vigas de uma ponte, e meu pai subia para o beliche de cima.

— Está acordado, Jimmy?

— Estou. Onde estamos agora?

— Entrando no Canadá. Mas amanhã cedo já saímos dele.

Olhei pela janela para ver o Canadá, mas só vi pátios ferroviários e trens de carga. O trem parou, dois homens se aproximaram com tochas, pararam e bateram nas rodas com grandes martelos. Eu só via os homens agachados nas rodas e mais longe à frente muitos trens de carga. Me encolhi de novo na cama.

— Em que parte do Canadá estamos? — perguntei.

— Windsor — disse meu pai. — Boa-noite, Jim.

Quando acordei de manhã e olhei pela janela, vi uma bela paisagem parecida com o Michigan, só que os morros eram mais altos, e as árvores, peladas. Vesti-me e procurei os sapatos do outro lado da cortina no corredor. Estavam engraxados. Calcei-os, abri a cortina e saí para o corredor. Em todo o corredor as cortinas das cabines estavam abaixadas e abotoadas, indicando que todo mundo ainda dormia. Fui ao lavatório e dei uma olhada. O cabineiro negro dormia num canto do assento estofado de couro. Tinha o boné puxado sobre os olhos e os pés descansando numa cadeira. O homem estava com a boca aberta, a cabeça inclinada para trás e as mãos no colo. Fui até o fim do vagão e olhei para fora, mas ventava e caía cinza, e não havia onde sentar. Voltei ao lavatório e entrei sem fazer barulho para não acordar o cabineiro, e sentei-me ao lado da janela.

O lavatório tinha cheiro de escarradeiras de latão de manhã cedo. Eu sentia fome. Olhei pela janela a paisagem outonal, depois olhei o cabineiro dormindo. A região parecia boa para caça. Os morros eram cobertos de vegetação com trechos de mata, bonitas casas de fazenda e boas estradas. Era diferente do Michigan. Aqui tudo parecia ligado, quando no Michigan uma parte do território não tem nenhuma ligação com outra. Também não vi brejos nem sinal de queimada. Tudo parecia ter dono, e era bem-cuidado. As faias e os bordos eram racionalmente explorados. Os carvalhos tinham folhas de colorido suave, e nos trechos de vegetação arbustiva havia muitos sumagres vermelhos. A região parecia boa para coelhos. Tentei ver alguns, mas o trem ia tão depressa que não dava para concentrar a vista, e as únicas aves que vi estavam voando. Vi dois gaviões à procura de caça. Devia ser um casal. Pica-paus voavam na orla das matas. Vi dois bandos de gaios azulados, mas a velocidade do trem não permitiu que me concentrasse neles. Finalmente desisti de procurar detalhes e fiquei só olhando a paisagem passar. Numa fazenda no centro de uma pradaria, um bando de maçaricos catava comida. Quando o trem passou perto, três maçaricos levantaram voo e voaram em círculos sobre a mata, mas os outros continuaram comendo. O trem fez uma curva bem aberta e pude ver os vagões da frente e a locomotiva soltando fumaça e lá embaixo um rio. Quando olhei para dentro o cabineiro, já acordado, me olhava.

— Muita coisa para ver? — perguntou ele.

— Não muita.

— Mas você olhava entretido.

Eu não disse mais nada, mas fiquei contente de ele estar acordado. Ele continuava com os pés na cadeira, mas o boné estava no lugar certo na cabeça.

— A pessoa que ficou aqui lendo é seu pai?

— Ele gosta de beber.

— É um grande bebedor.

— Não tem dúvida que é. Um grande bebedor.

Fiquei calado.

— Tomei uns dois com ele — disse o cabineiro. — Fiquei baqueado, mas ele ficou sentado por muito tempo bebendo sem dar nenhum sinal de fraqueza.

— Ele nunca dá sinal de fraqueza — respondi.

— É. Mas se continuar assim por muito tempo acaba se matando por dentro. — Não respondi nada sobre isto. — Está com fome, menino?

— Muita.

— Venha comigo e lhe arranjo alguma coisa.

Seguimos ao comprido de dois outros vagões, todos com as cortinas dos corredores fechadas, e chegamos ao restaurante, que passamos, e entramos na cozinha.

— Olá, gente boa — disse o cabineiro ao cozinheiro.

— Tio George! — disse o cozinheiro. Tinha mais quatro negros sentados a uma mesa jogando baralho.

— Que tal alguma coisa de mastigar para o senhorzinho e para mim?

— Só depois que estiver pronto — disse o cozinheiro.

— Você pode beber? — perguntou o cabineiro chamado George ao cozinheiro.

— Não — respondeu o outro.

— Pois aqui está — disse George tirando uma garrafa pequena do bolso do uniforme. — Gentileza do pai do senhorzinho.

— Ele é gentil — disse o cozinheiro limpando a boca.

— O pai do senhorzinho é campeão mundial.

— De quê?

— De levantamento de copo.

— Ele é muito amável — disse o cozinheiro. — Como foi o seu jantar ontem?

— Com aquela turma de amarelos.

— Ainda estão juntos?

— Entre Chicago e Detroit. Nós os batizamos de Esquimós Brancos.

— É. Tudo vai achando o seu lugar — disse o cozinheiro, que quebrou dois ovos na beirada de uma frigideira. — Presunto e ovos para o filho do campeão?

— Aceito — respondi.

— E aquela gentileza ainda existe?

— Sim, senhor.

— Que o seu pai continue imbatível — disse-me o cozinheiro, lambendo os lábios. — O senhorzinho também bebe?

— Não, senhor — disse George. — Está sob a minha guarda.

O cozinheiro pôs o presunto com ovos em dois pratos.

— Sentem-se, cavalheiros.

Eu e George nos sentamos. O cozinheiro trouxe duas xícaras de café e sentou-se à nossa frente.

— Que tal abrir mão de outra parte daquela gentileza?

— Com muito prazer — disse George. — Precisamos voltar ao vagão. Como vai o setor ferroviário?

— Os trilhos estão firmes — disse o cozinheiro. — E os negócios em Wall Street?

— Os ursos estão toureando — disse George. — Não tem ursa que se aguente hoje em dia.

— Carregue nos filhotes — disse o cozinheiro. — Os Giants são grandes demais para a liga.

George riu, o cozinheiro riu.

— Você é um tipo muito generoso — disse George. — Foi bom tê-lo encontrado aqui.

— Vá andando — disse o cozinheiro. — Os lackawanos me chamam.

— Gosto muito daquela garota — disse George. — Quem tocar num cabelo dela...

— Vá andando — repetiu o cozinheiro. — Ou vai se ver com os amarelos.

— É um prazer, senhor — disse George. — Um prazer enorme.

— Vá andando.

— Apenas mais um ato de gentileza.

O cozinheiro limpou os lábios.

— Que bons ventos acompanhem o viajante — disse.

— Volto para o café — disse George.

— Tome o seu benefício imerecido — disse o cozinheiro. George pôs a garrafa no bolso.

— Desejo um bom-dia a essa alma generosa — disse George.

— Você está demorando muito aqui — disse um dos negros que jogavam baralho.

— Até mais ver, cavalheiros — disse George.

— Boa-noite, senhor — disse o cozinheiro. Eu e George saímos.

Voltamos ao nosso vagão. George olhou o quadro de chamados. Nele apareciam o número doze e o número cinco. George puxou uma cordinha, e os números desapareceram.

— Agora sente-se aqui e procure ficar confortável — disse-me.

Sentei-me no lavatório, George saiu para o corredor. Pouco depois voltou.

— Estão todos felizes — disse. — Que tal acha o setor ferroviário, Jimmy?

— Como soube o meu nome?

— Não é assim que seu pai lhe chama?

— Ah.

— Ah — disse ele.

— Estou gostando muito — disse eu. — Você e o cozinheiro sempre conversam assim?

— Não, James. Só conversamos assim quando estamos animados.

— Quer dizer, quando bebem alguma coisa.

— Não só isso. Quando estamos animados por qualquer motivo. Eu e o cozinheiro somos almas gêmeas.

— Que quer dizer isso?

— Pessoas que têm a mesma visão da vida.

Fiquei calado, a sineta soou. George saiu, puxou a cordinha do quadro e voltou ao lavatório.

— Já viu um homem manejar uma navalha?

— Não.

— Quer que lhe mostre?

— Quero.

A sineta soou de novo.

— É melhor eu ir — disse George, e saiu.

Voltou logo e sentou-se ao meu lado.

— O uso da navalha é uma arte, e conhecida não só da profissão de barbeiro — disse. Olhou para mim. — Não precisa arregalar tanto os olhos. Só estou explicando.

— Não estou assustado.

— Posso dizer que não. Você está aqui com o seu melhor amigo.

— Claro — respondi. Ele parecia bêbado.

— Seu pai ainda tem muito disto? — Tirou a garrafa do bolso.

— Não sei.

— Seu pai é de uma estirpe de nobres cavalheiros cristãos. — Tomou um gole. Fiquei calado. — Voltemos à navalha — disse George. Enfiou a mão num bolso de dentro do casaco e tirou uma navalha. Mostrou-a fechada na palma da mão.

A palma era rosada.

— Veja a navalha — disse. — Ela não se mexe, é inerte.

CONTOS | *Vol. 3* ~ 333

Continuava mostrando a navalha na palma da mão. O cabo era preto. Abriu-a e segurou-a com a mão direita, a lâmina projetada.

— Me ceda um cabelo de sua cabeça.

— Para quê?

— Arranque um fio. O meu é muito rebelde.

Arranquei um fio de cabelo, George pegou-o. Segurou-o na mão esquerda, olhou-o meticulosamente, depois cortou-o em dois com um golpe da navalha.

— Agudeza de corte — disse.

Olhando ainda o pedaço de cabelo que ficara na mão esquerda, virou a navalha na direita e deu um golpe com a lâmina na outra direção. A lâmina cortou o cabelo perto dos dedos que o seguravam.

— Destreza de ação — disse. — Duas qualidades admiráveis.

A sineta soou, George fechou a navalha e passou-a a mim.

— Guarde-a — disse e saiu.

Olhei a navalha, abri, fechei. Era uma navalha igual a todas. George voltou e sentou-se novamente ao meu lado. Tomou um gole. A garrafa ficou vazia. George olhou-a e guardou-a no bolso.

— Por favor, a navalha — disse. Dei-lhe a navalha. Ele pegou-a e pôs na palma da mão esquerda. — Você viu. Agudeza de corte e destreza de ação. Agora uma maior do que essas. Segurança de manejo.

Pegou a navalha com a mão direita, deu uma sacudida, a lâmina se abriu e ficou entre dois dedos. Mostrou-me a mão; o cabo da navalha estava no punho, a lâmina aberta firmada pelo indicador e o polegar, o corte para a frente.

— Viu? Agora o grande requisito de que falei: segurança de manejo.

Levantou-se e fez um movimento rápido, a mão direita fechada, a lâmina aberta entre dois dedos. A lâmina brilhou ao sol que entrava pela janela. George fez uma série de movimentos no ar com a lâmina, ele recuando e avançando. Depois, abaixando a cabeça e passando o braço esquerdo pelo pescoço, movimentou o punho e a lâmina para a frente e para trás duas vezes, abaixando-se e negaceando. Deu um, dois, três, quatro, cinco, seis golpes. Endireitou o corpo. Suava no rosto. Fechou a navalha com um movimento rápido da mão e guardou-a no bolso.

— Segurança de manejo — disse. — E na mão esquerda alguma coisa, de preferência um travesseiro.

Sentou-se e enxugou o rosto. Tirou o boné e enxugou por dentro. Levantou-se e bebeu água.

— A navalha é uma ilusão — disse. — Não serve para defesa. Qualquer pessoa pode cortar outra com uma navalha. Se você chega perto de outro para cortá-lo, ele também pode cortar você. Com um travesseiro na mão esquerda você fica em situação melhor. Mas onde vai arranjar travesseiro num caso desses? Quem é que você vai querer navalhar na cama? A navalha é uma ilusão, Jimmy. É arma de negro. Agora você sabe como eles usam navalha. Dobrar uma navalha para trás com uma só mão é o único progresso alcançado pelos negros. O único negro que sabia se defender foi Jack Johnson, e o mandaram para a prisão de Leavenworth. E o que é que eu faria a Jack Johnson com uma navalha? Não adiantaria nada. Tudo o que se ganha nesta vida, Jimmy, é um ponto de vista. Pessoas como eu e o cozinheiro temos um ponto de vista. Mesmo se o ponto de vista dele for errado, ele tem uma vantagem. Os negros costumam se iludir, como o velho Johnson ou Marcus Garvey, e esses vão para a penitenciária. Veja aonde me levaria a minha ilusão com a navalha. Nada vale nada, Jimmy. A bebida me faz me sentir como estou me sentindo há uma hora. Nós dois nem somos amigos.

— Somos, ora.

— Grande Jimmy — disse ele. — Veja o que fizeram com o pobre do Tiger Flowers. Se ele fosse branco teria ganho um milhão de dólares.

— Quem é ele?

— Boxeador. Dos bons.

— Que foi que fizeram com ele?

— Andavam com ele para lá e para cá o tempo todo.

— Verdade?

— Jimmy, este é um negócio bichado. O cara é sugado pelas mulheres, e se é casado a mulher o trai. Quem trabalha em trem passa muitas noites longe de casa. A mulher que a gente deseja é a mulher que passa a gente pra trás porque não consegue fazer diferente. A gente a deseja porque ela é assim, e se a gente a perde foi porque ela é desse jeito mesmo, e o homem acaba tendo poucos orgasmos, mesmo numa vida inteira, e que importa se a gente se sente deprimido depois de beber?

— Você está deprimido?

— Eu não. Só me sinto mal. Se não me sentisse mal não estaria falando assim.

— Meu pai também às vezes se sente mal de manhã.

— É mesmo?

— É.

— E o que é que ele faz?

— Ginástica.

— Bem, tenho vinte e quatro beliches para arrumar. Pode ser que seja a solução.

O dia ficou comprido no trem depois que a chuva começou. Com as janelas molhadas não se podia olhar para fora, e também não adiantava olhar porque a paisagem ficou toda igual. Passamos muitas cidades pequenas e grandes, mas chovia em todas, e quando cruzamos o rio Hudson, em Albany, chovia mais forte. Fui para o vestíbulo, George abriu a porta para eu dar uma olhada lá fora, só vi o ferro molhado da ponte e a chuva caindo no rio e o trem escorrendo água. Mas o cheiro de fora era bom. Era chuva de outono, e o ar que entrava pela porta aberta cheirava a coisa nova, a lã molhada e a ferro. Havia muita gente no vagão, mas nenhuma cara me pareceu interessante. Uma senhora bonita pediu-me para sentar ao lado dela; sentei, mas descobri que ela tinha um filho da minha idade e ia ser inspetora escolar em algum lugar em Nova York. Arrependi-me de não ter voltado à cozinha do carro-restaurante com George e ouvir a conversa dele com o cozinheiro. Mas, durante a maior parte do dia, George falava com todo mundo, só que pouco e com muitas delicadezas; e bebia muita água gelada.

A chuva cessara, mas havia grandes nuvens acima das montanhas. O trem acompanhava o rio, a paisagem era linda, eu nunca tinha visto nada igual, a não ser em um livro na casa da sra. Kenwood, onde às vezes íamos jantar aos domingos. Era um livro grande que ficava na mesa da sala, e eu o folheava enquanto esperava o jantar. As gravuras eram como esta paisagem depois da chuva, com o rio e as montanhas se erguendo da neblina. Às vezes passava um trem na outra margem do rio. As árvores estavam peladas por ser outono, às vezes se via o rio por entre os galhos, mas nada parecia velho como nas ilustrações; parecia mais um lugar para se viver e onde se podia pescar, almoçar e ver o trem passar. Mas tudo era escuro e irreal, e também triste, estranho e clássico como nas gravuras.

Talvez essa impressão fosse consequência da chuva e da falta de sol. Quando o vento desfolha as árvores, elas ficam alegres, parece que nos convidando para passear entre elas. Mas, quando é a chuva que derruba as folhas, as árvores ficam como mortas, molhadas e como fazendo parte do chão e não convidam para nada. A viagem pela margem do Hudson foi agradável, mas, como o que eu via me era desconhecido, desejei estar de volta ao nosso lago. A sensação que eu estava tendo era a mesma que tive com as gravuras do livro, misturada com a sala onde eu folheava o livro; e sendo a casa de outra pessoa e antes do jantar, e árvores molhadas depois da chuva, e sendo o clima do norte úmido e frio no fim do verão, e tendo as aves voado para outras regiões e as matas não convidando para passeios e estando chovendo, a gente só tem vontade de ficar em casa ao pé da lareira. É possível que eu não tenha pensado nisso tudo porque nunca fui de pensar muito, mas essa foi a sensação que tive durante a viagem pela margem do Hudson. A chuva imprime uma estranheza a todos os lugares, mesmo o lugar onde se vive.

"Burro preto na encruzilhada" é um conto completo. Foi escrito entre o fim da Segunda Guerra Mundial e 1961.

BURRO PRETO NA ENCRUZILHADA

Chegamos à encruzilhada antes do meio-dia e matamos um civil francês por engano. Ele saiu da casa de fazenda e correu pelo campo à nossa direita quando avistou o primeiro jipe. Claude gritou para ele parar, ele continuou correndo e Red atirou. Red ficou satisfeito porque era o primeiro homem que ele matava aquele dia.

Todos pensamos que fosse um alemão em trajes civis furtados, mas era francês. Pelo menos os documentos diziam que era francês de Soissons.

— *Sans doute c'était un Collabo* — disse Claude.

— Ele correu, não correu? Claude mandou parar em bom francês — disse Red.

— Ponha no livro como Collabo — disse eu. — Ponha os documentos de volta no bolso dele.

— Que estaria fazendo aqui se é de Soissons? — perguntou Red. — Soissons ficou muito para trás.

— Fugiu de nossas tropas porque era colaboracionista — disse Claude.

— O rosto dele não engana — disse Red olhando o morto.

— Você mexeu muito nele — disse eu. — Claude, ponha os documentos nele e deixe o dinheiro.

— Alguém vai apanhar o dinheiro.

— Alguém, *não você*. Vai haver muito dinheiro dos Krauts — disse eu.

Eu disse a eles onde deixar os dois veículos e onde nos instalarmos, mandei Onèsime à encruzilhada no campo, entrar no *estaminet* de taipa e verificar se alguma coisa havia passado pela rota de fuga.

Pouquíssimo havia passado, e sempre pela estrada à direita. Sabendo que muita coisa mais iria passar, medi a passos as distâncias da estrada às duas armadilhas que havíamos preparado. Usávamos armamento dos Krauts para o barulho não alertá-los se o ouvissem partindo da encruzilhada. Instalamos as armadilhas bem adiante do cruzamento para não deixar marcas nele. Queríamos que chegassem àquele ponto depressa e continuassem chegando.

— É um bonito *guet-apens* — disse Claude, e Red me perguntou o que era isso. Eu disse que era apenas uma armadilha. Red disse que ia guardar a palavra. Metade do tempo ele falava o que pensava que fosse francês, e se recebesse uma ordem talvez metade do tempo respondesse numa língua que pensava que fosse francês. Eu achava isso engraçado, e gostava.

Era um lindo dia de fim de verão, e não íamos ter muitos mais como este. Deitamos no lugar escolhido, com os dois veículos nos cobrindo por trás do monte de esterco. Era um monte sólido. Ficamos deitados no capim atrás da vala. O capim cheirava como acontece em todo verão, e as duas árvores faziam sombra sobre as armadilhas. Talvez tivéssemos nos instalado muito perto das armadilhas, mas nunca é perto demais quando se tem poder de fogo e a coisa vai acontecer depressa. Cem metros é boa distância, se bem que o ideal seja cinquenta. Estávamos mais perto do que isso. Mas o fato é que em caso como aquele a gente sempre acha que está muito perto.

Alguns podem discordar de tal esquema. Mas tínhamos de levar em conta que precisávamos sair e voltar e manter a estrada o mais limpa possível. Quanto a veículos não podíamos fazer muito, mas outros veículos que chegassem normalmente iriam supor que os primeiros tivessem sido destruídos por aviões. Verdade que naquele dia não havia aviões. Mas quem chegasse não saberia que não tinha aparecido avião por ali. E também quem está fugindo vê as coisas de modo diferente.

— *Mon Capitaine* — disse-me Red —, se o grosso chegar, será que não vão despejar fogo sobre nós quando ouvirem essas armas Kraut?

— Temos observação de dois veículos na estrada por onde o grosso vai chegar. Eles avisam. Não precisa suar à toa.

— Não estou suando. Matei um colaborador provado. Aliás, a única coisa que matamos hoje, e vamos matar muitos Krauts nesta armadilha. *Pas vrai*, Onie?

Onèsime disse *merde* e logo ouvimos o motor de um carro chegando depressa. Vi o carro vindo pela estrada ladeada de álamos. Era um Volkswagen verde-cinzento camuflado. Vinha cheio de gente de capacete de aço com jeito de estarem com pressa de pegar um trem. Na beira da estrada havia duas pedras que eu tinha tirado de um muro da fazenda e posto ali para servir de pontaria, e quando o Volkswagen passou o centro do cruzamento em nossa direção eu disse a Red:

— Mate o motorista na primeira pedra. — E a Onèsime: — Metralhe na altura do corpo.

O motorista do Volkswagen perdeu o controle do veículo logo em seguida ao tiro. Não vi o rosto dele por causa do capacete. As mãos afrouxaram. Não se crisparam nem se agarraram ao volante. A metralhadora começou a atirar antes que as mãos do motorista afrouxassem, e o carro caiu na vala jogando os ocupantes para fora em movimento lento. Alguns caíram na estrada e o segundo dispositivo mandou-lhes uma rajada curta. Um homem saiu rolando e outro começou a se arrastar; e, enquanto eu olhava, Claude atirou nos dois.

— Acho que acertei o motorista na cabeça — disse Red.

— Não fique fantasiando.

— A esta distância os tiros saem um pouco altos — disse Red. — Visei a parte mais baixa dele que pude ver.

— Bertrand! — gritei para o segundo dispositivo. — Você e seus homens tirem os mortos da estrada. Traga-me todos os *Feldbuchen* e o dinheiro para ser dividido. Faça isso rápido. Você vai ajudar, Red. Puxe-os para a vala.

Olhei o lado oeste da estrada adiante do *estaminet* enquanto eles faziam a limpeza. Eu nunca observava a limpeza a não ser que tomasse parte nela. Observar limpeza não faz bem ao equilíbrio interior. Mas eu estava no comando.

— Quantos ao todo, Onie?

— Todos os oito, acho. Acertados, quero dizer.

— A esta distância...

— Não foi muita vantagem. Afinal a arma é deles.

— Precisamos recompor tudo.

— O veículo não parece muito danificado.

— Olharemos isso depois.

— Escute — disse Red. Escutei, soprei o apito duas vezes, e todos se esconderam. Red arrastou o último Kraut por uma perna e a armadilha foi recomposta. Mas nada aconteceu e fiquei preocupado.

Estávamos preparados para uma simples tarefa de assassinato sem defesa numa rota de fuga. Tecnicamente, não era tão sem defesa assim, porque não tínhamos homens suficientes para ficarem dos dois lados da estrada e não estávamos adequadamente preparados para lidar com veículos blindados. Mas cada armadilha tinha dois *Panzerfausten* alemães, muito mais poderosos e mais simples do que a bazuca comum americana; tinham ogiva maior e o tubo de lançamento podia ser trocado. Mas ultimamente muitos que recolhemos na retirada alemã tinham sido engatilhados, e outros, sabotados. Só utilizávamos os de geração mais recente, e sempre mandávamos um prisioneiro alemão disparar amostras pegadas ao acaso no lote.

Prisioneiros alemães de tropas irregulares não eram refratários à colaboração, principalmente se eram *maîtres* ou diplomatas subalternos. Geralmente víamos os alemães como escoteiros transviados, o que é outra maneira de dizer que eram excelentes soldados. Nós não éramos soldados excelentes. Éramos especialistas num trabalho sujo. *Un métier très sale*, como dizíamos em francês.

De repetidos interrogatórios ficamos sabendo que todos os alemães que tomavam esta rota de fuga dirigiam-se a Aachen, e eu sabia que os que matávamos na nossa armadilha não iam nos combater em Aachen nem atrás da Muralha Ocidental. Como se vê, muito simples. Eu ficava satisfeito quando tudo era simples assim.

Agora vimos alemães chegando de bicicleta. Eram quatro, e vinham chispados, mas muito cansados. Não eram de tropa ciclista. Eram apenas alemães em bicicletas furtadas. O ciclista da frente viu sangue fresco na estrada. Virou a cabeça e viu o veículo. Pôs todo o peso no pedal direito e abrimos fogo contra ele e os outros. Um homem que leva tiro numa bicicleta é sempre um espetáculo triste, mas não tão triste como um cavalo alvejado com um homem em cima, ou como uma vaca leiteira atingida na barriga quando entra em linha de fogo. Mas o homem atingido numa bicicleta a pequena distância tem qualquer coisa de muito íntimo. Eram quatro homens e quatro bicicletas. Foi muito íntimo, ouvi o ruído fino e trágico que fazem as bicicletas quando caem na estrada, e o barulho dos homens caindo e arrastando o equipamento.

— Tire eles da estrada rápido! — gritei. — E esconda as quatro *vélos*.

Quando me virei para olhar a estrada, uma porta do *estaminet* abriu-se e dois civis com bonés e roupas de trabalhadores saíram, cada um com duas garrafas. Perambularam pelo cruzamento e se voltaram para o campo atrás da emboscada. Vestiam suéteres e paletós velhos, calça de veludo e botinas de mato.

— Cubra eles, Red — mandei.

Eles avançaram caminhando firme e logo ergueram as garrafas acima das cabeças, uma garrafa em cada mão, e vieram andando.

— Pelo amor de Deus, se abaixem! — gritei. Eles se abaixaram e vieram se arrastando pelo capim com as garrafas debaixo dos braços.

— *Nous sommes des copains* — gritou um com voz grave, molhada de álcool.

— Avancem, seus pamonhas, e se identifiquem — disse Claude.

— Estamos avançando.

— O que é que estão procurando aqui na chuva? — perguntou Onèsime.

— Viemos trazer presentes.

— Por que não deu os presentes quando eu estava lá? — perguntou Claude.

— Ah, as coisas mudaram, *camarade*.

— Para melhor?

— *Rudement* — disse o primeiro *camarade* bêbado. O outro, deitado colado ao chão e passando-nos uma garrafa, perguntou com voz ofendida:

— *On dit pas bonjour aux nouveaux camarades?*

— *Bonjour* — respondi. — *Tu veux battre?*

— Se for preciso. Mas viemos saber se podemos ficar com os *vélos*.

— Depois da batalha — respondi. — Prestaram serviço militar?

— Naturalmente.

— OK. Pegue um fuzil alemão, cada um de vocês, e duas bolsas de munição, avancem duzentos metros pela estrada à direita e matem qualquer alemão que escapar de nós.

— Não podemos ficar com vocês?

— Somos especialistas — disse Claude. — Façam o que o capitão está mandando.

— Vão para lá, escolham um bom lugar e não atirem nesta direção.

— Ponham estas braçadeiras — disse Claude. Ele tinha um bolso cheio de braçadeiras. — Vocês são *franc-tireurs*. — Claude não disse o resto.

— Podemos ficar com as *vélos*?

— Uma para cada um se não lutarem. Duas se lutarem.

— E o dinheiro? — perguntou Claude. — Eles vão usar nossas armas.

— Deixe que fiquem com o dinheiro.

— Não merecem.

— Tragam o dinheiro que acharem e terão a sua parte. *Allez vite. Débine-toi.*

— *Ceux sont des poivrots pourris* — disse Claude.

— O exército de Napoleão também tinha bêbados.

— Provavelmente.

— Com certeza — disse eu. — Pode acreditar.

Ficamos deitados no capim que cheirava a verão. Muitas moscas, das comuns e daquelas azuis grandonas, começaram a pousar nos mortos que estavam na vala, e sobre as beiradas das poças de sangue na estrada voavam borboletas. Borboletas amarelas e borboletas brancas em volta do sangue e das riscas de sangue deixadas pelos cadáveres arrastados.

— Eu não sabia que borboleta come sangue — disse Red.

— Eu também não.

— Nas caçadas o tempo é muito frio para borboletas.

— Quando caçamos no Wyoming, as marmotas e os roedores em geral já estão entocados. É dia quinze de setembro.

— Vou observar para saber se elas comem mesmo — disse Red.

— Quer o meu binóculo?

Ele olhou e depois de algum tempo disse:

— Não posso dizer se comem ou não. Mas é certo que ficam interessadas. — Voltou-se para Onèsime e reclamou: — Merda para os *pauvre* Krauts, Onie. *Pas de* revólver, *pas de binoculaire*. Fodam-se todos.

— *Assez de sous* — disse Onèsime. — Estamos bem de dinheiro.

— Para fazer o que com ele aqui?

— Guardar para amanhã.

— *Je veux gastar maintenant* — disse Red.

Claude abriu uma das garrafas com o seu canivete de escoteiro alemão. Cheirou-a e passou-a para mim.

— *C'est du gnôle.*

O outro dispositivo estava fazendo a sua parte. Eram nossos melhores amigos, mas logo que nos separamos ficaram como os outros, e os veículos já eram como escalão de retaguarda. A gente se separa com facilidade, pensei. Convém ficar atento a isso. Mais um elemento para observar.

Bebi um gole pela boca da garrafa. Era uma bebida muito forte, parecia fogo. Devolvi a garrafa a Claude, que passou-a a Red. Quando Red engoliu um gole, vi lágrimas nos olhos dele.

— De que é que fazem isso, Onie?

— De batata, acho, e raspa de casco de cavalo que apanham no ferrador.

Traduzi para Red.

— Sinto gosto de tudo, menos de batata — disse eu.

— É envelhecida em barris de pregos enferrujados para dar gosto picante.

— Vou tomar mais um gole para tirar o gosto — disse Red. — *Mon Capitaine*, será que vamos morrer juntos?

— *Bonjour, toute le monde* — disse eu. Era uma piada antiga sobre um argelino que ia ser guilhotinado na calçada da Santé e que respondeu com essa frase quando lhe perguntaram se ele tinha algumas palavras finais a dizer.

— Às borboletas — disse Onèsime, e bebeu.

— Aos barris de pregos — disse Claude erguendo a garrafa.

— Escutem — disse Red passando-me a garrafa. Todos ouvimos o barulho de um veículo de esteira. — O danado do valete. A luz infame *de la patrie*, vem vindo aí o danado. — Cantou com voz lenta, sem ligar mais para o caldo do barril de pregos. Tomei outro gole comprido do tal caldo, verifiquei tudo e olhei a estrada à nossa esquerda. Não demorou a aparecer. Era uma meia-lagarta alemã cheia de homens em pé para caber mais.

Quando se prepara emboscada em rota de fuga, a gente tem quatro ou, se tiver sorte, cinco minas Teller armadas no lado distante da estrada. Ficam como duas pequenas bacias emborcadas dispostas em semicírculo, cobertas de capim e ligadas por um fio alcatroado que pode ser encontrado em qualquer fábrica de velas. Uma extremidade desse fio é amarrada a uma estaquinha de quilômetro chamada *borne* ou a uma pedra de marcação de um décimo de quilômetro, ou a qualquer outro objeto inteiramente sólido, e o fio fica solto sobre a estrada e a ponta recolhida na primeira ou na segunda seção da emboscada.

O veículo sobrecarregado que se aproximava era daqueles em que o motorista olha por fendas. As metralhadoras pesadas dele estavam em posição para tiro antiaéreo. Não tirávamos os olhos dele, admirados com a quantidade de homens que trazia. Eram S.S. de combate, já víamos as golas e os rostos claros, cada vez mais claros.

— Puxe a corda! — gritei para o segundo dispositivo, e, enquanto a corda foi perdendo as curvas e começou a se esticar, as minas foram deixando a posição de semicírculo, mostrando que eram mesmo minas Teller cobertas de capim, e nada mais.

Agora ou o motorista via as minas e parava ou continuava e as detonava. Não se deve atacar um veículo blindado quando ele está em movimento, mas, se parasse, eu podia acertá-lo com a bazuca alemã de grande ogiva.

A meia-lagarta vinha ligeira, víamos os rostos claramente. Todos olhavam a estrada onde a armadilha ia aparecer. Claude e Onie estavam brancos, os músculos do rosto de Red estavam tensos. Eu me sentia vazio por dentro, como sempre. Aí alguém no veículo viu o sangue e o Volkswagen na vala e os cadáveres. Começaram a gritar em alemão. O motorista e o oficial ao lado dele devem ter visto as minas na estrada. Pararam repentinamente com um estremecimento e começaram a dar marcha a ré, quando a bazuca os atingiu. Atingiu-os quando os dois dispositivos já atiravam de ambas as emboscadas. O pessoal do veículo também tinha minas e se apressou em instalar a sua própria barricada para se proteger do que estava acontecendo, porque, quando a bazuca Kraut acertou e o veículo explodiu, nós todos abaixamos a cabeça e logo começaram a chover coisas sobre nós. Chovia metal e mais outras coisas. Olhei para Claude, para Onie e Red. Todos estavam atirando, eu também atirava com uma Smeizer nas fendas, minhas costas estavam ensopadas, o meu pescoço coberto não sei de quê, mas vi o que havia se levantado para o ar. Não compreendi por que o veículo não explodiu para os lados ou não tombou. Explodiu para cima. Os canhões .50 do veículo atiravam, o barulho era tanto que não se ouvia. Não apareceu ninguém do veículo, e eu pensei que tudo estivesse acabado e já ia fazer sinal aos .50 para cessar fogo, quando alguém de dentro dele jogou uma granada de cilindro que explodiu pouco adiante da margem da estrada.

— Estão matando os mortos deles — disse Claude. — Posso ir lá e dar uns dois nele?

— Posso acertá-lo de novo.

— Não. Basta um. Já estou com as costas tatuadas.

— OK. Vá lá.

Ele rastejou como cobra pelo capim sob o fogo dos .50. Tirou o grampo de uma granada, ficou com ela fumegando na mão e jogou-a por cima do lado da meia-lagarta. A granada explodiu com um estrondo de assustar, e ouvimos o choque dos fragmentos na blindagem.

— Saiam daí — disse Claude em alemão.

Da fenda do lado direito uma pistola automática alemã começou a atirar. Red acertou a fenda duas vezes. A pistola atirou de novo. Ficou evidente que o atirador não fazia pontaria.

— Saiam daí! — gritou Claude. A pistola tornou a atirar, fazendo um barulho semelhante ao de uma criança passando uma vara por uma cerca de ferro. Respondi aos tiros fazendo esse mesmo barulho.

— Volte para cá, Claude — disse eu. — Você atira numa fenda, Red. Onie, você atira na outra.

Quando Claude voltou eu disse:

— Vamos foder com aquele alemão! Nós disparamos mais um. Depois poderemos conseguir mais. De qualquer maneira, este ponto está queimado.

— É a retaguarda deles — afirmou Onie. — Este veículo.

— Mande fogo — disse eu a Claude. Ele atirou e liquidou o assunto. Os três foram até lá buscar o que tivesse sobrado do dinheiro e das cadernetas. Tomei um gole e fiz sinal aos veículos. Os homens dos .50 sacudiam as mãos sobre as cabeças como lutadores. Sentei-me ao pé de uma árvore para pensar e olhar a estrada.

Trouxeram as cadernetas que encontraram, eu as guardei num saco de lona. Como as outras todas, estavam molhadas. Havia boa quantidade de dinheiro, também molhado. Onie e Claude e o outro dispositivo cortaram uma porção de etiquetas S.S. e pegaram todas as pistolas ainda em boas condições e algumas estragadas, e puseram todas no saco de lona com as listas vermelhas em volta.

Não toquei no dinheiro. Era coisa deles, e também eu achava que dá azar. Mas tinha muito dinheiro. Bertrand deu-me uma Cruz de Ferro primeira classe, que guardei no bolso da camisa. Guardamos alguns souvenirs por algum tempo e depois os distribuímos. Nunca fui de guardar nada. Acaba dando azar. Por algum tempo guardei coisas que tive vontade de mandar depois para as famílias dos rapazes mortos.

O dispositivo parecia ter recebido uma chuva de partículas e outras coisas como que da explosão de um matadouro, e os outros também não estavam muito limpos quando saíram da carcaça da meia-lagarta. Quanto a mim, só fiquei sabendo do meu aspecto quando notei a quantidade de moscas que voavam ao meu redor.

A meia-lagarta ficou atravessada na estrada, e todo veículo que passava precisava reduzir a velocidade. Todos estavam ricos sem termos perdido um homem sequer, mas o ponto estava queimado. Teríamos que combater mais adiante; eu sabia que aquela era a retaguarda e que ali agora só íamos ver elementos desgarrados e infelizes.

— Desarmem as minas e recolham tudo. Vamos voltar à fazenda e nos lavar. De lá podemos interditar a estrada, como manda o livro.

Voltaram carregados, todos muito alegres. Deixamos os veículos onde estavam, lavamo-nos na bomba da fazenda. Red aplicou iodo nos cortes e arranhões feitos por metal e polvilhou sulfa em Onie, em Claude e em mim; depois Claude fez o mesmo com Red.

— Será que não tem nada de beber naquela fazenda? — perguntei a René.

— Não sei. Estivemos muito ocupados.

— Vá lá ver.

Ele achou garrafas de vinho tinto aceitável. Verifiquei as armas e fizemos piadas. Tínhamos uma disciplina severa mas sem formalidade, a não ser quando estávamos na divisão ou quando queríamos nos exibir.

— *Encore un coup manqué* — disse eu. Era uma piada velha, frase que um vigarista que tivemos conosco por algum tempo sempre dizia quando eu abria mão de alguma coisa sem valor para esperar outra melhor.

— É terrível — disse Claude.

— É intolerável — concordou Michel.

— Eu paro por aqui — afirmou Onèsime.

— *Moi, je suis la France* — disse Red.

— Você luta? — perguntou-lhe Claude.

— *Pas moi* — respondeu Red. — Eu comando.

— Você também luta? — perguntou-me Claude.

— *Jamais.*

— Por que sua camisa está ensanguentada?

— Estive fazendo um parto.

— É parteiro ou veterinário?

— Só dou o nome, posto e número.

Bebemos mais vinho e vigiamos a estrada, esperando a volta da patrulha.

— *Où est la* porra da patrulha? — perguntou Red.

— Não estou de posse desse segredo.

— Ainda bem que ela não chegou quando estávamos metidos naquela *accrochage* — disse Onie. — Me diga uma coisa, *mon Capitaine,* como se sentiu quando disparou aquela coisa?

— Totalmente vazio.

— Pensou em quê?

— Rezei para não negar fogo.

— Foi sorte nossa eles estarem carregados de explosivos.

— E não terem dado marcha a ré e se espalhado.

— Não estrague a minha tarde — retrucou Marcel.

— Dois Krauts de bicicleta — disse Red. — Se aproximando de oeste.

— Sujeitos destemidos — elogiei.

— *Encore un coup manqué* — disse Onie.

— Alguém precisa deles?

Ninguém precisava. Pedalavam firmes, inclinados para a frente. As botinas eram grandes demais para os pedais.

— Vou pegar um com o M-1 — falei. Auguste passou-me a arma. Esperei que o primeiro alemão de bicicleta passasse a meia-lagarta e as árvores. Quando o avistei de novo acompa-nhei-o. Atirei e errei.

— *Pas bon* — disse Red.

Tentei de novo, atirando um pouco mais à frente. O alemão caiu daquele mesmo jeito desapontador e ficou na estrada com a *vélo* de rodas para cima, com uma delas girando. O outro ciclista acelerou e logo os *copains* atiraram. Ouvimos os estampidos dos tiros, que não tiveram nenhum efeito no ciclista, que continuou pedalando até sumir de vista.

— *Copains* não prestam para *rien* — disse Red.

Aí vimos os *copains* recuando para a estrada principal. Os franceses dos dispositivos ficaram desapontados e aborrecidos.

— *On peut les fusiller?* — perguntou Claude.

— Não. Não matamos bêbados.

— *Encore un coup manqué* — disse Onie. Todos nos sentimos melhor, mas não muito.

O primeiro *copain*, que trazia uma garrafa debaixo da camisa, que ficou à vista quando ele parou e apresentou armas, comunicou:

— *Mon Capitaine, on a fait un véritable massacre.*

— Cale a boca — disse Onie. — Passe o dinheiro.

— Mas éramos o flanco esquerdo — defendeu-se o *copain* com sua voz grave.

— Que flanco, que merda — disse Claude. — Seu alcoólatra venerável. Cale a boca e foda-se.

— *Mais on a battu.*

— Lutou merda nenhuma — disse Marcel. — *Foute moi le camp.*

— *On peut fusiller les copains?* — perguntou Red. Ele repetia isso como um papagaio.

— Você também cale a boca — ordenei. — Claude, prometi a eles duas *vélos.*

— É verdade — concordou Claude.

— Eu e você vamos lá e damos a eles as duas bicicletas piores, depois retiramos o Kraut e a *vélo.* Vocês outros vigiem a estrada.

— Antigamente não era assim — disse um dos *copains.*

— Nada é mais como antigamente. Provavelmente vocês seriam bêbados antigamente.

Primeiro fomos ao alemão na estrada. Ainda estava vivo, mas ferido nos dois pulmões. Nós o levantamos delicadamente e o tiramos da estrada. Tirei a túnica e a camisa dele e tratamos os ferimentos com sulfa. Claude fez um penso de campanha nele. Tinha cara simpática e não parecia ter mais de 17 anos. Tentou falar, não conseguiu. Procurava se comportar da maneira que lhe haviam ensinado.

Claude pegou duas túnicas dos cadáveres e fez um cobertor para o ferido. Afagou a cabeça dele e tomou-lhe o pulso. O garoto não tirava os olhos de Claude, mas não podia falar. Claude curvou-se e beijou-o na testa.

— Tirem esta bicicleta da estrada — ordenei aos *copains.*

— *Cette putain guerre* — disse Claude. — Esta puta de guerra.

O garoto não sabia que o autor do tiro era eu, por isso não mostrou ter medo de mim. Eu também tomei o pulso dele e percebi por que Claude fez o que fez. Eu também o teria beijado se fosse melhor do que sou. Foi uma dessas coisas que a gente deixa de fazer e não esquece mais.

— Vou ficar um pouco mais com ele — disse Claude.

— Eu lhe agradeço — disse eu.

Fui ao lugar onde tínhamos deixado as quatro bicicletas atrás das árvores, e onde os *copains* já estavam como urubus.

— Peguem esta e aquela e *foute moi le camp.* — Tirei as braçadeiras deles e guardei-as no bolso.

— Mas nós combatemos. Vale duas.

— Foda-se. Ouviu bem? Foda-se.

Foram-se embora, desapontados.

Um garoto de mais ou menos 14 anos saiu do *estaminet* e pediu a bicicleta nova.

— Tomaram a minha hoje cedo.

— OK. Leve.

— E as outras duas?

— Volte para onde estava e não apareça na estrada enquanto a coluna não chegar.

— Mas vocês são a coluna.

— Não. Infelizmente não somos a coluna.

O garoto montou na bicicleta que estava perfeita e foi pedalando para o *estaminet*. Voltei para o pátio da fazenda debaixo do sol quente para esperar a patrulha. Não podia me sentir pior. Mas acaba-se sentindo. Disso tenho certeza.

— Vai à cidade de noite? — perguntou-me Red.

— Vou. Está sendo tomada agora, atacada do oeste. Não está ouvindo?

— Estou. Estou ouvindo desde o meio-dia. Que tal é a cidade?

— Você vai ver logo que a coluna chegar. Nos preparamos e pegamos a estrada depois do *estaminet*. — Mostrei no mapa. — Pode-se vê-la a menos de dois quilômetros de distância. Está vendo a curva antes da descida?

— Vamos combater mais?

— Hoje, não.

— Tem uma camisa sobrando?

— Está pior do que esta.

— Pior do que esta não pode estar. Eu lavo esta. Vesti-la molhada não faz mal nenhum num dia quente como este. Sente-se mal?

— Muito. Muito mesmo.

— Por que Claude está demorando?

— Ficou fazendo companhia ao garoto em quem atirei.

— Era um garoto ainda?

— Era.

— Que merda — disse Red.

Pouco depois Claude chegou empurrando as duas bicicletas. Entregou-me o *Feldbuch* do garoto.

— Me dê a sua camisa para lavar, Claude. Já lavei a minha e a de Onie, já estão quase enxutas.

— Muito obrigado, Red — disse Claude. — Ainda temos vinho?

— Achamos mais, e salsichas também.

— Ótimo — aquiesceu Claude. Ele também estava com o burro preto.

— Vamos à cidade grande depois que a coluna nos ultrapassar. Pode-se vê-la a uma distância de menos de dois quilômetros — disse Red a Claude.

— Já estive lá — disse Claude. — É uma boa cidade.

— Não vamos combater mais hoje.

— Amanhã vamos.

— Pode ser que não.

— Pode ser.

— Alegrai-vos.

— Cale a boca. Já estou alegre.

— Ótimo — falou Red. — Tome esta garrafa e a salsicha enquanto lavo a camisa. Não vai demorar.

— Muitíssimo obrigado — disse Claude.

Estávamos dividindo as coisas irmãmente, e nenhum de nós gostava da parte que lhe tocava.

"Paisagem com figuras", episódio da Guerra Civil Espanhola escrito por volta de 1938, foi um dos contos indicados por Hemingway para uma nova coletânea sugerida em carta ao editor Maxwell Perkins em 7 de fevereiro de 1939.

Paisagem com figuras

Era tudo muito estranho naquela casa. O elevador, naturalmente, não funcionava mais. A coluna de ferro por onde ele deslizava para cima e para baixo estava empenada, e vários degraus das escadas de mármore que ligavam os seis andares estavam quebrados, de modo que era preciso pisar com muito cuidado para não se cair. Havia portas que se abriam para quartos que não eram mais quartos; assim, podia-se abrir uma porta perfeitamente inocente, pisar no portal e cair no espaço: esse andar e os três abaixo tiveram a frente destruída por impactos diretos de obuses de alto poder explosivo. Mas os dois andares superiores tinham quatro quartos de frente intatos, e nos do fundo de todos os andares ainda havia água corrente. Chamávamos a esse prédio o nosso Lar, Doce Lar.

Na fase pior a linha de frente passava logo abaixo desse prédio, situado na beira do platô que o bulevar contornava. A trincheira e os sacos de areia já apodrecidos ainda estavam lá; e tão pertos que de uma varanda do prédio podia-se jogar na trincheira um pedaço de ladrilho quebrado ou um pedaço de reboco. Mas agora a linha se deslocara da beira do platô para o outro lado do rio, para o aclive do morro que ficava atrás do velho pavilhão real de caça chamado Casa del Campo. Era aí que agora se travava a luta, e nós utilizávamos o Doce Lar para posto de observação e de filmagem.

Eram dias perigosos e muito frios, estávamos sempre com fome e fazíamos muitas piadas.

Toda vez que um obus arrebenta num edifício, levanta grande nuvem de poeira de tijolos e reboco, e, quando a nuvem assenta, a poeira cobre a superfície de um espelho de tal maneira, que ele fica como as janelas de um edifício novo que receberam tratamento daquele produto branco para depois serem lustradas. Em um dos quartos do prédio havia um espelho grande inteiro em cuja superfície empoeirada escrevi com o dedo em letras grandes QUE MORRA JOHNNY. Depois arranjamos um pretexto qualquer para mandar Johnny, o *cameraman*, apanhar qualquer coisa naquele quarto. Quando ele abriu a porta durante um bombardeio e viu a frase assustadora encarando-o do espelho, foi tomado de uma violenta raiva fervente, que custou muito a passar, para voltarmos a ser amigos.

No dia seguinte, quando púnhamos o equipamento em um carro na frente do prédio, entrei no carro e levantei o vidro da porta por estar fazendo muito frio. Levantado o vidro, vi nele, escrito com batom, a frase *ED IS A LICE* (*Ed é um piolhos*). Usamos o carro vários dias com essa frase misteriosa para os espanhóis, que devem tê-la tomado por iniciais ou lema de alguma organização revolucionária.

Teve também um dia em que a Grande Autoridade Britânica nos deixou boquiabertos. Ele usava um grande capacete de aço modelo alemão em todas as expedições que fazia pelos lados da frente. Era uma peça de vestuário que nenhum de nós usava. O princípio era que, não havendo capacetes de aço para todos, os que havia deviam ser reservados a tropas de choque; o fato de ele usar sempre esse capacete criou em nós forte preconceito contra a Grande Autoridade.

Encontramo-nos no quarto de uma jornalista americana que tinha um maravilhoso aquecedor elétrico. A Autoridade apaixonou-se imediatamente por aquele quarto acolhedor e batizou-o de O Clube. A sugestão dele foi que todos levassem a bebida que conseguissem para lá, para ser consumida no calor e no bom acolhimento do quarto. Sendo a jornalista americana muito dedicada ao trabalho e tendo ela tentado de todas as maneiras, mas sem sucesso, evitar que o seu quarto se transformasse em clube, a sugestão e o comportamento do britânico deixaram-na abalada.

No dia seguinte, quando trabalhávamos no Doce Lar, protegendo a lente da câmera contra a ofuscação do sol com um pedaço de material fosco, chegou a Autoridade acompanhada da americana. Ele tinha nos ouvido falar sobre a locação no tal Clube e fora nos fazer uma visita. Eu usava um binóculo potência oito, um pequeno Zeiss que se pode cobrir com as duas mãos para evitar reflexos, e observava da sombra em um ângulo da varanda. O ataque ia começar. Esperávamos os aviões aparecerem e começarem o bombardeio que substituía a preparação de artilharia devido à falta de artilharia pesada do governo.

Trabalhávamos no prédio, procurando nos esconder o máximo possível, como ratos, porque o êxito do nosso trabalho e a possibilidade de observação continuada dependiam de não acendermos nenhum fogo no edifício aparentemente abandonado. Não é que a Grande Autoridade entra no quarto, pega uma cadeira e senta-se bem no centro da varanda com o capacete de aço na cabeça, um binóculo enorme e outras coisas mais? A câmera estava em um ângulo de um lado da janela da varanda, muito bem-camuflada como se fosse metralhadora. Eu estava no ângulo de sombra do outro lado, invisível à encosta do morro, e muito preocupado em não aparecer no espaço batido pelo sol. A Autoridade ficou sentada em plena vista no meio do trecho iluminado pelo sol, o capacete de aço dando-lhe o aspecto de chefe de todos os estados-maiores do mundo, o binóculo refletindo o sol como um sinalizador solar.

— Olhe — disse eu a ele. — Precisamos trabalhar aqui. Aí onde você está, o seu binóculo lança reflexos que todo mundo vê lá daquele morro.

— Não vejo qualquer perigo aqui — disse a Autoridade com toda a calma e a condescendência de britânico.

— Se você já caçou veado de montanha, sabe que ele pode ver você na mesma distância em que você o vê — disse eu. — Se está vendo os homens lá com toda a clareza, saiba que eles também têm binóculos.

— Não vejo qualquer perigo aqui — repetiu a Autoridade. — Onde estão os tanques?

— Lá. Debaixo das árvores.

Os dois câmeras indignados faziam caretas e sacudiam os punhos fechados.

— Vou levar a câmera grande para os fundos — disse Johnny.

— Fique bem afastada, menina — disse eu à jornalista americana. Virei-me para a Autoridade. — Eles pensam que você faz parte de algum estado-maior. Vendo o seu chapéu de lata e o seu binóculo, pensam que estamos comandando a batalha. Você mesmo está pedindo encrenca.

Ele repetiu o refrão.

Nesse instante caiu o primeiro obus. Chegou com o barulho de caldeira estourada combinado com um rasgar de lona. Com a zoeira de parede arrebentada e a nuvem de poeira e fumaça, tirei a moça do quarto e levei-a para o fundo do apartamento. Quando mergulhei pela porta, alguma coisa com chapéu de lata passou por mim na direção da escada. Quem pensa que um coelho corre depressa quando dá o salto e sai correndo em zigue-zague não viu a Autoridade coriscar pelo quarto enfumaçado, descer as escadas de degraus quebrados, sair do prédio e pegar a rua em corrida mais veloz do que qualquer coelho. Um câmera disse que não tinha lente capaz de captar o movimento do tal homem. Claro que estava exagerando, mas o que ele disse dá uma ideia do que vimos.

O prédio foi bombardeado durante um minuto. Os obuses caíam com uma frequência que nem dava tempo de se tomar fôlego entre um estrondo e o seguinte. Depois do último esperamos uns dois minutos para ver se o bombardeio tinha cessado. Bebemos um gole de água da torneira da cozinha e procuramos outro quarto para instalar a câmera. O ataque estava começando.

A jornalista americana estava furiosa com a Autoridade.

— Ele me trouxe para cá — disse ela. — Ele disse que era seguro. E ele foi embora sem nem dizer até logo.

— Positivamente não é um *gentleman* — disse eu. — Olhe, menina. Olhe. Agora. É o ataque.

Lá embaixo alguns homens se levantaram meio agachados e correram para uma casa de pedra entre árvores. A casa ia sumindo numa repentina nuvem de poeira e fumaça dos obuses que caíam sobre ela. O vento levava a poeira levantada por um obus de cada vez, de modo que a casa não desaparecia de todo, ficava como um navio saindo de um nevoeiro. Na frente dos homens passou rápido um tanque como um besouro de topo arredondado e eriçado de canhões, e sumiu entre as árvores. Os homens que avançavam atiraram-se no chão. Outro tanque apareceu da esquerda e sumiu entre as árvores, mas víamos o clarão do fogo dele, e na fumaça que o vento soprou da casa um dos homens que estavam deitados no chão levantou-se e correu de volta para a trincheira que haviam deixado quando atacaram. Outro homem levantou-se e também correu para trás, com o fuzil em uma das mãos, a outra na cabeça. Logo todos recuavam em toda a linha. Alguns caíam. Outros ficavam no chão sem mesmo se levantarem. Estavam espalhados por toda a encosta.

— Que foi que aconteceu? — perguntou a americana.

— O ataque fracassou — expliquei.

— Por quê?

— O objetivo não foi alcançado.

— Por quê? Não era igualmente perigoso para eles voltarem correndo ou continuarem avançando?

— Nem tanto.

A moça levou o binóculo aos olhos e logo o abaixou.

— Não posso olhar mais — disse. Lágrimas escorriam pelo rosto dela, e o rosto tremia.

Eu não a tinha visto chorar antes, e tínhamos visto muitas coisas que justificariam o choro de quem quisesse chorar. Na guerra todo mundo de qualquer patente, inclusive generais, chora numa ou noutra ocasião. Isto é verdadeiro, não importa o que digam, mas deve ser evitado, e é evitado, e eu não tinha visto aquela moça chorando antes.

— E isto é um ataque?

— É um ataque — falei. — Agora você viu um ataque.

— Que é que vai acontecer?

— Montam outro ataque se tiverem pessoal suficiente para comandá-lo. Duvido que tenham. Pode contar as perdas lá, se quiser.

— Aqueles lá, todos morreram?

— Não. Alguns estão muito feridos para se mexerem. Virão recolhê-los quando escurecer.

— E os tanques vão fazer o quê?

— Voltar à base se tiverem sorte.

Mas um deles já não estava tendo sorte. Na floresta de pinheiros uma coluna de fumaça negra erguia-se e logo era soprada lateralmente pelo vento. Pouco depois a coluna se transformou em uma nuvem negra, e na fumaça negra oleosa viam-se chamas vermelhas. Houve uma explosão, um bulcão de fumaça branca e depois a fumaça negra subindo mais — mas subindo de uma base mais ampla.

— É um tanque — disse eu. — Queimando.

Ficamos olhando pelos binóculos. Vimos dois homens saírem da trincheira e seguirem enviesadamente na direção do morro carregando uma padiola. Iam devagar e como que apalpando. Enquanto olhávamos, o que ia na frente caiu de joelhos e depois sentou-se. O que ia atrás deitou-se e saiu rastejando.

Depois, com o braço por baixo do ombro do da frente, continuou a rastejar arrastando o outro para a trincheira. De repente ficou imóvel, deitado de borco. Os dois ficaram lá imóveis.

O bombardeio da casa tinha cessado. A casa-grande da fazenda e o pátio murado apareciam claros e amarelados contra o fundo verde da encosta salpicado de branco pela poeira onde os pontos de vantagem tinham sido fortificados e onde haviam cavado trincheiras de comunicação. Em vários pontos da encosta apareceram pequenas fogueiras onde os homens cozinhavam. E no declive para a casa-grande da fazenda viam-se feridos do ataque parecendo trouxas espalhadas. Entre as árvores o tanque continuava soltando fumaça negra oleosa.

— É horrível — disse a moça. — É a primeira vez que vejo isso. É horrível demais.

— Sempre é.

— Não odeia isso?

— Odeio, sempre odiei. Mas quando se tem de fazer é preciso saber como. Foi um ataque frontal. É loucura.

— E há outras maneiras de atacar?

— Claro que há. Muitas. Mas é preciso ter conhecimento, ter disciplina e pessoal adestrado e comandantes de seção. E acima de tudo é preciso o elemento surpresa.

— Já está muito escuro para trabalhar — disse Johnny cobrindo a teleobjetiva.

— Olá, velho Piolhos. É hora de voltarmos para o hotel. Trabalhamos bem hoje.

— É — disse o outro. — Hoje filmamos bom material. Foi pena o ataque ter fracassado. Mas é melhor não pensar nisso.

Ainda vamos filmar um ataque vitorioso. Só que quando um ataque é vitorioso sempre chove ou neva.

— Não quero ver mais nenhum — disse a moça. — O que vi já chega. Não quero ver mais nenhum, nem por curiosidade nem para escrever sobre outro por dinheiro. São *homens* como nós. Agora eles estão lá na encosta.

— Você não é *homens* — disse Johnny. — Você é *mulheres*. Não faça essa confusão.

— Aí vem o homem de chapéu de aço — disse o outro câmera olhando pela janela. — Vem com muita dignidade. Quem me dera ter uma bomba para jogar nele de surpresa.

Recolhíamos as câmeras e o equipamento quando a Autoridade de chapéu de aço entrou.

— Alô — disse. — Tirou boas fotos? Tem um carro numa rua aí atrás para levar você, Elizabeth.

— Vou para a casa com Edwin Henry — disse a moça.

— A ventania amainou? — perguntei casualmente.

Ele se fez de desentendido e disse à moça:

— Não quer vir?

— Não. Vou com Edwin.

— Vejo você no Clube à noite — disse-me ele cordialmente.

— Você não é mais do Clube — respondi, procurando imitar o falar inglês.

Descemos as escadas todos juntos, prestando muita atenção às falhas dos degraus e contornando os estragos recentes. A escada parecia ter ficado mais comprida. Apanhei uma cabeça de ogiva achatada e manchada de caliça e dei-a à moça chamada Elizabeth.

— Não quero — disse ela.

Paramos todos na porta e deixamos o homem de chapéu de aço passar à frente sozinho. Ele atravessou com grande dignidade a rua onde intermitentemente choviam balas, e continuou, com dignidade, até alcançar o abrigo do muro oposto. Depois, um de cada vez, atravessamos correndo até o muro. Quem atrai tiro é o terceiro ou o quarto homem a atravessar um espaço aberto, isso se aprende quando se vive perto de uma guerra, e nós sempre dávamos graças quando chegávamos do outro lado daquele espaço.

Fomos andando pela rua os quatro em fileira, protegidos pelo muro, carregando as câmeras, pisando em pedaços de ferro, em tijolos quebrados, em pedras, e observando a dignidade do andar do homem de chapéu de aço à nossa frente, o homem que não era mais do Clube.

— Infelizmente preciso escrever uma matéria — disse eu. — Não vai ser fácil. A ofensiva acabou.

— O que é que há com você, rapaz? — disse Johnny.

— Escreva o que pode ser contado — disse o outro, cortês. — Deve haver alguma coisa que possa ser contada sobre um dia tão cheio de acontecimentos.

— Quando será que vão recolher os feridos? — perguntou a moça. Ela não usava chapéu, caminhava a passos largos, e o cabelo, amarelo empoeirado ao quase crepúsculo, caía sobre a gola de pele da jaqueta curta. Quando ela virava a cabeça, o cabelo balançava. O rosto estava branco, ela parecia doente.

— Eu já lhe disse que só depois do escurecer.

— Oh, Deus, fazei escurecer logo — disse ela. — Então isto é a guerra. Foi para ver e escrever sobre isto que vim aqui. Aqueles dois que saíram com a padiola morreram?

— Sem dúvida — respondi.

— Eles quase não se mexiam, quero dizer, mexiam-se lentamente.

— Às vezes fica difícil mexer as pernas. É como caminhar em areia profunda ou em sonho.

O homem de chapéu de aço continuava caminhando à nossa frente. À esquerda dele havia uma fileira de casas destruídas, e à direita o muro de tijolos de um quartel. O carro dele estava no fim da rua, onde estava também o nosso ao abrigo de uma casa.

— Vamos reinscrevê-lo no Clube — disse a moça. — Não quero ver ninguém ofendido hoje. Nem nos sentimentos nem em nada. Ei! — gritou. — Espere por nós.

Ele parou e olhou para trás. O capacete enorme ficou ridículo de repente, parecendo chifres de algum animal inofensivo. Ele ficou nos esperando.

— Posso ajudar vocês a carregar essas coisas? — perguntou.

— Não. O carro está logo ali — respondi.

— Estamos indo para o Clube — disse a moça, sorrindo para ele. — Venha também, e traga uma garrafa de qualquer coisa.

— Será um prazer — disse ele. — O que é que devo levar?

— O que quiser — disse a moça. — Mas primeiro preciso trabalhar. Pelas sete e meia, digamos.

— Permite que eu a leve? O outro carro vai ficar muito carregado com esta tralha toda — pediu ele.

— Está bem. Aceito. Muito obrigada.

Entraram em um carro, pusemos a nossa tralha no outro.

— Qual é, rapaz? — pilheriou Johnny. — Deixa a sua garota ir para casa com outro?

— O ataque abalou-a. Ela não está nada bem.

— A mulher que não se abala com um ataque não é mulher — disse Johnny.

— Foi um ataque desastroso — disse o outro. — Felizmente ela não o viu muito de perto. Não devemos deixá-la ver um de perto, não importa o perigo. É uma experiência muito forte. De onde ela viu, foi como num filme. Cenas antiquadas de batalha.

— Ela tem bom coração — disse Johnny. — Ao contrário de você, seu velho Piolhos.

— Tenho bom coração — disse eu. — E não é piolhos. Piolhos é plural. A palavra certa neste caso é piolho.

— Gosto mais de piolhos — falou Johnny. — Soa melhor, mais forte.

Mesmo assim ele apagou com a mão a frase no vidro do carro.

— Invento outra piada amanhã — disse. — Já me esqueci da frase no espelho.

— Ótimo. Fico feliz — respondi.

— Velho piolhos — disse ele, e deu um tapa em minhas costas.

— A palavra é piolho.

— Mas eu gosto é de piolhos. É muito mais forte.

— Que tal partires para o inferno?

— Gostei, sabe? — disse ele se escancarando num sorriso. — Somos bons amigos de novo. Na guerra precisamos de muito cuidado para não ofender os sentimentos dos outros.

"Cada isso nos lembra um aquilo" é um conto completo passado em Cuba, onde Hemingway fixou residência, na Finca Vigía, de 1939 a 1959.

CADA ISSO NOS LEMBRA UM AQUILO

É uma história muito boa — disse o pai do menino. — Percebe quanto é boa?

— Eu não queria que ela a mandasse para o senhor, pai.

— O que mais você escreveu?

— Só esta. Não queria mesmo que ela a mandasse para o senhor. Mas quando ganhei o prêmio...

— Ela quer que eu ajude você. Mas, se você é capaz de escrever tão bem assim, não precisa da ajuda de ninguém. Só precisa escrever. Quanto tempo você levou para escrever este conto?

— Não muito.

— Onde aprendeu sobre esta espécie de gaivota?

— Nas Bahamas, acho.

— Você nunca esteve em Dog Rocks nem em Elbow Key. Não há gaivotas nem andorinhas-do-mar nidificando em Cat Key nem em Bimini. Em Key West só se veem andorinhas das pequenas.

— Em Killem Peters, claro. Fazem ninhos nos rochedos de coral.

— Nos baixios — disse o pai. — Onde será que você viu gaivotas como as do conto?

— Talvez o senhor tenha me falado delas.

— É um belíssimo conto. Lembra-me um que li há muito tempo.

— Parece que tudo nos faz lembrar de alguma outra coisa.

Naquele verão o menino leu livros que o pai pegou para ele na biblioteca, e quando ele ia à casa-grande para almoçar, se não estivesse jogando beisebol ou praticando tiro no clube, sempre dizia que estivera escrevendo.

— Mostre-me quando quiser ou me consulte sobre alguma dificuldade — disse o pai. — Escreva sobre assuntos que você conheça.

— É o que faço.

— Não quero ficar olhando por trás de você nem respirando na sua nuca. Mas se quiser posso lhe passar alguns problemas sobre assuntos que nós dois conhecemos. Será um bom exercício.

— Acho que estou no caminho certo.

— Então não me mostre nada, a menos que queira. Gostou de "Muito Longe e Há Muito Tempo"?

— Gostei muito.

— Os problemas a que me referi são estes: podemos ir juntos ao mercado ou à briga de galos e cada um de nós descreve o que viu. Os flagrantes e cenas que nos marcaram. Como o treinador abrindo o bico do galo e soprando na garganta dele quando o juiz concede uma pausa para eles se recuperarem. Coisas pequenas. Para comparar o que cada um de nós achou interessante.

O menino concordou e baixou os olhos.

— Ou então vamos ao café e jogamos umas mãos de pôquer de dados e você toma nota das conversas que ouviu. Não queira descrever tudo. Só o que achar que tem sentido.

— Acho que ainda não estou preparado para isso, pai. Acho melhor continuar fazendo como fiz no conto.

— Então faça assim. Não quero interferir no seu trabalho nem influenciar você. Eu estava falando era em exercícios. E os que citei não são lá muito bons. Podemos pensar em outros.

— Talvez seja melhor para mim continuar como fiz no conto.

— Claro — disse o pai.

Eu não escrevia bem assim quando tinha a idade dele, pensou o pai. Também não conheci ninguém que escrevesse. E não conheci ninguém que pudesse atirar como ele quando tinha 10 anos; não apenas atirar à toa, mas em competição com adultos e com profissionais. Já era bom atirador de campo aos 12 anos. Atirava como se tivesse um radar embutido. Nunca atirava sem conhecer o alcance da arma, nem deixava que uma ave chegasse muito perto; atirava com estilo e com precisão absoluta no momento certo em faisões em voo e em patos em movimento.

Em competições de tiro ao pombo vivo, quando ele caminhava pela pista de cimento, rodava a roda e marchava para a placa de metal na faixa preta da metragem, os profissionais ficavam olhando calados. Ele era o único atirador que inspirava silêncio absoluto na assistência. Alguns profissionais sorriam quando ele levava a arma ao peito e olhava para ver se a soleira da coronha estava bem-encaixada. Depois olhava ao longo do cano, a mão esquerda avançada, o peso do corpo caindo no pé esquerdo. A ponta do cano elevava-se e se abaixava, deslocava-se para a esquerda, para a direita e fixava-se no centro. O calcanhar do pé direito erguia-se um pouco quando ele inclinava a cabeça sobre os dois canos da arma.

— Pronto — dizia numa voz baixa e rouca que não parecia voz de criança.

— Pronto — respondia o encarregado das gaiolas.

— Solte — dizia a voz rouca, e a despeito de qual das cinco gaiolas saísse o pombo, e não importa de que ângulo as asas dele batessem, a carga do primeiro cano o acertava. Quando a ave despencava em voo, a cabeça para baixo, só os grandes atiradores viam o choque da segunda carga entrando no corpo da ave já morta no ar.

O menino travava a arma e voltava pelo cimento para o pavilhão, nenhuma expressão no rosto, os olhos baixos, não dando importância aos aplausos e dizendo "obrigado" na estranha voz rouca se algum profissional dissesse "belo tiro, Stevie".

Punha a arma no cabide e esperava para ver o pai atirar. Depois os dois seguiam juntos para o bar ao ar livre.

— Posso beber uma Coca, pai?

— É melhor beber só a metade.

— Sim, senhor. Acho que fui muito lento. Não devia ter deixado a ave subir tanto.

— Era uma ave forte e veloz, Stevie.

— Ninguém teria percebido a falha se eu não tivesse sido lento.

— Você está se saindo muito bem.

— Vou recuperar a velocidade. Não se preocupe, pai. Este pouquinho de Coca não vai me prejudicar.

O pombo seguinte morreu quando a mola da gaiola jogou-o para cima. Todos viram a carga do segundo cano acertá-lo no ar. Não tinha subido mais de um metro da gaiola.

Quando o menino entrou, um atirador local disse:

— Você pegou um muito fácil, Stevie. — O menino confirmou e ergueu a arma. Olhou o quadro de marcação. Quatro outros iam atirar antes do pai dele. O menino foi procurar o pai.

— Você recuperou a velocidade — disse o pai.

— Ouvi o barulho da gaiola se abrindo — disse o menino. — Não quero prejudicá-lo, pai. Posso distinguir o barulho de cada uma. Mas o da número dois é o dobro do das outras. Precisam engraxá-la. Ninguém percebeu isso.

— Sempre me viro com o barulho da gaiola.

— Mas se for muito alto é à esquerda. Barulho alto é da esquerda.

O pombo sorteado para o pai não foi da gaiola número dois nos três tiros seguintes. Quando lhe coube o número dois, ele não ouviu o barulho da mola e matou o pombo com o segundo cano com retardo, e o pombo bateu na cerca antes de cair.

— Ah, pai, desculpe — disse o menino. — Engraxaram a mola. Eu devia ficar calado.

Na noite seguinte ao último grande torneio internacional do qual participaram atirando juntos, eles conversaram, e o menino disse:

— Não entendo como alguém pode errar um pombo.

— Jamais diga isso a ninguém — aconselhou o pai.

— Claro. Mas não entendo mesmo. Não há por que errar um pombo. Aquele em que perdi pontos acertei duas vezes, só que ele caiu morto fora da cerca.

— Foi por isso que você perdeu.

— Isso eu sei. Sei por que perdi. Mas não entendo como pode um atirador errar um pombo.

— Talvez entenda daqui a vinte anos — disse o pai.

— Não quis ofender, pai.

— Tudo certo. Mas não deve dizer isso a outras pessoas.

O pai pensava nisso quando refletia sobre o conto escrito pelo menino. Apesar do incrível talento que possuía, o menino não teria sido o atirador que era contra aves em voo se não tivesse recebido sugestões e orientação. Ele esquecera todas as instruções recebidas. Esquecera que, quando começou a errar tiros em voo, o pai tirava a camisa dele e mostrava as equimoses no braço por ter encaixado mal a arma. O pai o corrigira nisso ensinando-o a sempre examinar o ombro para se certificar de que havia encaixado bem a arma antes de mandar soltar o pombo.

Esquecera o princípio de pôr o peso no pé da frente, manter a cabeça baixa e virar. Como saber que o peso está no pé da frente? Erguendo o calcanhar direito. Cabeça baixa, torção e velocidade. Não se preocupe com o escore. Você deve atirar logo que o pombo sai da gaiola. Não olhe para o pombo inteiro, só para o bico. Acompanhe o bico com a arma. Se não enxergar o bico, calcule onde ele pode estar. Quero que você só se preocupe com a velocidade.

O menino era um excelente atirador nato, mas o pai ensinou-o a ser perfeito, e todo ano o levava para atirar. Com isso o menino aprendeu a ter concentração na velocidade e passou a matar de seis a oito em dez. Depois passou a nove em dez. Mantenha essa proporção, visando ao escore de vinte em vinte. O resto depende da sorte que faz atiradores perfeitos.

Ele não mostrou ao pai o segundo conto. No fim de cada férias a versão final ainda não o satisfazia. Disse que só o mostraria se o considerasse pronto. Quando achasse que estava pronto, ele o mandaria ao pai. Dizia ter aproveitado bem as férias, estava lendo bons livros, e agradecia ao pai por não exigir muito dele no campo da escrita, porque afinal férias são férias, e aquelas tinham sido das melhores, talvez as melhores, e o tempo que passaram juntos fora maravilhoso.

Sete anos depois o pai encontrou novamente o conto premiado. Estava em um livro que encontrou quando procurava outros no antigo quarto do menino. Logo que o viu, percebeu a origem do conto. Recordou o antigo clima de familiaridade. Foi virando as páginas e o reconheceu, inalterado e com o mesmo título, num livro de contos muito bons de um escritor irlandês. O menino o copiara palavra por palavra e utilizara o título original.

Nos últimos cinco do período de sete anos, entre o verão do prêmio e o dia em que o pai encontrou o livro, o menino praticou os atos mais detestáveis e insensatos de que foi capaz, pensou o pai. Mas isso porque ele era doente, justificou o pai. A doença foi a causa da vileza. Até então ele estivera no caminho certo. O desvio começara um ano ou mais após aquele último verão.

Agora ele sabia que o menino nunca fora bom. Chegava sempre a essa conclusão quando rememorava os acontecimentos. E reconheceu com tristeza que atirar não significara nada.

"Boas notícias da terra firme" é outro conto completo passado em Cuba.

Boas notícias da terra firme

Por três dias ele soprou do sul entortando as frondes das palmeiras imperiais até separá-las pelo meio partido dos troncos cinzentos também curvados pela força do sopro. À medida que o vento aumentava, os talos verde-escuros das frondes gemiam ao ser arrancados. Os galhos das mangueiras balançavam, o calor do vento queimava as flores, que iam ficando marrons e ressecadas como os talos. O capim secava, não havia mais umidade no solo, e o vento vinha carregado de poeira.

O vento soprou dia e noite durante cinco dias e, quando amainou, metade das frondes das palmeiras pendiam mortas dos troncos, o chão ficou coberto de mangas verdes, as flores tinham morrido todas e os talos estavam secos. Não ia haver safra de manga nem de mais nada naquele ano.

O telefonema que ele pedira veio de terra firme.

— Dr. Simpson — disse o homem, e ouviu a voz crepitante em segunda.

— Sr. Wheeler? Aquele menino seu surpreendeu-nos a todos hoje. Vínhamos dando a ele o costumeiro pentotal sódico antes do tratamento de choque, e eu sempre notava que ele é resistente ao pentotal. Suponho que nunca usou drogas, pois não?

— Que eu saiba, não.

— Não? É, a gente nunca sabe. Mas ele deu um show hoje. Enfrentou cinco de nós como se fôssemos crianças. Cinco homens grandes. Tivemos que adiar o tratamento. Ele tem um medo doentio de choque elétrico, medo completamente injustificado, por isso é que aplico o pentotal, mas não estava programada a ministração hoje. Aliás, considero bom indício o que aconteceu. Ele não se rebelou contra nada, sr. Wheeler. É o indício mais favorável que já vi. O menino está fazendo progressos, sr. Wheeler. Estou encantado com ele. Eu disse a ele: "Stephen, não sabia que você tinha isso." O senhor pode ficar contente e satisfeito com o progresso dele. Ele me escreveu uma carta muito interessante e reveladora depois do incidente. Vou mandá-la ao senhor. Não recebeu as outras cartas? Certo. Certo, houve pequena demora em mandá-las. Minha secretária anda assoberbada, sabe como é, sr. Wheeler, sou muito ocupado. Bom, ele usou linguagem forte quando resistia ao tratamento, mas pediu-me desculpas da maneira mais civilizada. O senhor devia vê-lo agora, sr. Wheeler. Está cuidando bem da aparência. É do tipo colegial bem-educado.

— E quanto ao tratamento?

— Ah, ele vai receber o tratamento. Vou primeiro duplicar a dose de pentotal. A resistência dele a esse remédio é simplesmente assombrosa. Saiba o senhor que esse tratamento extraordinário foi pedido por ele mesmo. Deve haver algo de masoquismo nisso. Foi ele mesmo quem sugeriu isso na carta. Mas não sei; acho que esse menino está começando a perceber a realidade. Vou mandar a carta ao senhor. O senhor não tem motivo para ficar desanimado com o menino; muito pelo contrário, sr. Wheeler.

— Como está o tempo aí?

— Como está o quê? Ah, o tempo. Não é bem o que eu definiria como típico desta época do ano. Pensando bem, não é nada típico. Para ser franco, temos tido um tempo bem esquisito. Pode telefonar quando quiser, sr. Wheeler. Eu não me preocuparia com o progresso que o menino está fazendo. Vou lhe mandar a carta dele. Posso quase dizer que é uma carta brilhante. Certo, sr. Wheeler. Não, sr. Wheeler, eu diria que tudo está correndo muito bem, sr. Wheeler. Nenhum motivo para preocupação. Quer falar com ele? Vou providenciar a transferência da ligação para o hospital. Mas talvez seja melhor amanhã. Agora ele está naturalmente um pouco exausto depois do tratamento. Amanhã será melhor. Como? Está dizendo que ele não recebeu o tratamento? Correto, sr. Wheeler. Eu não fazia ideia de que ele tivesse essa força. Correto. O tratamento ficou para amanhã. Vou aumentar a dose de pentotal. O tratamento adicional que ele mesmo pediu. Telefone para ele depois de amanhã. É dia de descanso para ele, e ele estará calmo. Certo, sr. Wheeler, certíssimo. Não precisa ficar aflito. Eu lhe digo que o progresso dele não podia ser melhor. Hoje é terça. Telefone para ele na quinta. A qualquer hora na quinta-feira.

Na quinta-feira a ventania voltou. Não podia fazer mais nenhum estrago nas árvores, a não ser levar as folhas mortas das palmeiras e queimar os poucos botões de manga cujos talos haviam resistido. Mas amarelou as folhas dos choupos e jogou poeira e folhas na piscina. Soprou poeira para dentro da casa através das telas e poeira nos livros e nos quadros. As vacas leiteiras ficavam com as ancas viradas para o vento e tudo que mastigavam era misturado com terra. As ventanias sempre acontecem na Quaresma, lembrou-se o sr. Wheeler. Vento de Quaresma. Todos os maus ventos têm nomes locais, e os maus escritores sempre fazem literatice sobre eles. Ele resistira a isso como resistira a escrever que as frondes das palmeiras se entortavam até se separarem ao meio como as moças repartem o cabelo e é soprado para frente quando elas ficam de costas para uma ventania. Resistira a escrever sobre o cheiro dos botões de manga quando passearam juntos de noite antes da ventania, com o zumbido de abelhas em volta quando passaram na frente da janela. Não havia abelhas então e ele recusou-se a empregar o nome estrangeiro do vento. Já se fez muita má literatura sobre nomes estrangeiros de ventos, nomes que ele conhecia muito bem. O sr. Wheeler escrevia à mão porque não queria tirar a capa da máquina no vento quaresmal.

O estafeta da casa, que tinha sido contemporâneo e amigo do filho do sr. Wheeler, entrou e disse:

— A chamada para Stevie está feita.

— Alô, papai — falou Stephen com voz rouca. — Estou bem, papai, muito bem. Chegou a hora. Livrei-me daquele negócio. O senhor nem faz ideia. Finalmente consegui perceber a realidade. O dr. Simpson? Ah, muito bem. Tenho total confiança nele. É um bom homem, papai. Acredito muito nele. Ele tem os pés no chão, mais do que a maioria dos outros. Está me dando alguns tratamentos extraordinários. Como vai todo mundo? Ótimo. E o tempo? Ótimo, ótimo. Dificuldade nenhuma com os tratamentos. Não. De jeito nenhum. Tudo está saindo muito bem. Que bom que o senhor esteja bem. Finalmente consegui entender. Bem, para que gastar mais dinheiro com telefone? Lembranças minhas a todos. Até breve, papai. Até mais ver.

— Stevie manda-lhe lembrança — disse ao estafeta.

Ele sorriu feliz, recordando os velhos tempos.

— Muita gentileza dele. Como está ele?

— Muito bem. Diz que está tudo bem.

"Um país estranho" são quatro capítulos de um romance inacabado no qual Hemingway trabalhou intermitentemente em 1946-1947 e 1950-1951. As cenas representam matéria preliminar para uma primeira versão de As ilhas da corrente, publicado postumamente em 1970. Parece que Hemingway pôs de lado estes capítulos quando mudou o rumo do romance enquanto escrevia. O leitor perceberá a reutilização de nomes dados depois a outros personagens na versão final de As ilhas da corrente. Essas modificações não prejudicam a unidade nem a inteireza de "Um país estranho".

UM PAÍS ESTRANHO

Miami estava quente e sufocante, e o vento que soprava dos Everglades trazia mosquitos até de manhã.

— Vamos sair logo que pudermos — disse Roger. — Preciso pegar dinheiro. Você entende de carros?

— Não muito.

— Dê uma olhada nos classificados e eu pego dinheiro pela Western Union.

— É fácil assim?

— Se conseguir a ligação a tempo, o meu advogado saca e manda.

Estavam no décimo terceiro andar de um hotel no Biscayne Boulevard. O mensageiro tinha acabado de descer para buscar os jornais e outras coisas. Eram dois quartos de frente para a baía, o parque e o trânsito do Boulevard. Estavam registrados com os nomes verdadeiros.

— Você fica com o do canto — dissera Roger. — Talvez sopre alguma brisa por lá. Vou falar no telefone do outro quarto.

— Posso ajudar em alguma coisa?

— Passe os olhos nos classificados de automóveis à venda num jornal, eu passo no outro.

— Que espécie de carro?

— Um conversível com pneus bons. O melhor que acharmos.

— Quanto dinheiro calcula que teremos?

— Vou tentar cinco mil.

— Maravilha. Acha que consegue?

— Sei não. Vou cutucá-lo — disse Roger, e passou para o outro quarto. Fechou a porta, depois abriu. — Ainda me ama?

— Pensei que isso já estivesse esclarecido — lembrou ela. — Faça o favor de me beijar antes que o mensageiro volte.

— É pra já. — Abraçou-a apertado e beijou-a com gosto.

— Assim é melhor — admitiu ela. — Por que os quartos separados?

— Para o caso de precisarem me identificar para pegar o dinheiro.

— Ah.

— Se tivermos sorte não precisaremos ficar nestes quartos.

— Será que podemos mesmo resolver tudo assim tão depressa?

CONTOS | Vol. 3 ~ 385

— Se tivermos sorte.

— Depois ficamos sendo sr. e sra. Gilch?

— Sr. e sra. Stephen Gilch.

— Sr. e sra. Stephen Brat-Gilch.

— É melhor eu telefonar.

— Mas não fique demorando um tempão.

Almoçaram em um restaurante grego de frutos do mar. Era um oásis, devido ao ar-condicionado, no calor forte da cidade. A comida tinha sem dúvida saído mesmo do mar, mas, comparada ao que Eddy era capaz de cozinhar, estava como um óleo reaproveitado está para uma manteiga nova. Mas tinha uma garrafa de bom vinho branco grego resinoso, seco e bem gelado. Para sobremesa pediram torta de cereja.

— Vamos para a Grécia e suas ilhas — sugeriu ela.

— Já esteve lá?

— Uma vez, no verão. Amei.

— Pois vamos.

Pelas duas da tarde o dinheiro já estava na Western Union. Eram três mil e quinhentos em vez de cinco mil, e pelas três e meia já tinham comprado um conversível Buick usado, com pouco mais de nove mil quilômetros rodados. Tinha dois sobressalentes em bom estado sob a mala, um rádio, um farol móvel grande, amplo espaço para bagagem. Era cor de areia.

Pelas cinco e meia já tinham feito várias outras compras e fechado a conta do hotel. O porteiro já arrumara a bagagem na mala do carro. O calor continuava forte.

Suando muito no uniforme grosso, tão apropriado para o verão subtropical como é o calção para o inverno do Labrador, Roger gratificou o porteiro e entrou no carro. Seguiram pelo

Biscayne Boulevard, viraram a oeste para pegar a estrada de Coral Gables e a Trilha Tamiami.

— Que tal? — perguntou Roger.

— Maravilha. Acha que é verdade?

— Sei que é porque o calor está demais e não conseguimos os cinco mil.

— Acha que pagamos muito pelo carro?

— Não. Pagamos o que vale.

— Conseguiu o seguro?

— Hum-hum. E entrei para o Automóvel Clube.

— Não estamos correndo muito?

— Somos o máximo.

— E o resto do dinheiro?

— Preso na camisa com um alfinete.

— É o nosso banco.

— É tudo que temos.

— Quanto tempo acha que vai durar?

— Não precisa durar. Vou conseguir mais.

— Precisa durar por algum tempo.

— Vai durar.

— Roger.

— Fale, filha.

— Você me ama?

— Sei não.

— Diga.

— Não sei. Mas vou fazer tudo para descobrir.

— Eu amo você. Amo. Amo.

— Continue assim. Vai me ajudar muito.

— Por que não diz que me ama?

— Vamos esperar.

Ela tirou a mão que vinha descansando na coxa dele.

— Está certo. Vamos esperar — concordou ela.

Iam rumo a oeste pela larga estrada de Coral Gables, estavam nos arredores planos e mormacentos de Miami, postos de gasolina e mercados, carros com pessoas indo para casa passavam ventando por eles. Passaram Coral Gables pela esquerda, edifícios que pareciam transplantados do Basso Veneto erguiam-se da planície da Flórida. À frente a estrada se alongando reta e fumegando de calor sobre uma extensão outrora ocupada pelos Everglades. Roger aumentou a velocidade, e o deslocamento do carro no ar abafado resfriava o ar que entrava pelo respiradouro do painel e pelas portinholas inclinadas do quebra-vento.

— Muito bom este carro — disse a moça. — Sorte nossa tê-lo encontrado.

— Muita sorte.

— Somos sortudos, não acha?

— Até agora, sim.

— Você está muito cauteloso comigo.

— Não diga isso.

— Podemos ser alegres, não?

— Estou alegre.

— Não está parecendo.

— Bem, talvez não esteja mesmo.

— E não podia ser? Não vê que eu estou?

— Vou ser. Prometo — disse ele.

Olhando a estrada por onde tinha passado tantas vezes na vida, vendo-a se alongando, sabendo que era a mesma estrada com valas dos dois lados, a mata e os brejos, sabendo que só o carro era diferente e que só quem estava ao lado dele era diferente, Roger sentiu o antigo vazio interior e achou que era preciso combatê-lo.

— Amo você, filha. — Não disse como se acreditasse. Mas as palavras soaram corretamente. — Amo você muito e vou me esforçar para ser bom com você.

— E vai ser alegre.

— E vou ser alegre.

— Maravilha. Já começamos?

— Estamos na estrada.

— Quando vamos ver os pássaros?

— Ficam bem mais adiante nesta época do ano.

— Roger.

— Fale, Bratchen.

— Não precisa ser alegre se não tiver vontade. Não vai nos faltar alegria. Sinta-se você como se sentir, serei alegre por nós dois. Não posso fazer diferente hoje.

Na frente a estrada virava à direita e seguia para noroeste dentro da mata brejosa, e não oeste. Isso era bom. Era bem melhor mesmo. Logo chegariam ao ninho da grande águia-marinha no cipreste seco. Tinham passado no lugar onde ele matara a cascavel no verão em que passara por ali com a mãe de David antes de Andrew nascer. Foi o ano em que os dois compraram camisas Seminole no entreposto dos Everglades e as vestiram no carro. Deu a enorme cascavel a uns índios que tinham ido vender e comprar coisas. Os índios ficaram contentes com a cobra por causa da pele bonita e dos doze chocalhos. Roger lembrou-se do peso dela quando a ergueu do chão, a enorme cabeça achatada pendendo, o sorriso do índio quando a recebeu. Foi o ano em que mataram o peru-do-mato que atravessava a estrada de manhã cedo saindo da névoa que começava a se levantar com o primeiro sol, o cipreste surgindo negro na névoa prateada, o peru pardo-bronzeado e lindo quando apareceu na estrada, a cabeça altiva depois se abaixando para a corrida, depois estatelado na estrada.

— Me sinto ótimo — disse Roger. — Agora vamos chegar a um lugar bonito.

— Onde vamos dormir esta noite?

— Acharemos onde. Quando chegarmos ao golfo pegaremos uma brisa marinha em vez desta de terra, e o tempo refresca.

— Vou gostar — anuiu a moça. — Eu tinha medo de precisarmos passar a primeira noite naquele hotel.

— Tivemos muita sorte em sair. Não esperava que fosse tão rápido.

— Como estará Tom?

— Solitário.

— Uma belíssima pessoa, não acha?

— É meu melhor amigo, minha consciência e meu pai, meu irmão e meu banqueiro. É como um santo. Só que alegre.

— Nunca conheci ninguém melhor. É comovente ver como ele gosta de você e dos meninos.

— Seria bom se ele pudesse ficar com eles o verão todo.

— Você vai sentir muita falta deles, não?

— Sinto falta o tempo todo.

Tinham posto o peru-do-mato no banco de trás. Era pesado, morno e lindo, com a lustrosa plumagem bronzeada, tão diferente do azul e negro dos perus domésticos. A mãe de David ficou tão emocionada que mal podia falar. Finalmente disse:

— Não. Me deixe pegá-lo. Quero vê-lo mais uma vez. Depois o guardamos.

Ele pôs um jornal no colo dela, ela enfiou a cabeça ensanguentada da ave debaixo de uma asa, fechou cuidadosamente a asa sobre a cabeça e ficou sentada alisando as penas do peito e acariciando a ave enquanto Roger dirigia. Por fim ela falou:

— Ficou frio. — Enrolou-o no jornal e o pôs novamente no assento de trás. — Obrigada por me deixar segurá-lo quando eu queria tanto — disse. Roger beijou-a dirigindo, e ela murmurou: — Oh, Roger, somos tão felizes e sempre seremos, não é?

Isso aconteceu bem na curva em descida que vinha a seguir. O sol agora estava na altura da copa das árvores. Mas não viram os pássaros.

— A falta deles não vai impedir você de me amar, vai?

— Decerto que não.

— Compreendo o seu desapontamento. Mas você ia ficar longe deles de qualquer maneira, não ia?

— Claro. Não fique preocupada comigo, filha.

— Gosto de ouvir você dizer filha. Diga de novo.

— Vem no fim de uma frase. — E repetiu: — Filha.

— Talvez seja por eu ser mais jovem. Gosto das crianças. Gosto dos três, muito. Acho-os maravilhosos. Nunca pensei que existissem crianças como eles. Mas Andy é muito novo para casar comigo, e eu amo você. Por isso vou esquecê-los e tratar de ficar bem feliz com você.

— Você é boa.

— Nem tanto. Sou muito difícil. Mas sei quando tenho amor por uma pessoa, e amo você desde que me lembro. Por isso vou me esforçar por ser boa.

CONTOS | Vol. 3 ~ 391

— Está sendo simplesmente maravilhosa.

— Ah, posso ser muito melhor ainda.

— Não tente.

— Não vou tentar por algum tempo. Estou tão feliz, Roger. Vamos ser felizes, não vamos?

— Vamos, filha.

— E vamos ser felizes para sempre, não vamos? Sei que é bobagem eu sendo filha de mamãe, e você com todo mundo. Mas acredito na nossa felicidade e sei que é possível. Venho amando você durante toda a minha vida, e, se isso é possível, é possível ser feliz, não é? Diga que é.

— Acho que é.

Ele sempre tinha dito que era. Mas não naquele carro. Em outros carros, em outros países. Mas tinha dito o mesmo neste país também, e acreditado. E teria sido possível. Tudo é possível uma vez. Fora possível nesta estrada, naquele trecho lá na frente onde o canal corre límpido do lado direito da estrada onde o índio impelia com uma vara a sua canoa de tora. Agora não tinha índio. Isso foi antes. Quando era possível. Antes de os pássaros terem ido embora. No ano antes do peru. Aquele ano antes da cascavel foi o ano em que viram o índio varejando a canoa de tora e o veado na proa com o pescoço e o peito brancos, as pernas delgadas terminando em cascos delicadamente torneados, em forma de coração partido, ele alteado, a cabeça com as bonitas miniaturas de chifres, olhando para o índio. Haviam parado o carro e falado com o índio; ele não entendia a língua deles e sorriu, e o veadinho com os olhos abertos parados no índio. Então era possível e continuou assim pelos cinco anos seguintes. Mas o que era possível agora? Nada era possível se ele também não fosse e ele precisava dizer as coisas se houvesse a mínima possibilidade de serem verdadeiras. Mesmo se não fosse correto dizê-las, ele precisava dizê-las. Jamais seriam possíveis se ele não as dissesse. Precisava dizê-las e só então talvez pudesse senti-las e só então talvez ele pudesse acreditar. E então talvez elas se tornassem verdadeiras. Talvez é uma palavra feia, pensou, mas fica mais feia ainda no fim de um charuto.

— Tem cigarro? — perguntou ele à moça. — Não sei se o acendedor está funcionando.

— Não o experimentei. Ainda não fumei. Estou tão calma.

— Você só fuma quando está nervosa?

— Acho que sim. Quase sempre.

— Experimente o acendedor. Quem era o sujeito com quem você se casou?

— Ah, não vamos falar nele.

— Não. Só perguntei quem era.

— Ninguém que você conheça.

— Não quer mesmo me falar nele?

— Não, Roger. Não quero.

— Está bem.

— Desculpe. Era inglês.

— Era?

— É. Mas gosto mais de dizer *era*. Você também disse era.

— Era é uma boa palavra. É horrores melhor do que talvez.

— Não estou entendendo nada, mas acredito em você. Roger...

— Diga, filha.

— Sente-se melhor?

— Muito melhor. Excelente.

— Ótimo. Vou falar dele. Descobri que era gay. Isso. Nunca falou no assunto e não se comportava como gay. Nem um pouco. Verdade. Você pode pensar que sou idiota. Mas ele não se revelava. Era lindo. Você sabe como eles podem ser lindos. Então descobri. Não demorou. Aliás, na primeira noite. Vê por que não devo falar nele?

— Pobre Helena.

— Não me chame de Helena. Me chame de filha.

— Minha pobre filha. Minha querida.

— Esta palavra também é linda. Mas não deve misturá-la com filha. Não fica bem. Mamãe o conhecia. Achei que ela devia ter dito alguma coisa. Só disse que nunca tinha notado, e, quando eu lhe disse que devia ter notado, ela respondeu: "Pensei que você soubesse o que estava fazendo e achei que não tinha o direito de interferir." Eu retruquei: "A senhora não podia ter dito alguma coisa ou alguém não podia ter dito alguma coisa?" Ela respondeu: "Querida, todo mundo pensou que você soubesse o que estava fazendo. Todo mundo. Todo mundo sabe que você não se ligava no assunto e eu tinha o direito de supor que você não fosse inocente quanto à vida nesta pequenina ilha compacta."

Sentada ao lado dele, ela falou sem nenhuma entonação na voz. Também não fez gestos. Simplesmente utilizou as palavras exatas ou no sentido que ela considerava que fosse exato. Para Roger as palavras dela pareceram exatas.

— Mamãe me deu forças — disse a moça. — Conversou muito comigo naquele dia.

— Olhe — disse Roger. — Vamos jogar tudo isso fora. Tudo. Jogaremos tudo fora na beira desta estrada. E depois, tudo de que você quiser se livrar é só me dizer. Tudo foi jogado fora, e de uma vez por todas.

— Assim é que deve ser. Foi com essa ideia que comecei. Você se lembra que desde o começo eu lhe disse que devíamos considerar esse meu episódio uma perda assumida?

— Me lembro. Desculpe. Mas estou contente porque agora nos livramos dele de uma vez por todas.

— Bondade sua. Mas não precisa fazer feitiços, nem exorcismos, nem nada assim. Sei nadar sem ajuda. E ele era lindo de morrer.

— Cuspa fora isso também. Se é dessa maneira que você quer.

— Não fale assim. Você está sempre bancando o superior quando não precisa ser superior. Roger?

— Diga, Bratchen.

— Amo você demais e não precisamos de agora em diante ficar fazendo dessas coisas, não acha?

— Você está certa. Certíssima.

— Ainda bem. Podemos agora ser alegres?

— Perfeitamente. Olhe. Os pássaros. Os primeiros.

Mostraram-se brancos na mata de ciprestes que parecia uma ilha de árvores no meio do brejo à esquerda da estrada, o sol brilhando neles na folhagem escura; e à medida que o sol abaixava outros chegavam voando, brancos, lentos, as pernas compridas esticadas para trás.

— Estão chegando para a noite. Estiveram comendo no pântano. Repare como movimentam as asas quando querem parar, e as pernas compridas se abaixando como trem de pouso.

— Vamos ver as íbis também?

— Olhe elas lá.

Ele parou o carro. No brejo já escurecendo viram íbis lenheiras cruzando o céu, reduzindo o voo, se abaixando e pousando em outro grupo de árvores.

— Costumavam pousar muito mais perto.

— Quem sabe tornamos a vê-las de manhã — disse a moça.
— Quer que eu prepare um drinque enquanto estamos aqui parados?

— Podemos prepará-lo mesmo rodando. Os mosquitos não nos deixariam em paz aqui.

Já havia alguns mosquitos no carro, dos pretos, grandes, dos Everglades, mas quando ele deu partida a sucção do vento produzida pela abertura da porta os lançou para fora. A moça encontrou duas xícaras esmaltadas numa sacola e a caixa com uma garrafa de White Horse. Limpou as xícaras com um guardanapo de papel, serviu o uísque sem tirar a garrafa da caixa, pôs o gelo tirado do jarro térmico e acrescentou água de soda.

— À nossa — disse ela passando a Roger a xícara esmaltada. Ele bebeu devagar enquanto dirigia, segurando o volante com a mão esquerda.

Já escurecia na estrada. Roger ligou o farol baixo e os dois beberam o uísque, que os fez se sentirem melhores. Sempre há uma esperança, pensou Roger, quando um drinque nos presta o serviço que esperamos dele. Este fez exatamente o que devia.

— Parece que fica oleoso e escorregadio em xícara — opinou ela.

— Esmaltada — afirmou Roger.

— Fica bom de beber — disse ela. — Não tem um gosto maravilhoso?

— Foi o nosso primeiro drinque hoje, não contando aquele vinho resinoso do almoço. Este é o nosso bom amigo. O matador de gigantes.

— Bom nome para uísque. Você usa sempre esse nome?

— Desde a guerra. Foi quando inventaram o nome.

— Esta mata não é bom lugar para gigantes.

— Acho que todos foram exterminados há muito tempo. Ou então foram expulsos por aqueles monstros de brejo de pneus enormes.

— Assim é muito complicado. Com uma xícara esmaltada é muito mais fácil.

— É, xícara esmaltada melhora o gosto. Não para matar gigantes, mas para melhorar o sabor. Mas bom mesmo seria se tivéssemos água fria de uma fonte para resfriar a xícara e para a gente olhar no poço onde cai a água e ver aqueles turbilhõezinhos de areia que se erguem com a queda da água.

— Será que vamos achar isso?

— Claro. Acharemos tudo. Podemos fazer um drinque espetacular com morangos do mato. Quando se tem limão, corta-se ele ao meio, espreme-se na xícara e põe-se a casca dentro. Esmagam-se os morangos na própria xícara, limpa-se a serragem de uma lasca de gelo tirada do depósito, acrescenta-se o gelo e enche-se a xícara com o uísque, agitando até misturar tudo.

— Não se põe água?

— Não. O gelo se derrete e se junta ao caldo dos morangos e do limão.

— Será que ainda existem morangos silvestres?

— Tem que existir.

— Em quantidade suficiente para fazer um bolinho?

— Tem que ter.

— É melhor pararmos por aqui. Está me dando fome.

— Vamos tomar mais um drinque — disse ele. — Depois dele estaremos no brejo.

Já era noite, o brejo estava escuro e alto dos dois lados da estrada, e a luz dos faróis alcançava longe. Os drinques espantaram o passado da mesma forma que os faróis espantavam o escuro.

— Filha, eu beberia mais um se você o preparasse — sugeriu Roger.

Ela preparou o drinque e perguntou:

— Por que não me deixa assumir o volante enquanto você bebe?

— Posso muito bem beber dirigindo.

— E eu posso muito bem segurar o volante. Não está se sentindo leve?

— Mais leve do que tudo.

— Do que tudo não, mas maravilhosamente leve.

À frente surgiram as luzes de uma povoação numa clareira. Roger pegou uma estrada à direita, passou uma lanchonete, uma loja, um restaurante e entrou numa estrada deserta que levava ao mar. Virou à direita e entrou em outra rua que passava por lotes vagos e casas dispersas e chegou a um posto de gasolina onde havia um letreiro em néon anunciando cabanas. Logo adiante passava a estrada principal, que se emendava com a estrada da beira-mar. As cabanas ficavam de frente para o mar. Pararam o carro no posto. Roger pediu ao senhor de meia-idade que

apareceu, o rosto azulado à luz do letreiro em néon, que verifi-
casse o óleo e a água e completasse o tanque.

— Como são as cabanas? — perguntou Roger.

— Boas, chefe — disse o homem. — Muito boas. Limpas.

— Lençóis limpos?

— Mais limpos não podiam ser. Pretendem passar a noite?

— Se ficarmos.

— Três dólares para a noite.

— A moça aqui pode dar uma olhada numa?

— Ela vai gostar. Não encontra colchões melhores. Lençóis
limpíssimos. Chuveiro. Ventilação perfeita. Encanamento novo.

— Vou ver — disse a moça.

— Vou pegar a chave. São de Miami?

— Acertou.

— Eu também prefiro a Costa Oeste. O óleo está perfeito e
a água idem.

A moça voltou ao carro.

— A que eu vi é ótima. Bem ventilada.

— Brisa do Golfo do México — disse o homem. — Sopra a
noite inteira. E o dia inteiro amanhã. Talvez metade da quinta-
feira. Experimentou o colchão?

— Tudo parece maravilhoso.

— Minha velha cuida tão bem delas que até parece crime.
Ela se rala para conservar as cabanas. Vai ao show hoje. A la-
vanderia é o nosso orgulho. Ela cuida. Recebemos nota nove. —
Pendurou a mangueira na bomba.

— Ele fala meio confuso — disse a moça em voz baixa. —
Mas a cabana é muito boa e limpa.

— Vão ficar, afinal? — perguntou o homem.

— Vamos — disse Roger.

— Então ponha aí no livro.

Roger escreveu sr. e sra. Robert Hutchins 9072 Surfside Drive Miami Beach, e devolveu o livro.

— Parente do educador? — perguntou o homem anotando o número da placa no livro.

— Não. Lamento.

— Nada a lamentar — disse o homem. — Não o tenho mesmo em grande conta. Apenas li sobre ele nos jornais. Querem a minha ajuda em alguma coisa?

— Não. Encosto o carro lá e nós mesmos retiramos as coisas de que precisamos.

— Quinze litros fazem cinco e cinquenta com o imposto estadual.

— Onde podemos comer alguma coisa? — perguntou Roger.

— Tem dois bons lugares na cidade.

— Qual dos dois recomenda?

— As pessoas elogiam muito o Lanterna Verde.

— Já ouvi falar — disse a moça. — Não me lembro onde.

— É conhecido. Quem cuida é uma viúva.

— Deve ser esse mesmo — concordou a moça.

— Não precisam mesmo de minha ajuda?

— Não, obrigado — agradeceu Roger.

— Preciso dizer uma coisa — falou o homem. — A sra. Hutchins é uma senhora muito bonita.

— Obrigada — disse a moça. — O senhor é muito gentil. Mas acho que é efeito desta luz bonita.

— Não — retrucou ele. — Falei a verdade. Do coração.

— Vamos nos instalar — pediu a moça a Roger. — Não quero me separar de você logo no começo da viagem.

A cabana tinha cama de casal, mesa coberta com oleado, duas cadeiras e uma lâmpada pendente do teto. Tinha chuveiro, vaso sanitário e pia, com espelho. Toalhas limpas num cabide ao lado da pia e, num canto do quarto, uma tábua com mais cabides.

Roger levou a bagagem, e Helena pôs a jarra de gelo, as duas xícaras e a caixa com a garrafa de uísque na mesa, mais o saco de papel com garrafas de água mineral.

— Não me faça essa cara triste — disse ela. — A cama é limpa. Pelo menos os lençóis.

Roger abraçou-a e beijou-a.

— Apague a luz, sim?

Roger ergueu o braço e apagou a luz. No escuro beijou a moça, cheirou-a, sentindo-lhe o estremecimento passar para ele quando se abraçaram. Com ela nos braços, a cabeça para trás, ele ouviu o mar banhando a praia e sentiu o vento fresco entrando pela janela. Sentiu os cabelos sedosos dela no braço. Sentiu os dois corpos tensos. Passou a mão sobre os seios dela e sentiu-os endurecendo, dois botões durinhos sob os dedos.

— Oh, Roger. Oh, Roger!

— Não fale.

— É ele? Que maravilha!

— Não fale.

— Ele vai me tratar bem, não vai? E eu vou me esforçar para tratá-lo bem. Mas não é grande demais?

— Não.

CONTOS | *Vol. 3* ~ 401

— Ah, como amo você, e amo ele também. Acha que devemos experimentar agora para ficarmos sabendo? Não posso esperar mais tempo. Sem saber, quero dizer. Mal pude me aguentar a tarde inteira.

— Podemos experimentar.

— Então vamos. Vamos. Agora.

— Me beije mais uma vez.

No escuro ele entrou no país estranho, e como era estranho, de entrada difícil, de repente perigosamente difícil, depois às cegas, mas feliz, instalou-se satisfeito; liberto de todas as dúvidas, todos os perigos e todos os receios, soltou-se, agarrou-se, agarrou-se mais forte, afrouxou para agarrar de novo, absorvendo todo o antes e todo o porvir, chegando ao começo da felicidade iluminada no escuro, mais perto, mais perto, cada vez mais perto, até ultrapassar toda a esperança, mais longe, mais longe, mais alto e mais alto até chegar repentinamente à felicidade escaldante.

— Oh, querida! — exclamou ele. — Oh, querida!

— Estou aqui.

— Obrigado, meu amor abençoado.

— Morri — disse ela. — Não me agradeça. Morri.

— Você quer...

— Não quero nada. Morri.

— Vamos...

— Não. Acredite. Não sei como dizer de outra maneira. — Momentos depois, falou: — Roger.

— Diga, filha.

— Tem certeza?

— Toda, filha.

— Não ficou desapontado em nenhum sentido?

— Não, filha.

— Acha que vai conseguir me amar?

— Amo você — disse ele. Eu amo é o que fizemos, pensou ele.

— Diga de novo.

— Amo você — repetiu ele a mentira.

— Mais uma vez.

— Amo você.

— Foram três vezes — disse ela no escuro. — Vou fazer tudo para que seja verdade.

O vento soprou fresco sobre eles, e o rangido das folhas das palmeiras soou como chuva. Passado um tempo, a moça disse:

— Vai ser uma noite maravilhosa, mas sabe como me sinto agora?

— Com fome.

— Você é bom para adivinhar.

— Eu também estou com fome.

Jantaram no Lanterna Verde. A viúva borrifou inseticida debaixo da mesa e serviu-lhes ovas de tainha fritas com bacon. Beberam cerveja gelada e comeram filé com purê. O filé era fino e não muito saboroso, mas a fome ajudou. A moça tirou os sapatos debaixo da mesa e pôs os pés descalços nos de Roger. Estava linda, ele ficou gostando de olhá-la e gostou de sentir os pés dela nos dele.

— Sente alguma coisa? — perguntou ela.

— Sinto.

— Posso tocar?

— Se a viúva não estiver olhando.

— Eu também sinto. Nossos corpos se gostam, não acha?

Comeram sobremesa de torta de abacaxi e beberam mais cerveja gelada tirada do balde de gelo.

— Sinto Flit em meus pés — disse a moça. — Mas gosto mais deles sem Flit.

— Ficam melhores com Flit. Empurram os meus com mais força.

— Não quero que empurrem você para fora da cadeira da viúva.

— Certo. Então pare.

— Já se sentiu melhor alguma vez?

— Não — disse Roger com convicção.

— Não precisamos ir ao cinema, não é?

— Só se você fizer muita questão.

— Vamos voltar para a nossa casa para continuarmos a viagem bem cedo amanhã — disse ela.

— Está bem.

Pagaram a conta e pegaram duas garrafas de cerveja gelada e levaram para a cabana. Roger estacionou no espaço entre duas cabanas.

— O carro já sabe de nós — falou a moça quando entraram na cabana.

— É bom que saiba.

— Eu estava um tanto acanhada com ele no início, mas agora o tenho como nosso cúmplice.

— É um bom carro.

— Acha que o homem ficou escandalizado?

— Não. Enciumado.

— Não acha ele muito velho para ficar enciumado?

— Pode ser. Pode ser que ele tenha ficado só satisfeito.

— Não vamos pensar nele.

— Eu não estava pensando nele.

— O carro vai nos proteger. Já é nosso amigo. Não viu como nos tratou bem quando voltávamos do restaurante da viúva?

— Notei a diferença.

— Não precisamos acender a luz.

— É — concordou Roger. — Vou tomar um banho. Ou você quer ir primeiro?

— Não. Vá você.

Deitado na cama depois do banho, ele ouviu a moça no banheiro, depois ela se enxugando e vindo para a cama depressa, esbelta e fresca e apetitosa.

— Minha querida — disse ele. — Minha queridíssima.

— Sente-se feliz comigo?

— Muito, querida.

— Está tudo bem mesmo?

— Maravilhosamente.

— Podemos fazer isso no país inteiro e no mundo inteiro.

— Agora estamos aqui.

— É. Agora estamos aqui. Aqui. É onde estamos. Aqui. Oh, o aqui bom, maravilhoso neste escuro. Este aqui esplêndido, nunca experimentado. Tão bom no escuro. Me escute aqui. Com ternura aqui, com gentileza, delicadeza. Vamos. Vamos, gentilmente. Muito obrigada, oh, neste escuro maravilhoso.

Entraram de novo num país estranho, mas ao fim ele não se sentiu solitário, e depois, ao acordar, ainda estava em território estranho. Nenhum dos dois falou, mas sentiam-se no país deles, não dele ou dela, mas deles.

CONTOS | Vol. 3 ~ 405

No escuro, com vento soprando fresco na cabana, ela disse:

— Agora você está feliz e me ama.

— Agora estou feliz e amo você.

— Não precisa repetir. Estou vendo que é verdade.

— Eu sei. Fui muito lento, não fui?

— Você foi um pouco lento.

— Me sinto contente por amar você.

— Está vendo? — disse ela. — Não é difícil.

— Amo você de verdade.

— Pressenti que você ia me amar. Quero dizer, desejei que me amasse.

— E amo. — Abraçou-a forte. — Amo você muito. Está me ouvindo?

E era verdade, o que o surpreendeu, principalmente quando descobriu que continuava sendo verdade de manhã.

Não partiram na manhã seguinte. Helena ainda dormia quando Roger acordou e ficou olhando-a dormindo, o cabelo espalhado no travesseiro, empurrado para cima da nuca e caído para o lado, o rosto bronzeado, olhos e lábios fechados ainda mais bonitos do que quando acordados. Ele notou que as pálpebras eram pálidas no rosto bronzeado e que as pestanas eram compridas, notou a doçura dos lábios, serenos como criança dormindo, e que os seios apareciam sob o lençol que ela havia puxado para o pescoço durante a noite. Achou que não devia acordá-la e que se a beijasse ela poderia acordar; então vestiu-se e foi a pé à cidade, sentindo-se vazio, faminto e feliz, aspirando os odores da manhã e escutando e vendo os pássaros, sentindo e cheirando a brisa que ainda soprava do Golfo do México. Foi ao outro restaurante que ficava a uma quadra do Lanterna Verde. Não era mais do que um balcão de servir lanches. Roger sentou-se num banquinho e pediu café com leite e um sanduíche de presunto com ovos em pão de centeio. No balcão havia uma edição de meia-noite do *Miami Herald* com certeza deixada por algum caminhoneiro. Roger leu sobre a rebelião militar na Espanha enquanto comia o sanduíche e bebia o café. Sentiu o ovo derramando a gema no pão quando mordeu o sanduíche. Sentiu o gosto dos picles e do presunto e o cheiro de tudo e o cheiro do bom café matutino quando levou a xícara aos lábios.

— Grande confusão por lá, hein? — disse o homem que servia ao balcão. Era um senhor idoso, de rosto queimado até a linha da aba do chapéu, e daí para cima muito branco e com sardas. Roger notou os lábios finos de pessoa mesquinha, e notou também que ele usava óculos de armação metálica.

— Muita — disse Roger.

— Todos esses países europeus são iguais — falou o outro. — Confusão uma depois da outra.

— Mais uma xícara de café — pediu Roger. Ele a deixaria esfriar enquanto lia o jornal.

— Quando chegarem ao fundo do poço, encontrarão lá o Papa. — O homem serviu o café na xícara e pôs a leiteira ao lado.

Roger mostrou-se interessado enquanto punha leite na xícara.

— Há sempre três pessoas por trás de tudo — disse o homem. — O Papa, Herbert Hoover e Franklin Delano Roosevelt.

Roger descontraiu-se. O homem passou a explicar a interligação de interesses dos três citados, Roger escutando. Que grande país os Estados Unidos, pensou. Imagine alguém comprar um exemplar de *Bouvard et Pécuchet* quando se pode ter isto de graça com o café da manhã. E alguma coisa mais com o jornal. Mas entre uma coisa e outra, isto.

— E os judeus? — perguntou Roger. — Onde entram os judeus?

— Os judeus são coisa do passado — respondeu o homem. — Henry Ford acabou com eles quando publicou *Os Protocolos dos Sábios de Sião*.

— Acha que estão acabados?

— Sem dúvida nenhuma, companheiro. Sumiram de vez.

— Para mim é surpresa — disse Roger.

— E vou lhe dizer mais — falou o homem inclinando-se para a frente. — Vai chegar o dia em que o velho Henry fará o mesmo com o Papa. Vai pegá-lo como pegou Wall Street.

— Ele pegou Wall Street?

— E não pegou? Estão acabados.

— Henry deve estar impossível.

— Henry? Você disse uma coisa certa. Henry é o homem do futuro.

— E Hitler?

— Hitler é homem de palavra.

— E os russos?

— Fez a pergunta ao homem certo. O urso russo vai ficar lá no cercado dele.

— Quer dizer então que as coisas ficam todas resolvidas — disse Roger se levantando.

— Estão bem-encaminhadas — afirmou o homem. — Sou otimista. Quando o velho Henry acertar o assunto com o Papa, todos os três despencam.

— Que jornais o senhor lê? — perguntou Roger.

— Todos. Mas não tiro deles minhas ideias políticas. Penso com a minha cabeça.

— Quanto lhe devo?

— Quarenta e cinco centavos.

— Foi um café de primeira.

— Volte sempre — agradeceu o homem, e pegou o jornal que Roger deixara no balcão. Ele vai inventar outras coisas mais da própria cabeça, pensou Roger.

Roger voltou para a cabana e no caminho comprou uma edição nova do *Miami Herald*. Comprou também lâminas de barbear, um tubo de creme mentolado, goma de mascar, uma garrafa de desinfetante bucal e um despertador.

Quando chegou à cabana e abriu a porta devagarinho e pôs as compras na mesa ao lado da jarra térmica, das xícaras esmaltadas e das outras coisas, Helena ainda dormia. Roger sentou-se na cadeira e leu o jornal, de vez em quando olhando para a cama. O sol já estava alto e não batia mais no rosto de Helena, e a brisa entrava pela outra janela, enquanto a moça dormia tranquilamente.

Roger leu todo o noticiário tentando formar uma ideia dos acontecimentos. É melhor que ela durma, pensou. Devemos extrair o melhor de cada dia e da melhor maneira que pudermos, porque está começando. Veio mais depressa do que eu imaginava. Não preciso ir logo, podemos aproveitar um pouco ainda. Ou a coisa se resolve imediatamente por ação do governo ou se prolongará. Se eu não tivesse passado esses dois meses com as crianças, já estaria lá. Foi bom eu ter ficado com as crianças. Agora é tarde para eu ir. Provavelmente tudo estará resolvido antes da minha chegada. Seja como for, outras coisas surgirão de agora em diante. Muita coisa acontecerá para todos nós pelo resto de nossas vidas.

Muita coisa mesmo. Aproveitei muito bem o verão com Tom e as crianças, e agora estou com esta moça. Vou ver até quando minha consciência se aguenta, e quando tiver que ir, irei, e não vou ficar me preocupando desde já. É o começo, não tenho dúvida. Uma vez começado, não vai acabar fácil. Não vejo como possa acabar enquanto não os destruirmos, lá, aqui e em toda parte. Não vai acabar nunca. Não para nós. Talvez eles ganhem este primeiro embate, e eu não preciso estar lá para ver.

Começava a acontecer o que ele esperava e sabia que ia acontecer, e pelo que havia esperado um outono inteiro em Madri, e agora procurava desculpas para não ir. Passar o tempo que passara com as crianças fora uma desculpa válida, e ele sabia que nada tinha sido preparado na Espanha, a não ser para mais tarde. Agora acontecia, e o que estava ele fazendo? Querendo se convencer de que não havia necessidade de ir. É provável que tudo termine antes que eu possa chegar lá, pensou. Vou ter muito tempo.

Havia ainda outras coisas que o retinham e que ele não estava entendendo. Eram as fraquezas que nascem ao lado das forças, como as fendas de uma geleira sob a carapaça de neve ou, se essa comparação é muito forçada, como as camadas de gordura entre os músculos. Essas fraquezas fazem parte das forças, a não ser quando crescem muito e dominam as forças; mas estavam es- condidas e ele não as compreendia, nem sabia para que serviam. Sabia que o esperado começava a acontecer e que ele precisava ir e podia ir, e no entanto ficava procurando motivos para não ir.

Eram motivos variadamente honestos e também fracos, exceto um; ele precisava ganhar dinheiro para sustentar os filhos e as mães deles, e precisava escrever alguma coisa decente para ganhar esse dinheiro, do contrário não poderia conviver consigo mesmo. Tenho ideia para seis bons contos, pensou, e vou escrevê-los. Isso vai resolver parte do problema, e preciso também pensar naquela outra criatura lá na Costa. Se conseguir escrever pelo menos quatro dos seis contos, fico bem comigo mesmo e posso me acertar com aquela prostituta. Prostituta? Não foi nem isso; foi como entregar por encomenda uma porção de sêmen em um tubo de ensaio para ser utilizado em inseminação artificial. A pessoa tem uma instalação para produzir o sêmen e uma secretária ajuda. Não esqueçam. Ao diabo com esses símbolos de sexo. O que ele queria dizer é que tinha pegado dinheiro para escrever alguma coisa sem a qualidade do seu trabalho habitual. Titica de galinha. Agora precisava purgar isso e reconquistar o respeito escrevendo o melhor possível. Parecia simples, pensou. É só arranjar tempo para sentar e escrever.

Mas, se eu escrever quatro contos realmente bons e com a honestidade que Deus me conceder em um de seus grandes dias (olá, Divindade, me ajude, é bom saber que o Senhor está dando boa conta aí), fico bem comigo mesmo e, se aquele maroto do Nicholson conseguir vender dois dos quatro, as crianças não passarão necessidade enquanto estivermos fora. Nós? Claro. Nós. Já se esqueceu do nós? Como o porquinho a caminho de casa. Só que longe de casa. Casa. Só rindo. Que casa? Tem alguma casa? Claro que tem. É aqui. Aqui tudo. Esta cabana. Este carro. Estes lençóis que já foram novos. O Lanterna Verde e a viúva, a cerveja gelada da marca Regal. A lanchonete e a brisa que vem do golfo. O maluco do balcão da lanchonete e o sanduíche de presunto e ovo no pão de centeio. Prepare dois para viagem. Um com rodelas de cebola. Encha o tanque e verifique a água e o óleo. Por favor, dê uma olhada nos pneus também.

O chiado do ar comprimido, dado de graça e recebido em casa, que era o cimento sujo de óleo, riscos de borracha no cimento, bom serviço, Cocas em máquinas automáticas vermelhas. A faixa central das rodovias era a linha divisória de casa.

A gente acaba pensando como aqueles escritores dos Vastos-Espaços-da-América, disse em voz alta. Convém ficar atento. Fazer um bom estoque disso. Olhe a moça dormindo e se convença: casa, lar, vai ser onde as pessoas não têm o que comer. Casa vai ser em qualquer parte onde exista opressão. Casa vai ser em qualquer parte onde o mal é mais forte e pode ser derrotado. Casa vai ser aonde você for de agora em diante.

Mas não preciso ir ainda, pensou. Tinha motivos para retardar. Não, não precisa ir ainda, disse a consciência. Posso escrever os contos. É, precisa escrever os contos e eles precisam sair da melhor maneira que você puder escrevê-los. Muito bem, Consciência. Já esclarecemos tudo. Do jeito que as coisas estão se revelando, é melhor deixá-la dormir. Deixe-a dormir, disse a consciência. E trate de cuidar muito bem dela, e não só isso, tome conta dela. Vou me esforçar ao máximo, disse ele à consciência. Os contos vão ser os melhores.

Tendo prometido e assumido o que prometera, pegou um lápis e um caderno antigo. Fez ponta no lápis e — começar a escrever um conto ali na mesa enquanto a garota dormia? Não dava. Serviu três dedos de White Horse numa das xícaras, destampou a jarra de gelo, tirou um pedaço e o soltou na xícara. Abriu novamente a garrafa de uísque e despejou mais, em volta do gelo. Girou o pedaço de gelo com o indicador antes de beber.

Tomaram o Marrocos espanhol, Sevilha, Pamplona, Burgos, Saragoça. Temos Barcelona, Madri, Valência e a Província Basca.

As duas fronteiras ainda estão abertas. A situação não é tão ruim. Parece até boa. Preciso de um mapa. Pode ser que encontre um bom em Nova Orleans. Quem sabe da Mobile.

Visualizou tudo da melhor maneira sem mapa. Saragoça está em perigo. Se cair, a estrada para Barcelona fica cortada. Saragoça é uma boa cidade anarquista. Não como Barcelona ou Lérida. Tem muita resistência ainda. Não devem estar se empenhando muito. Talvez ainda não tenham jogado tudo na luta. Se ainda não tomaram Saragoça foi porque não puderam. Para tomá-la precisam atacar da Catalunha.

Se puderem sustentar a ferrovia Madri-Valência-Barcelona e abrir Madri-Saragoça-Barcelona e sustentar Irún, não haverá o que temer. Com a ajuda da França entrando, eles podem fincar pé na Província Basca e derrotar Mola no norte. Será uma luta dura. O filho da mãe. Não entendeu a situação no sul, imaginou que os rebeldes teriam que subir o vale do Tagus para atacar Madri, e que provavelmente atacariam também do norte. Precisavam fazer isso imediatamente para forçar os passos de Guadarrama, repetindo Napoleão.

Eu não devia ter ido ver as crianças, devia era ter ido para a guerra. Não, não. Fiz bem em ver as crianças. Não se pode ir a dois lugares ao mesmo tempo. Ou não se pode estar em dois lugares ao mesmo tempo quando coisas importantes começam a acontecer. Você não é nenhum cavalo de fogo, e as suas obrigações com as crianças não são maiores do que as com outras coisas que acontecem no mundo. Isto é, enquanto não chega o tempo de lutar para manter o mundo habitável para as crianças. Achando isso muito pomposo, corrigiu: quando for mais necessário lutar do que ficar com as crianças. Isso era bem mais justificável. E esse tempo ia chegar sem muita demora.

Esclareça essa questão na cabeça, pense no que precisa fazer e finque pé nisso. Esclareça tudo, depois faça o que for preciso. Então vamos lá, decidiu. E começou a esclarecer.

Helena dormiu até as onze e meia, quando ele já havia terminado o segundo drinque.

— Por que não me acordou, querido? — perguntou quando abriu os olhos, virou-se para ele e sorriu.

— Você estava tão linda dormindo.

— Mas perdemos a nossa madrugada e a estrada no lusco-fusco da manhã.

— Ficou transferida para amanhã.

— Dê beijo.

— Beijo.

— Dê abraço.

— Tome abraço.

— Estou voando — disse ela. — Oh, como é bom.

Quando ela saiu do chuveiro com uma touca de borracha na cabeça, disse:

— Querido, você não bebeu por se sentir sozinho, foi?

— Não. Foi porque tive vontade.

— Não se sentiu assim-assim?

— Não. Me senti nas nuvens.

— Fico contente. Me sinto envergonhada de ter dormido tanto.

— Podemos nadar antes do almoço.

— Sei não. Estou com fome. Que tal se almoçássemos e depois dormíssemos um pouquinho, ou lêssemos e depois fôssemos nadar?

— *Wunderbar.*

— Podíamos também partir à tarde.

— Depende de como se sentir, filha.

— Chegue aqui — pediu ela.

Ele atendeu. Ela o abraçou. Ele sentiu o corpo dela limpo e fresco depois do banho, mas ainda molhado. Beijou-a devagar, sentindo aquela coceirinha boa provocando-o no ponto em que ela se forçara contra ele.

— Que tal?

— Lindo.

— Então ótimo. Podemos partir amanhã.

A praia era de areia branca, quase fina como talco, e se estendia por quilômetros. Deram uma boa caminhada na areia no fim da tarde, nadaram, ficaram deitados na água límpida flutuando e brincando. Depois deram mais uma caminhada na praia.

— Esta praia é ainda melhor do que Bimini — disse ela.

— Mas a água não é tão boa. Não tem a qualidade da água da Corrente do Golfo.

— Talvez não. Mas, comparada com praias europeias, chega a ser incrível.

Caminhar na areia branca, macia, era como um prazer sensual que variava do seco, do macio, do pulveroso ao úmido produzido pela espuma trazida pelas ondas.

— Que bom seria se os meninos estivessem aqui para descobrirem coisas, me mostrarem coisas e me explicarem coisas.

— Eu lhe mostro coisas.

— Não precisa. Basta caminhar na minha frente para eu ver as suas costas e a sua bunda.

— Você vai na frente.

— Não, você. — Mas logo mudou de ideia e propôs: — Por outra, vamos correr lado a lado.

Correram soltos pela faixa antes da arrebentação. Ela corria bem, muito bem para uma moça. Quando Roger forçava um pouco o passo, ela o acompanhava com facilidade. Ele manteve o ritmo por algum tempo, depois aumentou. Ela o acompanhou, mas suplicou:

— Ai, não me mate. — Ele parou e a beijou. Ela estava afogueada da corrida, e disse: — Não, não.

— É bom.

— Primeiro entrar n'água.

Jogaram-se na água areenta perto da praia e nadaram mais para a frente. Ela ficou em pé apenas com a cabeça e os ombros de fora.

— Agora me beije.

Os lábios dela estavam salgados, e o rosto, molhado. Quando ele a beijou, ela virou a cabeça, e o cabelo ensopado caiu sobre os ombros dele.

— Salgado demais e bom demais. Me abrace — pediu ela. — Vem aí uma bem grande. Grandona. Erga-se para pegarmos juntos.

A onda rolou com eles agarrados um ao outro, as pernas dele em volta das dela.

— Melhor do que se afogar — disse ela. — Muito melhor. Mais uma vez?

Dessa vez pegaram uma onda enorme. Quando esta se curvou para arrebentar, Roger avançou com a moça para a linha de arrebentação, e os dois foram levados rolando até a areia.

— Vamos nos limpar e deitar na areia — sugeriu ela.

Entraram na água e mergulharam para tirar a areia do corpo, e deitaram lado a lado na faixa da praia onde a linha das ondas tocava apenas os pés deles.

— Roger, você ainda me ama?

— Amo, filha. Muito.

— Amo você. Gostei de brincar com você.

— Me diverti.

— Nos divertimos, não?

— Temos nos divertido o dia todo.

— Só nos divertimos metade do dia porque fui burra de dormir até tarde.

— Foi uma burrice saudável.

— Não dormi por motivo de saúde nem nada. Foi porque não pude evitar.

Ficaram deitados lado a lado, ele com o pé direito tocando o esquerdo dela, a perna encostada na dela. Passou a mão pela cabeça e pelo pescoço da mulher.

— A cabecinha está ensopada. Não tem medo de pegar resfriado com o vento frio?

— Nenhum. Se morássemos à beira-mar, eu cortaria o cabelo.

— Não, senhora.

— Fico bem, sabia?

— Gosto do seu cabelo assim.

— Para nadar fica melhor cortado.

— Mas para a cama, não.

— Será? De cabelo cortado você ainda poderia dizer que sou menina.

— É mesmo?

— Com certeza. Você me veria como menina.

— Filha.

— Diga, querido.

— Sempre gostou de fazer amor?

— Não.

— E agora?

— Que é que você acha?

— Acho que se déssemos uma olhada na praia à direita e à esquerda e não víssemos ninguém... Hein?

— É uma praia bem deserta.

Caminharam pela praia, o vento ainda soprando, as ondas quebrando longe na maré baixa.

— Parece tudo muito simples, como se não houvesse problema nenhum — disse ela. — Nos encontramos, e tudo o que tivemos para fazer foi comer, dormir e amar. Claro que não é só isso que nos acompanha.

— Vamos deixar que seja só isso por algum tempo.

— Acho que temos esse direito. Talvez não bem um direito, mas acho que podemos. Será que você não acaba ficando cheio de mim?

— Não. — Dessa vez ele não se sentia solitário como quase sempre se sentira antes, estivesse com quem estivesse. Desde a primeira vez na noite anterior, não sentia a antiga solidão da morte. — Você está me fazendo um bem enorme.

— Fico contente de saber. Não seria horrível se fôssemos daquelas pessoas que ficam unhando os nervos uma da outra e precisam brigar para amar?

— Não somos assim.

— Vou procurar não ser. Mas você não ficaria chateado de estar só comigo?

— Não.

— Mas está com o pensamento em outra coisa agora.

— Estou. Pensando em arranjar um *Miami Daily News*.

— O vespertino?

— Só queria saber da guerra na Espanha.

— A rebelião militar?

— É.

— E me põe a par?

— Claro.

Roger explicou a situação da melhor maneira que pôde com as informações e as notícias de que dispunha.

— Está preocupado?

— Estou. Mas não pensei no assunto a tarde toda.

— Vamos ver o que diz o jornal. E amanhã pode acompanhar o noticiário no rádio do carro. Amanhã partiremos cedo.

— Comprei um despertador.

— Você é o máximo. É muito bom ter um marido tão inteligente. Roger?

— Diga, filha.

— Qual será o menu do Lanterna Verde?

No dia seguinte partiram antes de o sol nascer, e até a hora do café da manhã já tinham rodado cento e cinquenta quilômetros.

CONTOS | Vol. 3 ~ 419

Estavam longe do mar e das baías com seus ancoradouros de madeira e já na monótona região dos pinheiros e palmitais da zona do gado. Comeram numa lanchonete numa cidade da campina da Flórida. A lanchonete ficava no lado da sombra da praça, de frente para o palácio da justiça de tijolos vermelhos, no meio de um gramado verde.

— Não sei como me aguentei naquele segundo trecho — disse a moça consultando o menu.

— Devíamos ter parado em Punta Gorda. Foi besteira termos continuado — comentou Roger.

— Tínhamos decidido fazer cem, e fizemos. Vai querer o quê, querido?

— Presunto com ovos, café e umas rodelas de cebola crua — disse Roger à garçonete.

— Como quer os ovos?

— Virados.

— A senhora?

— Carne moída com batata, bem-passada, e dois ovos poché.

— Chá, café ou leite?

— Leite, sim?

— E suco?

— Toranja.

— Dois de toranja. Não se incomoda com a cebola? — perguntou Roger a Helena.

— Adoro cebola. Mas não tanto quanto adoro você. Nunca comi cebola no café da manhã.

— É bom — disse Roger. — Ela se junta com o café e não deixa a gente se sentir solitário quando dirige.

— Sente-se solitário?

— Não, filha.

— Fizemos boa quilometragem, não?

— Nem tanto. Muitas pontes e cidades no caminho.

— Olhe os vaqueiros — disse Helena.

Dois cavaleiros vestidos de caubóis apearam, amarraram os cavalos no varal em frente à lanchonete e seguiram pela calçada com suas botas de cano alto.

— Tocam muito gado por aqui — disse Roger. — É preciso ficar atento às reses nessas estradas.

— Não sabia que criavam tanto gado na Flórida.

— Criam muito. E gado da melhor qualidade.

— Não quer o jornal?

— Quero, sim. Vou perguntar se o caixa tem.

— Na loja — falou o caixa. — Jornais de São Petersburgo e Tampa.

— Onde é a loja?

— Aí na esquina. Não tem erro.

— Quer alguma coisa da loja? — perguntou Roger a Helena.

— Camels. E não esqueça que precisamos encher a jarra de gelo.

— Vou providenciar.

Roger voltou com os matutinos e um pacote de cigarros.

— As coisas não vão bem — disse ele passando um jornal a Helena.

— Tem neles alguma coisa que não ouvimos no rádio?

— Não muita. Mas a situação geral não parece boa.

— Conseguiu encher a jarra de gelo?

— Esqueci de pedir.

CONTOS | Vol. 3 ~ 421

A garçonete veio com os pedidos. Os dois beberam o suco de toranja gelado e começaram a comer, Roger lendo o jornal. Helena apoiou o dela num copo e leu também.

— Tem molho de pimenta? — perguntou Roger à garçonete. Era uma loura esbelta, do tipo frequentadora de salões de dança com vitrola automática.

— Claro. São de Hollywood?

— Apenas estive lá.

— E ela é de lá?

— Está em viagem para lá.

— É mesmo? Pode escrever alguma coisa em meu álbum?

— Com todo prazer — respondeu Helena. — Mas não sou do cinema.

— Vai ser, boneca — desejou-lhe a garçonete. — Um momento. Tenho caneta.

Passou o álbum a Helena. Era muito novo e tinha capa imitando couro.

— Acabei de comprá-lo — disse. — Faz só uma semana que estou neste emprego.

Helena assinou Helena Hancock na primeira página com uma letra floreada que não era a dela; uma mistura dos vários estilos de letra que havia aprendido em diversas escolas.

— Nossa, que nome! Pode escrever alguma coisa embaixo ou em cima do nome?

— Como é o seu nome? — perguntou Helena.

— Marie.

"Para Marie, de sua amiga", escreveu Helena acima do nome floreado que pusera antes.

— Nossa! Obrigada — disse Marie. E para Roger: — Pode escrever alguma coisa o senhor também?

— Com prazer — respondeu Roger. — Qual o seu sobrenome, Marie?

— Ah, não vem ao caso.

Ele escreveu: "O melhor sempre para Marie deseja Roger Hancock."

— É o pai dela? — perguntou a garçonete.

— Acertou — confirmou Roger.

— Nossa! Que bom que ela vai para lá com o pai. Desejo muita sorte aos dois.

— Bem que precisamos — disse Roger.

— Não — falou a garçonete. — O senhor não precisa de sorte, mas mesmo assim lhe desejo. Puxa, o senhor deve ter se casado muito novo.

— Acertou — disse Roger. Me casei mesmo muito novo, pensou.

— A mãe dela deve ter sido muito bonita — comentou a garçonete.

— A mais bonita que já existiu.

— Onde ela está?

— Em Londres — disse Helena.

— Vocês sabem viver. Quer mais um copo de leite?

— Não, obrigada — disse Helena. — De onde você é, Marie?

— Fort Meade. Logo ali nesta estrada.

— Gosta daqui?

— É uma cidade maior. Acho que dei um passo à frente!

— Se diverte muito?

CONTOS | Vol. 3 ~ 423

— Quando tenho tempo, me divirto. Quer alguma coisa mais? — perguntou a Roger.

— Não. Já vamos puxando.

Pagaram a conta e se despediram com apertos de mãos.

— Muito obrigada pela gorjeta — falou a garçonete. — E por terem escrito em meu álbum. Com certeza vou ler sobre vocês nos jornais. Boa sorte, senhorita Hancock.

— Boa sorte — desejou-lhe Helena. — Espero que passe um bom verão.

— Vai ser bom. Se cuide, senhorita Hancock.

— Você também, Marie — disse Helena.

— OK. Só que para mim está um pouco tarde. — Mordeu os lábios, virou as costas e foi para a cozinha.

— Boa moça — disse Helena quando entraram no carro. — Eu devia ter dito a ela que era um pouco tarde para mim também. Mas ela podia ficar preocupada.

— Vamos encher a jarra de gelo — disse Roger.

— Deixe comigo — falou Helena. — Não fiz nada para nós o dia inteiro.

— Deixe que eu trato disso.

— Não. Você fique lendo o jornal enquanto eu vou. Temos uísque que chegue?

— Na caixa tem uma garrafa ainda fechada.

— Ótimo.

Roger ficou lendo o jornal. É melhor ler agora, pensou. Vou dirigir o dia inteiro.

— Só vinte e cinco centavos — disse Helena quando voltou com a jarra. — Mas está cortado em pedaços muito pequenos. Pequenos demais, acho.

— Podemos conseguir mais depois.

Quando já estavam fora da cidade, rodando rumo ao norte pela comprida estrada escura, passavam por pinheiros, contornando morros na região dos lagos, a estrada era uma risca negra na península longa e variada, abafada pelo calor crescente do verão, longe da brisa do mar; mas o carro produzia brisa própria a cento e dez nas retas compridas, o mundo passando em sentido contrário. Helena disse:

— É estranho dirigir em alta velocidade, não é? É como a gente fazer a própria juventude.

— Como é mesmo?

— Sei lá. Como encolher, apequenar o mundo como faz a juventude.

— Nunca pensei muito na juventude — admitiu Roger.

— Mas eu pensei. Você não pensa porque não a perdeu. Se nunca pensou nela é porque não a perdeu.

— Continue, para ver se entendo.

— É um tanto desarticulado. Vou tentar concatenar o pensamento sobre isso, depois lhe explico. Incomoda você eu continuar falando coisas que lhe parecem não ter sentido?

— Não, filha.

— Se eu só falasse coisas muito lógicas não estaria aqui, entende? — Parou e prosseguiu: — Ah, estaria. É alto bom senso. Não apenas senso comum.

— Como surrealismo?

— Nada a ver com surrealismo. Detesto surrealismo.

— Eu não — disse Roger. — Gostei do surrealismo quando começou. O mal foi ter continuado por muito tempo após ter acabado.

— Mas nada deixa marca enquanto não acaba.

— Como é que é?

— O que quero dizer é que as coisas só acontecem nos Estados Unidos depois que acabam. E precisam ter acabado há muitos, muitos anos, para fazerem sucesso em Londres.

— Onde aprendeu tudo isso, filha?

— Pensando. Tive muito tempo para pensar enquanto esperava por você.

— Não teve de esperar muito.

— Ah, tive. Você nem imagina.

Logo à frente teriam que decidir entre duas rodovias de distâncias praticamente iguais, e Roger hesitava entre a que ele sabia que era boa, com boas vistas, pela qual tinha passado tantas vezes com a mãe de Andy e David, ou a nova, que podia cortar uma região desinteressante.

Não há escolha, pensou. Vou pela nova. Não quero repetir o que me aconteceu aquela noite na Trilha Tamiami.

Pegaram o noticiário do rádio, mudando para as novelas da tarde de hora em hora.

— Não é como tocar harpa enquanto Roma arde — disse Roger. — É dirigir oeste-noroeste a cento e dez por hora fugindo de um incêndio que está destruindo tudo o que se preza a leste e ouvindo a notícia do incêndio.

— Se continuarmos assim chegaremos logo.

— Vamos pegar muita água antes.

— Roger, precisa mesmo ir? Se precisa, não hesite.

— Preciso coisa nenhuma. Por enquanto não. Pensei em tudo ontem de manhã enquanto você dormia.

— E como dormi. Que vergonha.

— Foi bom ter dormido. Acha que descansou bastante a noite passada? Acordei você muito cedo.

— Dormi muito bem. Roger?

— O quê, filha?

— Fizemos mal em mentir para a garçonete.

— Ela ficou fazendo perguntas. Foi mais simples mentir.

— Acha mesmo que podia ser meu pai?

— Se tivesse gerado você aos 14.

— Ainda bem que não. Seria uma complicação dos diabos. Já era bastante complicado antes de eu simplificar. Será que aborreço você por ter 22 anos, dormir a noite inteira e estar sempre com fome?

— E ser a garota mais linda que já vi, e ser maravilhosa e diferente na cama e de conversa sempre agradável.

— Chega, tá? Em que sou diferente na cama?

— Acontece que é.

— Perguntei em quê.

— Não sou especialista em anatomia. Sou apenas o homem que ama você.

— Não quer falar sobre o tema?

— Não. Você quer?

— Não. Fico encabulada e assustada. Estou sempre assustada.

— Minha querida Bratchen. Somos pessoas de sorte, não somos?

— Não vamos nem pensar na medida da nossa sorte. Acha que Andy, David e Tom podem se opor?

— Acho que não.

— Devíamos escrever a Tom.

— Vamos escrever.

— Que será que ele está fazendo neste momento?

Roger olhou o relógio do painel por entre as traves do volante.

— Ele acabou de pintar e está tomando um drinque.

— E nós, por que não tomamos um?

— Quem disse que não?

Ela preparou os drinques nas xícaras com punhados do gelo fino, o uísque e a água de soda. A rodovia nova se alargou e avançava por dentro da mata de pinheiros já sangrados e marcados para a coleta de terebintina.

— Não parece nada com os Landes — disse Roger. Ergueu a xícara e sorveu um gole do drinque gelado. Tinha gosto bom, mas o gelo fino derretia logo.

— Não. Nos Landes tem tojos amarelos entre os pinheiros.

— E não extraem a terebintina com trabalho de prisioneiros — disse Roger. — Em toda esta região utilizam trabalho de prisioneiros.

— Como funciona isso?

— É horrível. O Estado os contrata para a extração de terebintina e madeira. Durante a Depressão pegavam quem passasse de trem. Todo mundo que viajasse de trem procurando trabalho. Todo mundo que passasse de trem para leste, oeste ou para o sul. Paravam os trens na entrada de Tallahassee, mandavam todo mundo descer e os levavam para a prisão. Lá os condenavam a trabalhos forçados e os contratavam para a extração de terebintina e madeira. Esta aqui é uma zona cruel. Antiga e cruel, com montes de leis e nenhuma justiça.

— Mas a região dos pinheiros não tem fama de cruel. Pode ser cordial.

— Aqui não há cordialidade. Só há exploradores. Muitos elementos marginais envolvidos, mas o trabalho é feito por prisioneiros. É uma terra de escravos. A lei é para poucos.

— Ainda bem que estamos passando rapidamente.

— É. Mas devíamos nos informar. Saber como a coisa funciona. Saber quem são os bandidos e os tiranos, e como acabar com eles.

— Eu queria muito ajudar nisso.

— Tente enfrentar a política da Flórida para ver o que acontece.

— É ruim assim?

— Você nem imagina.

— O que é que você sabe sobre ela?

— Pouca coisa. Enfrentei a situação por algum tempo com algumas pessoas bem-intencionadas, mas não conseguimos nada. Perdemos o ânimo. Em conversas.

— Por que não entra para a política?

— Quero ser escritor.

— É o que eu quero que você seja.

A estrada passava agora por um trecho de boa madeira esparsa, depois brejos de ciprestes e uma zona de solo rico; atravessaram uma ponte metálica sobre um curso d'água escura, a água passando lenta, enormes carvalhos nas margens, e na ponte uma placa avisando que era o Rio Senwannee (sic).

Passaram a ponte, e logo a estrada dobrou para o norte.

— Parecia um rio visto em sonho — disse Helena. — Não achou lindo por ser ao mesmo tempo límpido e tão escuro? Devia ser bom descê-lo de canoa.

— Já o atravessei mais em cima. É um rio bonito em qualquer trecho.

— Acha que podemos voltar a ele algum dia?

— Por que não? Tem um lugar mais em cima onde ele é claro como rio de truta.

— E não tem cobras?

— Para todos os gostos.

— Tenho medo de cobra. Tenho pavor. Mas a gente se cuida.

— Claro. Podemos voltar aqui no inverno.

— Tem tantos lugares maravilhosos para visitarmos — disse ela. — Vou me lembrar sempre deste rio, que só vimos como lente de máquina fotográfica. Devíamos ter parado.

— Quer voltar?

— Quando viermos a ele pelo outro lado. Quero descê-lo até cansar.

— Ou paramos agora e comemos alguma coisa ou então providenciamos sanduíches para comer viajando.

— Vamos tomar outro drinque — sugeriu ela. — E depois providenciamos os sanduíches. Será que podemos escolher?

— Devem ter hambúrgueres e talvez churrasquinho.

O segundo drinque foi como o primeiro, gelado, mas o gelo se derretendo depressa no vento. Helena segurou a xícara na corrente de vento e passou-a a Roger.

— Você não está bebendo mais do que de costume, filha? — perguntou ele.

— Estou. Você não está pensando que eu bebo duas doses de uísque com água todo dia antes do almoço, ou está?

— Não quero que você beba mais do que está habituada.

— Certo. Mas é bom. Quando não tiver vontade, não bebo. Nunca pensei que pudesse viajar uma longa distância de carro e beber pelo caminho.

— Podíamos nos divertir parando e olhando as coisas em volta. Descer ao litoral e visitar os lugares antigos. Mas quero chegar logo ao oeste.

— Eu também. Nunca estive lá. Podemos voltar aqui em outra ocasião.

— É muito longe. Mas é muito mais divertido do que de avião.

— Estamos viajando como se fosse de avião. Roger, acha que vamos gostar do oeste?

— Eu sempre gosto.

— Não acha esplêndido eu nunca ter estado lá para assim podermos ir juntos?

— Ainda temos muito chão a percorrer.

— Mas vai ser divertido. Acha que a cidade dos sanduíches ainda está longe?

— Vamos parar na primeira.

A cidade seguinte era um centro madeireiro, uma rua comprida de casas de alvenaria e prédios de tijolos margeando a rodovia. As serrarias ficavam ao longo da estrada de ferro, pilhas altas de madeira ao lado dos trilhos e cheiro de serragem de cipreste e pinheiro. Enquanto Roger abastecia o carro e verificava a água, o óleo e os pneus, Helena foi encomendar hambúrgueres, churrasquinhos e pernil com molho de pimenta em uma lanchonete levando tudo em um saco de papel para o carro. Em outro saco levou cerveja.

Novamente na estrada, livres do calor da cidade, comeram os sanduíches e beberam cerveja gelada.

— Não achei a nossa cerveja de casamento — disse Helena. — Só tinham desta.

— Está gostosa e gelada. Muito boa depois dos churrasquinhos.

— O homem lá disse que era semelhante à Regal. Disse também que eu não perceberia a diferença.

— É melhor do que a Regal.

— O nome é esquisito. Não é nome alemão. Os rótulos ficaram na geladeira.

— Não está nas tampinhas?

— Depois de abrir, joguei as tampas fora.

— Espere até chegarmos ao oeste. Quanto mais perto melhor é a cerveja.

— Não acredito que lá tenham o melhor pão de sanduíche nem o melhor churrasquinho. Não está gostando destes?

— Muito bons. E esta parte do país não é famosa pela boa comida.

— Roger, você não vai ficar aborrecido se eu dormir um pouco depois do almoço? Se você também estiver com sono eu não durmo.

— Acho muito bom você dormir. Não estou com sono nenhum. Se estivesse, dizia.

— Tem outra garrafa de cerveja para você. Que pena que não olhei o nome na tampinha.

— E daí? Acho até bom beber sem saber o nome.

— Mas, se eu tivesse olhado, podíamos pedir da mesma na próxima vez.

— Da próxima vez beberemos uma nova.

— Roger, não se incomoda mesmo se eu dormir?

— Nem um pouco, beleza.

— Se quiser fico acordada.

— Vá dormir. Quando acordar vai precisar de companhia e nós conversamos.

— Boa-noite, Roger querido. Muito obrigada pela viagem e pelos dois drinques, e os sanduíches e a cerveja desconhecida, e a passagem pelo Rio Swanee e pelo lugar para onde vamos.

— Vá dormir, filhinha.

— Já vou. Me acorde se precisar de mim.

Ela dormiu encolhida no assento fundo. Roger dirigia de olho na estrada larga, acelerando na região dos pinheiros, procurando manter cento e dez para ver a quilometragem que conseguiria acima de cem, consultando o velocímetro a todo instante. Nunca dirigira naquele trecho da estrada, mas conhecia a região e só queria deixá-la para trás. Não se deve desprezar nenhuma paisagem, mas numa viagem longa não se pode olhar tudo.

A monotonia cansa, pensou. A monotonia e a falta de perspectivas. Deve ser bom viajar a pé por aqui no inverno, mas de carro está muito monótono.

Dirigindo, ainda não tive tempo de pensar no tal assunto. Devia ser mais persistente do que sou. Não tenho sono. Meus olhos estão não só cansados mas também desinteressados. Eu não estou desinteressado. Só meus olhos estão, e também estou desacostumado a ficar sentado por muito tempo. É outra atividade, preciso reaprendê-la. Depois de amanhã começaremos a ganhar terreno e não vou me cansar. Faz muito tempo que não fico sentado por horas e horas como agora.

Esticou o braço, ligou o rádio e sintonizou. Helena não acordou. E o rádio então ficou ligado enquanto Roger pensava e cuidava da direção.

É maravilhosa a sensação de tê-la dormindo no carro. É boa companhia mesmo dormindo. Você é mesmo um cara estranho e muito sortudo. Tem mais sorte do que merece. Pensava que tinha aprendido a viver sozinho, aceitou isso e aprendeu mesmo alguma coisa. Chegou bem na fronteira, depois recuou e saiu correndo com aquela gente inútil, não tanto quanto o outro bando, mas inútil e descartável. Talvez fossem até mais inúteis. E você foi inútil na companhia deles. Depois se recuperou e ficou bem com Tom e as crianças. Sentiu-se muito feliz mesmo sabendo que a perspectiva era novamente a solidão — e aí aparece essa moça e você mergulha na felicidade como se fosse um país do qual você é o maior latifundiário. Felicidade é a Hungria de pré-guerra e você é o Conde Karolyi. Talvez não o maior latifundiário, mas o maior criador de faisões. Será que ela gosta de caçar faisão? Pode ser. Eu ainda caço faisões. Eles não me incomodam. Ainda não perguntei se ela sabe atirar. A mãe dela atirava muito bem naquele maravilhoso transe de drogada. Não era má pessoa no princípio. Era uma mulher admirável, gentil e competente na cama. Acredito que sentia mesmo tudo o que dizia a todo mundo. Acredito que sentia. Talvez o perigo viesse disso. Era sempre como se ela estivesse acreditando no que dizia. Mas no fim isso pode se tornar um defeito social, a incapacidade de acreditar que nenhum casamento se consuma enquanto o marido não se suicidar. Tudo que começou tão bonito acabou de maneira tão violenta. Mas deve ser sempre assim quando há drogas no meio. Acho que aquelas aranhas que comem os parceiros, algumas são desmedidamente atraentes. Ela nunca, nunca mesmo, deixou de me parecer o máximo. O bom Henry era apenas um *bonne bouche*. Henry também era o máximo. Todos gostávamos muito dele.

Também nenhuma daquelas aranhas usava drogas. É isso que preciso ter em mente em relação a essa criança, exatamente como se deve ter em mente a velocidade de subida de um avião: que a mãe dela era a mãe dela.

É tudo muito simples. Mas você não esqueceu que sua mãe era puta. E sabe também que você é bastardo em sentidos diferentes dos dela. Então por que deve a velocidade de subida dela ser a mesma da mãe? A sua não é.

Ninguém disse que era. A velocidade dela, quero dizer. O que você disse foi que devia se lembrar da mãe dela da maneira certa, etc. e tal.

Isso é feio. Por nada, sem nenhum motivo, você, quando mais precisa, acha esta moça, livre, independente, linda, uma pessoa a quem pode amar e que é cheia de ilusões a seu respeito. E com ela dormindo a seu lado no carro você começa a desmontá-la e a negá-la sem nenhuma formalidade de galos cantando nem duas nem três vezes, nem mesmo no rádio.

Você é um bastardo, ele pensou e olhou a moça dormindo.

Suponho que começamos a destruir alguma coisa por medo de perdê-la, ou por medo de que ela acabe exigindo muito de nós, ou por medo de não ser verdade, mas não é nada bom fazer isso. Gostaria de saber o que foi que você teve, além das crianças, e que não terminou por destruir. A mãe desta moça foi e é puta, e a sua mãe foi. Isto devia aproximá-lo mais dela e ajudar você a entendê-la. Isso não significa que ela precisa ser puta, como você não precisa ser canalha. Ela pensa que você é uma pessoa muito melhor do que é, e pode ser que isso faça você melhor do que é. Você tem sido bom por muito tempo, e pode chegar a ser bom. Pelo que sei você não praticou nenhuma crueldade depois daquela noite no cais com aquele cidadão acompanhado da mulher e do cachorro. Não tem se embebedado. Não tem praticado maldades. É pena não ser mais religioso, se fosse poderia fazer uma confissão grandiosa.

Ela vê você como você é agora, e você tem sido um bom sujeito nestas últimas semanas. Provavelmente ela acha que você sempre foi assim, e que o que outros disseram de você não passa de intriga.

Agora você está em condições de começar vida nova, e pode fazê-lo. *Não seja idiota*, disse outra parte dele. Você pode mesmo recomeçar, admitiu ele. Pode ser o bom-caráter que ela pensa que você é, e que está sendo agora. É grande sorte poder começar de novo, e foi-lhe dada essa oportunidade. Você pode fazê-lo, e vai fazê-lo. *Vai fazer todas as promessas de novo?* Vou. Se necessário farei todas as promessas e as cumprirei. *Todas as promessas? Sabendo que não as cumpriu?* Não teve resposta para isso. Não se deve ser tratante antes de começar. Não. Não devo. *Diga o que tiver certeza de que pode fazer cada dia, e faça. Cada dia. Faça-o cada dia uma vez e cumpra as promessas de cada dia com ela e com você.* Assim posso começar tudo de novo e ser escrupuloso.

Você está sendo um tremendo moralista, pensou. Se não se cuidar, vai cansá-la. *Quando foi que você não foi moralista?* Em várias ocasiões. *Não se iluda*. Bem, em diferentes lugares então. *Não se iluda*.

Está bem, Consciência. Mas não precisa ser solene e didática. Encha a mão disso, Consciência, velha amiga, sei que você é útil e importante e que poderia ter me livrado de todas as dificuldades em que me meti; mas não poderia ter pegado mais leve? Sei que a consciência fala em grifo, mas às vezes você fala em negrito. Eu poderia ter-lhe ouvido, Consciência, se você não tivesse querido me assustar; como teria levado em conta os Dez Mandamentos se não se apresentassem como gravados em granito. Sabe, Consciência, faz muito tempo que não ficamos mais apavorados com trovões. Quanto a relâmpagos, aí já não sei. Mas os trovões já não nos assustam tanto. *Só estou querendo ajudar você, seu filho da puta*, disse-lhe a consciência.

A moça ainda dormia quando chegaram à subida para Tallahassee. Provavelmente ela acorda quando pararmos no primeiro sinal, pensou ele. Mas não acordou, e ele atravessou a velha cidade e virou à esquerda na Federal 319 para o sul, e entraram na aprazível região arborizada que vai até a Costa do Golfo.

Você tem uma qualidade, filha, pensou ele. Além de dormir mais do que qualquer outra pessoa que conheço, tem o melhor apetite que já vi, para um corpo como o seu; e tem o dom celestial de não precisar ir ao banheiro.

O quarto deles ficava no décimo quarto andar, e não era muito fresco. Mas, com os ventiladores ligados e as janelas abertas, ficava melhor. Quando o mensageiro saiu, Helena disse:

— Não fique chateado, querido, é agradável aqui.

— Eu queria um com ar-condicionado para você.

— Não é bom para dormir. Parece que a gente fica dentro de um cofre. Este é muito bom.

— Devíamos ter experimentado os outros dois. Mas sou conhecido lá.

— Vamos ficar conhecidos aqui. Qual é o nosso nome?

— Sr. e sra. Robert Harris.

— Soa bem. Precisamos nos comportar como tais. Quer tomar banho primeiro?

— Não. Você vai primeiro.

— Está bem. Vou tomar um banho caprichado.

— Pode dormir na banheira se quiser.

— Posso mesmo? Não dormi o dia todo, dormi?

— Você aguentou bem. Passamos por trechos muito monótonos.

— Nem tanto. Vi paisagens bonitas. Mas Nova Orleans não é bem como eu pensava. Você sabia que era assim, plana e monótona? Não sei o que era que eu esperava. Marselha? E ver o rio.

— Só serve para comer e beber. Esta parte aqui não é ruim de noite. Pode até ser agradável.

— Não convém sairmos antes de anoitecer. Não me sinto mal aqui. Estou até gostando.

— Como quiser. E amanhã cedo pegaremos a estrada de novo.

— Então só teremos tempo para uma refeição.

— É isso. Voltaremos no tempo frio. Aí poderemos comer bem.

— Querido, esta é a primeira meia decepção que tivemos. Não vamos deixar que nos afete muito. Vamos tomar banhos demorados, curtir uns drinques e a refeição mais cara que pudermos pagar. Depois, cama e muito amor.

— Para o inferno com a Nova Orleans do cinema. Queremos Nova Orleans na cama — disse Roger.

— Primeiro comer. Você pediu soda e gelo?

— Pedi. Quer um drinque?

— Não. Estava pensando em você.

— Não vai demorar — disse Roger. Bateram à porta. — Vê? Está chegando. Você, se recolha à banheira.

— Vai ser um espanto. Só o meu nariz fora da água, e os bicos dos meus seios talvez, e as pontas dos dedos dos pés. Na água mais fria que tiverem.

O mensageiro entrou com o balde de gelo, as garrafas de água e os jornais. Pegou a gorjeta e saiu.

Roger preparou o drinque e deitou-se para ler. Estava cansado e deitou-se de costas com a cabeça nos dois travesseiros. Leu os vespertinos e os matutinos. A situação na Espanha era preocupante, mas ainda indefinida. Leu atentamente todo o noticiário nos três jornais, depois as outras notícias telegráficas e, por fim, o noticiário local.

— Tudo bem aí, querido? — gritou Helena lá do banheiro.

— Tudo ótimo.

— Está despido?

— Estou.

— Sem nada?

— Sem nada.

— Está bronzeado?

— Ainda.

— Sabe que esta manhã nadamos na praia mais linda do mundo?

— De areia branquíssima e macia.

— Querido, você está muito, muito bronzeado?

— Por quê?

— É que estou pensando em você.

— É porque você está afundada em água fria.

— Estou bronzeada na água. Você ia gostar de ver.

— Estou gostando.

— Continue lendo. Está lendo, não está?

— Estou.

— Tudo bem na Espanha?

— Não.

— Que pena. Muito ruim?

— Ainda não.

— Roger?

— Sim?

— Você me ama?

— Amo, filha.

— Volte à leitura. Fico pensando nisso aqui debaixo d'água.

Roger continuou deitado, ouvindo os ruídos que subiam da rua, lendo os jornais e tomando o seu drinque. Era quase que a melhor hora do dia. Era a hora em que ele costumava ir ao café para ler os jornais e tomar o seu aperitivo quando morava em Paris. Esta cidade não é como Paris nem como Orleans. Orleans não é lá grande coisa. Mas é agradável. Provavelmente melhor do que esta para se viver. Como não conhecia os arredores desta cidade, estava provavelmente pensando besteiras.

Sempre gostara de Nova Orleans, do pouco que conhecia dela. Mas era decepcionante para quem esperasse muito. E aquele não era positivamente o melhor mês para se visitá-la.

A melhor ocasião foi quando ele esteve lá com Andy no inverno, e a vez que passou lá de carro com David. Quando passou lá com Andy não entrou na cidade. Passou por fora para ganhar tempo, pelo norte do Lago Pontchartrain, passou Hammond e Baton Rouge por uma estrada nova ainda em construção, pegando muitos desvios, depois rumaram para o norte por Mississippi, contornando a orla sul da nevasca que vinha do norte. Só na volta entraram em Nova Orleans. Ainda fazia frio, mas gostaram da comida, da bebida e da cidade, que lhes pareceu alegre e animada com o frio. Andy varejou todas as lojas de antiguidades e comprou uma espada com o dinheiro ganho no Natal. Levou-a na mala do carro e dormia com ela na cama.

Quando ele e David estiveram em Nova Orleans, era inverno e fizeram ponto naquele restaurante que custaram a encontrar, não frequentado por turistas. Pelo que ele estava se lembrando, era uma *cave*, mesas e cadeiras de teca, e pode ser que tenham se sentado em bancos. Talvez nem fosse isso, podia ser sonho, ele não lembrava o nome nem onde ficava, será que não era no sentido contrário, saindo do Antoine's no sentido leste-oeste e não no norte-sul? Ele e David ficaram dois dias na cidade. Podia ser também que estivesse confundindo cidades. Um restaurante de Lyons e outro do Parc Monceau sempre se misturavam nos sonhos dele. É nisso que dá a pessoa se embebedar quando jovem. Inventam-se, e depois não se conseguem achar, lugares melhores do que os lugares que existem. Mas neste ele nunca esteve com Andy.

— Estou saindo — avisou ela. Saiu e subiu para a cama. — Veja como estou fresca dos pés à cabeça. Não, fique aí. Gosto de você.

— Vou tomar o meu banho. De chuveiro.

— Como quiser. Mas eu não faria isso. Ninguém lava as cebolinhas de conserva antes de pô-las no coquetel, ou lava? Ninguém lava o vermute, ou lava?

— Eu lavo o copo e o gelo.

— É diferente. Você não é copo nem gelo. Roger, me faça aquilo de novo. De novo não é uma expressão linda?

— De novo e de novo — disse ele.

Ele passou a mão delicadamente desde a curva da cintura dela até a elevação dos seios.

— Gosta da curva?

Ele lhe beijou os seios.

— Tenha muito cuidado quando estiverem frios — preveniu ela. — Com muito cuidado e muita ternura. Sabe que eles doem?

— Sei. Assunto de dor é comigo.

— O outro está com ciúme — disse ela. E um tempo depois: — Quem me desenhou não fez bem em me dar dois seios, quando você só pode beijar um. Puseram os dois muito afastados.

A mão dele cobriu o outro seio, os dedos mal pressionando. Os lábios dele percorreram todo aquele maravilhoso frescor até encontrarem os dela. Encontraram-se e rasparam-se delicadamente de um lado para o outro, nada perdendo da película saborosa, depois colaram-se.

— Oh, amor! — exclamou ela. — Oh, amor! Venha, venha. Meu amor muito gostoso. Oh, amor, venha, venha. Meu amor querido!

Depois de longo intervalo, ela disse:

— Me perdoe por ter sido egoísta com o seu banho. Fui muito egoísta quando saí do meu.

— Egoísta nada.

— Roger, ainda me ama?

— Sim, filha.

— Não vai mudar de sentimento depois?

— Não — respondeu ele sem convicção.

— Eu também não. Sinto-me até melhor depois. Nem devia lhe contar isso.

— Por que não?

— Não devo lhe contar tudo. A verdade é que nós nos entendemos muito bem, não acha?

— Acho — disse ele com convicção.

— Depois do banho podemos sair.

— Vou sair agora.

— Quem sabe seria melhor não viajarmos amanhã? Preciso fazer as unhas e lavar o cabelo. Posso fazer isso eu mesma, mas você há de querer que seja feito por profissional. Poderíamos dormir até mais tarde e passar o resto do dia na cidade. Viajaríamos na manhã seguinte.

— Estou de acordo.

— Já estou gostando de Nova Orleans. E você?

— Nova Orleans é maravilhosa. Mudou muito depois que estivemos aqui.

— Vou ao banheiro. Não demoro nada. Depois você toma o seu banho.

— Vou tomar uma chuveirada.

Desceram no elevador. As cabineiras eram moças negras bonitas. O elevador parou já quase cheio no andar deles, e desceu direto. A descida fez Roger sentir-se mais vazio do que nunca. Ele e Helena iam bem encostados um no outro.

— Quando se deixa de sentir arrepios ao ver um peixe saindo da água ou quando um elevador desce depressa, está na hora de se internar para um longo descanso — disse Roger.

— Ainda não é o meu caso — falou Helena. — São esses os únicos indícios da necessidade de descanso?

A porta abriu-se, atravessaram o saguão de mármore cheio de gente àquela hora, gente esperando gente, gente esperando a hora do jantar, gente apenas esperando.

— Vá na frente para eu ver você — disse Roger.

— Na frente para onde?

— Para a porta do bar.

Ele alcançou-a na porta.

— Você é linda. Tem andar de rainha. Se eu estivesse aqui neste saguão e visse você pela primeira vez, ficaria apaixonado.

— Se eu visse você me vendo, ficaria apaixonada.

— Se eu visse você pela primeira vez, tudo dentro de mim se desarrumaria e eu sentiria uma pontada no peito.

— É assim que me sinto o tempo todo — disse ela.

— Sentir isso o tempo todo não é possível.

— Pode ser que não. Mas me sinto assim quase que o tempo todo.

— Filha, Nova Orleans não é um lugar encantado?

— Tivemos sorte de parar aqui, não acha?

Fazia frio no ambiente de decoração escura e pé-direito alto do bar. Sentada ao lado de Roger numa mesa, Helena disse:

— Olhe. — E mostrou o braço arrepiado. — Você me dá isso também. Mas o arrepio de agora é do ar-condicionado.

— Está frio mesmo. Assim é que é bom.

— Vamos beber o quê?

— Que tal se tomássemos um porre? — sugeriu ele.

— Só meio.

— Se é assim, quero absinto.

— Acha que devo acompanhar? — perguntou ela.

— Experimente. Nunca tomou?

— Nunca. Estava esperando a oportunidade de beber com você.

— Não fique inventando coisas — disse ele.

— Não é invenção. É verdade.

— Filha, não exagere nas invenções.

— Não é invenção. Não guardei a minha virgindade porque achei que você pudesse não gostar, e também desisti de você por algum tempo. Mas poupei o absinto. É verdade.

— Tem aí absinto legítimo? — perguntou Roger ao barman.

— Temos absinto — respondeu o homem. — Mas não garanto que seja legítimo.

— Não tem o Couvet Pontarlier sessenta e oito graus? Não quero o Tarragova.

— Sim, senhor — disse o garçom. — Não posso trazer a garrafa. Vou trazer em uma garrafa de Pernod.

— Saberei se é legítimo — disse Roger.

— Confio no seu paladar — falou o garçom. — Frapê ou pingado?

— Pingado. Tem o pingador?

— Claro.

— Sem açúcar.

— E a moça? Com açúcar?

— Não. Ela vai experimentar sem.

— Perfeitamente, senhor.

Depois que o garçom se afastou, Roger pegou a mão de Helena por baixo da mesa.

— Alô, beleza.

— Estou maravilhada. Nós aqui esperando o veneno famoso, e depois indo jantar em um lugar refinado.

— E depois cama — disse ele.

— Você gosta de cama como gosta de todas essas coisas?

— Antes não. Agora gosto.

— Por que não antes?

— Vamos mudar de assunto — retrucou ele.

— Não vamos, não, senhor.

— Não estou lhe perguntando sobre pessoas que você amou. Não queremos falar de Londres, certo?

— Não. Vamos falar de você e de sua beleza. Sabe que você ainda tem a elegância de um potro? Me diga uma coisa, Roger. Você gosta do meu andar?

— Me arrepio todo quando vejo você andando.

— Eu simplesmente mantenho a cabeça erguida, os ombros eretos e caminho. Sei que existem certos truques, mas não os conheço.

— Caminhando como você caminha, filha, não precisa de truques. Você é tão linda que me sinto feliz só de olhá-la.

— Não o tempo todo, espero.

— O dia inteiro. Olhe, filha, o absinto deve ser bebido bem devagar. Não tem gosto forte quando misturado com água, mas ao beber precisamos ter em mente que é forte.

— Acredito. Credo.

— Espero que você não mude como Lady Caroline.

— Só mudo por alguma causa. Mas você não se parece com ela em nada.

— Nem quero parecer.

— Fique tranquilo. Alguém me disse que você estava adotado no colégio. Certamente com a intenção de agradar, mas fiquei furiosa e disse horrores ao professor de inglês. Obrigaram-nos a ler você. Quero dizer, obrigaram os outros a lerem. Li o livro inteiro. Não achei grande coisa, Roger. Não acha que devia trabalhar mais?

— Pretendo trabalhar mais quando chegarmos no oeste.

— Acho melhor não continuarmos aqui amanhã. Sinto-me feliz quando você trabalha.

— Mais feliz do que agora?

— Mais. Muito mais.

— Vou trabalhar como um mouro. Você vai ver.

— Roger, acha que prejudico você? Induzo você a beber ou fazer amor mais do que deve?

— Não, filha.

— Se é verdade fico contente, porque quero ser boa para você. Sei que é uma fraqueza e mesmo uma tolice. Mas invento histórias para mim durante o dia, e, numa dessas histórias, salvo a sua vida. Às vezes você está se afogando e outras está na frente de um trem, ou num avião, ou numa montanha. Pode rir se quiser. E tem uma história em que entro na sua vida quando você está aborrecido e decepcionado com todas as mulheres; você me ama muito e eu cuido de você, e você entra numa fase de escrever coisas maravilhosas. Dessa eu gosto muito. Estive desenvolvendo-a hoje no carro.

— Esta eu já vi no cinema ou li em algum livro.

— Eu sei. Vi no cinema e li também. Acha que pode acontecer? Acha que posso ser boa para você? Não de uma maneira aguada, sem graça, ou dando-lhe um bebezinho, mas sendo boa mesmo para você poder escrever melhor do que nunca e ao mesmo tempo ser feliz.

— Se fazem isso no cinema, por que também não podemos fazer?

Chegou o absinto. Dos pires de gelo moído postos na boca dos copos d'água que Roger servira de um jarro pequeno caíam pingos no líquido amarelo-claro, que ia ganhando um aspecto leitoso opalescente.

— Prove — pediu Roger quando achou que o líquido tinha atingido a cor certa.

— Gosto estranho — disse Helena. — E aquece o estômago. Parece remédio.

— É remédio. Remédio forte.

— Ainda não preciso de remédio — disse ela. — Mas é gostoso. Quando é que vamos ficar altos?

— A qualquer momento. Vou tomar três. Você tome quantos quiser. Mas bem devagar.

— Terei cuidado. Só o que sei é que tem gosto de remédio. Roger!

— Diga, filha.

Ele já sentia a quentura do forno de alquimista na boca do estômago.

— Roger, acha que posso mesmo ser boa para você como fui na história que inventei?

— Acho que podemos ser bons um para o outro em todos os sentidos. Mas não quero que seja em termos de histórias. Não me agradam as histórias.

— Mas é assim que sou. Sou uma fazedora de histórias edificantes, e sou romântica. Se tivesse espírito prático, nunca teria ido a Bimini.

Não sei, pensou Roger. Se era isso que você queria, sem dúvida era muito prático. Você não inventou uma história em volta do assunto. E a outra parte dele pensou: se o absinto está trazendo à tona o canalha, você está escorregando. Mas o que ele disse foi:

— Não sei, filha. Acho perigoso isso de inventar histórias. Primeiro você começa tecendo histórias sobre assuntos inócuos, como eu; depois vêm histórias sobre assuntos outros, e algumas podem ser perversas.

— Você não é tão inócuo.

— Ah, sou. Ou as histórias são. Me salvar é inócuo. Primeiro você me salva, depois pode estar salvando o mundo. Depois pode começar a se salvar.

— Gostaria de salvar o mundo. Sempre desejei ser capaz. Mas é assunto muito vasto para uma história. Primeiro quero salvar você.

— Estou ficando com medo — disse Roger. Bebeu um pouco mais de absinto e sentiu-se melhor. Mas preocupado. — Você sempre inventou histórias?

CONTOS | *Vol. 3* ~ 449

— Desde que me entendo por gente. Há doze anos venho inventando histórias sobre você. Não lhe contei todas. São centenas.

— Por que não escreve em vez de ficar só inventando?

— Eu as escrevo. Mas não é tão divertido como inventar. E é mais difícil. Depois, as histórias que escrevo não saem boas como as inventadas. Essas são maravilhosas.

— E você é sempre a heroína de suas histórias?

— Não. Não é tão simples assim.

— Olhe, é melhor não cansarmos a cabeça com isso — disse ele. Sorveu mais um gole de absinto e ficou com ele debaixo da língua.

— Nunca cansei a cabeça com elas — disse a moça. — O que eu queria o tempo todo era você, e agora estou com você. E quero que você seja um grande escritor.

— Acho melhor nem ficarmos para o jantar — disse ele.

Estava ainda muito preocupado. A quentura do absinto tinha subido para a cabeça, e ele não estava gostando nada. O que você esperava que acontecesse, sem nenhuma consequência?, falou para si mesmo. Pensou que houvesse no mundo uma mulher tão perfeita para você e tão boa como um Buick de segunda mão? Você só conheceu na vida duas mulheres assim e perdeu ambas. Que irá ela querer depois disso? Aí a outra parte dele disse: "Salve o canalha! O absinto desentocou você cedo hoje."

Então foi a vez de ele dizer:

— Filha, vamos por agora procurar ser bons um para o outro e amar um ao outro. — Conseguiu dizer a palavra apesar de o absinto ter dificultado a articulação. — E, logo que chegarmos aonde estamos indo, vou trabalhar com todo o empenho e com o máximo de minha capacidade.

— Assim é que se fala — anuiu a moça. — Não ficou aborrecido de eu dizer que invento histórias?

— Não — disse ele, insincero. — Suas histórias são boas — acrescentou com sinceridade.

— Posso tomar mais um?

— Claro.

Ele se arrependeu de terem bebido absinto, apesar de ser a bebida de que mais gostava. Mas quase todas as coisas ruins que lhe aconteceram na vida aconteceram quando ele tomou absinto; e todas por culpa dele. Agora notou que ela percebia que alguma coisa indesejável ameaçava acontecer, e se segurou ao máximo para que não acontecesse.

— Eu disse alguma coisa que não devesse? — perguntou a moça.

— Não, filha. À sua.

— À nossa.

A segunda dose é sempre melhor do que a primeira porque certas papilas gustativas ficam amortecidas ao amargo da losna. Sem ficar adocicado, ou mais adocicado, o absinto fica menos amargo, e certas áreas da língua o sentem melhor.

— É estranho e gostoso. Mas até agora só o que fez foi nos levar à fronteira do desentendimento — disse Helena.

— Eu sei. Vamos juntar nossas forças contra isso.

— Você disse mesmo que me considera ambiciosa?

— Nada de errado com as histórias.

— Com as histórias, não. Com você, sim. Se eu não amasse você como amo, não perceberia quando está aborrecido.

— Não estou aborrecido — disse ele sem convicção. — Nem vou ficar aborrecido — decidiu. — Vamos mudar de assunto.

— Não vejo o dia de chegarmos lá e você começar a trabalhar.

Ela é meio burrinha, pensou Roger. Ou será efeito da bebida? Mas concordou:

— Eu também mal posso esperar. Será que você não vai ficar entediada?

— Claro que não.

— Quando estou trabalhando, trabalho demais.

— Eu também vou trabalhar.

— Assim será ótimo. Como o sr. e a sra. Browning. Não vi a peça.

— Oh, Roger, para que brincar com o assunto?

— Sabe que não sei? — Segure-se, rapaz, pensou ele. Agora é o momento de se segurar. Comporte-se. — Brinco com quase tudo — argumentou. — Será muito bom. E será melhor para você trabalhar enquanto escrevo.

— Se incomoda de ler o meu trabalho de vez em quando?

— Vou querer ler.

— É mesmo?

— Adorarei. Não tenha dúvida.

— Quando você bebe isso, fica como se pudesse fazer qualquer coisa — disse ela. — Foi bom eu não ter bebido isso antes. Podemos falar de escrever, Roger?

— Claro que sim. Ora essa.

— Por que disse ora essa?

— Sei lá. Vamos falar de escrever. Precisamos. Que acha você de escrever?

— Agora você me fez ficar com cara de idiota. Não precisa fazer de conta que sou sua igual ou sua colaboradora. Eu disse que gostaria de falar sobre o assunto se você também quisesse falar.

— Vamos falar sobre o assunto. Qual é a sua opinião?

Helena olhou para ele e começou a chorar. Não soluçava nem desviou o olhar. Ficou olhando para ele com as lágrimas escorrendo dos olhos até os lábios, que ficaram molhados; mas ela não se mexeu.

— Por favor, filha. Por favor. Vamos falar de escrever ou de qualquer outra coisa, e cordialmente.

Ela mordeu os lábios e falou:

— Eu disse que não queria ser sua colaboradora, mas no fundo quero.

Deve ser parte do sonho, e por que não seria? Precisava ofendê-la, seu filho da mãe? Trate de ser bom e depressa, e cuidado para não ofendê-la de novo.

— Gostaria que você ficasse comigo não só na cama mas na cabeça, e gostasse de falar sobre assuntos que interessem a nós dois — disse ela.

— Pois vamos fazer assim. A começar de agora. Que acha de escrever, Bratchen, meu amor lindo?

— O que eu queria lhe dizer é que esta bebida me fez me sentir como me sinto quando vou escrever. Que posso fazer qualquer coisa e que sou capaz de escrever muito bem. Mas, quando leio o que escrevo, acho chato. Quanto mais me esforço por escrever bem, mais chato fica. Quando não é chato é boboca.

— Me dê um beijo — pediu ele.

— Aqui?

— Aqui.

Ele inclinou-se sobre a mesa para receber o beijo.

— Você fica ainda mais linda quando chora.

— Desculpe o choro — lamentou-se ela. — Você não se incomoda mesmo de falarmos sobre o trabalho de escrever?

— Claro que não.

— Este é um aspecto do nosso relacionamento que muito me encanta.

Imagino que seja, pensou ele. E por que não seria? Vamos fazer assim. Quem sabe eu não acabe gostando?

— O que é que você dizia a respeito do que escreve? — perguntou ele. — Disse que acha que está saindo bem, e quando lê acha chato?

— Não era assim também com você quando começou?

— Não. Quando comecei achava que podia escrever qualquer coisa, e quando estava escrevendo me sentia dono do mundo, e quando lia a parte escrita pensava: saiu tão bom que nem parece escrito por mim. Devo ter lido isso em algum lugar. Talvez no *Saturday Evening Post*.

— Nunca se sentia desanimado?

— Não quando comecei. Pensava que estava escrevendo os melhores contos do mundo, e que as pessoas não tinham capacidade de perceber.

— Era convencido assim?

— Muito mais, acho. Mas não me considerava convencido. Me considerava confiante.

— Se aqueles que li foram os seus primeiros contos, você tinha todo o direito de ser confiante.

— Não foram os primeiros. Todos os que escrevi quando era confiante se perderam. Os que você leu foram escritos quando eu não era mais confiante.

— Se perderam como, Roger?

— É uma história terrível. Um dia lhe conto.

— Por que não agora?

— Não gosto de falar nisso porque aconteceu com outras pessoas e com escritores melhores do que eu, e fica parecendo que estou inventando. Não há motivo para acontecer, no entanto aconteceu inúmeras vezes e ainda dói muito. Ou não dói mais? Ficou uma cicatriz. Uma cicatriz dura.

— Conte, por favor. Se é uma cicatriz e não um corte, não vai doer, não é?

— É, filha. Eu era muito metódico então, e guardava originais manuscritos numa pasta de papelão, originais datilografados em outra, e cópias a carbono em uma outra. Talvez eu não fosse um metódico exagerado. Não vejo como pudesse ser de outra maneira. Ah, para o inferno com esta história.

— Não, não. Me conte.

— Bem, eu trabalhava na Conferência de Lausanne, as férias se aproximavam e a mãe de Andrew, pessoa admirável e muito bonita e...

— Nunca tive ciúme dela — disse Helena. — Tinha ciúme da mãe de David e de Tom.

— Não precisava ter ciúme de nenhuma delas. Ambas eram maravilhosas.

— Eu tinha ciúme da mãe de Dave e de Tom — repetiu Helena. — Não tenho mais.

— Muito ético de sua parte. Devíamos mandar um telegrama para ela.

— Continue com a história, não fique ciscando.

— Muito bem. A supradita mãe de Andy decidiu levar o meu material para que eu pudesse trabalhar nele durante as férias que íamos passar juntos. Era uma surpresa que ela queria me fazer. Quando a encontrei em Lausanne, não sabia que ela levava o material. Chegou com um dia de atraso, mas avisara antes por telegrama. Quando a encontrei ela chorava, chorava sem parar. Perguntei o motivo do choro, ela disse que era uma coisa terrível, e chorou mais. Chorava como se se tratasse de uma tragédia. Devo continuar?

— Por favor, continue.

— Passou-se a manhã toda sem que ela me dissesse do que se tratava. Pensei nas piores coisas possíveis e perguntei qual delas tinha acontecido. Ela apenas sacudiu a cabeça. O pior que pensei foi que ela tivesse me enganado ou se apaixonado por outro, e quando falei nisso ela retrucou: "Oh, como pode dizer tal coisa?" E chorou mais. Senti-me aliviado, e finalmente ela contou.

"Ela tinha posto todas as pastas com os meus contos em uma mala que deixara com outras no compartimento de primeira classe do Expresso Lausanne Milão, na estação de Lyon, enquanto ia ao cais comprar um jornal de Londres e uma garrafa de água Evian. Você se lembra da estação de Lyon e das mesas de rodinhas com jornais e revistas, água mineral e garrafas pequenas de conhaque e sanduíches de presunto embrulhados em papel, e outros carrinhos com travesseiros e cobertores para alugar. Quando ela voltou ao compartimento com o jornal e a água Evian, não encontrou mais a mala.

"Ela fez tudo o que se podia fazer. Você sabe como é a polícia francesa. Primeiro pediram-lhe a *carte d'identité* para provar que não era uma criminosa internacional, que não sofria de alucinações e que era a dona da mala. Se os papéis tinham importância política, madame, certamente haveria cópias. Passou a noite inteira envolvida nisso, e, quando no dia seguinte um detetive revistou o apartamento à procura da mala e encontrou uma espingarda minha, quis saber se eu tinha um *permis de chasse*. Deve ter ficado alguma dúvida na cabeça da polícia quanto a se deviam deixá-la continuar a viagem para Lausanne, porque o detetive a acompanhou ao trem e, pouco antes da partida, ainda apareceu no compartimento, e perguntou: 'Tem plena certeza, madame, de que toda a sua bagagem está intacta? De que não perdeu mais nada? Nenhum outro documento importante?'

"Então eu disse que não era tão sério assim porque ela certamente não pegara os manuscritos, os originais datilografados e mais as cópias em carbono. 'Mas peguei, Roger. Tenho certeza.' Era verdade. Descobri que era quando fui a Paris para tirar a limpo. Me lembro de ter subido a escada, aberto a porta do apartamento e sentido o cheiro de Eau de Tavel na cozinha, e, na mesa da sala de jantar, o da poeira que tinha entrado pelas janelas. Lembro-me de ter ido ao armário onde guardava o material e nada ter encontrado. Sabia que tinha deixado tudo ali, chegava a ver na mente as pastas de papelão pardo. Não achei nada, nem os clipes numa caixinha de papelão, nem meus lápis e borrachas, nem o apontador de lápis em forma de peixe, nem meus envelopes com o endereço de retorno datilografado no canto superior esquerdo, nem os vales de postagem internacional que se juntam para a devolução de manuscritos e que eu guardava em um estojo de laca da Pérsia e que tinha uma gravura pornográfica do lado de dentro da tampa. Não ficou nada. Tudo tinha sido posto na mala. Até o pauzinho de lacre vermelho que eu usava para lacrar cartas e pacotes. Fiquei lá olhando a gravura na tampa do estojo persa e notei a curiosa desproporção das partes que sempre caracterizam pornografia, e pensei na repugnância que sempre senti por gravuras, pinturas e escritos pornográficos, pensando também em como esse estojo me chegara às mãos: fora presente de um amigo que tinha voltado da Pérsia. Eu apenas olhara a gravura uma vez para não desapontar o amigo; depois, só fiquei usando o estojo para guardar vales e selos, e nunca mais olhei a gravura. Mal pude respirar quando descobri que não havia mais pastas com originais manuscritos nem cópias datilografadas nem em carbono. Fechei o armário e fui ao quarto seguinte que era o de dormir, deitei-me na cama, pus um travesseiro entre as pernas, os braços passados em outro travesseiro e fiquei ali imóvel. Era a primeira vez que eu punha um travesseiro entre as pernas, e nunca tinha deitado com os braços em outro travesseiro, mas agora precisei fazer isso. Tudo o que eu tinha escrito até então, e tudo em que eu tinha grande confiança, estava perdido. Eu tinha reescrito aquilo tantas vezes até chegar aonde eu queria, e sabia que não podia escrevê-los de novo porque, quando cheguei à versão que considerei definitiva, esqueci-os completamente, e cada vez que os lia mal acreditava que tivessem sido escritos por mim.

"Fiquei ali sem me mexer, com os travesseiros por amigos, em estado de desespero. Nunca tinha ficado em desespero antes, desespero desesperado mesmo, nem fiquei depois. Com a testa no xale persa que cobria a cama, que era apenas um colchão sobre estrados de mola no chão, a coberta da cama também empoeirada, fiquei lá com o meu desespero e os travesseiros como única companhia."

— O que eram os escritos que se perderam? — perguntou Helena.

— Onze contos, um romance, e poemas.

— Pobre Roger.

— Não tão pobre. Não me senti um pobre-coitado porque tinha mais projetos na cabeça. Porém não mais aqueles. Outros para serem escritos. Mas eu estava arrasado. Custava acreditar que os tivesse perdido. Se pelo menos não tivesse perdido todos...

— E depois? O que foi que você fez?

— Nada de muito prático. Fiquei lá deitado por algum tempo.

— Chorou?

— Não. Eu estava seco por dentro, como a poeira da casa. Você nunca entrou em desespero?

— Já. Em Londres. Mas não pude chorar.

— Desculpe, filha. Fiquei pensando neste episódio e esqueci. Me desculpe, sim?

— Mas o que foi que você fez?

— Vamos ver. Levantei-me, desci. Conversei com a *concierge*, ela me perguntou por madame. Estava preocupada porque a polícia estivera no apartamento e fizera perguntas a ela. Mas continuava cordial. Perguntou se eu tinha recuperado a valise furtada. Respondi que não. Ela disse que pena, que desastre; e se era verdade que todos os meus escritos estavam na valise. Respondi que sim. Ela estranhou que não houvesse cópias. Expliquei que as cópias também estavam na valise. *Mais ça alors*, lamentou ela. Por que tirar cópias para serem perdidas com os originais? Expliquei que madame tinha posto tudo na mala por engano. Lamentável engano, disse ela. Engano fatal. Mas *monsieur* com certeza se lembra do que escreveu. Não me lembro, respondi. Mas *monsieur* precisa se lembrar. *Il faut le souvienne rappeler. Oui,* concordei, *mais ce n'est pas possible. Je ne m'en souviens plus. Mais il faut faire un effort,* disse ela. *Je le ferai,* respondi. Mas não adianta. *Mais qu'est-ce que monsieur va faire?* Monsieur trabalha aqui há três anos. Já vi monsieur trabalhando no café da esquina. Vi monsieur trabalhando na sala de jantar quando eu ia lá em cima. *Je sais que monsieur travaille comme un sourd. Qu'est-ce qu'il faut faire maintenant? Il faut recommencer,* falei. Aí a concierge começou a chorar. Pus o braço no ombro dela; ela fedia a suor, a poeira e a roupa preta velha, o cabelo cheirava a ranço. Chorava com a cabeça em meu peito. Perguntou se tinha poemas também. Respondi que sim. Que infelicidade. Mas desses o senhor pode se lembrar. *Je tâcherai de la faire,* disse eu. Tente, tente esta noite, pediu ela.

"Vou tentar, repeti. Oh, monsieur, madame é bonita e amável e *tout ce qu'il y a de gentil,* mas que grande transtorno. Toma um copo de *marc* comigo? Aceito. Fungando, ela deixou o meu peito e foi procurar a garrafa e os dois cálices. Aos novos trabalhos, disse ela. A eles, eu respondi. Monsieur ainda será membro da Academia Francesa. Nunca, retruquei. Da Academia Americana, consertou ela. Prefere rum? Tenho rum também. Não, respondi. *Marc* é muito bom. É bom, ela aquiesceu. Mais um. Não. Vá se embebedar lá fora. Como Marcelle não vem hoje arrumar o apartamento, logo que meu marido chegar para tomar conta deste cubículo imundo, vou lá em cima limpar tudo para monsieur dormir esta noite. Quer que compre alguma coisa? Quer que lhe prepare o café da manhã? Aceitei o oferecimento. Me dê dez francos, eu trago o troco. Vou fazer o jantar, mas monsieur deve jantar fora. Mesmo saindo mais caro. *Allez voir des amis et manger quelque part.* Se não fosse o meu marido, eu iria com monsieur.

"Então vamos tomar um drinque agora no Café des Amateurs, propus. Tomaremos um grogue quente. Não, não posso deixar esta gaiola enquanto meu marido não chegar. *Débine-toi maintenant.* Deixe a chave. Encontrará tudo arrumado quando voltar.

"Era boa pessoa. Já me sentia melhor porque reconhecia que só havia uma coisa a fazer: começar de novo. Mas não sabia se tinha disposição. Alguns contos eram sobre boxe, outros sobre beisebol e outros sobre turfe. Assuntos que eu conhecia bem, e alguns eram sobre a Primeira Guerra. Ao escrevê-los senti todas as emoções que precisava sentir sobre eles. Pus tudo neles, pus toda a informação que podia incluir. Escrevi-os várias vezes até me sentir inteiro neles e vazio dentro de mim. Por ter trabalhado em jornal desde muito jovem, me habituei a esquecer tudo depois de escrever: todos os dias limpa-se da memória o que se escreveu como se limpa um quadro-negro com esponja ou um pano úmido. Eu ainda tinha esse mau hábito, e agora ele se voltava contra mim.

"Mas a *concierge,* e o cheiro dela, o seu espírito prático e a determinação cravaram o meu desespero como um prego poderia cravá-lo se fosse bem martelado, e achei que devia fazer qualquer coisa para sair daquela situação. Alguma coisa prática. Alguma coisa que fosse boa para mim, mesmo que não pudesse me socorrer com os contos. Já começava a ficar contente com a perda do romance porque estava percebendo, como se percebe claramente sobre a água quando uma tempestade vai se erguer do mar e o vento a leva para longe, que eu era capaz de escrever outro romance melhor. Mas lamentava a perda dos contos como se fossem uma combinação de minha casa, do meu trabalho, minha única arma, minhas pequenas economias e minha mulher; e meus poemas também. O desespero estava passando e só deixando aquele vácuo que fica depois de uma grande perda. Esse vácuo também dói."

— Passei por isso — disse Helena.

— Pobre filha — disse Roger. — Esse vácuo, essa sensação de perda, é ruim. Mas não mata. Já o desespero mata, e em pouco tempo.

— Mata mesmo?

— Acredito que sim.

— Podemos tomar outro? — perguntou Helena. — Você me conta o resto? Este é um assunto em que tenho pensado sempre.

— Tomemos outro — disse Roger. — Eu lhe conto o resto se você não ficar entediada.

— Roger, pare com essa conversa de me entediar.

— Eu me entedio horrores de vez em quando. Por isso seria normal que entediasse você também.

— Faça o favor de preparar os drinques e depois me conte o que aconteceu.

Impresso no Brasil pelo
Sistema Digital Instant Duplex da Divisão Gráfica da
DISTRIBUIDORA RECORD DE SERVIÇOS DE IMPRENSA S.A.
Rua Argentina, 171 – Rio de Janeiro, RJ – 20921-380 – Tel.: (21)2585-2000